중학생이 보는
학문의 진보

프란시스 베이컨 지음 | **이종구** 옮김
성낙수(한국교원대 교수)·**오은주**(서울여고 교사)·**김선화**(홍천여고 교사) 엮음

좋은 책 좋은 독자를 만드는 —
(주)신원문화사

 책 머리에 ●

더 이상 언급할 필요도 없지만 요즘은 독서의 중요성이 더욱 강조되는 시대입니다. 첨단과학으로 이루어진 대중매체 덕분에 눈으로 읽는 것보다는 말초신경을 자극하는 동영상 쪽으로 관심이 모아지는 데 대한 우려 때문일 것입니다. 꿈과 희망을 가지고 자라나는 학생들에게는 올바른 사고력과 분별력을 키워 주어야 합니다. 그런 점에서 다른 사람들의 생각과 철학, 인생관과 세계관이 들어 있는 명작들을 많이 읽는 것이야말로 바람직한 학습 효과를 거둘 수 있는 지름길이라 생각합니다.

명작은 오랜 세월에 걸쳐 많은 사람들이 읽고 크게 감동을 받은 인정된 작품들로서, 청소년들의 삶에 지침이 되어 주고 인생관에 변화를 주게 될 것입니다.

이번에 중학생들에게 꼭 읽히고 싶은 명작들을 선정하여, 작품을 바르게 감상하고 독후감을 쓰는 데 도움을 주고자 이 시리즈를 기획하게 되었습니다. 작품들은 동서고금에 걸쳐 객관적으로 인정받은, 훌륭한 대상만을 선정하였습니다. 그리고 책의 구성을 다음과 같이 하여, 읽고 쓰는 데 도움이 되도록 하였습니다.

하나, 삶에 대한 지혜와 용기를 주고 중학생이라면 꼭 읽어야 할 명작만을 골랐습니다.

둘, 명작을 읽고 난 후의 솔직한 느낌을 논리적·체계적으로 쓸 수 있도록 중학생들의 독후감 작성에 따르는 부담을 덜어 주도록 구성하였습니다.

셋, 작품 알고 들어가기, 내용 훑어보기, 작품 분석하기, 등장인물 알기를 통해 작품을 분석하는 힘을 기를 수 있도록 하였습니다.

넷, 작가 들여다보기, 시대와 연관 짓기, 작품 토론하기 등을 통해 작가의 일생을 알고 시대의 흐름을 파악하여 상상력과 창의력을 키워 주도록 하였습니다.

다섯, 독후감 예시하기와 독후감 제대로 쓰기에서는 책을 읽는 방법과 독후감 모범답안 실례를 제시함으로써 문장력을 길러 주는 한편 독후감 쓰기의 충실한 길라잡이가 되도록 했습니다.

아무쪼록 이 책들이 중학생들의 학습 능력 향상에 큰 도움이 되길 빌어 마지 않습니다.

엮은이 성 낙 수

차 례

이 작품의 저자 프란시스 베이컨은 철학자이자 법률가로서《학문의 진보》,《신기관》,《새로운 아틀란티스》등의 저서를 남겼고, 근대를 이전 시대와 단절된 새로운 세기로 만든 근대 과학 혁명에 크게 기여한 철학자입니다. 우리에겐 친숙하지 않지만 '근대 경험론의 선구자'로 널리 알려져 있습니다.

《학문의 진보》는 총 제1부와 제2부와 각 부 앞에 당시 영국에 국왕이던 제임스 1세에게 보내는 전언으로 이루어져 있으며, 프란시스 베이컨 자신이 가지고 있는 학문에 대한 견해를 당시 제임스 1세에게 전달하는 형식으로 이루어져 있습니다.

베이컨은 국왕께 신하가 바쳐야 할 것에는 의무의 공물과 애정의 선물이 있다고 말하며, 후자인 애정의 선물이 이《학문의 진보》라고 말합니다. 이어 폐하(당시 영국의 국왕인 제임스 1세)는 현존하는 사람들 가운데 플라톤이 생각하는 인간의 가장 좋은 예가 되시는 분이며, 신에게서 훌륭한 이해력을 받은 존재라는 등의 국왕에 대한 찬사가 이어집니다. 따라서 국왕에게 내재된 훌륭한 특성은 기념물이나 기념비에 기록되어야 마땅하기에 그 목적을 달성하기 위한 가장 좋은 선물로 이 논고를 쓴다고 밝힙니다.

이 작품에서는 우리가 흔히 접하지 못했던 용어들이 많이 쓰여 이해하기 까다로우나, 학문의 진보를 위하여 베이컨이 행한 노력은 무엇인지, 당시의 지식과 지금의 지식은 어떠한 차이가 있었는지에 주안점을 두면서 읽어보세요.

제 1 부

국왕께 바침

1

훌륭하신 국왕이시여, 율법(律法)의 시대에는 매일의 희생과 자유
의사의 공물(供物), 이 두 가지가 있었습니다.[1] 전자는 보통 의식을 지
키는 데서 생기고, 후자는 즐거운 헌신(獻身)에서 생깁니다. 마찬가
지로 국왕께 신하가 바쳐야 하는 것으로는 의무의 공물(貢物)과 애정
의 선물, 두 가지가 있습니다. 이 가운데 전자는 제가 살아 있는 한 게
을리 하지 않아야 하는 저의 가장 작은 의무로서 폐하의 뜻에 따라 알

---

1 〈레위기〉 22 : 18, 〈민수기〉 29 : 30.
　'매일의 희생'이란 동물을 죽여서 통째로 구워 바치는 통상의 번제(燔祭)를 가리키고, '자유 의사의 공물'이란 정
　기적으로 근로의 열매인 곡식을 성별하여 바치는 소제(素祭)를 말한다.

맞게 다하고 싶습니다. 후자에 대해서는 무엇인가 폐하께 바칠 것을 선택하는 편이 더 적당하지 않을까 생각했습니다. 그리고 그것은 폐하의 개인적 취향과 관련 있는 것으로 하는 편이 폐하의 왕위나 국가의 사무에 관한 것보다 좋지 않을까 생각했습니다.

2

그래서 폐하를 몇 번이나 제 마음에 그려 보았습니다. 또 제가 폐하를 대하는 것도 주제넘게 살피는 눈으로 훑어보며 성서 말씀처럼 왕의 마음은 헤아릴 수 없는 것[2]을 알려는 것이 아니라, 경건한 눈으로 우러러 보는 것입니다. 폐하의 덕성과 운명에서 기타 다른 부분은 별도로 하고 제가 감명을 받고 참으로 더없이 경탄한 것은, 철학자들이 지적(知的)이라고 부르는 폐하의 덕성과 폐하의 능력의 크기와 기억력의 정확함, 이해력의 민첩함과 판단력의 날카로움, 유창하고 정연한 말씀 등입니다. 제가 알고 있는 현존하는 모든 사람들 가운데 폐하는 플라톤이 생각하는 인간의 가장 좋은 예가 되시는 분이라고 생각합니다. 즉 그것은 모든 지식은 기억에 지나지 않고, 인간의 마음은 본래 모든 것을 알고 있으며, 자기 자신의 타고난 본래의 개념(이것은 이상하고 어두운 육체라는 집에 갇혀 알 수 없습니다만)이 되살아나고

---

2 〈잠언〉 25 : 3.

되돌아가기만 하면 된다는 것입니다.[3] 이와 같은 자연의 빛을 폐하 속에서 저는 봅니다. 그것은 사소한 기회만 주어져도, 다른 사람이 드리는 조그만 불티로도 금방 불꽃이 일고 타오릅니다.

그리고 성서 말씀에 가장 현명한 왕은 "넓은 마음이 바닷가의 모래 같다."[4]고 했습니다. 이 말은 해변은 가장 큰 물체의 하나이지만, 가장 작고 잔 부분으로 되어 있다는 뜻입니다. 마찬가지로 신은 폐하께 훌륭한 이해력을 주셨습니다. 큰 문제를 파악하여 받아들이시는 동시에, 작은 문제에도 닿아 붙잡으실 수 있는 이해력입니다. 같은 도구를 큰일과 작은 일에 모두 적합하게 한다는 것은 자연계에서는 불가능한 일로 여겨집니다.

폐하의 언변은 코르넬리우스 타키투스가 아우구스투스 케사르에 대해 한 말을 떠올리게 합니다.

"아우구스투스의 말씨는 편하고 유창하며, 왕자(王者)에 적합했다."[5]

이 말을 잘 생각해 보면, 힘들게 말하는 경우와 말버릇에 뻐기는 기교나 교훈을 주려는 티가 나는 경우, 아니면 웅변의 형식을 흉내 내는 경우 등이 있는데, 아무리 훌륭해도 이러한 것은 모두 비굴한 데가 있고, 독창성이 결여되어 있습니다. 그러나 폐하의 말씀 솜씨는 참으로 왕자다우시고, 샘에서 흘러나오는 것 같으시며, 더욱이 흘러나오면

---

3 플라톤, 《메논》, 2·81.
　플라톤, 《파이돈》, 1·72.
4 〈열왕기 상(上)〉 4 : 29.
5 타키투스, 《연대기》, 13·3.

서 나뉘어 자연의 질서를 이루시고, 평이하시면서 교묘하시며, 아무런 흉내도 내지 않으시고, 누구도 흉내 낼 수 없습니다.

폐하의 일반 정치의 경우에는, 폐하의 덕성과 운이 어느 쪽이 더할 것도 없이 아울러 겨루는 것처럼 보입니다. 덕성이 풍부하신 성향과 행운의 징조가 보이는 통치, 폐하의 한층 더 큰 운[6]에 대한(과거의) 덕성 있는 기대와 그것을 이룩고 성취하셔서서 번영하고 계시는 일, 결혼의 법칙을 지키시는 덕성으로 축복되고 행복하신 결혼의 결실을 맺으시고, 평화에 대한 가장 그리스도적이고 덕성 있는 열망에 이웃 왕후들이 그곳으로 향하는 행운의 경향 같은 것이 그것입니다.

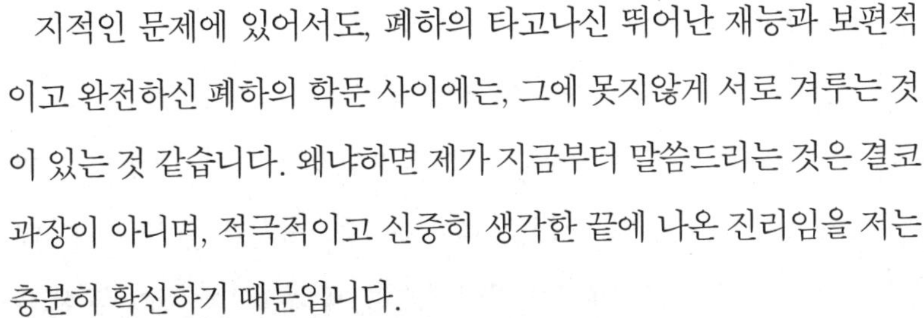

지적인 문제에 있어서도, 폐하의 타고나신 뛰어난 재능과 보편적이고 완전하신 폐하의 학문 사이에는, 그에 못지않게 서로 겨루는 것이 있는 것 같습니다. 왜냐하면 제가 지금부터 말씀드리는 것은 결코 과장이 아니며, 적극적이고 신중히 생각한 끝에 나온 진리임을 저는 충분히 확신하기 때문입니다.

그것은 그리스도 기원(紀元) 이래 어떤 국왕, 즉 현세의 어느 군주도 신과 인간의 모든 문학과 학문에 이토록 통달하신 분은 없었다는 점입니다. 역대 로마의 황제들을 고찰하고 살펴보면, 그 중에서 그리스도 기원 조금 전에 생존했던 독재자 케사르와 마르쿠스 안토니누스가 제일가는 학자였습니다. 그리고 후대로 내려와서 그리스나 서로마 제국의 황제, 다시 프랑스, 스페인, 잉글랜드, 스코틀랜드, 그 밖

---

6 1603년 7월, 제임스 1세가 잉글랜드 국왕에 즉위한 일을 가리킨다.

의 계통에 이르러 알 수 있는 것은 이 판단이 옳음을 말합니다. 남의 마음으로 생각한 일이나 수고한 일을 요령 있게 끌어내어, 학문의 표면적인 장식이나 외관을 조금이라도 포착하는 것만으로도 국왕으로서는 대단한 일로 여겨집니다. 학문과 학식 있는 사람에게 호의를 갖고 그들을 승진시키는 것만으로도 그렇게 말할 수 있습니다.

그러나 학문의 참된 샘물을 마신다거나, 나아가 그런 학문의 샘을 자기 자신 속에 갖는다는 것은 타고난 국왕의 경우에는 거의 기적이라 해도 좋을 정도입니다. 더욱더 이처럼 생각되는 것은, 신의 신성한 문학과 신 이외의 인간의 지식의 진귀한 결합을 폐하 속에서 볼 수 있기 때문입니다.

그러므로 폐하께서는 고대의 헤르메스[7]가 갖고 있었다고 하며, 존경을 받은 그 삼중성(三重性)을 부여받고 계십니다. 국왕의 힘과 운, 성직자의 지식과 빛, 그리고 철학자의 학문과 보편성입니다. 폐하께 내재하는 이 특성과 개인적인 성질은 현대의 명성이나 존경은 물론, 후세의 역사나 전통 속에 뿐 아니라 확고한 업적, 고정 기념물이나 불멸의 기념비에 기록되어야 마땅합니다. 국왕의 힘과 동시에 그 국왕의 특성과 완전성에 대한 성질과 특색을 거기에 적어 두는 것입니다.

---

7 고대 이집트의 전설적인 인물로, 국왕·신관·철학자로서 뛰어나 헤르메스 트리스메기스토스(3중으로 가장 위대한 헤르메스)라고 일컬어졌다. 다만 그가 지었다는 마술, 점성술, 종교적인 철학서 등은 2세기 무렵 신플라톤파 철학자들이 쓴 것이다.

이러한 이유로 그런 목적을 달성하기 위해 제가 폐하께 드리는 가장 좋은 선물은, 논고를 쓰는 것밖에 없다고 결론 내렸습니다.

이 논고는 전체적으로 다음의 두 부분으로 구성될 것입니다. 제1부는 학문과 지식의 탁월성 및 그것을 늘리고 넓히는 가치와 참된 영예의 탁월성에 관한 것입니다. 제2부는 학문의 발달을 위해서 생각되고 기도되어 온 개개의 행위나 업적이 어떤 것인가 하는 것입니다. 또 그런 개개의 행위 속에 어떤 결함이나 결점이 있는가 하는 것입니다.

이 목적을 위하여 저는 폐하께 적극적으로 또 단정적으로 충고 드리거나 세부에 걸친 계획을 설명드릴 수는 없습니다. 하지만 폐하께 왕자로서의 생각을 일깨워 폐하 자신 속에 갖고 계시는 뛰어난 보배를 찾아보시고, 나아가 폐하의 위대함과 예지에 걸맞은 여러 가지 개별적인 것을 이 목적을 위하여 끌어내실 수 있게 해드리는 정도는 할 수 있으리라 생각합니다.

제1장

1

논고의 제1부로 들어감에 있어서 주위를 정숙하게 하고, 학문의 존엄에 관한 참된 증언이 좀 더 똑똑히 들리도록 하여, 암암리에 이의를 제기하는 사람이 없도록 하고 싶다. 모든 무지 때문에 지금까지 당한 불신과 불명예로부터 그들을 구해 주는 것은 좋은 일이라고 생각한다.

그러나 무지는 여러 가지로 모습을 바꾼다. 어떤 때는 신학자의 열의나 시기심이 되는 경우도 있다. 어떤 때는 정치가의 엄격함과 긍지를 갖는 수도 있다. 또 어떤 때는 학자 자신의 과오나 불완전성의 형태를 취하는 경우도 있다.

　전자, 즉 신학자의 말에 의하면 지식은 크게 한계를 짓고, 주의 깊게 받아들여야 하는 것 중 하나이다. 지나치게 많은 지식을 바란 것이 인간을 타락시킨 유혹이자 원죄였다는 것이다. 또 지식에는 뱀 같은 구석이 있어서, 인간 속에 들어가면 인간을 부풀어 오르게 한다는 것이다. 즉 "지식은 사람을 교만하게 한다."[1] 솔로몬은 "여러 책을 짓는 것은 끝이 없고, 많이 공부하는 것은 몸을 피곤하게 한다."[2]고 했다. 또 다른 곳에서 "지혜가 많으면 번뇌도 많으므로, 지식을 더하는 자는 근심을 더한다."[3]라고 말했다. 성 바울도 "여러분은 인간의 철학이나 헛된 속임수에 포로가 되지 마시오."[4]라고 경고했다. 학식 있는 사람은 대이교도(大異敎徒)이고, 학문의 시대는 무신론으로 기울며, 제2원인의 관조는 제1원인인 신에 대한 우리의 의존을 감소시킨다는 것은 경험으로 실증되고 있다.

학문의 진보

---

1 〈고린도전서〉 8 : 1.
2 〈전도서〉 12 : 12.
3 〈전도서〉 1 : 18.
4 〈골로새서〉 2 : 8.

3

이와 같은 의견의 무지와 과오, 그 근거인 오해를 밝히기 위해서 말할 수 있는 것은, 그런 사람들이 보지도 않고 생각하지도 않은 것이 있다는 점이다. 그것은 자연과 일반 원리에 대한 순수한 지식, 즉 그 지식의 빛으로 인간이 낙원에서 다른 창조물들에게 명칭을 준 것은, 그것들이 눈앞에 나타날 때마다 그 성질에 따라 붙여 준 것인데, 그것이 타락의 원인이 된 것은 아니다. 선과 악에 대한 긍지에 찬 지식으로써 인간이 스스로 법칙을 주고, 그리하여 신의 명령에 의지하지 않겠다는 의도가 유혹의 형식이었다. 또 어떤 지식의 양이 아무리 많더라도 인간의 마음을 부풀어 오르게 할 수는 없다. 왜냐하면 신과 신의 관조 외에는 어떤 것도 인간의 혼을 채울 수 없고, 더욱이 인간의 혼을 부풀어 오르게 할 수 없기 때문이다.

솔로몬은 지식 탐구의 두 가지 주된 감관기관인 눈과 귀에 대해, "눈은 보아도 족함이 없고, 귀는 들어도 차지 아니하도다."[5]라고 말했다. 족함이 없다면 용기(容器)가 내용보다 크다는 말이 된다. 또한 지식과 인간 정신에 대해서도 솔로몬은 정의를 내렸다. 그것은 모든 행위나 목적에 쓰이도록 여러 가지 시간을 배당하여 만든 달력이나 천체 위치 추산력 뒤에 붙인 것으로, 그 결론은 다음과 같다.

---

5 〈전도서〉 1 : 8.

"하느님은 변화하는 계절에 따라 모든 것을 아름답게 하셨고, 사람의 마음속에 세계를 심어 주셨느니라. 그러나 하느님이 하시는 일의 처음과 끝을 사람이 측량할 수 없게 하셨도다."[6]

신이 인간의 마음을 반사경이나 거울처럼 만들었으며, 그것은 보편적인 세계의 형상을 비추어 주었는데, 그 인상을 기꺼이 받아들이는 것은 눈이 기꺼이 빛을 받아들이는 것과 같다. 여러 가지 물건이나 변화하는 계절을 보고 기뻐할 뿐 아니라, 나아가 규율이나 법칙을 발견하고 분간하려고 한다. 그것은 이 모든 변화 속에서 관찰할 수 있으며 자연의 지상 최고 법칙을 '하느님이 하시는 일의 시종'이라고 부르면서, 인간에 의해 발견될 수는 없다고 넌지시 말했다. 그러나 그것이 마음의 능력을 손상시키는 것은 아니며, 그 원인은 여러 가지 장애에서 생긴다고 해도 좋다. 이를테면 생명의 짧음이나 협력의 서투름, 지식 전수의 서투름, 그 밖에 여러 가지 많은 불편이 있다. 인간은 이러한 부족함을 안고 있다.

솔로몬은 세계의 어떤 부분에서도 인간의 탐구와 연구가 미치지 못하는 곳은 없다고 단정하며, "사람의 영혼은 여호와의 등불이라, 사람의 깊은 속을 살피느니라."[7]라고 말했다. 만일 이런 것이 인간 마음의 능력이나 파악력이라면, 지식의 비율이나 능력이 아무리 크더라도 부풀어 오르거나 자신의 한계에서 벗어날 위험은 전혀 없음이 분명해진다.

---

6 〈전도서〉 3 : 11.
7 〈잠언〉 20 : 27.

그뿐 아니라 단지 지식의 질이 문제가 된다. 양이 많건 적건 그에 대한 참된 교정물이나 해독제를 함께 취하지 않으면, 자체 내에 독성이나 해독성 같은 것을 포함하게 된다. 그 독성으로 인한 여러 가지 결과로서 가스를 발생시키거나 부풀어 오르게 한다. 이 교정제, 즉 해독제를 섞어야만 자비심이나 신의 사랑이 담긴 지식으로서의 큰 효력을 갖는다. 앞에서 예로 든 사도는 이렇게 덧붙였다.

"지식은 사람을 교만하게 하고, 사랑은 덕을 세운다."

그것은 그가 다른 곳에서 하는 말과 비슷하다.

"내가 사람이나 천사의 말을 할지라도, 사랑이 없으면 그것은 울리는 징과 요란한 꽹과리가 된다."[8]

사람이나 천사의 말을 하는 것이 뛰어난 일이 아니라는 것은 아니다. 다만 사랑으로부터 분리되어 사람들이나 인류의 이익을 목적으로 삼지 않는다면, 소리만 내고 가치 없는 영광은 갖게 되지만, 가치 있고 실체가 있는 덕성은 갖지 못하게 되기 때문이다.

솔로몬의 의견에는 책을 쓰거나 읽거나 하는 일이 지나친 것과 지식의 반작용에서 오는 정신의 불안에 관한 것이 있었고, 성 바울의 경고에 "내용 없는 철학에 현혹되어서는 안 된다."는 것이 있는데, 이런 대목은 올바르게 이해해야 한다. 사실 이것은 인간 지식의 한계와 범위를 나타내는 참된 경계와 한계를 매우 잘 표현하고 있다. 동시에 사물의 모든 보편적 성질을 포함하지 않을지도 모르는 협소

함이 없다.

　인간 지식의 참된 한계에는 세 가지가 있다. 첫째, 우리가 죽는다는 운명을 잊을 만큼 지식에 만족을 느끼지 않도록 한다. 둘째, 우리의 지식을 사용하여 우리에게 휴식과 만족을 주며, 혐오와 욕망을 주지 않도록 한다. 셋째, 자연을 관조함으로써 신의 신비에 도달하려고 바라지 않는다. 이상 세 가지 중에서 첫째 것에 관해 솔로몬이 같은 책의 다른 대목에서 매우 슬기롭게 말했다.

　"내가 보건대 지혜가 우매보다 뛰어남은 빛이 어둠보다 뛰어남과 같도다. 지혜로운 사람은 눈이 밝고 어리석은 사람은 어둠 속을 다니거니와, 이들이 당하는 일이 똑같은 줄을 내가 깨닫고."[9]

　그리고 둘째 것에 대해서는, 확실히 지식에서 마음의 번뇌나 근심이 생기는 경우는 없다. 다만 완전히 우연에서 생기는 것은 별도다. 왜냐하면 모든 지식과 경이(이것이 지식의 씨앗이지만)는 절대 기쁨의 각인이기 때문이다. 그러나 사람이 자신의 지식을 통해 결론을 만들어 내고, 그것을 자신의 경우에 적용하여 자신에게 공포나 큰 욕망을 주기 시작하면 문제가 되는 마음의 근심이나 번뇌 같은 것이 생긴다. 그러면 지식은 이미 '마른 빛'이 아니다. 이에 대하여 학식이 깊은 헤라클레이토스는 '마른 빛은 가장 좋은 정신'[10]이라고 말했다. 이것이 '젖은' 혹은 '물투성이 빛'이 된다. 여러 가지 감정에 잠겨 물든 것이 된다. 셋째 것에 대해서는, 주의해서 생각해 볼만한 가치가 있다. 왜

---

9 〈전도서〉 2 : 13~14.
10 《수필집》, 〈27 우정〉, 주 19 참조.

냐하면 그와 같은 감각에 저촉할 수 있는 물질적인 사물을 바라보거나 탐구함으로써 그 빛에 도달하고, 그것으로 신의 성질이나 의지를 자기 스스로에게 분명히 하려고 생각한다면, 그 사람은 그런 경우 실제로 주제넘은 철학에 망쳐진 사람이 되기 때문이다. 다시 말해 신이 만든 것이나 신이 한 일을 보는 것은 지식(그 일이나 만든 것 자체에 관해서)을 낳지만, 신에 관해서는 완전한 지식이 아니라 경이라는 불완전한 지식이다. 이러한 이유로 플라톤 학파의 한 사람[11]이 이것을 매우 적절하게 설명하고 있다.

"인간의 감각은 태양과 비슷하다. 그것은 (우리가 보듯이) 지구 전체를 열어 드러내 보인다. 그러나 별이나 천체를 어둡게 하여 감추어 버린다. 마찬가지로 감각은 자연의 사물은 나타내지만 신의 것은 어둡게 하여 닫아 버린다."

그리하여 여러 가지 훌륭한 학식이 있는 사람은 이단이 되어 신의 신비에까지 뛰어오르기 위해 양초로 붙인 감각의 날개[12]에 의지하려는 일이 생긴다.

너무 지식이 많으면 인간은 무신론에 기울어진다. 또 이차적 원인의 무지는 이차적 원인인 신에 의존하려는 경건한 기분을 더 낳는다. 이에 대하여 우선 욥이 친구에게 한 질문을 생각해 보는 것이 좋겠다.

---

11 유대교의 철학자로 알렉산드리아의 필론(BC 30~AD 45 무렵)을 가리킨다. 그리스도교와 헬레니즘 사상의 화합에 노력했으며, 인간은 직관·도취 상태에 의해 신을 인식하고, 거기에 도달함으로써 지복(至福)의 경지에 들어간다고 주장했다.
12 그리스 신화에서 태양에 도달하려고 아버지가 만들어 준 날개를 달고 하늘에 올라갔으나, 양초로 붙인 날개가 녹아서 떨어져 죽었다는 이카로스를 말한다.

"사람들이 서로 거짓말을 하고 속이듯이 신에게 거짓말을 하고 속일 생각인가?"

확실히 신은 자연 속에서 무엇인가를 할 때는 이차적 원인만을 사용한다. 만약 사람들이 그것을 믿지 않는다면 그것은 완전한 기만이며, 신을 지지하게 될 뿐이다. 그리고 진리의 창조자에게 거짓말이라는 부정한 희생을 바치려는 것 외에 아무것도 아니다. 그것은 확실한 진리이며, 경험적인 결과가 있다. 철학에 대한 기초적이고 피상적인 지식은, 사람의 마음을 무신론 쪽으로 향하게 할지 모르지만, 그 속에서 더 진보하면 마음은 종교로 되돌아온다는 것이다. 왜냐하면 철학의 입문기에서는 이차적 원인이 감각 다음에 이어지며, 인간의 마음에 나타나기 때문이다. 그곳에 계속 머물면 최고의 원인을 약간 잊어버릴지도 모른다. 그러나 사람이 다시 앞으로 나아가 여러 가지 원인의 의존 관계나 하늘의 섭리의 여러 가지 작업을 보면, 시인들의 비유를 빌려 말한다면 자연의 사슬 중 가장 높은 고리가 유피테르의 의자 다리에 매여 있지 않을 수 없다.[13]

결론적으로, 조심성에 대한 약한 생각 또는 잘못 적용된 생각이나 주장을 해서는 안 된다는 생각은 신의 말씀의 책(성서)이나 신의 여러 가지 일(자연)에 대한 탐구의 도가 지나치거나 연구가 지나치는 일이 있을 수 있기 때문이다. 사람들은 오히려 그 양자의 무한한 진보와 발달을 위하여 노력해야 한다. 다만 사람은 양자를 사용하여 자비심

---

13 호메로스, 《일리아드》, 8 · 19.
   플라톤, 《테아이테토스》, 153.

이나 사랑으로 향하고, 오만해지지 않도록 해야 한다. 이용하는 것이지 과시하는 것이 아니다. 그리고 또 이들 여러 가지 학문을 섞거나 하나로 만드는 것은 현명하지 않으므로, 해서는 안 된다는 데에 주의해야 한다.

제2장

1

학문이 정치가로부터 받는 여러 가지 불신감은 다음과 같은 것이 있다. 학문은 인간의 마음을 연약하게 한다, 권력을 행사하고 명예를 추구하는 데는 비교적 적합하지 않게 만든다. 인간의 성질이 정치나 정책의 문제에 적합하지 않게 손상시키고 왜곡시켜 여러 가지 독설을 함으로써 너무 신중해지거나 결단성이 없어지거나 한다. 또한 엄격한 규칙이나 공리(公理) 등에 의해 너무 완고해지거나 너무 단호해지는 경우가 있다. 여러 가지 위대한 예를 보고 조심성을 잃거나 자기 자랑이 지나칠 수 있다. 여러 가지 모범의 비유사성 때문에 시대와 너무 맞지 않거나, 너무 다르거나 하는 경우가 있다. 적어도 학문은 사람들의 노력을 활동이나 일에서 빗나가게 하고, 한가로움이나 사적인 생활을 좋아하게 하는 경우가 있다. 또 그것은 국가에 훈련의 이완을 가져오고, 누구나 복종하는 것보다 토론을 하고 싶어 하게 만드는 경우도 있다고 한다.

이러한 생각에서, 지금까지 알려진 최고의 현명한 사람 중 한 명이었던 감찰관 카토[1]가 한 행위가 있다. 철학자 카르네아데스가 로마에 사절로 찾아왔을 때, 그 웅변과 학문의 아름다움과 위엄에 마음이 끌린 로마의 젊은이들이 그 주위에 몰려들자, 카토는 개회 중인 상원에서 그를 당장 퇴장시키라고 명령했다. 그가 젊은이들의 마음과 애정에 스며들어 그들을 휘어잡아, 국가의 도덕과 습관에 눈에 띄지 않는 변화를 일으키지 않게 하기 위해서였다.

같은 생각에서 베르길리우스는 자기 나라에 이익이 되고 자기 자신의 직업에 불리해지는 일에 붓을 돌려 정책·정치와 예술·학문 사이를 구별하고, 그 유명한 시 속에서 전자를 로마인이 가진 것이라 말하고, 후자는 그리스인에게 양보하고 있다.

"로마인이여, 국민을 통치하는 데 주의하라. 그것이 그대들의 기술이 된다."[2]

소크라테스를 고발한 아니토스가 그에 대한 비난의 조항으로 꼽은 것은, 여러 가지 담화나 논의로 젊은 사람들을 현혹하여 그 나라의 법

---

1 대(大) 카토(Marcus Porcius Cato, BC 234-149)를 가리킨다. 카르네아데스(Carneades, BC 213-129 무렵)는 키레네 태생의 회의주의 철학자이자 수사학자이다.
　플루타르코스, 《영웅전》, 〈카토편〉, 22.
2 베르길리우스, 《아이네이스》, 6·852.

률과 풍속에 대한 존경에서 빗나가게 했다는 것, 위험하고 해로운 학
문을 퍼뜨렸다는 것이다. 그리고 비교적 나쁜 내용의 것을 좋은 것으
로 보이게 하고, 웅변과 말의 힘으로 진리를 억압했다는 것이다.

2

　이러한 비난은 겉보기에 권위가 있어 보이지만, 근거가 올바르냐
는 점에서는 의심스럽다. 왜냐하면 경험에 비추어 볼 때, 여러 사람
의 경우나 여러 시대의 경우에서 보면 학문과 군사는 함께하였으며,
두 가지가 같은 사람들과 같은 시대에 번성한 예도 많기 때문이다.
　사람을 예로 들자면 알렉산드로스 대왕과 독재자인 율리우스 케사
르, 이 두 사람의 경우보다 더 적절한 예도 없을 것이다. 알렉산드로
스 대왕은 철학 부문에서 아리스토텔레스의 제자이고, 케사르는 키
케로와 웅변술에서 경쟁자였다. 훌륭한 학자이면서 장군보다 훌륭
한 장군이었던 학자를 찾는다면, 테베인 에파미논다스나 아테네인
크세노폰을 생각하면 된다. 에파미논다스는 스파르타의 세력을 쇠
망으로 기울게 한 최초의 사람이고, 크세노폰은 페르시아 왕조 붕괴
의 길을 연 최초의 사람이었다. 그러나 사람의 경우보다 시대의 경우
에서 더 확실히 알 수 있다. 시대가 사람보다 더 큰 대상이기 때문이
다. 즉 이집트, 아시리아, 페르시아, 그리스, 로마에서처럼 모두 군사
적으로 매우 유명했던 시대가 학문에서도 크게 발전한 시대였다. 위

대한 저술가와 철학자, 위대한 장군과 정치가는 같은 시대에 생존했
다. 이것은 필연이다. 인간의 경우, 육체와 정신의 성숙은 대체로 같
은 나이에 오는데, 다만 육체의 힘이 약간 빨리 온다. 마찬가지로 국
가의 경우에도 군사와 학문은 인간의 육체와 인간의 마음에 해당되
며, 시대와의 일치 내지 근접성이 있다.

3

학문이 정치와 통치의 문제에 해를 주고 그것을 부적당하게 만든
다는 것은 도무지 있을 수 없는 법이다. 우리는 육체를 돌팔이 의사
에게 맡기는 것은 잘못이라고 여기고 있다. 그런 사람들은 자신이 좋
아하는 처방을 몇 가지 가지고 있으며, 그것에 대해서는 자신도 있고
대담하지만, 병의 원인이나 환자의 체질 또는 위험한 징후나 참된 치
료법 같은 것은 전혀 모른다. 변호사나 법률가를 믿는 것에서도 마찬
가지 과오를 볼 수 있다. 그들은 실제로 재판 경험만 풍부할 뿐 법률
서적에 기초를 두고 있지 않으므로 문제가 경험의 범위를 벗어나면
당황하는 수가 많고, 그가 취급하는 소송 사건이 불리해진다.

같은 이유로 결과가 위험해질 수밖에 없는 것은, 국무를 처리하는
사람들이 실제의 경험만 있는 정치가이고, 학문에 바탕을 둔 사람들
을 잘 섞어 두지 않은 경우이다.

한편 이에 반해 어떤 정치든 학식이 있는 정치가가 손을 대어 불행

했던 예는 거의 없다. 왜냐하면 보통 정치가들은 학식 있는 사람들을 업신여겨 현학자라는 이름으로 그들을 비난하기 때문이다. 지금까지 여러 기록 속에 실린 실례에 나타난 바로는, 미성년 군주들의 정치(이런 국가들의 무한한 불리에도 불구하고)가 성숙한 연령의 군주들의 정치보다 뛰어났다. 그것은 보통 정치가들이 비방하려는 그 이유 때문이었는데, 바로 국가가 현학자들에 의해 다스려진 것이다. 로마에서 네로의 미성년 시기인 최초의 5년간도 그랬다. 크게 칭찬을 받고 있는 이 시기는 세네카라는 학자의 손에 있었을 때이다. 또 소(小) 고르디아누스[3]가 미성년일 때, 10년간 또는 그 이상의 기간 동안은 학자인 티메시테우스의 손에 있었으며 극찬을 받으며 만족스런 정치가 이루어졌다. 그리고 조금 앞서 알렉산데르 세베루스의 미성년 시대에도 태평한 정치가 이루어졌는데, 후대의 경우와 크게 다를 것 없는 사람들에 의해 정치가 이루어졌다. 즉 교사나 스승이나 지도자들의 도움을 받는 여성들이 지배하고 있었다.

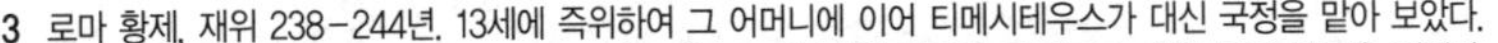

이것은 로마 교황들의 통치를 주의 깊게 살펴보면 알 수 있다. 피우스 5세나 식스투스 5세[4]의 정치를 보자. 이들은 처음에는 현학적인 수도승에 지나지 않는다고 생각되었다. 그런데 이런 교황들이 국가의 사무나 군주의 궁내에서 교육과 훈육을 받은 뒤 교황의 위치에 오른 사람 이상으로 비교적 큰일을 하고 한층 진실된 원리에 입각하여 국가를 운

---

3 로마 황제, 재위 238-244년. 13세에 즉위하여 그 어머니에 이어 티메시테우스가 대신 국정을 맡아 보았다.
4 피우스 5세(Pius Quintus, 재위 1566-1572)는 레판토 해전에서 터키를 무찌르고, 신성 로마 제국을 지켰다. 또 식스투스 5세(Sixtus Quintus, 재위 1585-1590)는 재위 중 로마 교황청을 개편하고 바티칸 도서관을 설립했다.

영해 나아간 것을 볼 수 있다. 즉 학문으로 자란 사람들은, 당면 문제나 현재에 대처하는 기술에 있어서 좀 결여되어 있지 않나 하는 생각이 든다. 이것을 이탈리아인은 이른바 '국가 이성'이라고 표현했으며, 이에 대해서는 피우스 5세도 참고 듣지만은 않았다. 그래서 '국가 이성'을 종교와 도덕적 덕성에 반대하는 궁리라고 말했다. 한편으로 그는 이를 보충하기 위해 종교·정의·명예·도덕적 덕성 등 역시 평명(平明)을 바탕으로 한 문제에 대해서는 완전한 사람들이었다고 말했다. 이러한 것이 충분히 그리고 주의 깊게 추구된다면, 다른 한쪽이 필요하게 되는 경우가 생기는 일은 거의 없으리라 생각된다. 이것은 건강하거나 양생을 위해 노력하는 신체에 약이 필요 없는 것과 같은 이치다.

또한 한 사람의 인생 경험이 그 사람의 일생 중 여러 가지 사건에 대하여 모범이나 전례를 제공하지 않는다. 왜냐하면 손자나 다른 자손이 아버지보다 조상을 더 닮을 수도 있기 때문이다. 마찬가지로 현재의 여러 가지 사건이 고대의 예와 더 일치하고, 후대나 현재 시대 이상일 경우도 많을지 모른다. 마지막으로 한 인간의 학식이 학문에 대항할 수 없는 것은, 한 인간의 재산이 공통의 지갑, 즉 국가의 재산에 필적할 수 없는 것과 같다.

4

학문이 정치나 통치로 향하는 마음을 유혹하고 혐오를 불러일으키는 여러 가지 개별 문제를 생기게 한다는 말에 대해 살펴보자. 이러한 일을 인정하더라도, 그와 더불어 학문은 그 하나하나의 경우에 한층 강한 약이나 치료법을 준다는 점, 병이나 쇠약함의 원인이 되지 않는다는 점은 기억해야 한다. 왜냐하면 사람이 비밀 때문에 고민하거나 결단성이 결여된 경우라도, 한편에서는 솔직한 가르침에 의해서 언제 그리고 어떤 근거 아래 결단을 내려야 하는가를 가르쳐 주기 때문이다. 사실 결단을 내릴 때까지 실질적 손해가 생기지 않도록 하고, 사물을 미결정 상태로 두는 방법까지도 가르쳐 준다. 학문이 사람을 완고하고 규칙을 고집하도록 만든다면, 어떤 사물이 증명할 수 있는 본질의 것인가, 무엇이 상상에 입각한 것인가, 그리고 구별과 예외의 효용이나 원리와 규칙의 범위도 가르쳐 준다. 불균형이나 비유사의 예로 사람을 그르치게 할 때는 환경의 힘, 비교의 잘못, 적용의 모든 주의를 가르쳐 준다.

이 모든 경우에 있어서 학문은, 왜곡하는 것보다는 더 효과적으로 올바르게 하는 경우가 훨씬 많다. 이러한 약을 인간의 마음속에 도입하는 데 있어서는 싱싱하고 침투력 있는 예를 들기 때문에 한층 더 강력하다. 이를테면 클레멘스 7세[5]의 과오를 보라. 그것은 그를 섬긴 귀치아르디니에 의해 매우 생생하게 그려져 있다. 또 키케로의 과오가 있다. 그것은 키케로 자신이 직접 아티쿠스에게 보낸 편지에 나타나 있다.[6] 이러한 과오의 사례를 보면 사람들은 즉각 결단을 내리지

---

5 로마 교황, 재위 1523-1534. 베이컨은 여기서 헨리 8세의 이혼을 클레멘스 7세가 인정하지 않았던 것 등을 생각하는지 모르지만, 귀치아르디니의 《이탈리아사(史)》에 의하면, 그는 성격적으로 결단성이 없었던 것 같다.

못하는 상태에서 벗어날 것이다. 포키온[7]이 저지른 과오를 보면, 융통성 없이 완고하게 굴지 않도록 조심할 것이다. 익시온의 우화[8]만 읽어도 자기 자랑을 하거나 공상에 빠지는 일이 없어질 것이다. 소(小) 카토의 과오[9]를 주의해 보면, 지구 반대편의 주민이 되어 현실 세계와 반대로 나아가는 일은 없어질 것이다.

5

학문이 사람을 한가로움과 사적 생활로 기울게 하고, 사람을 게으름뱅이로 만든다는 생각에 대해 살펴보자. 마음을 끊임없이 움직이고 분발하도록 길들이는 일이 게으름뱅이의 습관을 낳는다는 것인데, 이는 묘한 이야기다. 오히려 진실은 그 반대이다. 학식이 있는 사람 이외에 일 그 자체를 사랑하는 사람은 없기 때문이다. 어떤 사람들은 피고용인이 임금을 벌기 위해 일을 사랑하는 것처럼 이익을 위해 일을 사랑한다. 명예를 위해 일을 하는 경우도 있다. 일은 사람의 눈에 띄고 명성을 새로운 것으로 만들어 주기 때문이다.

---

6 키케로, 《아티쿠스 서한》, 16·7.
  키케로는 정치가로서의 통찰력과 결단력이 모자랐다고 한다.
7 BC 402-318. 아테네의 장군이자 정치가이며 철학자로서도 알려졌다. 카이로네이아의 싸움 뒤, 아테네와 마케도니아의 조정(調停)에 노력했으나, 민주파가 다시 일어선 뒤 반역죄로 처형당했다.
8 익시온은 테살리아의 라피타이 왕이다. 제우스의 아내인 헤라와 교접하려다가 구름과 교접했으며, 그 벌로 영원히 회전하는 타르타로스의 불수레바퀴에 묶이게 되었다.
9 소(小) 카토(Marcus Porcius Cato Uticensis, BC 95-46)는 폼페이우스 편을 들어 케사르와 싸우다가 나중에 자살했다. 베이컨은 그가 시국을 보는 눈이 없었다고 보고 있다.

그렇지 않으면 일은 자신의 운명에 전념하도록 하여 기뻐하거나 슬퍼하는 기회를 준다. 또한 자기가 자랑하는 그 어떤 능력을 발휘하여 자기 자신을 기쁘게 하고, 자기에게 만족을 느끼게 한다. 그 밖에 무엇이건 여러 가지 목적을 추진한다. 진실이 아닌 용기에 대한 말이 있는데, 어떤 사람들은 용기를 낼 때 보는 사람의 눈을 의식한다고 한다. 마찬가지로 그런 사람들의 근면은 남의 눈을 의식해서 하는 것이거나 적어도 자신의 여러 가지 계획을 의식해서 한다. 오직 학자만이 인간성에 합치하는 행위로서 일을 사랑한다.

학문이 마음의 건강에 좋은 것은 운동이 육체의 건강에 좋은 것과 같다고 생각하고, 행위 그 자체에 기쁨을 느끼는 것일 뿐 이해관계가 아니다. 그러므로 모든 사람들의 행위가 그들 자신의 마음을 움켜잡을 수 있는 방향의 일을 앞에 두고 있으면, 전혀 피로를 모를 것이다.

6

독서나 연구에는 열심이지만 일이나 행위에는 태만한 사람이 있다면, 그 원인은 육체의 어떤 결함이나 마음의 연약함 때문이다. 이를테면 세네카가 말했듯이 "너무 응달에 있기 때문에 양달의 것은 무엇이나 얼떨떨해하는 사람이 있다."[10] 이것은 학문의 문제가 아니

---

10 세네카, 《서한집》, 1·3.

다. 이와 같은 성질로 인해 어떤 사람이 학문에 전념하는 경우는 있을지 모르지만, 학문이 그 사람의 성질 속에 연약함을 만들어 놓지는 않는다.

7

학문이 시간이나 여가를 너무 빼앗는다는 주장에 대한 나의 대답은, 과거와 현재에 가장 활동적이거나 바쁜 사람이라도 한가한 때가 있다는 것이다. 즉 일하는 시기가 돌아오기를 기다리는 때가 있다. 이런 경우에는 그 한가한 시간을 어떻게 채우고 쓰느냐는 것만 문제가 된다. 쾌락을 추구하며 시간을 보내느냐 공부를 하면서 시간을 보내느냐? 이를테면 데모스테네스가 경쟁 상대인 아이스키네스에게 대답한 재미있는 말이 있다. 아이스키네스는 쾌락을 즐기는 사람이었는데, "자네 연설은 등잔불 냄새가 나는군."이라고 말하자, 데모스테네스는 "자네와 내가 등잔불 옆에서 하는 일에는 큰 차이가 있단 말일세."라고 말했다.[11] 그러므로 학문이 일을 배제한다고 두려워 할 필요는 없다. 오히려 학문은 마음을 다잡아주어서 태만과 쾌락이 접근하지 않도록 지켜 줄 것이다. 그렇지 않으면 자칫 나태와 쾌락이 들어와서 학문과 일 양쪽을 모두 망친다.

---

11 플루타르코스, 《영웅전》, 〈데모스테네스편〉, 8 · 2.
    단 데모스테네스의 상대는 아이스키네스가 아니라 피티아스로 되어 있다.

8

학문은 법률과 정치에 대한 존경심을 해친다는 견해가 있다. 이것
은 확실히 중상모략이다. 털끝만큼의 진실성도 없다. 왜냐하면 맹목
적인 복종의 습관이 더 확실한 구속력을 갖고 있어서 의무를 가르치
거나 이해시키는 것보다 낫다고 말하는 것은, 장님이 안내자에 의지
해 걷는 편이 눈뜬 자가 빛에 의지하여 걷는 것보다 확실하다고 단언
하는 것과 같기 때문이다.

반론의 여지가 전혀 없지만, 학문은 사람의 마음을 온순하고, 관대
하고, 다루기 쉽게, 그리고 정치에 대하여 유연성을 갖도록 만든다.
반대로 무지는 조잡하고, 사악하고, 반항적으로 만든다. 시간, 즉 역
사의 증거는 이런 단정을 입증하고 있다. 가장 야만스럽고 무식하고
학문이 없는 시대는 동란·폭동·변화를 받기 가장 쉬웠다는 것을 생
각할 수 있기 때문이다.

9

고대 로마의 감찰관인 카토는 학문을 모독한 만큼의 벌을 받았다.
그가 지은 죄가 그대로 그에게 되돌아왔다. 그는 60세를 넘어서자 다
시 학교에 가고 싶다는 강한 욕망을 가졌기 때문이다. 그리스어를 배

우고 그리스 작가들의 작품을 읽기 위해서였다. 이것으로 분명해지는 것은, 그가 그리스 학문을 비난한 것은 자신의 신중함을 보이고 싶었기 때문이며, 그 참된 기분을 마음속으로 느낀 것이 아니었다. 베르길리우스의 시에서는, 세계에 도전하며 제국의 기술은 로마인이 갖게 하고, 신화의 기술은 다른 사람들에게 맡길 생각을 했다. 분명한 것은, 로마 제국이 통치의 절정에 도달한 것은 다른 여러 가지 기술도 최상의 상태에 도달했을 때였다. 말하자면 최초의 두 케사르 시대는 통치의 기술이 가장 완벽한 상태였을 때인데, 그 시대에 활동했던 인물 중에는 가장 훌륭한 시인인 베르길리우스 마로, 가장 훌륭한 역사가인 티투스 리비우스, 가장 훌륭한 고고학자인 마르쿠스 바로,[12] 제1 또는 제2의 웅변가인 마르쿠스 키케로 등 인류사에 길이 남을 만한 사람들이 있었다.

소크라테스가 고소당한 일에 대해서는, 그 기소된 시기를 떠올려야 한다. 그 시기는 30인의 전제 위원회[13] 아래 있던, 가장 비열하고 포악하고 악의에 찬 사람들이 통치하는 시대였다. 그 사람들의 국가 혁명이 끝나자마자, 소크라테스는 그때까지 범죄자로 여겨지다가 곧바로 영웅이 되었다. 그가 죽은 뒤에는 신과 인간 양쪽의 여러 가지 명예가 주어졌다. 그리고 그의 담화는 당시에 도덕을 무너뜨린다는 비난을 받았지만, 후대에는 마음과 도덕에 특별히 효력 있는 약으로

---

12 BC 116-27. 로마의 학자로, 율리우스 케사르가 로마 최초의 공공 도서관장에 임명했다. 74종 이상에 이르는 그의 저서는 철학·종교·고고학 등 모든 분야에 걸쳐 있었다.
13 펠로폰네소스 전쟁 중 제1기인 아르키다모스 전쟁 뒤, 아테네의 통치는 스파르타의 영향 아래 30인의 참주들에 의해 실시되었다. 실제로 소크라테스가 고발된 것은 이 참주제가 붕괴한 뒤이다.

인정받았으며, 그 뒤 오늘에 이르기까지 줄곧 그렇게 생각되고 있다.

이것으로 정치가에 대한 대답을 대신할 수 있다. 정치가들은 변덕에 불과한 엄격함과 일시적인 꾸밈에 불과한 묵직함으로, 학문에 비난을 퍼부으려 한다(우리의 노력이 유용할 다른 시대가 있을지 모르지만). 이런 반박은 지금의 학문에 대한 애정과 존경으로 볼 때 아무런 가치가 없다. 이에 대해서는 엘리자베스 여왕과 폐하, 매우 학식 있는 이 두 군주가 몸소 그 본보기와 옹호를 보여 주셨다. 두 분은 빛나는 쌍둥이좌(座)의 카스토르와 폴룩스처럼 뛰어난 빛과 가장 훌륭한 영향력을 가진 별로서, 지위와 권력을 가진 모든 사람들 속에 영향을 주고 계시다.

제3장

1

이번에는 제3의 불신 또는 신용의 감소라는 문제를 생각해 보기로 하자. 이것은 학자들 스스로에게서 생겨 학문에 따라다녔으며, 보통 가장 신변 가까이 붙어 다닌다. 그 원인으로는 그들에게 재산이 없거나 학자들의 태도나 그 연구의 본성 등이 있다. 첫째는 그들의 힘이 미치지 못한다. 둘째는 우연한 것이다. 셋째는 취급해 볼 만하다. 그러나 여기서는 참된 수단이 아니라 일반 민중의 평가와 생각을 다루므로, 앞의 두 가지 것도 얼마쯤 이야기해도 상관은 없다.

학자들의 재산이나 신분으로부터 학문에 관계되는 비난은, 재산의 부족에서 오는 것과 생활의 사적인 성질과 일의 천함 같은 것에 원인이 있다.

2

재산의 결핍과 학자의 경우 결핍 상태에서 시작하여 다른 사람들 만큼 빨리 부자가 되지 못하는 이유로는 그 사람들이 노력을 이익의 증대에 돌리지 않는다는 데 있다. 그러나 가난을 장려하는 따위의 주장은 수도승에게나 어울리는 일이다. 이 점에 관해 마키아벨리는 이렇게 말했다.

"승려의 왕국은 이미 오래 전에 망했을 것이다. 다만 수도승들의 빈궁에 대한 일반인들의 신망과 존경심은 사교(司敎)나 수도원장들이 과도하게 부유하다는 악평으로 메워 유지되고 있었다."

마찬가지로 군주나 지위가 높은 사람들의 행복이나 사치는, 이미 오래 전에 무식하고 야만스러운 것이 되었을 것이라고 말할 수 있다. 오직 가난한 학문이 있어서 인생의 세련됨과 명예를 유지하고 있는 것이다.

이러한 이익은 별도로 하더라도, 로마 국가에서는 가난한 신분이 몇 시대에 걸쳐 존경받고 명예로웠으며, 더욱이 그 국가에서는 상식적인 것이었고 역설 같은 것이 없었음은 주목할 만하다. 이것은 티투스 리비우스가 그 서문에서 밝히고 있다.

"내가 기도했던 일에 대한 애정 때문에 과오에 빠져 있지 않다면, 이토록 크고 종교적이고, 훌륭한 모범이 되는 국가는 없었다. 또 이토록 사치와 탐욕이 들어오지 않는 곳도 없었고, 가난과 검약이 그토록 크게 또 오래 존중된 곳도 없었다."

로마 제국이 타락한 뒤 율리우스 케사르가 승리를 얻고 나서, 그의 고문으로서 국가의 회복을 어디서부터 시작하느냐 하는 문제에 대하여 조언한 인물이 있었는데, 그는 무엇보다도 부의 중시를 제거하는 것이 가장 적절하다고 보았다.

"이런 것과 모든 악폐가 사라지는 것은, 금전에 대한 존경이 사라지고, 장관이나 그 밖에 여느 사람들이 바라는 것이 돈으로 얻을 수 없게 될 때이다."[1]

결론적으로, "빨갛게 되는 것은 덕성의 빛깔이다."[2]라는 말이 진실이라는 점이다. 다만 그것은 악덕에서 생기는 수도 있으므로 적절한 표현은 "가난은 덕성의 운이다."라고 해야 한다. 다만 그것은 불근신(不謹愼)이나 우연에서 생길 수도 있다. 이러한 사실을 확실히 하는 솔로몬의 말 중 "악한 눈이 있는 자는 재물을 얻기에만 급하고, 빈궁이 자신에게로 임할 줄은 알지 못하느니라."[3]는 비판적인 것이 있고, 한편에서는 "진리를 사고팔지 말며, 지혜와 훈계와 명철도 그리할지니라."[4]는 교훈적인 것이 있다. 이 말은 재산은 학문을 위하여 소비해야 하지만, 학문은 재산을 위하여 이용해서는 안 된다는 뜻이다.

(통속적인 평판이라 생각되지만) 사색하는 사람의 눈에 띄지 않는 사적

---

1 살루스티우스, 《케사르에게 보낸 국가 질서에 대한 서한》.
2 디오게네스 라에르티오스의 말이라고 한다.
3 《잠언》 28 : 22.
4 《잠언》 23 : 23.

인 생활에 대하여 생각해 보자. 사적인 생활로 관능성이나 나태에 빠지지 않은 것을 칭찬하면서 이와 비교하여 공적인 생활을 비난하는 것은 매우 당연한 문제가 되고 있다. 왜냐하면 안전성·자유·즐거움·위엄 또는 적어도 수치로부터 해방될 수 있기 때문에, 사적 생활을 다루는 사람은 모두 잘 다루고 있다. 그 표현은 사람의 사상과 합치하는 일이 많고, 그것을 인정하는 데 있어서는 사람의 동의를 얻기 쉽다. 다만 학자들이 국가 안에 있으면서 잊히고 사람들의 눈에 살아 있지 않는 것은, 유니아의 장례식 때 카시우스와 브루투스의 상(像) 같다는 점이다.[5] 이 두 사람의 상은 다른 많은 사람들의 경우와는 달리 사람들의 눈에 띄게 제시되지 않았는데, 타키투스는 "다른 모든 사람 이상으로 눈에 띄었다. 왜냐하면 보이지 않았기 때문이다."라고 말했다.

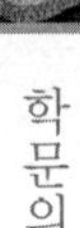

3

　일의 천함에 대하여 살펴보자. 정부가 젊은이들에게 주는 일은 가장 경시하며, 으레 그 사람들은 천대받게 되어 있다. 그 나이가 가장 권위가 없는 때이므로, 젊은이가 관계하거나 젊은이에 관계있는 일

5　타키투스, 《연대기》, 3·76.
　유니아는 카시우스의 아내로 브루투스의 누이다. 로마에서는 근친자의 장례식 때 친척이나 조상의 초상을 장례 행렬에 내가는데, 케사르를 살해한 카시우스와 브루투스의 상은 내지 못해 그 때문에 오히려 눈에 띄었다.

을 헐뜯는다. 그러나 이 경멸이 얼마나 부당한 것인가(대중적인 여론에서 절도 있는 이성으로 사정을 옮겨 생각해 본다면) 하는 것이 분명해지리라는 것은, 사람은 오래된 그릇보다 새로운 그릇에 담는 것에 더 주의한다는 것을 보면 알 수 있다. 또 튼튼한 식물보다 어린 식물을 어떤 형태로 기르느냐를 궁리한다. 모든 것이 가장 약한 시기에 뒷바라지와 도움을 가장 많이 받는 것이 보통이다.

유대의 율법 학자들은, "늙은이는 꿈을 꾸며, 젊은이는 이상을 본다."[6]고 말했다. 청년 시절은 더 가치 있는 시기이며, 이상은 꿈보다 신의 현현(顯現)에 더 가깝다는 말일까? 주의할 것은, 현학적인 교육자의 생활이 두 대(代) 위에서는 경멸받고, 전제주의의 흉내라는 말을 듣는다는 점이다. 또 근대의 방종과 태만으로 교사와 지도자의 선택에 충분한 주의를 기울이지 않게 되었다는 점이다. 가장 훌륭한 시대의 고인의 예지는 언제나 올바른 불만을 말하고 있다. 국가는 법률에 바빠서 교육을 태만히 한다는 지적이다.

최근에 그런 고인의 뛰어난 훈련을 어느 정도 부활시킨 것은 예수회이다. 이 단체에 대해서 나는 그 미신적인 면 때문에 "좋으면 좋을수록 나쁘다."[7]고 말하고 싶다. 앞에서 말한 점과 인간의 학문 및 정신적인 문제에 관한 다른 점에 대해 나는 아게실라오스가 적인 파르나바조스에게 말했듯이 "매우 좋은 사람이니 우리 편이 되어 주기 바

---

6 《요엘서》 2 : 28.
7 디오게네스 라에르티오스, 《철학자들의 생애》, 6 · 46.
　우수하면 우수할수록 또 나쁜 일도 잘한다는 뜻.

란다."[8]라고 말하고 싶다. 이와 같이 학자들의 재산 관계 문제에 따른 여러 가지 불신에 대해서는 이 정도로 해 둔다.

4

학자들의 태도는 지극히 개인적이고 개별적인 문제다. 물론 그 사람들 가운데는 각기 직업이 다른 것처럼 온갖 기질의 사람들이 있다. 진실이 아니라고 말할 수 없는 것에 "학문은 습성이 된다."[9]는 말이 있다. 즉 학문은 그것을 좋아하는 사람의 습성에 영향을 주고 작용한다.

5

주의를 기울여 공평하게 바라볼 때, 나로서는 학문에 대한 수치가 학자의 태도에서 생길 수 있다고는 도저히 생각할 수 없다. 그것은 학자들에게 내재하는 것이 아니다. 다만 그런 결점(데모스테네스, 키케로, 소 카토, 세네카, 그 밖에 많은 사람에게 있었다고 생각되는 결점)은 다음과 같은 경우에는 예외가 된다. 그것은 책에서 읽은 시대가 자기가 살고

---

8 플루타르코스, 《영웅전》, 〈아게실라오스편〉, 1·25.
9 오비디우스, 《여류의 편지》, 15·83.

있는 시대보다 좋고, 책에서 배운 의무가 현실에서 실행하는 의무보
다 좋으므로 그 사람들은 사물을 완전무결한 데까지 가져가려고 하
고, 도덕의 부패를 원래 상태로 돌리기 위해 너무 높은 정직에 대한
가르침이나 모범으로까지 이끌어 가려고 지나치게 서두르는 경향이
있다는 것이다.

이에 대해서는 그 생활 방법, 즉 책 속에서 충분히 경고를 찾을 수
있다. 솔론은 시민에게 가장 훌륭한 법률을 주었느냐는 질문을 받았
을 때, "그들이 받아들일 만한 것에 대해서는 확실히 그렇게 했다."는
현명한 대답을 했다. 또 플라톤은 자기 나라의 부패한 도덕에 자신의
마음이 맞지 않는다는 것을 알고, 지위나 직무 맡기를 거부했다. 그
리고 "자기의 나라를 부모처럼 생각해야 한다. 겸허한 설득을 해야
지, 다투어서는 안 된다."고 말했다. 케사르의 자문가도 "도덕의 오
랜 타락에 의해서 경멸받게 된 옛날의 제도로, 사물을 되돌리려고 하
지 말라."[10]고 비슷한 경고를 하고 있다. 키케로는 소(小) 카토의 과오
를 깨닫고, 친구 아티쿠스에게 이런 글의 편지를 보냈다.

"카토가 생각하는 것은 가장 훌륭하다. 그러나 공화국에 대해서는
해로운 데가 있다. 로물루스의 똥 속에 살고 있는 것이 아니라, 플라
톤의 공화국 시대에 살고 있는 듯한 말을 한다."[11]

키케로는 철학자의 가르침이 너무 지나치거나 자질구레한 것에 대
해 변명했다.

---

10 살루스티우스, 《케사르에게 보낸 국가 질서에 대한 서한》, 2.
11 키케로, 《아티쿠스 서한》, 2·1.

"덕성을 가르치는 교사 자신은 천성이 견딜 수 있는 정도 이상의 의무 기준을 정해 놓고 있는 것 같다. 거기에 도달하려고 최선을 다한 뒤, 적당한 표준에 도달하기 위해서다."[12]

그러나 자기 자신은 "나로서는 내 가르침대로 할 수 없다."고 말했을지 모른다. 그것은 대단한 것은 아니더라도, 자신의 결점이기도 했기 때문이다.

6

이러한 종류의 또 다른 결점이 학자들을 따라다니고 있다. 그것은 자기 나라나 주인의 유지와 이익과 명예를 자기 자신의 재산이나 안전 이상으로 생각한다는 것이다.

데모스테네스는 아테네 사람들에게 말하고 있다.

"주의해 보시면 여러분에 대한 내 충고는, 그것으로 내가 여러분 사이에서 위대해지려는 것도 아니고, 여러분이 그리스인들 속에서 작아지게 하려는 것도 아닙니다. 내 충고는 충고하는 나에게는 좋지 않을지도 모르지만, 여러분이 그대로 따르신다면 반드시 좋은 것입니다."[13]

마찬가지로 세네카는 '네로 치세의 첫 5년간'을 신성한 것으로 만

학문의 진보

---

12 키케로, 《무레나 변론》, 31.
13 데모스테네스, 《케르소네에 대하여》, 187.

들고, 학식 있는 통치자들의 영구적인 영예에 공헌한 뒤에도, 정직하
고 충성스러운 길을 외곬으로 훌륭히 그리고 자유로운 충고를 계속
했으며, 주군의 정치가 매우 부패한 뒤까지도 충고는 이어졌다. 이
두 사람이 그러한 태도를 취한 것은 학문이 사람의 마음에 주는 것은
자기 몸의 취약함이라든가, 자기 운명의 불안정함이라든가, 자기 정
신과 사명의 존엄에 대한 감정이기 때문이다. 그러므로 자기 자신의
운명의 위대함이 자신의 존재나 지위의 참된 가치를 지닌 목적일 수
있다고 생각할 수는 없다. 그러기에 신처럼 신 아래의 주군들(이를테
면 자기가 섬기는 국왕이나 국가 등)에 대해 책임을 지려고 한다. 이 말은
"보십시오, 당신을 위해서 이익을 올렸습니다."[14]라는 것일 뿐 "보십
시오, 나를 위해서 이익을 올렸습니다."가 아니다.

　단순한 정치가로서 비교적 타락한 인간은, 학문으로 의무를 사랑
하고 이해할 만큼 사상이 확립되어 있지도 않고, 널리 일반 원칙의 연
구도 생각하지 않으며, 모든 것을 자신에게 결부시켜 세계의 중심으
로 스스로를 밀어젖힌다. 모든 길이 자기와 자신의 운명 속에서 만나
고 있다고 생각하는 것처럼 보인다. 온갖 폭풍 속에서 국가라는 배가
어떻게 되거나 상관하지 않는다. 자기 운명의 조각배로 자신만 살면
될 뿐이다.

　이에 반해 의무의 무게를 느끼고 자신에 대한 애정의 한계를 알고
있는 사람들은 자신의 지위에 알맞게 의무를 완수하려고 하며 위험

---

14 〈마태복음〉 25 : 20.

을 개의치 않는다. 동란으로 심한 변화를 겪은 시기에 무사히 있을
수 있다면, 그것은 대항하는 당사자들의 쌍방이 정직에 바치는 경의
탓이지 자기 자신의 태도가 끊임없이 유리하게 변한 탓이 아니다. 그
러나 의무에 대한 감정의 신중함과 공고한 책임은 학문이 마음에 주
는 것이며, 운명의 시련이 어떤 것이든, 또 깊이 타락한 인생관으로
경멸하는 자가 많거나 적거나 상관없이 일반의 찬동을 얻을 것이다.
따라서 반박이나 변명을 필요로 하는 일은 별로 없다.

7

학자에게 따라다니는 또 하나의 결함은, 변호는 할 수 있지만 부정
하기에는 진실성이 없지 않을까 하는 생각이다. 그것은 때때로 자신
들을 특정인들의 마음에 들도록 하지 못하는 그 무엇이다. 이처럼 특
정인에게만 마음을 돌리는 일이 없다는 것은 두 가지 원인으로 발생
한다. 하나는 마음이 크기 때문에 한 인간의 성질이나 습관을 자세히
관찰하거나 검토하기 위해 머물러 있을 수가 없다는 것이다. "서로
가 아주 큰 극장이다."[15]라는 것은 연인들에게 맞는 말이지, 현자에게
맞는 말이라고는 할 수 없다. 그러나 마음의 눈을 수축시킬 수도 확
산시킬 수도 없는 사람은 위대한 능력이 결여되어 있다는 것을 나도

---

15 에피쿠로스의 말. 《수필집》, 〈10 연애〉, 주 2 참조.

인정한다. 또 하나의 원인은 능력이 없는 것이 아니라, 선택과 판단
으로 거부하는 것이다. 즉 어떤 사람이 남을 정직하고 올바르게 관찰
하는 데는 한계가 있다. 그 한계는 상대방을 충분히 이해하는 것 이
상으로 넓어지지 않는다. 이로써 상대편을 화나게 만들지 않거나, 그
것으로 충실한 충고를 줄 수 있거나, 자기 스스로 적당한 경계와 조심
을 하려고 한다. 남의 일에 깊이 관여하여 어떻게 움직이고 조종하고
지배하려는 일이 일어나는 것은, 마음이 이중으로 되어 있고 솔직하
지 않기 때문이다. 이것은 친구 관계일 때는 진실성의 결여고, 군주
나 윗사람에 대해서는 의무감의 결여가 된다. 예를 들면 레반트 사람
들[16]의 풍습으로는 신하들이 군주를 쳐다보거나 응시하기를 삼가는
데, 그것은 외면적인 의식(儀式)으로서는 야만스럽지만 그 정신은 좋
다. 왜냐하면 사람은 술책이나 바르지 않은 관찰로 국왕의 마음속에
꿰뚫고 들어가려 해서는 안 되기 때문이다. 성서에도 국왕의 마음은
측량하기 어려운 것이라고 말하고 있다.

8

결점이 하나 더 있다. 이것을 지적하고 이 부분을 끝맺을까 한다.
행동이나 태도가 품위나 분별을 따르지 못하고, 사소하고 흔한 여러

가지 행동 면에서 과오를 범한다는 점이다. 이러한 이유로 보통 사람들은 비교적 큰 문제를 두고 학자들을 판단할 때, 비교적 사소한 문제에서 결핍되어 있다고 생각하는 것을 기준으로 삼는다. 그런데 이런 추론은 사람을 속이는 수가 많다. 이에 대해서는 테미스토클레스가 한 말을 상기하면 좋을 것이다. 그것은 오만하기도 하고 무례하기까지 한 표현인데, 테미스토클레스가 자기 자신에 대해 말한 것이다. 이 문제의 일반적인 상태에 대해서 한 말로서는 가장 적절하고 옳다. 류트라는 악기를 연주하라는 말을 들었을 때, "나는 그런 시시한 짓은 못하지만, 조그만 도시를 큰 국가로 만들 수 있다."라고 대답했다. 이와 같이 통치나 정치의 일에 있어서는 통달해 있으면서, 작고 자질구레한 일은 잘하지 못하는 사람들이 많을지도 모른다.

　나는 또 플라톤이 스승인 소크라테스에 대하여 한 말을 상기해 주었으면 한다. 소크라테스를 약방의 약 항아리에 비교한 것이다. 그것의 겉에는 원숭이나 부엉이 같은 여러 가지 기괴한 모양이 그려져 있지만, 속에는 아주 귀중한 액체나 조제약이 들어 있다.[17] 겉으로 보기에는 경박함이나 기형이 없지도 않지만, 내부적으로는 뛰어난 덕성이나 힘이 가득 차 있다는 것을 인정하고 있다. 학자들의 태도 문제에 관해서는 이 정도로 해 둔다.

17　플라톤, 《향연》, 3 · 215.

나는 천하고 가치 없는 몇 가지 조건이나 과정을 다루지 않았는데, 그런 것으로 여러 학문의 전문가들이 몸을 그르치고 지나치는 경우가 있다. 이를테면 기식철학자(寄食哲學者)라는 것이 있었다. 로마 제국의 끝 무렵에 보통 높은 사람들 집에서 살던, 진지한 얼굴의 기식가라 할 수 있는 사람들이다. 루키아노스는 이런 철학자들을 재미있게 이야기하고 있다. 그런 사람을 귀부인이 데리고 마차를 타고 외출했다. 그리고는 조그만 애완견을 안아 달라고 부탁했다. 그는 열심히 그렇게 해주었는데 꼴이 흉했으므로 시중드는 소년이 비웃으며, "이 철학자는 스토아 철학자에서 견유학자(犬儒學者)가 되실 것 같네."[18] 라고 말했다고 한다. (뒤바르타스[19]가) 말하고 있듯이 이런 상태로 학식이 없는 사람들이 자신의 재능이나 붓을 타락시켜 남용한 자가 많다. 그들은 헤카베를 헬레나로, 파우스티나를 루크레티아로 바꾸어 버렸고 학문의 가치와 평가를 가장 감소시켰다. 또 근대에 와서 후견인 등에게 책이나 저술을 바치는 것도 권장할 만한 일이 못 된다. 책(책이라는 이름을 붙일 만한 경우를 말하지만)에는 진리와 이성 이외에 어떤 후견인도 있을 수 없기 때문이다. 고대의 풍습으로는 사적인 같은 연

---

18 루키아노스, 《고용된 친구들》, 33·34.
19 뒤바르타스(Du Bartas, 1544−1590)는 앙리 4세를 섬긴 프랑스 시인으로서, 천지창조의 7일간을 읊은 종교시 《주(週)》를 썼다. 헤카베는 트로야 왕 프리아모스의 늙고 흉한 아내이고, 헬레나는 콘스탄티누스 대제의 어머니로 성녀이다. 파우스티나는 마르쿠스 안토니누스의 왕비로 부정하기로 유명했으며, 루크레티아는 이와 반대로 그 정결을 찬양받은 미녀였다.

배의 친구에게만 바치기도 하고, 또 그 책에 그 사람들의 이름을 올리거나 했다. 국왕이나 높은 사람에게 바친다면, 그 책의 내용이 적절하고 알맞은 사람들에게만 했다. 이런 일이나 이와 유사한 방법은 변호보다는 오히려 비난을 들을 만한 것일지도 모른다.

10

물론 학자들이 재산을 가진 사람들을 기쁘게 해 주려고 하거나 비위를 맞추려고 하는 것을 나무라거나 비난할 수는 없다. 왜냐하면 반농담으로 질문한 사람에게 디오게네스가 한 대답은 훌륭했다. 그 질문은 "철학자는 부자의 종자(從者)이고, 부자는 철학자의 종자가 아닌데, 어떻게 이런 일이 생겼는가?"[20]라는 것이었는데, 이에 대하여 그는 엄숙하고 날카롭게 "전자, 즉 철학자들은 자기들이 필요한 것을 알고 있고, 후자인 부자들은 모르기 때문이다."라고 말했다. 그리고 같은 성질의 것으로 아리스티포스의 대답이 있다. 그것은 그가 디오니시오스에게 무슨 부탁을 했는데 들어주지 않자, 그 발아래 엎드렸을 때의 일이었다. 디오니시오스는 걸음을 멈추고 그의 말을 듣고는, 그 부탁을 들어주었다. 이에 대해서 나중에 철학을 위하는 사람이 아리스티포스를 비난하여, 사적인 부탁 때문에 폭군의 발아래 엎드린

---

20 실은 아리스티포스의 말이라고 한다.

다는 것은 철학이라는 학문에 심한 모욕을 가하는 것이라고 말했다. 그러자 그는 이에 "그것은 내가 나쁜 게 아니라 디오니시오스가 나빴던 거야. 그 사람의 귀는 발에 붙어 있었거든."[21]이라고 말했다. 또 약점보다는 오히려 분별이 있었기 때문이라고 생각되는 예로서는, 하드리아누스 황제와 진정으로 논쟁을 벌이지 않은 사람을 들 수 있다. 그의 구실은 "30군단을 지휘하는 사람에게 양보하는 것은 당연하다."[22]는 것이었다. 이상과 그 밖에 유사한 부탁이나 필요나 편의의 여러 가지 문제 때문에 몸을 굽히는 것을 좋지 않다고 말할 수는 없다. 왜냐하면 그런 경우 외면적으로는 다소 비굴한 데가 있을지 모르지만, 그 실제는 때와 경우에 복종한 것일 뿐 인간에 복종한 것이 아니라고 생각할 수 있기 때문이다.

---

21 디오게네스 라에르티오스, 《철학자들의 생애》, 〈아리스티포스편〉, 2·79.
   아리스티포스(Aristippos the elder, BC 435-355)는 키레네 학파이다.
22 스파르티아누스, 《역대 황제의 업적》, 〈하드리아누스〉, 15.

제4장

1

여기서 더 나아가 생각하고 싶은 과오와 허영심은, 학자들의 연구 그 자체에 있다. 그것이 이 논의의 중심을 이루는 본래의 문제다. 내 목적은 그러한 과오를 변호하는 것이 아니라, 과오를 비판하고 분리함으로써 좋은 것과 건전한 것을 변호하고, 다른 한편이 받고 있는 비난으로부터 그것을 구하자는 것이다. 왜냐하면 흔히 볼 수 있지만, 사람은 그 본래의 성질과 덕성을 견지하는 것을 헐뜯고 욕하기 위해 부패하고 타락한 것을 이용하는 수가 곧잘 있기 때문이다. 이를테면 초기 그리스도교의 경우에, 이교도들은 그리스도 교도들을 중상 모략하기 위해 사교도로서의 결점과 부패한 데가 있다고 말했다. 그렇게 말하면서도 지금은 학문의 문제에 관한 과오나 장애에 대해서 정확히 고려할 생각을 하고 있는 것이 아니다. 세속적인 사고방식으로는 비교적 보이지 않고 먼 문제이기 때문이다. 여기서는 다만 일반 민중이 관찰할 수 있는 것을 언급한다고 할까, 그 가까운 것에 대해서 설명하기로 한다.

2

학문에는 가치가 없는 세 가지가 있다. 학문이 그 때문에 가장 비난을 많이 받는다. 다시 말해 우리가 무가치하다고 생각하는 것은 거짓이나 쓸데없는 것, 진리나 효용이 없는 것이다. 우리가 무가치하다고 생각하는 사람은 맹신하거나, 지나치게 자질구레한 사람들이다. 자질구레하다는 것은 내용의 경우도 있고 말의 경우도 있다. 이치로 보나 경험으로 보아 학문에는 다음 세 가지의 병(이렇게 말해도 괜찮을 줄 안다)이 있다고 하겠다. 첫째는 망상적인 학문, 둘째는 논쟁적인 학문, 마지막으로 과시욕의 학문이 그것이다. 헛된 상상력, 헛된 논쟁, 헛된 과시욕이다.

먼저 헛된 과시욕부터 생각해 보기로 하자. 마틴 루터는 (물론) 비교적 높은 하늘의 섭리에 인도받았겠지만, 추리력을 발휘함으로써 로마 교황과 교회의 타락한 전통에 반대하여, 어떤 일부터 먼저 손을 대기 시작해야 하는가를 알았다. 또 자기 시대의 어떤 여론의 지지도 받지 못해 고독하다는 것을 알고, 고인(古人)을 모두 끌어내 옛 시대를 자기편으로 끌어넣어, 현대와 부딪치지 않으면 안 된다는 것을 알았다. 그러므로 고대의 저작자들은 신학에서나 인문학에서나 오랫동안 서고에서 잠자고 있다가 널리 읽히고 고려되기 시작했다. 그 결과 그런 저작의 원어(原語)에 대한 비교적 면밀한 연구가 필요해졌다. 또한 원어의 연구는 작가들을 더 잘 이해하기 위해서, 그 말을 강조하여 사용하는 데 한층 편리하게 하기 위해서였다. 거기에서 그 사람들의 문체나 표현을 좋아하게 되고, 그런 종류의 저술에 감탄하기도 했다.

이러한 경탄을 더욱 촉진시켜 왕성해지도록 한 것은, 오래된 것이기는 하지만 겉으로는 새롭게 보이는 주장을 했던, 스콜라 학파에 대하여 적의를 품고 반대하는 사람들에 의해서다. 스콜라 학파의 저술은 이들과는 완전히 다른 양식과 형식으로서, 전면적으로 반대파에 섰다. 자기들의 뜻을 나타내려고 마음대로 새로운 기술 용어를 만들어 내고, 우회적인 표현을 피해 구절이나 낱말의 순수함과 즐거움과 게다가(이렇게 말할 수 있으리라 생각하지만) 적법성 같은 것은 개의치 않았다. 또 그 무렵 매우 성가셨던 것은 대중(그 사람들을 바리새인들은 '법을 모르는 비참한 대중'[1]이라고 늘 말하고 있었다)이었으므로, 그 사람들을 내 편으로 만들고 설복하기 위해서, 필연적으로 가장 중요하고 필요한 것으로서 웅변적이고 변화 있는 담론이 생겼다. 이것은 일반 대중

---

1 〈요한복음〉 7 : 47.

의 능력에 접근하는 가장 적절하고 가장 강력한 방법이었다. 그래서 다음 네 가지 이유가 하나로 뭉쳐졌다. 즉 고대 작가들에 대한 숭배와 스콜라 학파에 대한 증오, 여러 가지 언어의 정확한 연구와 설교의 유효성 등, 이러한 것들이 한데 뭉쳐져 웅변과 말의 유창함에 대한 열성적인 연구를 낳았다. 이것이 그 무렵 성행하기 시작했다. 이것은 순식간에 과도해졌다. 말하자면 사람들은 내용보다도 말을 뒤쫓기 시작한 것이다. 뛰어난 어구, 완전하고 세련된 글의 구성, 아름다운 가락의 표현, 작품에 여러 가지 변화를 주고 장식하기 위한 수사와 비유 같은 것이 내용의 무게, 주제의 가치, 논의의 건전함, 창의력의 생명, 판단력의 깊이보다 더 중시되었다. 포르투갈의 사교(司敎) 오소리우스[2]의 내용은 공허하지만 유창한 구변을 중시했다. 스투르미우스[3]는 변론가인 키케로와 수사학자인 헤르모게네스에 대한 연구에 꾸준하고도 세밀한 노력을 기울였다. 그 밖에 미문(美文), 모방 등에 관한 그 자신의 여러 저작이 있다. 케임브리지의 카[4]와 애스컴[5]이 강의와 논문으로 키케로와 데모스테네스를 거의 신격화했고, 학문하는 젊은이들의 마음을 모두 휘어잡아, 그런 세련되고 현란한 학문 속으로 끌어넣었다. 바로 이때 에라스무스가 기회를 보고 요정 에코를 등장시켰다. 한 청년이 "나는 키케로를 읽는 데 10년이나 소비했습니

---

2 1580년 사망. 남 포르투갈의 아르카르베의 사교이다. 그의 문체는 중복이 많았다고 한다.
3 스투르미우스(Johannes Sturmius, 1507-1589)는 파리 스트라스부르크 대학의 수사학 교수이며, 독일의 키케로라고 일컬어졌다.
4 카(Nicholas Car, 1523-1567)는 케임브리지 대학의 그리스어 교수로, 그리스 고전을 많이 영역했다.
5 애스컴(Roger Ascham, 1515-1568)은 케임브리지 대학의 교수로, 엘리자베스 여왕의 교사였으며, 《교사론》을 쓰고, 산문 영어의 발달에 공헌했다.

다."라고 하자, 그리스어로 "너는 바보!"라고 요정 에코가 메아리로 써 대답했다. 그리하여 스콜라 학파의 학문은 야만스럽다 하여 완전히 경멸받았다. 결국 이 시대의 전체적인 경향은 무게보다 말의 유창함이었다.

3

여기서 학문의 첫 번째 병이 발생한다. 이 병은 사람이 말만을 연구하고 내용을 연구하지 않을 때 생긴다. 이에 대해 근대의 한 예를 들긴 했지만 '많든 적든' 어느 시기에나 이러한 학문의 병은 있었고, 또 앞으로도 있을 것이다. 이러한 병은 저속한 능력을 가진 사람에게도 학문의 신용을 떨어뜨릴 만한 영향력을 갖도록 한다. 그들에게서 학자의 저작이 임금의 허가서나 장식본의 첫 글자처럼 장식되어 있는 것을 볼 수 있다. 그것은 크게 장식이 달린 서체로 되어 있지만, 단지 하나의 글자에 불과하지 않은가? 피그말리온[6]의 광열(狂熱)은 이러한 무익함의 좋은 상징이라 생각된다. 왜냐하면 말은 내용의 상(像)에 지나지 않기 때문이다. 그리고 이성과 창의력의 생명이 없는 말을 사랑한다는 것은 그림을 보고 사랑에 빠지는 것과 조금도 다름이 없다.

---

6 그리스 신화에 나오는 인물. 자기가 만든 조각 여인상을 사랑했다.

철학 그 자체나 철학의 불명료함을, 감각에 호소하여 독자를 감탄시키는 표현으로 감싸고 장식하는 것을 성급하게 비난할 필요는 없다. 그 위대한 예로서 크세노폰, 키케로, 세네카, 플루타르코스 등이 있고, 플라톤 또한 어느 정도 그렇다. 이러한 표현은 매우 유용할 수도 있다. 물론 진리의 엄격한 규명과 철학의 깊은 탐구를 위해서는 확실히 장애가 되기도 한다. 이러한 표현은 인간에게 너무 빨리 만족을 주어 더 나아가서 연구할 욕망을 없애 버리므로, 올바른 결론에 도달할 수 없다. 하지만 사회적인 경우, 즉 회의·권고·설득·담화에서 사람이 그런 지식을 이용하려 한다면, 그때는 위의 저작자들의 표현을 빌려 쉽게 도움이 되게끔 완성할 수 있는 것을 볼 수 있다. 그러나 이것이 과도해지면, 확실히 경멸받아야 마땅한 것이 된다. 이를테면 비너스가 사랑하는 젊은 연인 아도니스의 조각상을 어느 사원 안에서 본 헤라클레스는 "당신은 신이 아니다."라고 불쾌한 듯 말했다. 이처럼 학문에 있어서도 헤라클레스를 뒤따르는 사람, 즉 비교적 엄격하고 노력하여 진리를 추구하는 사람으로서, 신성(神性)의 가능성을 가질 수 없는 섬세함이나 뻐기는 태도를 경멸하지 않는 사람은 없을 것이다. 학문의 제1의 질병 내지 병에 대해서는 이 정도로 해 둔다.

제2의 질병은 제1의 질병보다 나쁜 성질의 것이다. 왜냐하면 내용의 실질이 말의 아름다움보다 나은 것과 마찬가지로, 공허한 내용은 공허한 말보다 나쁘다.

이에 관한 성 바울의 비난은 그 무렵에 적절했을 뿐 아니라 뒷날에도 예언적이었다. 신에 관해서뿐 아니라 모든 지식에 적용될 수 있다. "속되고 빈 말과 거짓 지식에서 나오는 반대 이론을 피하시오."[7] 그는 의심쩍고 거짓된 학문에 대해서 두 가지 특징과 표지를 들고 있다. 하나는 속되고 빈 용어이며 또 하나는 독단적인 명제이다. 이것은 필연적으로 반론을 일으켜 의문과 격론을 가져온다. 확실히 자연 속의 물질로서 고체이면서도 썩고 허물어져 구더기가 생기는 것이 많듯이, 좋고 건전한 지식의 특성이 썩고 분해하여, 많은 미세하고 헛되고 불건전한, 말하자면 구더기처럼 우글거리는 자질구레한 문제가 되는 경우가 있다. 그것에는 민활하고 싱싱한 정신이 있기는 하지만, 건전한 내용과 좋은 성질이 없다.

이런 타락한 학문은 주로 스콜라 학파 사이에 퍼져 있었다. 그 사람들은 날카롭고 강한 재주와 풍부한 여가와 다양성이 적은 독서 범위를 가졌으며, 그 지식은 소수의 저작가(특히 그 독재자 아리스토텔레스)

학문의 진보

---

7 〈디모데전서〉 6 : 20.

의 조그만 방 안에 갇혀 있었다. 마치 그 육체가 수도원이나 대학의 조그만 방에 갇혀 있는 것과 같았다. 자연 및 시간의 역사도 거의 모르고, 그다지 많지도 않은 내용의 지식을 휘저음으로써, 성가시고 거미줄 같은 학문을 우리에게 풀어내 보였다. 이러한 것은 그들 저서에 지금도 남아 있다.

인간의 지성과 마음이 내용으로써 물질에 작용할 경우, 즉 신이 만든 것에 대해 관조할 경우, 재료에 따라서 작용도 하고 또 재료에 따라 제한되기도 한다. 그것이 자기 자신에게 작용하면, 그것은 흡사 거미가 집을 짓는 것과 같아서 결실이 없어진다. 학문의 거미줄로서, 실이나 일의 정밀함에 있어서는 훌륭하지만, 실질도 없고 이익도 없는 것이 된다.

6

이익이 없는 섬세함이나 정밀함 그 자체에는 두 가지 종류가 있다. 하나는 스콜라 학파들이 취급하는 주제 그 자체로서, 결실 없는 사색이나 논쟁의 경우이다. 그 예는 신학이나 철학에서 많이 찾을 수 있다. 또 하나는 그들이 지식을 다룰 때의 태도나 방법이다. 이것은 그들 사이에서 반론을 내세우기 위한 하나하나의 특정 명제나 정의 및 그 반론에 대한 해결에 관한 것이다. 그 해결은 대부분 반론이 아니라 구별을 짓는 일이었다. 실제로 모든 학문의 힘은 노인의 장작[8]과 같아서, 다발을 이루었을 때 그 힘이 발휘된다. 즉 학문의 조화는 각각의 부분이 다른 부분을 지탱하고 있으며, 모든 조그만 종류의 이론에 대한 참되고 간결한 반론과 압박이며, 또 그래야 한다. 그러나 한편 각각의 명제를 낱낱의 장작처럼 하나씩 꺼내면, 그것과 싸우거나 굽히거나 꺾거나 하는 것을 마음대로 할 수 있다. 세네카에 대하여 "말의 미세함을 가지고 내용의 무게를 부순다."고 하듯이, 스콜라 학파에 대해서도 "질문의 자질구레함을 가지고 학문의 긴밀성을 부순다."고 말할 수 있다. 크고 훌륭한 방에는 하나의 커다란 조명이나 가지가 여러 개인 촛대로 된 조명을 장치하는 편이 조그만 비상용 촛불을 들고 구석구석을 돌아다니는 것보다 낫지 않겠는가?

　그들의 방법은 의론·권위·유사성에 의해 주어지는 참된 증거에 입각한 것이 아니라, 하나하나의 의심·비난·이의에 대한 자질구레한 반론과 답변에 의지하려고 한다. 하나의 의문을 해결하기가 무섭게 금방 다른 의문을 낳는다. 위에서 제시한 비유와 마찬가지로 조명을 한쪽 구석으로 가져가면 다른 부분이 어두워지는 것과 같다. 스킬라에 대한 전설은 이런 철학이나 지식의 생생한 비유가 될 것 같다. 스킬라의 상체는 아름다운 처녀로 바뀌어 있었지만 "흰 허리둘레에는 온통 짖어 대는 괴물이 있었다."[9] 스콜라 학파의 보편 원리도 잠시 동안은 좋고 적절하지만, 그들의 원리에서 만들어진 구별과 결론으

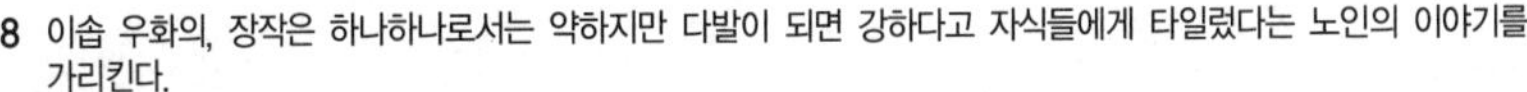

8　이솝 우화의, 장작은 하나하나로서는 약하지만 다발이 되면 강하다고 자식들에게 타일렀다는 노인의 이야기를 가리킨다.
9　베르길리우스, 《농경시》, 6·75.

로 내려가면, 인간 삶에 효용과 이익이 되는 결실 많은 모태가 아니라, 결국은 기괴한 의론과 마구 짖어 대는 소리만의 의문이 되어 버린다. 이러한 지식이 일반 대중의 경멸을 받지 않을 수 없다. 민중은 논쟁이나 의론이 있는 경우의 진리를 경멸하고, 일치하지 않는 것은 모두 잘못되어 있다고 생각하기 쉽다. 미세하거나 소용되지도 않고 중요하지도 않은 문제에 관한 심한 싸움을 보면, 시라쿠사의 디오니시오스가 선고한, "아무 할 일 없는 늙은이의 말이다."[10]라는 말을 생각하게 된다.

7

그럼에도 불구하고 스콜라 학파 사람들의 진리에 대한 비상한 갈망과 그들의 재능을 지칠 줄 모르고 구사했음에는 틀림없다. 여기에 다양하고 보편적인 독서와 관조를 아울러 갖고 있었더라면 탁월한 광명이 되어 모든 학문과 지식의 위대한 진보를 가져왔을 것이다. 그들도 넓은 지식을 얻으려는 대단한 학자이기는 했지만, 어두운 곳에만 있어 짐승처럼 과격하고 알기 어려운 것이 되어 버렸다. 신의 진리 탐구에 있어서는 그 오만함으로 인해 신의 말씀은 뒤로 한 채 자기 자신의 연구 혼합물 속에서 살기 일쑤였다. 이와 마찬가지로 자연에

---

10 디오게네스 라에르티오스, 《철학자들의 생애》, 〈플라톤편〉, 3·16.

대한 탐구에서도, 작업을 통한 신의 신탁을 떠나 사람을 속이는 비뚤어진 상을 숭배했다. 그들 자신의 마음이라든가, 소수의 받아들여진 작가나 원리 같은 것의 울퉁불퉁한 거울이 그렇게 만들어 보여 주고 있는 것이다. 학문의 제2의 질병에 대해서는 이 정도로 해 둔다.

8

학문의 제3의 악폐는 거짓이나 비진리(非眞理)와 관계있는 것으로서, 무엇보다도 가장 추악한 것이다. 지식의 본질적인 형식을 파괴하는 것이기 때문이다. 즉 존재의 진리와 안다는 것의 진리는 하나이며, 직사광선과 반사광선의 관계와 같다. 이 악폐는 나뉘어 속이는 것을 기뻐하는 것과 속기 쉽다는 것의 두 종류이다. 즉 기만과 맹신이다. 전자는 교활함에서 생기고 후자는 단순함에서 생겨 다른 성질의 것처럼 보이지만, 대개의 경우 하나임이 틀림없다. 시에서도 말하고 있듯이,

미주알고주알 캐묻는 사람을 피하라.
그런 사람은 수다스러우니.[11]

---

11 호라티우스, 《서한집》, 1·18·69.

즉 미주알고주알 캐기를 좋아하는 사람은 수다스럽게 지껄이는 사
람이라는 것이다. 같은 이유로 쉽게 믿는 사람은 남을 속이는 사람이
다. 이를테면 소문의 경우에 그것을 볼 수 있다. 소문을 쉽게 믿는 사
람은 그에 못지않게 소문을 크게 만들고 거기에 자기 자신의 것을 무
엇인가 보탤 것이다. 이에 대해서는 타키투스가 "만들어 내면, 곧 믿
어 버린다."라고 현명하게 말하고 있다. 만드는 것과 믿는 것은 매우
유사하다고 할 수 있다.

9

이와 같이 믿기 쉬운 것과 권위나 보장이 박약한 것을 금방 받아들
이거나 인정하는 것에는 두 종류가 있는데, 그 주제에 따라 다르다.
법률가의 말을 빌리면 하나는 사실의 문제, 즉 역사의 신념이고, 다
른 하나는 기술과 의견의 문제다.

전자에 관해 말하면, 이러한 과오의 경험이나 불편은 교회의 역사
에서 볼 수 있다. 교회의 역사는 순교자, 은자, 사막의 수도승, 그 밖
의 신성한 사람들, 그 유물, 사당, 예배당, 우상 등이 보여 주었다는
기적에 관한 보고나 이야기를 금방 받아들여 기록해 놓고 있다. 이것
은 보통 민중의 무지나 단순한 미신에서 비롯되지만 어떤 사람들의
경우에는 그런 것을 신의 시(詩), 즉 종교적인 이야기로 생각하고 정
책상 인정하고 있다는 데서 받아들인다. 그러나 얼마 뒤 안개가 걷히

기 시작하면, 교회 역사의 기록은 터무니없는 미신이고 성직자 계급의 기만이며, 정신의 환영이자 반 그리스도 교도의 악의 정신의 표지로서 종교의 인기를 떨어뜨리고 해를 주는 것이라고 여겨졌다.

10

자연사 분야에서도 마찬가지로 당연하다고 생각되는 선택이나 판단이 사용되고 있지 않은 것을 볼 수 있다. 이를테면 플리니우스[12], 카르다노[13], 알베르투스[14] 및 여러 아랍인들의 저술에서 볼 수 있다. 거기에는 신화나 전설 같은 내용이 많이 실려 있는데, 대부분 실험을 거치지 않았을 뿐 아니라 진실이 아닌 것으로서 악명이 높으며, 성실하고 진지한 재능을 가진 사람들에 대해서 자연과학의 신용을 매우 손상시키는 것이다.

이에 대해서는 아리스토텔레스의 예지와 정직성에 주의할 만하다. 그는 살아 있는 것에 대해서 매우 근면하고 주의 깊은 역사를 만들었으며, 그 어떤 허구나 무익한 재료를 애써 섞지 않으려 하고 있다. 한편 기록할 만한 가치가 있다고 생각되는 이야기들은 모두 한 권의 책에 담고 있다.[15] 명백한 진리로 된 내용으로서 그 위에 서서 관

---

12 플리니우스(Gaius Plinius Secundus, 23-79)는 로마의 학자로, 많은 저작 중에서 《자연사》만이 현존하고 있다.
13 카르다노(Girolamo Cardano, 1501-1576)는 이탈리아의 수학자, 의사, 천문학자로, 천문학·점성학·수사학·의학 등에 관한 저서가 있다.
14 알베르투스(Albertus Magnus, 1193년 혹은 1206년 무렵-1280년)는 독일의 스콜라 철학자로, 대(大) 알베르투스, 우주 박사라고 일컬어졌다.

찰과 규칙을 확립할 수 있는 내용들은 의심스러운 내용과 섞지 않고, 또 그것으로 약화되지 않도록 하는 뛰어난 식별력을 보여 주고 있다. 진기한 것이나 여러 가지 보고 등으로써 믿을 수 없다고 여겨지는 것이라도, 억압하거나 장래에 전하지 않도록 해서는 안 된다는 것도 인정하고 있다.

11

여러 가지 기술이나 의견을 안이하게 믿기 쉽다는 데 대해서도, 역시 두 가지 종류가 있다. 하나는 너무 큰 신념이 기술 그 자체에 주어질 때이고, 다른 하나는 그 기술을 사용한 작자에게 주어지는 경우이다.

학문 자체가 이성보다 인간의 상상력과 훨씬 많이 교섭하고 연관성을 띠고 있는 것에는 세 가지가 있다. 점성학, 자연 마술[16], 연금술이 그것이다. 이들 학문의 목적이나 의도라고 일컬어지고 있는 것은 고귀한 것이다. 왜냐하면 점성학이 발견한다고 말하는 것은, 비교적 상위의 천체와 비교적 하위의 천체 사이에 있는 상응 관계 또는 관련성이기 때문이다. 자연 마술은 자연 철학을 여러 가지 사색에서 다시

---

15 아리스토텔레스의 《경이담집(驚異譚集)》이라는 책으로, 베이컨은 이에 대해 제2권에서도 언급하고 있다. 지금은 아리스토텔레스 작품이 아니라고 되어 있다.
16 중세에 악마의 도움을 받지 않고 인간에 좋은 영향을 줄 수 있도록 고안된 방법. 이를테면 점성학 같은 것을 이용하여 어떤 인간의 형상을 만들어 그 사람의 건강에 영향을 주거나, 무기에 어떤 약을 발라 그 상처가 낫도록 하는 것 등이다.

불러와 커다란 일로 만들어 버린다. 연금술은 자연의 혼합물 속에서 서로 닮지 않은 모든 부분을 분리한다. 이러한 목적에 도달하려는 여러 가지 방법과 수단은 이론과 실천 양쪽 모두에 있어 잘못과 헛된 내용으로 차 있다. 그것을 훌륭한 교사 자신이 수수께끼 같은 저술로 감싸서 감추려 하고 있다. 또 구전, 즉 귀로 들어서 전하는 전통의 방법을 주장하여, 기만에 대해 신용을 유지시키려 한다. 확실히 연금술의 당연한 권리는 이솝의 우화에 나오는 농부에 비유할 수 있을지 모른다. 농부는 죽을 때 자식들에게 포도밭 땅 밑에 자식들을 위해 금을 묻어 두었다고 말했다. 자식들은 그 땅을 구석구석 파헤쳤으나 금은 발견하지 못했다. 포도나무 뿌리 둘레의 흙을 움직이고 팠기 때문에, 이듬해에는 포도를 많이 거둘 수 있었다. 이와 마찬가지로 금을 만들기 위한 연구와 소동 때문에 훌륭하고 큰 성과를 거둘 만한 많은 연구와 실험이 알려졌고, 생활에 이용할 수도 있었으며, 자연의 개발도 이루어졌다.

12

너무 큰 신뢰가 여러 가지 학문의 연구자들에게 주어져, 그들을 독재자처럼 만들고 그들의 말이 불변의 권위를 갖게 되어, 이제 조언자로서의 회의 참가자 이상의 존재가 되는 경우도 있다. 학문이 이것으로 입은 손해는 끝이 없다. 학문이 낮은 곳에 머물러 성장도 발달도

하지 못하는 주요 원인도 이것이다.

기계적인 기술에 있어서는 최초 연구자의 성과가 가장 적고, 시간이 지날수록 덧붙여져 완성된다. 여러 학문에 있어서는 최초의 연구자가 가장 큰 업적을 이루며, 시간은 그것을 상실시키고 타락시킨다. 최초의 화포·항해·인쇄 같은 것은 볼품이 없었지만, 시간이 경과함에 따라 개량되고 세련되어졌다. 반대로 아리스토텔레스, 플라톤, 데모크리토스, 히포크라테스, 유클리드, 아르키메데스의 철학이나 학문은 처음에는 매우 강력했으나 차츰 타락하고 부패했다. 그 이유는 다음과 같다. 전자에 있어서는 많은 재능과 노력이 한 가지로 향한 데 반해, 후자에 있어서는 많은 재능과 노력이 누군가의 재능을 향해 사용되었다. 대개의 경우 그 사람을 예를 들어 해석한다기보다 타락시키는 일이 많았다. 왜냐하면 물은 그 근원으로서 시작되는 최초의 수원보다 더 높이 올라가지 않기 때문이다. 마찬가지로 아리스토텔레스에서 나와 절대 권위가 되어 자유로운 검토를 받지 않아도 된다는 인정을 받은 지식은, 아리스토텔레스의 지식 이상으로 올라가는 일은 없을 것이다.

"배우는 자는 알게 된 지식을 신뢰해야 한다."[17]는 명제는 좋지만, 그것과 "배운 자는 신뢰할 만한 내용인지 스스로 판단해야 한다."가 서로 합쳐져 있지 않으면 안 된다. 즉 제자들이 스승의 신세를 지는 것은, 일시적인 믿음과 충분히 배울 때까지 자기 자신의 판단을 멈추

---

17 아리스토텔레스, 《궤변론》, 1·2.

는 일이다. 절대적인 체념이나 영속적인 노예 상태가 아닌 것이다. 이에 대한 나의 결론은 이렇다. 위대한 연구자들은 그 당연히 받아야 할 권리를 다만 받는 것뿐 아니라, 연구자 중 진정한 연구자인 시간은 그 당연히 받아야 할 권리를 빼앗겨서는 안 된다. 그 당연히 받아야 할 권리란 더 깊고 깊게 진리를 밝히는 것이다.

　이상으로 나는 학문의 세 가지 질병을 살펴보았다. 그 밖에도 뚜렷이 일정한 병은 아니지만 몇 가지 병적 상태가 있다. 이것들은 눈에 잘 띄지 않는 내적인 것이 아니라, 일반 사람의 눈에 띄어 비판을 받고 있기 때문에 간과할 수 없다.

제5장

1

학문의 병적 상태 가운데 첫 번째는 낡고 헌 것과 새롭고 신기한 것이라는 극단의 것 중 하나를 편중하여 좋아한다는 것이다. 이 경우 시간[1]의 아이들은 아버지의 성질과 악의를 닮은 것 같다. 왜냐하면 아버지가 아이들을 잡아먹는데, 자식 또한 아버지를 잡아먹고 억누르려고 하기 때문이다. 즉 헌 것을 편애하는 사람은 새 것이 덧붙여지는 것을 시샘하고, 새 것을 편애하는 사람은 신기함을 덧붙이는 데 만족하지 않고 아예 말살해 버리려 한다. 확실히 예언자의 충고는 이

---

1 '시간'은 그리스 신화의 크로노스를 가리킨다. 크로노스는 자기 아이가 태어나면 모두 잡아먹어 버렸다.

문제에 대한 참된 지침이 된다. "너희는 옛 길에 서서 선한 길이 어디인지 알아보고, 그리로 향하라."[2] 옛스러움은 존경할 만하다. 그것은 사람이 그 위에 서서 가장 좋은 길이 어느 것인가 발견해야 한다는 것이다. 일단 그 길을 발견했다면 전진해야 한다. 사실상, "고대는 세계의 청년 시절이었다." 오랜 시간을 거쳐 왔다는 점에서 근대야말로 낡은 시대이다. '역산(逆算)으로', 우리로부터 거꾸로 세어 올라가서 고대라고 생각하는 시대는 진정한 고대가 아니다.

2

고대의 편애는 불신감이라는 또 하나의 잘못을 낳는다. 세계가 지금까지 그렇게 오랫동안 깨닫지 못하고 간과해 온 것을 이제 와서 발견할 수 있겠느냐는 것이다. 즉 루키아노스가 유피테르와 그 밖의 이교신(異敎神)들에게 제기한 것과 같은 이의를 시간에 대해서도 제기할 수 있다고 생각하는 것과 같다. 그는 그 여러 신들이 옛날에는 무척 많은 자식을 가졌는데 오늘날에는 전혀 갖지 않은 것을 이상하다고 생각했다. 그래서 나이 70세에 벌써 자식을 낳지 못하게 되었는가, 아니면 파피아 법(法)[3]이라는 노인의 결혼을 금지한 법이 억눌러 버렸는가라고 물었다. 그러니 시간이 아이를 가질 시기가 지나 버린

---

2 《예레미야서》 6 : 16.
3 아우구스투스 시대에 제정된 결혼 장려의 법령. 노인의 결혼을 금지한 것이 아니라 젊은이의 결혼을 장려했다.

것이 아닌가 하고 사람은 생각하는 모양이다.

이 점에서 인간 판단력의 경박함과 변덕스러움을 볼 수 있다. 인간은 어떤 일이 이루어질 때까지는 과연 그것을 이룩할 수 있을까 하고 생각한다. 그러다 그것이 한번 이루어지면, 곧 그것이 더 빨리 이루어질 수는 없었던가 하고 생각한다. 이를테면 알렉산드로스의 아시아 원정이 그것이다. 아시아 원정은 처음에 거대하고 불가능한 사업으로 여겨졌다. 나중에 리비우스는 "쓸데없는 걱정을 그저 무시했다."[4]는 정도로밖에 쓸 생각을 하지 않았다. 같은 일이 서방으로의 항해에서 콜럼버스에게 일어났다. 이러한 일은 지적인 문제에 있어서 더욱 빈번히 일어났다. 이를테면 유클리드의 많은 정리(定理)에서 볼 수 있다. 그것은 증명할 수 있을 때까지는 도저히 찬동할 수 없는 이론으로 여겨졌지만, 일단 증명되면 우리의 마음은 소급하여 그것을 받아들여 전부터 알고 있었던 것처럼 된다.

3

또 하나의 잘못은 새로운 발견에 대한 불신과 다소 유사하다. 즉 종래의 의견이나 유파들은, 여러 가지 이론을 제기하고 검토한 끝에 가장 훌륭한 것이 언제나 승리하여 다른 것을 눌렀다고 생각하는 것이

---

4 리비우스, 《로마사(史)》, 9·17.

다. 어떤 사람이 새로운 탐구를 시작하면, 그것은 고작해야 무엇인가 전에 폐기되고 더욱이 폐기되면서 바로 망각되어 버린 것에 부딪히는 정도일 것이라고 말한다. 대중이나 그들 중 가장 현명한 사람들이라도 실질적이고 심원한 것보다 대중적이고 표면적인 것을 받아들일 생각은 없는 것처럼 보인다. 진실은 그와 반대이다. 시간은 강이나 물결의 성질을 갖고 있어서, 그것이 우리에게 가져다주는 것은 가볍고 공기로 부풀어오른 것이며, 무겁고 실체가 있는 것은 가라앉혀서 빠져 죽게 한다.

4

또 하나의 잘못은 지금까지의 잘못과는 다르다. 지식을 너무 서둘러서 기술이나 방법으로 종합하려 하여 변덕스럽게 되는 것이다. 이렇게 되면 보통 학문의 증대는 적거나 완전히 없어진다. 젊은 사람들이 완전한 성인이 되면 그 이상 키가 크는 일이 적듯이, 지식도 요의(要義, aphorism)[5]나 관찰의 상태에 있을 때는 성장하는 도중이다. 정확한 방법 체제 속에 들어가면 실제의 사용에 유용하도록 한층 더 연마되고 적응할지 모른다. 하지만 양이나 실질에 있어서 증가하는 일은 더 이상 없다.

---

5 Aphorism은 베이컨이 잘 사용하는 말로서 정의(定義)나 원리를 간결하게 종합한 것이다.

5

계속되는 또 하나의 잘못은, 어떤 특정의 기술이나 학문이 분할된 뒤 사람들이 일반 원리의 연구나 '제1철학'을 포기해 버린 것이다. 이러면 모든 진보를 종결시키고 정지시키지 않을 수 없다. 어떤 완전한 발견도 평지나 평면에서 이루어질 수 없기 때문이다. 또 어떤 학문의 경우나 비교적 멀고 깊은 부분을 밝히지 못하는 것은, 같은 학문의 평면에만 서 있고 더 높은 학문으로 올라가 있지 않을 때 일어난다.

6

인간의 마음과 오성(悟性)에 대하여 지나치게 큰 존경을 바치거나 일종의 숭배를 하는 데에서 생기는 잘못도 있다. 이로 인해 인간은 자연의 관조와 경험의 관찰에서 너무 멀리 떨어져 버렸다. 자기 자신의 이성과 사고 속에서 왔다갔다하며 혼란을 야기하고 있다. 그럼에도 불구하고 이런 지성주의자들[6]은 보통 매우 숭고하고 신성한 철학자로 간주되고 있으며, 이에 대해 헤라클레이토스는 "사람은 자신의

---

6 베이컨이 만들어 낸 말.

조그만 세계 속에서 진리를 구하고, 커다란 세계 속에서 구하지 않았다."[7]고 말했다.

　지성주의자들은 신의 저서를 일일이 더듬어 조금씩 읽어 나가기를 싫어한다. 반대로 끊임없는 명상과 동요로써 자기 자신의 정신에 미래를 예언하며, 신탁을 자기에게 내리도록 역설하고 또 호소한다. 그들이 잘못에 빠지는 것은 당연한 일이다.

7

　이런 잘못과 다소 관계가 있는 또 다른 잘못은, 사람이 자기의 사색이나 의견, 이론에 대하여 흔히 자기가 가장 감탄하는 사고방식이라든가 가장 많이 연구하는 학문의 색채를 담는 것이다. 이것은 전혀 진실되지 못하며 부적당하다. 이처럼 플라톤은 그의 철학에 신학을 섞었고, 아리스토텔레스는 논리학을 섞었다. 제2플라톤 학파, 즉 신플라톤 학파의 프로클로스와 그 밖의 사람들[8]은 수학을 섞었다. 그 기술들은 그런 사람들이 저마다 일종의 맏아들을 대하는 것 같은 특별한 애정을 갖고 있는 것들이다. 마찬가지로 연금술사는 용광로의 얼마 되지 않는 실험에서 철학을 만들었다. 길버트[9]는 우리의 동포

7　섹스토스 엠페이리코스, 《반논리》, 1·33.
8　프로클로스(Proklos, 410-485)는 그리스의 신플라톤 학파. 이교주의를 주창하고 플라톤의 주해 등을 썼다. 그 밖의 사람들이란 피타고라스 등을 가리킨다.
9　1540-1603. 엘리자베스 여왕의 궁정 의사이자 물리학자. 《자석론》을 저술했으며, 전기에 관한 용어에는 그가 처음으로 쓰기 시작한 것이 많고, '전기의 아버지'라 일컬어진다.

지만 천연 자석의 관찰에서 철학을 만들었다. 키케로는 영혼의 성질에 대한 여러 가지 의견을 예로 들면서, "이 사람은 자기의 예술 밖으로 나간 적이 없다."[10]고 재미있게 말했다. 이러한 사고방식에 대하여 아리스토텔레스는 "조금밖에 생각하지 않는 자는 쉽게 독단적인 의견을 토로한다."[11]라고 말했다.

8

또 다른 잘못은 의문에 대한 인내력의 결핍으로서, 적당하고 성숙한 판단을 멈추지 않고 단정으로 뛰어가는 일이다. 즉 관조의 두 가지 길은 고대 사람들이 보통 운운하고 있는 행동의 두 가지 길과 닮았다. 하나는 처음에는 편평하고 순탄하지만, 끝에 가서는 지나갈 수 없게 되는 길이다. 다른 하나는 입구는 험하고 꽤 까다롭지만, 잠시 지나면 훌륭하고 편평해지는 길이다. 관조의 경우에도 마찬가지다. 사람이 확신을 가지고 시작한다면 끝은 의혹이 될 것이다. 그러나 의혹을 가지고 시작하는 데 만족한다면 끝은 확신이 될 것이다.

---

10 키케로, 《투스쿨룸론(論)》, 1 · 10 · 20.
11 아리스토텔레스, 《생성과 소멸에 관하여》, 1 · 2.

9

또 다른 잘못은 지식의 전승과 전달 방법에 관한 것이다. 이것은 대부분 스승의 방법을 따르는데, 독단적이며 솔직하고 성실한 것이 아니다. 금방 믿는 것이며 검토하기가 도무지 쉽지 않게 되어 있다. 간결한 실제를 위한 논고의 경우에는 이런 형식이 틀렸다고 단언할 수만은 없다. 지식을 참되게 취급하는 경우, 사람은 한편으로는 쾌락주의자 벨레이우스처럼 "무엇인가에 의혹을 가진 것처럼 보이는 것만큼 두려워하는 것은 없다."[12]라고 생각해서도 안 되지만, 소크라테스처럼 모든 것에 대해 역설적인 의혹을 갖게 되어서도 안 된다. 사물이 자기 자신의 판단으로 증명할 수 있을 때는 성의를 가지고 뚜렷이 단언하여 제의해야 한다.

10

사람이 자기 자신에게 목적을 제기하고 자기의 노력을 기울이는 동안 다른 여러 가지 잘못이 생긴다. 즉 무슨 학문이든 비교적 해이해지는 일이 없는 열성적인 전공자들은 그 학문에 무엇인가 덧붙여

---

12 키케로, 《여러 신들의 본성에 관하여》, 1·8·18.
　　벨레이우스(Velleius Paterculus, BC 19−AD 31)는 제1차 삼두 정치에 참여했던 크라수스의 친구.

지도록 스스로 생각해야 하는데, 그 노력을 다른 데로 돌려 어떤 이차
적인 수확물을 구한다. 이를테면 심원한 해석자나 해설가가 되거나
날카로운 옹호자나 변호자가 되곤 한다. 조직적인 분석자나 요약자
가 되려고도 한다. 지식의 상속 재산은 개선되는 일은 있어도 증가하
는 일은 드물다.

11

무엇보다도 가장 큰 잘못은 지식의 마지막 또는 궁극의 목적을 그
르치거나 착각하는 일이다. 왜냐하면 사람이 학문과 지식의 욕망을
갖는 것은 천성의 호기심과 탐구를 좋아하는 기호 때문일 수도 있고,
자기의 마음을 변화와 기쁨으로 달래려고 하기 때문일 수도 있다. 또
장식이나 명성을 위한 것일 수도 있고, 재능과 반론의 승리를 얻기 위
한 것일 수도 있다. 많은 경우 이익과 생활의 수단을 위한 것도 있다.
자기 이성의 재주를 참되게 발휘하여, 사람의 이익을 위해서 이용하
도록 만들기 위한 경우는 좀처럼 없다. 항상 지식 속에서 구하려는
것은 탐구하느라고 가라앉지 못하는 정신을 쉬게 하기 위한 침대이
다. 또는 방황하여 변하기 쉬운 마음이 여기저기 산책하기 위한, 아
름다운 조망이 있는 테라스이다. 오만한 마음이 그 위에 서기 위한
훌륭한 탑 같은 것일 수도 있고, 요새나 내려다보기에 유리한 토지로
서, 싸움이나 경쟁을 위한 곳도 있다. 또한 이익이나 판매를 위한 가

게 같은 것일 수도 있다. 조물주의 영광과 인간의 상태를 구하기 위한 풍족한 저장소로서 지식을 추구한 것이 아니다. 관조와 행동이 지금까지보다 더 가깝고 밀접하게 하나로 결합되는 것은 두 개의 가장 높이 있는 유성, 즉 휴식과 관조의 유성인 토성과 예의바른 일반 사회와 행동의 유성인 목성의 결합과 비슷한 것으로서 매우 바람직하며, 실제로 이것이 지식에 위엄을 주고 지식을 높여 준다.

내가 말하는 이용과 행위는 앞에서 말한 지식을 이익과 생활 수단으로 이용한다는 것은 아니다. 그런 것이 지식의 추구와 발달을 얼마나 빛나가게 하고 방해하는지 알고 있기 때문이다. 아탈란테 앞에 던져진 금공 같은 것이다. 그것을 줍기 위하여 옆길로 벗어나서 몸을 굽히고 있는 동안 경기는 중단된다.

길에서 벗어나, 구르는 금을 줍는다.[13]

내 뜻은 소크라테스에 대한 평처럼 철학을 하늘에서 불러내려 지상에 살게 하자는 것이 아니다. 자연 철학은 상관하지 않고, 길이나 정치에만 지식을 이용시키자는 것도 아니다. 하늘과 땅 양쪽이 하나가 되어 인간의 이용과 이익을 위해 공헌하는 것처럼, 그 목적은 양쪽 철학에서 무익한 사색이나 내용이 공소(空疎)한 온갖 것은 분리하여 배

---

13 오비디우스, 《변신이야기》, 10·667.
　아탈란테는 걸음이 빠른 처녀로 자기와 경주해서 이긴 사람의 아내가 되겠다고 말했는데, 히포메네스는 아프로디테가 준 세 개의 금사과를 던져 그녀가 줍고 있는 동안에 앞질러서 경쟁에 이겼다.

제하고, 실질적이고 결실이 많은 것을 보존하고 증가시켜야 한다는 것이다. 지식은 매춘부처럼 다만 쾌락과 허영을 위한 것이어서는 안 된다. 또 여자 노예처럼 주인이 이용하기 위해서 구하는 것이어서도 안 된다. 배우자처럼 지식의 출생, 결실, 위안을 위한 것이어야 한다.

12

이상과 같이 나는 일종의 절개를 통해 학문의 여러 가지 병적 상태를 살펴보았다. 병적 상태는 학문의 진전에 장애가 될 뿐 아니라, 악평까지 불러일으키고 있다. 내가 학문의 질병들에 대해 너무 노골적인 표현을 했다면, "친구의 질책은 충성에서 말미암은 것이지만 원수의 입맞춤은 거짓에서 난 것이니라."[14]는 것을 상기해 주었으면 한다. 내가 학문의 질병에 대한 비판을 매우 자유롭게 진행시켜 왔기 때문에 내가 칭찬에 관련하여 말하는 것은 그만큼 더 믿을 수 있게 될 것이라는 점을 나는 확신한다.

그렇기는 하지만 나의 목적은 학문을 찬양하자는 것도 아니고, 시나 학문의 여신에 대한 찬가를 만들자는 것도 아니다. 나의 의도는 장식하거나 물을 타지 않고, 다른 것과의 균형을 맞추어 지식의 존엄에 대한 무게를 생각하고, 참된 가치를 발견하자는 것이다.

---

14 〈잠언〉 27 : 6.

제6장

1

우선 지식의 원형 또는 제1형의 존엄을 찾아보기로 하자. 그것은 신의 속성과 행위 속에 있는 것이지만, 인간에게 계시로써 주어지고 엄숙히 관찰할 수 있는 범위 안의 것이다. 따라서 학문이라는 이름으로 그것을 구해서는 안 된다. 모든 학문은 획득한 지식이고, 신의 경우 모든 지식은 근원적인 것이기 때문이다. 그것을 구하려면 성서에서 부르는 예지나 지혜가 있어야 한다.

2

　이러한 관점에서 우리는 신의 창조의 작업에서 덕성의 2중 방사를 볼 수 있다. 하나는 힘과 관계있다고 하는 편이 더 적당하고, 하나는 예지와 관계있다. 한쪽은 물질의 본질을 만드는 데 나타나고, 나머지는 형식의 미를 갖추어 준다. 이 시점에서 관찰할 수 있는 것은 천지창조의 역사에 나타나 있는 하늘과 땅의 혼란한 덩어리와 물질은 한순간에 만들어졌다는 것이다. 그 혼란한 덩어리의 정돈과 처리는 6일간의 작업이었다. 신은 힘의 작품과 예지의 작품에 매우 큰 차이를 두었다. 이를 증명이라도 하듯 성서에도 신이 "하늘과 땅이 있으라."라고 말했다고 쓰여 있지 않고 그에 계속되는 작업이 쓰여 있다. 실제로는 신이 "하늘과 땅을 만들었다."고 적혀 있다. 신의 힘은 제작의 양식을 정하고 있고 신의 지혜는 법칙, 법령, 권고를 전하고 있다.

3

　신으로부터 다음의 계급인 성령으로 넘어가기로 하자. 아테네의 원로원 의원인 디오니시오스로 상상되는 사람이 말한 하늘의 계급을 믿을 수 있다면, 천상의 제1의 지위나 계급이 사랑의 천사에게 주어져 있다는 것을 알 수 있다.[1] 그것은 치천사(熾天使), 세라핌이라고 부른다. 제2의 계급은 빛의 천사로서, 지천사(智天使), 케루빔이라고 부른다. 그리고 제3 및 그 다음에 계속되는 지위는 좌천사(座天使), 권천사(權天使) 등인데, 모두 힘과 봉사의 천사들이다. 지식과 광명의 천사가 직무와 지배의 천사 위에 놓인다.

4

성령과 지적인 형태에서 감각으로 알 수 있는 물질적인 형태로 내려가 보자. 창조된 제1의 형태는 빛이었다. 빛은 자연과 육체적 사물 속에서, 성령과 비육체적인 사물 속에서 지식 의 위치와 상관성을 갖는다.

5

날의 배분에 있어서는 신이 쉬면서 자기가 한 일을 바라본 날이 축복되고 있으며, 그것은 작업을 완수하고 성취한 모든 날보다 우월하다는 것을 알 수 있다.

---

1 디오니시오스 아레오파기테, 《하늘의 계층론》, 6-9.

6

창조가 끝난 뒤, 인간이 낙원 안에 있게 되고 거기서 일을 하게 되었다.[2] 그 일은 바로 관조하는 일로서 그에게는 정해져 있었다. 즉 일의 목적이 운동과 시험을 위한 것일 뿐, 필요를 위한 것이 아닐 때였다. 그 무렵에는 창조된 생물의 노력과 이마의 땀 같은 것은 없었으므로, 인간의 일은 실험에 대한 기쁨의 문제이지, 실용을 위한 노동의 문제가 아니었기 때문이다.

또 낙원에서 인간이 이룩한 최초의 행위는 지식의 가장 중요한 두 가지 부분으로 성립되어 있었다. 바로 창조물을 관찰하고 이름을 붙이는 일이었다. 타락을 가져오게 된 지식에 관해서는, 이미 언급했듯이 창조물의 자연적인 지식이 아니라 선과 악에 대한 도덕적인 지식이었다. 신의 계율이나 금지 같은 것은 선악의 근원이 아니며, 그런 것의 시작은 다른 데 있고 그것을 인간이 알고 싶어 했다는 것을 상상할 수 있다. 그 목적은 신으로부터 완전히 떠나, 자기 자신에 전적으로 의지하려는 데에 있다.

---

2 〈창세기〉 2 : 8.

7

다시 앞으로 가 보자. 인간이 타락한 뒤의 첫 번째 사건에는 두 가지 상태가 있다. 그것은 아벨과 카인 두 인물을 통해 관조적인 상태와 행동적인 상태로 나타나 있다. 그들은 가장 단순하고 가장 원시적인 인생의 두 가지 직업을 갖고 있다. 바로 양치는 직업(그 한가한 시간과 한 장소에 머물러 있다는 것, 그리고 하늘을 바라보며 산다는 것은 관조적인 생활의 생생한 모습이다)과 농사짓는 직업이다. 이 경우도 신의 은혜와 선택이 땅을 가는 사람이 아니라 양치는 사람 쪽으로 향했다는 것을 볼 수 있다.

학문의 진보

8

노아의 대홍수 이전 시대는, 얼마 되지 않는 성서의 기록으로 미루어 봤을 때 음악이나 금속 세공의 연구자와 작가들을 인정하여 이름을 거론하며 중시했음을 알 수 있다. 대홍수 이후 시대에 있어 신의 커다란 첫 심판은 인간의 야심에 대한 말의 혼란이었다. 그 때문에 학문과 지식의 자유로운 소통과 교류가 방해되었다.

입법자이자 신의 첫 기록자인 모세에게로 내려가자. 성서는 모세를 이렇게 칭찬했다. "모세는 이집트 사람의 모든 지혜를 배워 말과 일에 힘이 있었다."[3] 이 나라가 세계의 가장 오래된 학교라고도 할 수 있는 곳 중 하나이며, 학문이 번성한 곳이었다는 것은 우리가 다 알고 있는 바이다. 그렇기 때문에 플라톤은 이집트의 신관이 솔론에게 한 말을 인용하고 있다. "당신들 그리스인은 언제나 어린아이이다. 고대에 대한 지식도 없고, 지식의 고대성(古代性)도 모른다."[4]

여기서 모세의 의식(儀式)에 대한 법칙을 살펴보자. 여기에는 그리스도의 선구자적인 모습 이외에 신의 인민 즉 유대인의 특색[5]과 표시, 복종의 행사와 강제, 그 밖에 신성한 효용과 결과 등이 있으며, 나아가서는 가장 학문 있는 유대의 율법 학자들 가운데 그것을 지키려고 깊이 노력하여 이익을 얻고 있는 사람도 있다. 그 중에는 많은 의식이나 법령의 자연적·물리적 해석, 또는 도덕적 의미나 해석 등 여러 가지가 있다. 이를테면 문둥병의 법률이 있다. 이것은 "흰 점이 피부에 다 번지면, 그 환자는 정(淨)한 것으로서 밖에 내보내도 좋다. 그러나 어딘가 건전한 피부가 남아 있으면 부정한 것으로서 금고해야

---

3 《사도행전》 7 : 22.
4 플라톤, 《티마이오스》, 3·22.
5 할례의 습관을 가리킨다.

한다."[6]는 것을 말하고 있다. 이 법에서 어떤 사람은 자연에 대한 원리에 초점을 맞추어, 부패는 완전히 성숙한 후보다 미성숙했을 때 더 전염성이 있다는 것을 알았다. 또 한 사람은 도덕 철학적 정리(定理)를 세웠는데, 덕에 몸을 맡긴 사람들은 절반은 좋고 절반은 나쁜 사람만큼 도덕을 타락시키지 않는다는 것이다. 이처럼 모세의 의식에 대한 이 법칙에서는, 이 대목은 물론 그 밖의 여러 많은 대목에서 신학적인 의미 이외에 철학이 많이 섞여 있음을 볼 수 있다.

10

그 뛰어난 〈욥기〉에서도 마찬가지다. 그것을 면밀히 읽어 보면, 자연 철학으로 가득 차 있는 것을 발견할 수 있다. 이를테면 우주 형상지(宇宙形狀誌)나 세계가 둥글다는 말 등이 있다. "그는 북편 하늘을 허공에 펴시고, 땅을 공간에 다셨도다."[7]라고 했다. 여기서는 지구가 허공에 매달려 있다는 것과 북쪽의 극, 하늘의 유한성이나 밀폐된 구형을 언급하고 있는 것이 명백하다. 또 천문학에 관한 문제가 있다. 즉 "그 신(정신)으로 하늘을 단장하시고, 손으로 날랜 뱀을 찌르시나니"[8] 또 다른 대목에서는 "네가 열두 궁성을 때에 따라 이

---

6 〈레위기〉 13 : 4-14.
7 〈욥기〉 26 : 7.
8 〈욥기〉 26 : 13.

끌어내겠느냐, 북두성과 그에 속한 별들을 인도하겠느냐?"[9]라고 말하고 있다. 여기에는 별이 고정되어 있고, 언제나 같은 거리에 있다는 것이 매우 우아하게 기록되어 있다. 또 다른 대목에서 "그가 북두성과 삼성과 묘성과 남방의 밀실을 만드셨으며"[10]라고 했다. 여기서도 남극의 요상(凹狀)을 알고 있으며, 그것을 남쪽의 밀실이라고 말하고 있다. 남쪽의 별은 그 지역에서는 보이지 않기 때문이다. 출생 문제에 대해서는 "주께서 나를 젖과 같이 쏟으셨으며, 엉긴 젖처럼 엉기게 하지 아니하셨나이까?"[11]라고 말하고 있다. 광물 문제에 대해서는 "은은 나는 광이 있고, 연단하는 금은 나는 곳이 있으며, 철은 흙에서 취하고, 동은 돌에서 녹여 얻느니라."[12]라고 그 장에 나와 있다.

11

　　마찬가지로 솔로몬 왕이라는 인물 속에서 우리는 예지와 학문의 천부나 영예를 볼 수 있다. 그것은 솔로몬이 다른 모든 지상의 일시적인 행복보다 신을 중요시함으로써, 솔로몬의 소원에 대한 신의 동의 속에서 얻은 것이다. 신이 그것을 허락하거나 줌으로써 솔로몬은

9　〈욥기〉 38 : 32.
10　〈욥기〉 9 : 9.
11　〈욥기〉 10 : 10.
12　〈욥기〉 28 : 1, 2.

신학 및 도덕 철학에 관해 여러 가지 뛰어난 잠언이나 아포리즘을 쓸
수 있었을 뿐 아니라, 모든 식물류의 자연사(自然史)를 편찬할 수 있
었다. 산 위의 삼목에서 벽 위의 이끼(부패물에서 식물로 성장하는 과정의
불완전한 것에 지나지 않지만)에까지 이르고 있다. 또 호흡하고 움직이는
모든 것을 취급하고 있다. 사실 솔로몬 왕은 물과 장려한 건축, 선박
과 항해, 봉사하고 뒷바라지하는 고용인들, 평판과 명성 같은 뛰어난
영예를 얻었지만, 이런 영예는 어느 것에 대해서나 권리를 주장하는
일이 없고 다만 진리 탐구의 영예만을 중시했다.

솔로몬은 "일을 숨기는 것은 하느님의 영화요, 일을 살피는 것은
왕의 영화이니라."[13]라고 뚜렷이 말했다. 어린아이들의 천진난만한
장난처럼 신성한 신은 자기가 한 일을 감추어 두고 그것이 발견되는
것을 목적으로 삼고 기뻐하는 것처럼 보인다. 또 국왕이 얻을 수 있
는 가장 훌륭한 명예는, 이 장난에서 신과 친구가 되는 것이라고 말하
는 것처럼 보인다. 재능 있는 사람들이나 수단을 자유롭게 쓸 수 있
어 국왕은 아무것도 감출 필요가 없다고 말할 것이기 때문이다.

12

신의 율법은 구세주가 이 세상에 온 시대에도 변함이 없었다. 우리

---

13 〈잠언〉 25 : 2.

의 구세주는 성직자나 법률 박사와 의논한 것으로서, 인간의 무지를
정복하는 힘을 먼저 보여 주었기 때문이다. 그 뒤에 기적으로 자연을
정복하는 힘을 보여 주었다.[14] 성령의 도래는 여러 가지 말의 보기나
재능으로써 비유적으로 표현되었다.[15] 이것은 말이 지식의 전달자임
을 말해주고 있다.

13

　신이 신앙을 심기 위해 사용할 연장을 고를 때, 처음에는 영감에 의
하는 것 이외에 전혀 학식이 없는 사람들을 사용했다. 자기가 직접
하는 일을 한층 더 뚜렷이 나타내고, 인간의 예지나 지식을 모두 낮은
것으로서 보여 주기 위해서였다. 그럼에도 불구하고 그 의도가 수행
되자 곧 그에 계속되는 여러 시대에 신의 진리를 곳곳으로 보내 주었
는데, 그것에 하인이나 하녀처럼 다른 학문도 딸려 보냈다. 사도들
가운데서 오직 한 명의 학식 있는 사람이었던 성 바울은, 신약성서의
서술 중에서 붓을 가장 많이 사용하고 있었다.

---

14 〈누가복음〉 2 : 46.
15 〈사도행전〉 2 : 1.

14

교회의 초기 사교나 교부들의 대부분은 이교도의 모든 학문을 잘 읽고 연구했다는 것을 알 수 있다. 율리아누스 황제의 칙령(이것으로 그리스도 교도들은 학교, 강의, 학문의 연습에 참여하지 못하게 금지당했다)은 그리스도교의 신앙에 대한 해로운 방법이자 음모이며, 성인들의 피 비린내 나는 박해 이상의 것으로 평가되고 생각되었다. 로마 교황인 초대 그레고리우스 1세의 그리스도에 대한 열의도 신심이 깊고 신앙이 두텁다는 명성을 얻지 못했다. 오히려 반대로 변덕스럽고 악의가 있으며, 무기력하다는 평을 성직자들한테서까지 받았다. 이교도의 옛 저작자들이 한 것을 말살하여 지워 버릴 생각을 했기 때문이다. 반대로 그리스도 교회는 서북쪽으로부터의 스키타이인과 동쪽으로부터의 사라센인의 침입을 받으면서도 그 신성한 무릎과 가슴에 이단 학문의 귀중한 유물마저 보존해 주었다. 그렇지 않았더라면 그런 것은 전혀 존재하지 않았던 것처럼 소멸해 버렸을 것이다.

15

다음으로는 우리 자신과 우리 아버지들의 시대에, 하느님이 그 뜻에 따라 로마 교회가 타락한 도덕이나 의식과 같은 악폐에 빠지기 쉬

운 것을, 그것을 지지하기 위해서 만들어진 여러 가지 교의를 책망했다는 것이다. 동시에 신의 섭리에 의해 정한 것으로서, 그와 함께 다른 모든 지식의 혁신과 새로운 원천이 생겼다.[16]

또 한편에서는 예수회 사람들을 볼 수 있다. 이 사람들은 그들 자체에서, 또 그것이 보여 주는 실험의 모방과 도발에서 학문의 상태에 활기를 주어 강화했다. 그들이 로마교에 얼마나 두드러진 봉사를 했고, 이것을 부활시키는 데 얼마나 큰 도움이 되었는지 잘 알 수 있다.

16

이제 결론을 내려 보자. 철학과 인간의 학문이 신앙과 종교에 대해 다할 수 있는 것으로서, 치장과 장식 이외에 두 가지 중요한 의무와 일이 있다.

첫째는 그것이 신의 영광을 고양시키는 데 효과적인 촉진책이 된다는 것이다. 즉 〈시편(詩篇)〉이나 그 밖의 성서의 서술이 신의 위대하고 경이적인 작업을 생각하게 하고, 그것을 찬미하게 만드는 일이 많다. 우리의 감각에 닿는 대로 그 외면의 관조에만 머물러 있다면, 신의 위엄에 주는 위해는 뛰어난 보석상의 물건을 판단하거나 평가하는 데 있어서 길가의 가게 앞에 늘어놓은 것만 생각하는 것과 비슷

---

16 문예부흥이 시작된 것을 가리킨다.

해진다.

둘째는 불신과 과오에 대한 유일한 도움과 예방책을 준다는 것이다. 우리 구세주는 "너희는 성경도 모르고 하느님의 권능도 모르기 때문에 잘못 생각하고 있다."[17]고 말한다. 우리가 잘못을 저지르지 않도록 보호를 받고 싶으면, 우리 앞에 두 권의 책인지 두루마리인지를 놓고 연구하게 해준다. 한 권은 성서로서 신의 뜻을 나타내는 것이고, 다른 한 권은 그 힘을 보여 주는 창조물이다. 후자는 전자의 열쇠가 된다. 그것은 우리의 오성(悟性)을 열어서 성서의 참된 뜻을 생각하는 데 이성의 일반 개념과 말의 규칙을 사용할 뿐만 아니라, 주로 우리의 신념을 열어 일 위에 기록되고 새겨져 있는 신의 전능성을 올바로 명상하도록 우리를 끌어넣어 준다. 학문의 참된 존엄과 가치에 관한 신의 증언과 증거에 대해서는 여기서 그만하기로 한다.

학문의 진보

17 〈마태복음〉 22 : 29.

제7장

1

여기서는 인간적 증거에 대해서 살펴보자. 인간적 증거의 분야는 매우 방대하기 때문에, 이러한 짧은 논고에서는 많은 것을 모두 다루는 것보다 우리가 제출할 수 있는 여러 가지 것 중에서 선택하여 다루는 것이 적당할 것이다.

그 첫 번째 선택된 증거는, 이교도들이 인간의 명예 중에서 가장 최상의 단계라고 생각하는 것이 신으로서의 존경과 숭배에 도달하는 것이라는 점이다. 이것은 그리스도 교도들에게는 금지된 열매였다. 지금은 인간적 증명에 대하여 개별적으로 이야기하기로 한다.

인간적 증명에 의하면 그리스인의 '신화', 라틴 사람들의 '신에게 귀속하는 일'이 인간이 인간에게 주는 최고의 명예였다. 특히 이런 것이 로마 황제들에게 내려진 것처럼 국가의 정식 법령이나 행위에 의하지 않고 마음속에서의 암묵적 동의와 신념에 의한 것일 때 그러했다. 그 명예는 매우 높은 것이어서 하나의 단계 내지 중간사(中間辭) 같은 것이 있었다. 즉 인간의 명예 이상이라고 생각되는 것으로서 영웅 및 신의 명예가 있었다. 그 명예를 나누어 주는 데 있어, 고대에는 다음과 같은 차별을 두었다. 국가나 도시의 설립자와 통일자, 입법자, 전제군주를 멸망시킨 자, 민족의 아버지 그리고 그 밖에 국민에게 높은 가치를 평가받은 자들에게는 높은 지위나 반신(半神)이라는 칭호가 주어졌을 뿐이다. 이를테면 헤라클레스·테세우스·미노스·로물루스 등이 그런 사람들이다. 한편 인간의 생활에 대한 새로운 기예, 기여, 물건의 연구자, 작가들은 신성한 자로서 언제나 여러 신들과 나란히 앉혀졌다. 이를테면 케레스·바카스·메르쿠리우스·아폴론 등이 있다. 이렇게 차별은 둔 것은 옳다고 할 수 있었다. 전자의 가치는 한 시대나 한 나라의 범위에 한정되어 있기 때문이다. 또한 결실을 많이 가져다주는 비와 같아서 유익하고 좋지만, 그 계절에만 또는 그 내리는 범위의 토지에만 유용하다. 후자는 하늘의 은혜와 비슷하며, 영구적이고 보편적이다. 전자에는 투쟁과 동요가 섞여 있지만, 후자에는 신의 존재의 참된 성격이 있고 그것은 '부드러운 바람'이 되어 찾아오는 것으로, 소리도 없고 소란스럽지도 않다.

학문의 진보

또 다른 확실한 학문의 가치는 인간이 인간에게 주는 여러 가지 불편을 해결한다는 것으로 자연적인 욕구를 채워 준다는 학문의 가치에 뒤지지 않는다. 이러한 가치는 고대 사람들이 오르페우스 극장에 관한 허구 이야기 속에 생생하게 묘사했다. 그곳에는 모든 짐승과 새가 모였다. 어떤 것은 먹이를, 어떤 것은 놀이를, 어떤 것은 싸움 같은 저마다의 욕망을 잊고, 함께 의좋게 모여서 하프의 선율과 화음에 귀를 기울였다. 그러다 선율이 멎거나 다른 소리에 묻혀 버리자, 그들은 금방 본디의 성질로 되돌아가 버렸다고 한다. 이 이야기에는 인간의 성질과 상태가 교묘히 그려져 있다. 그 인간은 야만스럽고 교육을 할 수 없으며, 이익이라든가 욕정이나 복수 같은 욕망으로 가득했다. 사람들이 책이나 설교, 연설 등의 웅변과 설득력으로 아름답게 표현되는 가르침이나 법률이나 종교에 귀를 기울인다면, 사회의 평화는 유지된다는 뜻이다. 그러나 이러한 악기가 소리를 내지 않게 되거나 소동과 동란으로 그것이 들리지 않으면, 모든 것은 분해되어 무정부 상태의 혼란에 빠져 버린다.

3

이것이 국왕 자신이나 그 밑의 권력 있는 사람들, 아니면 민주국이나 공화국의 다른 통치자들이 학문을 갖고 있을 때에 뚜렷이 드러난다. 자신의 직업을 편애했던 사람이 한 말일지 모르지만, "민중이나 국가가 행복해지는 것은 국왕이 철학자이거나 철학자가 국왕일 때이다."[1]라는 말이 있다. 실제로 학식 있는 군주나 통치자 아래서는 언제나 가장 훌륭한 시대였다는 것이 경험적으로 실증되고 있다. 즉 국왕이 그 감정이나 습관 면에서 아무리 불안전한 데가 있더라도, 학문의 광명을 갖고 있다면 종교·정치·도덕에 대한 여러 가지 개념을 갖고 있고, 그 때문에 멸망으로 이끄는 돌이킬 수 없는 온갖 과오나 과도함을 면하여 그런 것에 빠지지 않는다. 고문이나 하인들이 입을 다물고 잠자코 있을 때라도 그들의 소곤거림이 언제나 귀에 들려 온다. 마찬가지로 원로원 의원이나 고문들이 학식 있는 사람이라면 비교적 안전하고 실질적인 원칙 위에서 나아가는 법이며, 그저 경험만 있는 고문들과는 다르다. 학식 있는 고문은 위험을 멀리 하는 법을 안다. 반면 경험만 있는 고문은 위험이 가까워질 때까지 발견하지 못하고, 급해지면 재능의 민첩함만 믿고 그것을 피하려 한다.

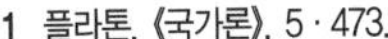

---

1 플라톤, 《국가론》, 5·473.

4

학문 있는 군주 아래서의 행복한 시대는 도미티아누스 황제가 죽고부터 코모두스의 치세에 이르는 시대에 가장 잘 나타나 있다. 그 기간에는 잇달아 6명의 군주[2]가 포함되어 있으며, 모두 학문이 있거나 특히 학문의 후원자이자 촉진자였다.

이 시대는 현세적인 여러 면으로 볼 때, 로마 제국이 가장 행복하고 번영을 누렸던 시대였다. 그것은 도미티아누스가 살해되기 전날 밤 그의 꿈으로 알려지고 예언된 것이었다. 황제는 자기의 두 어깨 위 뒤쪽에 황금의 목과 머리가 돋아났다고 생각했다. 그것은 그대로 실현되어 그 뒤에 황금시대가 계속되었다. 그때의 군주들에 대해서 살펴보자. 그렇지만 그 내용이 일반적으로 알려져 있는 것이고, 변설 쪽이 더 적절해서 이런 짧은 논고에서 다루기에는 적합하지 않다고 생각될지 모르지만 지금 논하는 문제에서는 적절하며, "아폴론은 언제나 활시위를 당기고만 있지 않는다."[3]는 말도 있지 않던가. 또 그 사람들의 이름만 적어서는 너무 멋이 없고 지나치게 간결하므로, 가급적 모두 다루어 보기로 하겠다.

첫 번째는 네르바였다. 그의 뛰어난 정치 기질은 코르넬리우스 타

---

2 네르바, 트라야누스, 하드리아누스, 안토니누스 피우스, 마르쿠스 아우렐리우스, 루키우스 코모두스 베루스의 6명을 가리킨다.
3 호라티우스, 《시편》, 2 · 10 · 19.

키투스의 글 중 한 구절에 생생하게 언급되어 있다. "신과 같은 네르바가 전에는 하나가 되지 않았던 권력과 자유를 융합시킨 뒤"[4] 학문의 증거로서 기억에 남는 그 짧은 치세 중의 마지막 행위는 양자인 트라야누스에게 보낸 편지였다. 그 시대의 감사를 모르는 마음에 대한 내적 불만에서 나온 것으로서, 호메로스의 시로 표현되어 있다.

　오오, 포이보스여, 당신의 화살로 우리의 눈물에 대한 복수를 해주시오.[5]

5

　그 뒤를 이은 트라야누스 그 자신은 학문이 없었다. "예언자를 예언자로 맞아들이는 사람은 예언자의 보상을 받을 것이요."[6]라고 말하고 있는 우리 구세주의 말에 귀를 기울인다면, 이 사람은 가장 학식 있는 군주였다. 그 이상 위대한 학문을 존경한 사람도, 학문의 은인도 없었기 때문이다. 유명한 도서관의 설립자이자, 학식 있는 사람을 끊임없이 지위에 올려 준 사람이며, 학식 있는 교수나 교사들과 친히 이야기를 나눈 사람이었다. 그 무렵 학식 있는 사람들은 궁정에서 가

4　타키투스, 《아그리콜라》, 100 · 3.
5　호메로스, 《일리아드》, 1 · 42.
　　포이보스는 아폴론을 말한다.
6　《마태복음》 10 : 41.

장 신용을 얻고 있었다.

한편 트라야누스의 덕성과 정치가 어느 만큼 숭배되고 유명했는지
에 대해서는, 로마 교황인 대(大) 그레고리우스의 전설적인 이야기만
큼 확실한 역사의 증언은 없다. 그레고리우스는 모든 이교(異敎)의
뛰어난 점에 대해 극단적인 악의를 가지고 있었다고 한다. 그러면서
도 트라야누스의 덕성을 사랑하고 존경하는 마음에서 신에게 열심히
기도를 드려, 그의 영혼을 지옥에서 구해 달라고 빌었다고 전해진다.
결국 그의 소원은 이루어졌고 더 이상 그런 소원을 하지 말라는 주의
를 들었다고 한다. 또한 이 시대에는 그리스도 교도의 박해를 멈추었
던 일면을 볼 수 있었다. 이러한 사실은 트라야누스가 높은 지위에
앉힌 뛰어난 학자인, 소(小) 플리니우스의 증언으로 알 수 있다.

6

그 뒤를 이은 하드리아누스는 비할 데 없이 연구심이 강한 사람이
었으며, 가장 보편적인 탐구자였다. 그는 모든 것을 파악하고자 했
고, 가장 가치 있는 것을 위해서는 조금도 정력을 아끼지 않은 것이
그의 마음속 잘못이라는 말을 들을 정도였다. 마케도니아의 필리포
스에게서 오래 전에 볼 수 있었던 것과 같은 정신이었다.

하드리아누스가 음악에 관한 논의에서 어떤 뛰어난 음악가를 눌
러 이기려고 안간힘을 썼을 때, 그 음악가는 이렇게 말했다. "이거

참 놀랍습니다. 이런 것을 저보다 더 잘 알고 계시다니, 폐하의 신분도 그리 좋지만은 않은 것 같습니다." 또한 신은 하드리아누스 황제의 호기심을 이용하여 그 무렵의 교회에 평화를 가져다주었다. 당시에는 존경심에서 그리스도를 신이나 구세주라고 생각한 것이 아니라, 하나의 이상하고 신비스러운 것으로 간주하여 그 초상을 아폴로니오스[7]와 나란히 화랑에 걸어 놓았다(황제는 순진하게도 아폴로니오스와 자기가 닮은 데가 있다고 생각했다). 그것은 그 무렵 그리스도의 이름을 증오하는 현상을 완화시키는 데 도움이 되었다. 교회도 그 시대에는 평화로웠다.

종교 이외의 일반 정치는 군사상의 공적이나 사법 부문의 완전함에 있어서 트라야누스에 미치지 못했지만, 신하의 복지를 가져온 점에서는 뛰어났다. 트라야누스는 기념비나 건축물을 많이 세웠고, 건물 벽의 곳곳에 그의 이름을 새겨 놓았다. 콘스탄티누스 대제조차도 그를 '벽의 꽃'[8]이라고 불렀을 정도다. 그 건축물이나 기념비들은 필요에 의해서라기보다 명예와 승리를 나타내기 위한 것이었다. 하드리아누스는 통치 기간 중 평화로웠던 로마 제국을 걸어 다닌다고나 할까, 구경하고 다니는 데 시간을 보냈다. 들른 곳에서 명령을 내리고 할당하고, 도시나 마을이나 요새의 훼손된 부분을 재건하였다. 또 강이나 물길을 트고 다리와 도로를 만들고, 도시와 자치체(自治體)에

---

7 소아시아의 카파도키아에서 기적을 행했다지만 사실은 알렉산데르 세베루스의 잘못이라고 한다. 《수필집》, 〈19 제국〉, 주 6 참조.
8 오시리아스 빅토르, 《서한집》, 41·13.

규제를 주었으며 새로운 자치와 독립을 허락했다. 그 시대는 바로 그 전 시대의 잘못을 부흥시켰다고 할 수 있었다.

7

안토니누스 피우스가 그 뒤를 이었는데, 매우 학식 있는 군주였다. 스콜라 학파의 참을성 있고 세밀한 재능을 갖고 있었다. 어떤 덕성이 건 비난하지 않고는 견디지 못하는 일반 사람의 입에서, 회향의 씨를 쪼개는 사람 또는 나누는 사람이라는[9] 말을 들었다. 그것은 가장 작은 씨의 하나이다. 비상한 인내력과 단호한 결의를 갖고 있으며, 여러 가지 원인의 가장 작고 정확한 특색에도 끼어들 수 있었다. 매우 조용하고 맑은 마음에서 생기는 결과라고 할 수 있다. 그는 공포·회한·주저 따위를 지니지 않았고 그런 것에 방해도 받지 않았다. 지금까지 세상을 다스린 사람으로서는 일찍이 없었던 순수하고 선량한 사람이었다. 누구에게나 가식이나 편견 없이 대했고, 그의 마음은 끊임없이 무슨 일에 신경 쓰고 확고했다. 또한 그리스도교에 한 걸음 다가서 있었다. 아그리파가 성 바울에게 말했듯이 '절반 그리스도교도'가 되었다. 그는 종교와 법률을 중시하고 박해를 하지 않았을 뿐 아니라, 나아가서는 그리스도 교도의 진출을 인정했다.

---

9 디오 카시우스, 《로마사(史)》, 70 · 3.

안토니누스를 계승한 것은 최초의 '신의 형제'인 두 양자였다. 그 중 한 사람 아에리우스 베루스의 아들 루키우스 코모두스 베루스는 비교적 온화한 종류의 학문을 매우 좋아해서, 시인 마르티알리스를 언제나 자기의 베르길리우스라고 말했다. 또 한 사람은 마르쿠스 아우렐리우스 안토니누스였다. 이 두 사람 가운데 마르쿠스의 철학자적 명성 때문에 코모두스의 존재가 흐릿해졌지만, 마르쿠스로 인해 코모두스는 기억될 수 있었다. 마르쿠스는 학문에 있어서도 물론 다른 모든 황제에 뛰어났지만, 국왕의 덕성의 완전함에 있어서도 뛰어났다. 후대의 율리아누스 황제는《황제 열전》이라는 책을 썼다. 그것은 자기 이전의 황제들을 모두 풍자한 책으로 여러 가지 이야기를 지어냈다. 그 황제들은 모두 여러 신들의 연회에 초청을 받았다. 그리고 실레노스라는 어릿광대가 식탁 끝에 앉아서 들어오는 황제들 한 사람 한 사람에게 조소를 퍼붓는다. 철학자인 마르쿠스가 들어왔을 때는 실레노스도 당황하여 그의 무엇을 비웃어야 할지 몰랐으며, 마지막에 가서 겨우 그 부인에 대한 인내심을 슬쩍 비쳤을 뿐이었다.

이 군주의 덕성은 전 시대의 황제들에 이어서 안토니누스라는 이름을 신성한 것으로 생각했다. 코모두스, 카라칼라, 헬리오가발루스가 통치할 때는 안토니누스라는 이름을 몹시 불명예스러워 했었다. 이에 알렉산데르 세베루스가 자기는 그 일족과 관계가 없다며 그 이

름을 거절하자, 원로원은 이구동성으로 "아우구스투스라는 이름과
마찬가지로 안토니누스라는 이름을 만들도록" 하라고 했다. 이처럼
그 무렵 이 두 군주의 이름이 가장 유명하고 존경받았으므로, 모든 황
제의 공적 칭호 가운데 영구적인 칭호로서 그것을 사용하게 하고 싶
었다. 마르쿠스 황제의 시대에도 교회는 대체로 평화로웠다. 이 연속
된 여섯 군주를 통해, 주권자가 학문의 축복을 받은 효과를 세계 최대
의 그림으로서 그리고 있음을 볼 수 있다.

9

작은 규모의 그림이나 회화로서는(현존의 폐하에 관해서는 감히 이야기
하지 않기로 하겠습니다만) 엘리자베스 여왕이 가장 뛰어나다. 엘리자베
스 여왕은 브리튼 섬의 이 지방에서 폐하의 바로 앞에 있던 분이다.
플루타르코스가 살아서 비교법을 이용한 전기를 썼다면, 여성 중에
그녀와 비교할 사람이 없어서 난감했을 것이다. 이 귀부인은 여성으
로서도 보기 드물고, 남성 군주 중에서도 보기 드물 만큼 학식을 갖추
고 있었다. 그 학식도 언어이거나 이론적 학문이거나, 근대의 것이거
나 고대의 것이거나, 신학이거나 인간의 학문이거나 무엇이든 정통
했다. 일생의 마지막까지 독서를 위해 일정한 시간을 비워 두었다.
젊은 대학생이라도 그렇게 날마다 그만큼 정확히 할 수는 없었을 것
이다.

정치에 있어서도, 브리튼 섬의 이 지방에서 엘리자베스 여왕이 다스린 45년간보다 나은 과거의 시대는 없었다고 단언해도 과언이 아니라고 나는 확신한다. 더욱이 시대가 조용해서가 아니라, 그 정치의 지혜로움 때문이었다. 즉 종교의 진리가 확립되었고, 부단한 평화와 안녕, 좋은 사법·행정, 군주의 대권은 적당히 행사되어 늘어지지도 않고 죄어지지도 않았으며, 학문의 번영 상태는 이같이 뛰어난 여성 옹호자에게 걸맞은 것이었고, 부와 재산의 적당한 상태를 국왕과 신하에게서 볼 수 있었으며, 복종의 습관을 키우고 불평하지 않게 되었다는 것 등이다. 이러한 성과에는 종교상의 여러 가지 이론(異論), 이웃 여러 나라와의 문제, 스페인의 야심, 로마 교회의 반대 등이 있었다. 게다가 여왕은 고립되어 있었고, 독신인 데다가 외로웠다. 이러한 것을 모두 감안한다면, 이렇게 최근의 적절한 예를 고를 수는 없을 것이다. 군주의 학문과 국민의 행복의 상관 관계에 관한 문제를 해결하려는 목적에 대해서도 엘리자베스만큼 뛰어난 사례를 찾을 수 없다.

10

학문은 군사 이외의 일반 가치와 덕성, 여러 가지 기예, 평화와 평화적인 통치에만 영향을 미치는 것이 아니다. 전쟁이나 군사의 덕성과 용기에 적당한 자격을 주는 데도, 이에 못지않은 힘과 효력을 가지고 있다. 이것은 앞에서 말한 알렉산드로스 대왕이나 독재자인 케사르를 살펴보면 알 수 있지만, 적당한 장소에서 다시 언급하기로 한다. 전쟁에서의 그들의 덕성이나 행위에 대해서는 경이로움의 대상이었으므로 다시 언급할 필요도 없다. 그러나 학문의 완성도에 대한 그 사람들의 애정은 조금 언급해 두는 것이 좋을 것 같다.

11

알렉산드로스를 가르치며 양육했던 대철학자 아리스토텔레스는 여러 권의 철학 저술을 그에게 바쳤다. 또한 칼리스테네스와 그 밖에 여러 가지 학문을 가진 사람들이 옆에 붙어 있었으며, 그들은 알렉산드로스의 진영에 따라가서 여행 때나 원정 때도 떨어지지 않았다.

그가 얼마나 학문을 중시하고 존중했느냐 하는 것은 다음 세 가지 사적(事蹟)에 잘 나타나 있다. 첫째는 아킬레스를 선망하여 언제나 그의 말을 하고 있었다. 호메로스의 시처럼 선전 나팔이 아킬레스를 찬양하고 있었기 때문이다. 둘째로 다리우스 대왕의 보석 속에서 발견된 귀중한 상자에 관하여 내린 판단 내지는 해결이었다. 그 상자에 어떤 것을 넣는 것이 적당한가 하는 문제였는데, 그는 호메로스의 작품을 넣는 것이 가장 좋다는 의견을 냈다. 셋째로 아리스토텔레스가 자연에 관한 몇 가지 저술을 한 뒤 그에게 써 보낸 편지다. 편지에서 철학의 비밀이라고 할까 신비 같은 것을 공표했다고 그에게 항의하

고 있다. 자신은 권력이나 제국보다도 학문과 지식에서 남에게 뛰어
난 것을 더 중요하게 생각한다는 말을 전하려 하고 있다. 학문을 어
떻게 이용했느냐 하는 것은 그의 모든 말과 대답 속에 잘 나타나고 있
으며, 학문과 학문의 적용은 물론, 온갖 지식으로 가득 차 있다.

12

여기에서도 누구나 알고 있는 것을 반복한다면 학문을 과시하는
일 같기도 하고 어느 정도 헛일처럼 보일지도 모른다. 내가 다루는
의론이 그쪽으로 나를 인도했고, 누군가 내 뜻을 알아주기만 한다면
기쁠 뿐이다.

나는 몇백 년 전에 이미 죽었지만, 지금 살아 있는 사람들과 다를
바 없는 알렉산드로스나 케사르나 안토니누스 같은 사람들에게 아첨
을 하려 한다. 그것은 군주에게 학문의 영광을 보여 주려고 하는 것
이지, 칭송되고 있는 사람들을 깎아 내리려는 것은 아니다. 알렉산드
로스가 디오게네스에 대하여 한 말을 음미하고, 도덕 철학의 최대 문
제에 대한 참된 해결에 그것이 도움이 되겠는지 어떤지 살펴보면 된
다. 즉 외적인 사물을 자유로이 하는 것이 최대의 행복인가, 그것을
경멸하는 것이 최대의 행복인가 하는 것이다. 알렉산드로스는 디오
게네스가 궁핍한 생활에도 아주 만족해하고 있는 것을 보고 그의 신
분을 비웃는 사람들을 향해, "내가 알렉산드로스가 아니었다면 디오

게네스가 되고 싶구나."라고 말했다. 세네카는 그것을 거꾸로 "알렉
산드로스가 주거나 자유로이 할 수 있는 권력 이상으로, 디오게네스
가 그것을 거절했다고 생각되는 것이 컸다."[10]고 말했다.

13

그가 평소 하던 표현도 주의해 주기 바란다. 그것은 "나는 주로
수면과 욕정에서 사람이 죽는다는 것을 느낀다."는 것이었다. 이것
은 깊은 자연과학에서 나온 말이 아닌가. 또 알렉산드로스라기보
다 아리스토텔레스나 데모크리토스의 입에서 나옴직한 말이 아닌
가 싶다.

14

또 인간성과 시에 관한 그의 말에 주의하고 싶다. 자기의 상처에서
피가 흘러나왔을 때, 평소 그에게 신성이 있다고 말하던 아첨꾼 하나
를 돌아보고 말했다.

"보라, 이것이 바로 피다. 이것은 디오메데스가 비너스의 손을 찔

---

10 세네카, 《은혜에 대하여》, 5·4·4.

렀을 때 흘렀다고 호메로스가 말하고 있는 액체와는 다르다."

15

   마찬가지로 하찮은 이론에 대해서 금방 비난한 것을 살펴보자. 카산드로스가 그의 아버지 안티파트로스에 대한 불평을 늘어놓았을 때의 일이다. 우연히 알렉산드로스가 "이런 사람들이 불평의 정당한 근거가 없는데도, 그렇게 멀리서 호소하러 여기까지 찾아왔다고 생각하는가?"라고 말했다. 카산드로스는 이에 대해 "당연하신 말씀이십니다. 그들은 반대하는 사람이 없을 것이라 생각했을 것입니다."라고 말했다. 그러자 알렉산드로스는 웃으며, "아리스토텔레스의 교묘함을 알 수 있군. 문제를 찬반 어느 쪽으로든 끌고 갈 수 있거든."하고 말했다.

16

   주목할 만한 것은, 그가 비난하는 기술을 자기 기질에 따라 얼마나 슬기롭게 이용할 수 있었는가이다. 그는 자기를 숭배하기 위한 새로운 의식에 대해 반대한 칼리스테네스에게 은밀히 불만을 품고 있었다. 어느 날 밤 연회에서 칼리스테네스와 함께 식사를 하게 되고, 식

109

사 뒤에 어떤 사람이 여흥을 하자고 제의했다. 그것은 칼리스테네스가 웅변가이니 그가 좋아하는 주제나 계획을 이야기하게 하는 것이었다. 칼리스테네스는 이에 응했다. 마케도니아 국가에 대한 칭찬을 화제로 골라 그것을 매우 잘 해냈으므로 듣는 사람들은 감탄했다. 알렉산드로스는 조금도 기뻐하지 않고 "그렇게 좋은 주제에 대한 웅변은 쉬운 일이다." 하고는, "주제를 반대로 해 보라. 우리에게 거슬리는 말을 어떻게 할 수 있는지 들어 보자."라고 말했다. 칼리스테네스가 곧 매우 신랄하고 생생하게 해 보이자, 알렉산드로스는 그 말을 가로막고 말했다. "앞에서는 좋은 동기가 이 사람을 웅변으로 만들고, 지금은 악의가 또한 웅변으로 만들었다."

17

　　수사학의 비유에 대해서 좀 더 살펴보면, 그는 은유나 비유를 교묘히 사용하여 안티파트로스를 비난했다. 이 사람은 오만하고 폭군적인 통치자였다. 말하자면 안티파트로스의 친구 한 사람이 알렉산드로스에게 이 사람의 조심성을 칭찬했다. 다른 부관들과는 달리 타락한 페르시아인처럼 거만해지거나 자줏빛 옷을 입는 일도 없고, 오랜 마케도니아의 검은 의상을 줄곧 입고 있다는 것이다. 그러자 알렉산드로스는 "과연 그렇다만, 안티파트로스의 속은 완전히 자줏빛이다."라고 말했다. 또 다른 예가 있다. 파르메니온이 아르벨라의 평원

에 나타나서 알렉산드로스에게 자기가 대군을 이끌고 왔음을 과시
했다. 특히 무수한 불빛으로 그 위세를 과시했다. 그것은 별을 아로
새긴 새로운 하늘 같았다. 알렉산드로스 대왕은 야간 공격을 하자는
조언을 받았지만, "나는 승리를 훔치는 짓은 하지 않는다."라고 대답
했다.

18

정치 문제에 관해서는, 모든 시대를 걸쳐 매우 인정을 받고 있는 그
뜻깊은 구별을 주목해 보자. 그것은 두 친구인 헤파에스티온과 크라
테루스에 관한 것이다. 그때 그는 "전자는 알렉산드로스를 사랑하고,
후자는 국왕을 사랑한다."라고 말했다. 군주의 충복들의 주된 차이
를 말한 것으로, 애정으로써 그 인간을 사랑하는 사람도 있고, 의무
로써 그 왕관 즉 직무를 사랑하는 사람도 있다는 말이다.

19

군주의 고문들이 흔히 저지르는 잘못에 대한 비난도 생각해 볼 일
이다. 고문관이 군주에게 충고할 때는 자신의 마음이나 운명에 따라
서 하는 것이지, 주인을 생각하는 것이 아니다.

111

다리우스 3세가 큰 타협을 제의했을 때, 파르메니온은 "내가 알렉산드로스였다면 그 제의를 받아들였을 것이오."라고 말했고, 알렉산드로스는 "나도 파르메니온이었다면 그렇게 했겠지."[11]라고 말했다.

20

마지막으로 그 신속하고도 날카로운 답변을 생각해 보자. 알렉산드로스가 친구와 하인들에게 큰 선물을 하면서 자신을 위해서는 무엇을 남겨 놓았느냐는 질문을 받았을 때의 대답이다. 그 대답은 '희망'이었다. 그가 과연 계산을 올바르게 했는지 하지 않았는지는 꼼꼼히 생각해 봐야 한다. 왜냐하면 '희망'은 위대한 사업을 결심하는 모든 사람의 운명이어야 하기 때문이다. 즉 케사르가 최초로 갈리아를 정복했을 때 그의 운명이 바로 희망이었다. 그의 재산은 모두 보상으로서 나누어 주었기 때문이다. 희망은 곧잘 야심에 넋을 잃기는 하지만, 기즈 가문의 고귀한 군주 알리 공의 운명이기도 했다. 이 사람은 프랑스 제일의 약탈자라고 불렸는데, 이는 사람들을 자기편으로 만들기 위해 자기 재산을 모두 나누어 주었기 때문이다.

---

11 플루타르코스, 《영웅전》, 〈알렉산드로스편〉, 12 · 5.

21

　　결론적으로 알렉산드로스에 대해 정리하겠다. "모든 학문을 잃더라도 그것은 베르길리우스 속에서 발견할 수 있을지 모른다."라고 언제나 과장하여 말하는 비평가들도 있었지만, 확실히 말할 수 있는 것은, 이 군주에 대해서 전해지고 있는 몇 마디 말 속에 학문의 근거와 자취가 있다는 것이다. 나는 알렉산드로스 대왕으로서가 아니라 아리스토텔레스의 제자로서 그에 대한 존경심이 지나쳐 너무 깊이 들어와 버렸다.

학문의 진보

22

　　율리우스 케사르의 뛰어난 학문을 그의 교육이나 교우 관계 또는 그의 말에서 꺼낼 필요는 없다. 저서와 일에 더 뚜렷하게 나타나 있기 때문이다. 저서 가운데는 현존하는 것도 있고 없어진 것도 있다. 그가 이끈 몇 차례의 전쟁 기록이 역사서로 전해져 내려오고 있지만, 거기에는 다만 비망록이라는 제목이 붙어 있을 뿐이다.[12] 그 가운데 실질적인 무게가 있는 내용에 대해서는 훗날의 시대가 모두 감탄했다.

12　케사르의 《갈리아 전기(戰記)》, 《내전기(內戰記)》를 가리킨다.

또 여러 가지 행동이나 인물의 사실적인 묘사와 활기 있는 모습이, 비할 데 없는 말로 표현되어 있다. 그것이 타고난 자질의 결과가 아니라 학문과 훈육에 의한 것이라는 것은 《유추에 관하여》라는 그의 저작에서 충분히 알 수 있다. 그것은 하나의 문법철학으로 '인습적인 말'을 '적절한 말'로 만들려 노력하고 있으며, 표현의 습성을 표현의 적절성으로 되돌리려 애쓰고 있다. 이성의 생활에서 얻어진 정확한 그림의 어휘를 취하여 사물의 모습인 말과 사물의 일치를 도모했다.

23

결과적으로 우리는 그에게서 그의 힘과 학식 양쪽의 기념비적 업적이라 할 수 있는 것을 물려받았다. 바로 당시 불안정했던 로마력을 개정한 일 년을 세는 방법이다. 율리우스력은 케사르가 하늘의 법칙을 관찰하여 스스로 알게 된 것이 지상의 인간에게 법칙을 만들어 준 것 못지않게, 자기로서도 큰 영예라고 생각했음을 잘 나타내 주고 있다.

24

또한 《반(反) 카토론》이라는 그의 저서에서도 전쟁의 승리 못지않게 재능의 승리를 바라고 있었다는 것을 금방 알 수 있을 것이다. 이 작품에서 시도했던 것은, 그 무렵 문필에 있어 최대의 대표자였던 웅변가 키케로와 겨루자는 것이었다.

25

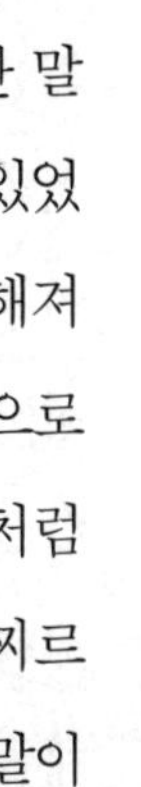

그가 모은 《격언집》을 보면, 자기로서는 남의 슬기롭고 간결한 말을 적는 한 쌍의 널빤지가 되는 편이 훨씬 명예롭다고 생각하고 있었음을 알 수 있다. 허영심을 가진 군주들이 형식적인 아첨에 익숙해져 곧잘 하고 싶어하는 일이지만, 그는 자신의 말을 격언이나 신탁으로 만들 생각은 없었다. 그의 여러 가지 말을 알렉산드로스의 경우처럼 일일이 든다면, 솔로몬이 한 말과 거의 같다. "지혜자의 말씀은 찌르는 채찍 같고, 회중의 스승의 말씀은 잘 박힌 못 같다."[13]는 그의 말이 있다. 이러한 예로 세 가지만 들어 보기로 하자. 이 사례는 그다지 우아하다고는 할 수 없겠지만, 힘차고 설득력이 있다는 점에서는 훌륭하다.

---

13 〈전도서〉 12 : 11.

26

첫째, 그는 한마디로써 군대의 반란을 진압시킬 수 있었다고 한다. 이 사건은 그가 말의 대가로서 대접받을 만하다는 것을 입증해 주고 있다. 로마에서는 장군이 군대를 향해 말할 때는 '병사 여러분'이라는 말을 썼고, 행정 장관이 민중에게 말할 때는 '시민 여러분'이라고 하는 것이 관례였다. 언젠가 병사들이 동요하여 소란을 피우고 해산시켜 달라면서 반란을 일으킬 듯했다. 병사들은 진심은 아니었지만, 이렇게 함으로써 케사르에게 보상을 요구할 마음이었다. 이에 대해서 절대로 양보하지 않을 작정으로 잠시 잠자코 있다가 연설을 시작한 그는 "그럼 시민 여러분" 하고 말을 꺼냈다. 이 말은 그들이 이미 해산된 것으로 인정한다는 뜻이었다. 이 말을 들은 병사들은 모두 크게 놀라 혼란에 빠졌다. 그들은 그의 연설을 막아야만 했기 때문에 자기들의 요구를 철회하고 다시 '병사들'이라는 명칭으로 불러 달라고 부탁했다.

27

두 번째는 다음과 같다. 케사르는 국왕(Rex)이라는 칭호를 무척 좋아했다. 몇 사람에게 지시하여 자기가 지나갈 때면 모두 국왕으로서 갈채를 하게 했다. 이윽고 그때가 되었는데, 시민들의 환호하는 소리가 작고 힘이 없자 모두가 자기 성을 잘못 알고 있었다는 듯이 "나는 렉스(국왕)가 아니라 케사르일세."라고 말하여 곤경을 넘겼다. 이 말은 아무리 살펴봐도 그 생명과 충분한 의미를 뚜렷하게 알 수 없는 것이었다. 그의 말은 국왕의 칭호를 거절하긴 했지만 진정으로 한 것이 아니었다. 또 그것은 무한한 자신과 관용이 깃든 말로서, 케사르가 국왕보다 훨씬 더 높은 칭호라고 말하는 것 같았다. 물론 그의 위대한 업적에 의해 사실상 오늘날까지 그의 이름이 그렇게 통용되기는 한다. 그의 말은 자기의 목적을 이룩하기 위해 충분히 생각한 말이었다. 로마인에게는 렉스(Rex)라는 성이 있고, 우리에게는 킹(King)이라는 성이 있는 것과 같이 그 이름은 천한 집안의 어느 누구에게도 주어질 수 있다. 그는 다만 이러한 이름 때문에 국가가 자기와 겨루고 있다는 말을 하고 있었던 것이다.

28

마지막 말은 메텔루스에게 한 말이었다. 케사르가 전쟁이 선언된 뒤, 로마의 시를 몸소 점령했을 때 일이었다. 그때 그가 안쪽에 있는 금고실로 들어가서 그곳에 쌓여 있는 금을 가지려 하자, 호민관인 메텔루스가 하지 못하게 했다. 그러자 케사르는 "비키지 않으면 이 자리에서 너를 죽여 버리겠다."라고 말했다. 이윽고 생각을 고쳐먹은 그는 덧붙였다. "젊은이여, 그것을 실행하기보다 입으로 말하는 편이 나로서는 더 어렵다네." 이 말은 최대의 공포와 자비가 한데 섞인 것이며, 인간의 입에서는 좀처럼 나올 수 없는 말이다.

29

이야기를 원래의 주제로 돌려 그에 대한 결론을 내리자면, 그는 자기 학문의 완전함을 충분히 알고 있었고 그런 태도를 보이기도 했다. 한번은 어떤 사람이 루키우스 술라가 독재 정치(dictature)에서 물러선다는 것을 참으로 묘한 결심이라고 말한 적이 있었다. 그러자 그를 비웃으면서 자기가 더 뛰어남을 보여 주려고 "술라는 문자를 몰라. 그래서 남에게 쓰게 하는(dictate) 거야. 독재하는(dictate) 방법을 모른단 말이야."라고 대답했다.

30

이쯤에서 군사적 재능과 학문의 일치에 관한 논제를 끝내는 것이 적당할 것 같다. 왜냐하면 알렉산드로스와 케사르 이후로는 두 사람에 대적할 만한 그 어떤 예도 찾아보기 힘들기 때문이다. 다만 보기 드문 한 가지 예가 있는데, 거기서는 극단적인 경멸이 극단적인 경탄으로 별안간 바뀐 경우이다. 철학자 크세노폰이 바로 그 경우이다.
그는 소크라테스의 학교에서 아시아로 떠났다. 페르시아의 아르타
크세르크세스 왕을 치기 위해 그의 아우 키루스가 원정했을 때였다.
크세노폰은 그 무렵 매우 젊어서 그때까지 전쟁을 경험한 적이 없었
다. 군대를 지휘하지도 않았으며 다만 지원병으로서 종군했다. 친구
프록세누스를 사랑하여 그와 함께 있기 위해서였다. 그는 팔리노스
가 대왕의 사자로서 그리스군의 진영을 찾아왔을 때 마침 그 자리에
있었다. 키루스가 싸움터에서 전사한 뒤였다. 그리스군은 얼마 되지
않는 병사만이 페르시아 왕의 영토에 남아 있었다. 항해할 수 있는
많은 강이 있으나 조국과는 수백 마일이나 멀리 떨어져 있었다. 사
자의 용건은 무기를 버리고 국왕의 뜻에 따르라는 것이었다. 그의
요구에 대답하기 전에 군대의 여러 사람들이 직접 팔리노스와 협상
에 들어갔다. 이때 크세노폰도 다른 사람들과 섞여서 다음과 같이
말했다. "정말이지, 팔리노스여, 우리에게 남아 있는 것은 무기와 용
기밖에 없습니다. 무기를 버린다면 어떻게 용기를 쓸 수 있겠습니
까?" 이에 대해 팔리노스는 미소를 띠며 대답했다. "젊은이여, 만일
내가 틀리지 않았다면, 당신은 아테네 분이군요. 틀림없이 철학을
공부하고 계시는가 보오. 당신의 말씀은 아름답군요. 당신의 그 용
기로 국왕의 힘을 누를 수 있다고 생각하신다면, 크게 착각하는 것이
오." 여기에는 경멸이 섞여 있었다. 그러나 경이로운 일이 일어났다.
이 젊은 학자이자 철학자가 회담 중에 모든 대장들이 배신당하여 살
해된 뒤, 1만 명의 그리스 병사를 이끌고 페르시아 내륙 중심을 통과

하여 바빌로니아로 해서 그리스로 안전히 돌아갔기 때문이다. 후일의 여러 시대에 페르시아 국왕을 침공하는 용기를 그리스인에게 심어 주었다. 이를테면 테살리아 사람인 이아손이 꿈꾸게 했고, 스파르타인 아게실라오스가 시도했으며, 마케도니아인 알렉산드로스가 성취했다. 모두 그 젊은 학자의 행위를 바탕으로 한 것이다.

제8장

1

이번에는 정치적·군사적 탁월성에서 정치적·개인적인 탁월성 쪽
으로 들어가 보자. 우선 다음의 시에 포함되어 있는 것은 진리로 인
정되고 있다는 것이다.

학예의 성실한 연마는 덕성을 부드럽게 하고
야만성을 온화하게 하는 것은 확실하다.[1]

---

1 오비디우스, 《흑해로부터의 편지》, 2·9·47.

학문은 인간의 마음으로부터 거칠거나 야만스러움 또는 과격함을 제거해 준다. 실제로 이 인용에서 '성실한'이라는 점을 강조할 필요가 있을 것이다. 왜냐하면 자칫 표면적인 학문은 오히려 반사 작용을 하기 때문이다. 학문은 여러 가지 의문과 난점을 많이 시사하여 모든 경박함과 저돌성이나 오만함을 제거한다. 또한 서로 상반되는 양쪽의 이유를 살펴보도록 마음을 길들이고, 마음에 처음 떠오르는 생각을 밀어내고, 검토하여 시험해 본 것 이외는 받아들이지 않게 한다. 모든 일이나 공허한 찬탄을 제거한다. 이런 것은 모든 약점의 바탕이다. 왜냐하면 무슨 일이든 찬탄을 듣는다는 것은 그것이 새롭거나 위대하기 때문이다. 새로운 것에 대해서는, 학문이나 관조에 깊이 들어간 사람이라면 누구나 "해 아래 새로운 것은 없다."[2]는 것이 마음에 새겨진다는 것을 알고 있을 것이다. 인형극에서도, 막 뒤에 들어가 그 움직임을 충분히 아는 사람에게는 하등 신기할 것이 없다. 크기에 대해서는, 알렉산드로스 대왕이 대군과 아시아의 광대한 지역의 대정복에 익숙해진 뒤, 그리스로부터 여러 편지를 받은 적이 있었다. 편지는 그곳의 몇몇 교전과 전투에 관한 것이었는데, 대부분 도강(渡江)이나 요새나 고작해야 성벽을 둘러친 도시 같은 것을 상대로 하는 것이었다. 그는 "옛이야기에 나오는 개구리나 생쥐의 전쟁 소식을 듣는 것 같구나."[3]라고 말했다.

---

2 《전도서》 1 : 9.
3 플루타르코스, 《영웅전》, 《아게실라오스편》, 15 · 6.
　알렉산드로스 대왕의 신하 안티파트로스와 스파르타의 왕인 아기스의 싸움을 생쥐들의 싸움이라고 야유하고 있는 것이 보인다. 개구리와 쥐의 싸움은 밝히고 있지 않지만 하찮은 것끼리의 싸움이라는 뜻인 듯하다.

　자연의 보편적인 구조에 대해 깊이 생각해 본 사람이라면, 인간이
살고 있는 이 지구는 한갓 개미 둑으로밖에 보이지 않을 것이다. 거
기에는 밀을 운반하는 개미도 있고, 아이를 데리고 가는 것도 있다.
빈 손으로 걸어가는 것도 있다. 모두 작은 티끌들이 왔다갔다하는 것
과 다름없다.

　이렇듯 학문은 죽음이나 불운에 대한 두려움을 제거하거나 가볍게
해준다. 이런 두려움이야말로 덕성의 최대 장애나 성격의 불안정함
을 불러일으킨다. 인간의 마음이 인간은 죽는 존재라는 것과 붕괴하
기 쉬운 사물의 성질에 대한 고찰에 깊이 빠지면, 에픽테토스의 의견
에 동의하기도 쉬워진다. 이 사람은 어느 날 외출하여 흙으로 만든
주전자를 깨뜨려 울고 있는 여자를 보고. "어제는 깨질 수밖에 없는
것이 깨지는 것을 보았다. 오늘은 죽을 수밖에 없는 것이 죽은 것을
보았다."[4]라고 말했다. 이에 반해 베르길리우스는 모든 공포의 원인
에 관한 지식과 그 정복을 교묘히 그리고 심원한 형태로 결부시켜
'부수물(附隨物)'로 보고 있다.

　　행복하여라, 존재하는 모든 사물의 원인을 아는 자는.

　　그리고 조용히 선다.

　　모든 공포와 냉혹한 운명을 넘어, 저 아래 울부짖으며

　　지칠 줄 모르고 흐르는 아케론 강물 위에.[5]

---

4 에픽테토스, 《엔퀴리디온》, 8·33.
5 베르길리우스, 《농경시》, 2·490.

2

마음의 모든 병을 고치는 학문의 치료법은 너무 많아서 도저히 일일이 말할 수 없다. 학문은 나쁜 체액을 몰아내고, 폐색된 것을 열고, 소화를 돕고, 식욕을 증진시키고, 상처와 그 궤양을 고치는 일 등을 한다.

'전체의 본분'[6]을 살려 말하자면, 학문은 마음의 본성에 대해서 그 결함이 고정되는 일이 없도록 하고, 언제나 성장과 개선을 지속할 수 있도록 해준다. 학문이 없는 사람은 자기 속에 들어간다든가 자기를 검토한다는 것이 어떤 것인지 모르며, 인생에 있어 최대의 기쁨인, 자기가 날마다 조금씩 좋아져 가고 있다는 것도 모른다.[7] 또한 자신의 장점을 충분히 나타내 보이고 그것을 슬기롭게 이용하는 것은 배우겠지만, 그것을 증대시킬 줄은 모른다. 자기가 가진 단점을 감추고 속이는 방법은 배우겠지만, 그것을 고치는 방법은 그다지 익히지 못한다. 서툴게 풀을 베는 사람처럼 줄곧 베기는 하지만 낫은 갈지 않는다. 학식 있는 사람은 다른 태도를 갖는다. 자기의 마음을 교정하고 보강하는 것과 그것을 사용하고 행사하는 것을 언제나 함께 한다. 더 나아가 전체적으로 정리한다면, '진(眞)'과 '선(善)'은 도장과 그것을 찍은 것과의 차이 정도에 지나지 않는다는 것은 확실하다. 즉 진리는 선을 도장으로 찍는 일이다. 격정이나 동요의 폭풍이 되어 내려

---

6 〈전도서〉 12 : 13.
7 크세노폰, 《소크라테스의 추억》, 1·6·8.

오는 것은 잘못의 구름이다.

3

　힘과 권위의 문제를 생각해 보자. 지식이 인간의 본성에 주고 그것을 완성시키는 것과 비교할 수 있는 것이 있는지 생각해 보자.

　권위의 존엄은 권위를 가진 사람의 존엄에 상응한다. 양치기처럼 짐승에 대해서 권위를 갖는 것은 경멸할 일이다. 학교의 교사처럼 아이들에게 권위를 갖는 것은 대단한 명예가 아니다. 갤리 선(船)의 노예에 대하여 권위를 갖는 것은 명예라기보다 오히려 불명예가 된다. 전제군주의 권위도 다를 것이 없다. 그것은 마음의 고귀한 감정을 벗어 던진 민중에 대한 것이기 때문이다. 자유군주국이나 민주국에서의 명예가 언제나 전제군주제의 경우보다 아름답다고 생각되는 것은, 권위가 시민들의 행위나 일에만 미치는 것이 아니라 그들의 의지에 미치는 것이 더 많기 때문이다. 베르길리우스가 온 힘을 다해 아우구스투스 케사르에게 인간으로서 최상의 명예를 주려고 했을 때, 다음과 같은 말로써 그 뜻을 나타내고 있다.

　　승리자는 스스로 따르는 민중에게 법률을 주고,
　　자신은 올림포스로 가는 길을 향한다.[8]

지식의 권위는 의지에 대한 권위보다 한층 더 높다. 인간의 이성과 신념이나 오성(悟性)에 대한 권위이기 때문이다. 그것이 마음의 최고 부분이고 의지 그 자체에 법칙을 준다. 말하자면 인간의 정신과 영혼 속에 또 그 사고력이나 상상력, 의견, 신념 속에 옥좌(玉座)나 국가의 의자(椅子)를 확립하는 힘은 지식과 학문 이외에는 없다. 이교도의 수령들이나 가짜 예언자들, 사기꾼들에게서 정신 없이 기뻐하는 천하고 극단적인 모습을 볼 수 있는 것은, 사람의 신앙과 양심 속에 자기들이 우월성을 차지했다고 느낄 때이다. 그것은 매우 커서 그 맛을 보면 어떤 고문이나 박해로도 그들로 하여금 그것을 뿌리치게 하거나 그만두게 할 수는 좀처럼 없을 정도다. 이것은 〈요한계시록〉의 저자가 마왕(魔王)의 깊이 또는 심원함이라고 부르는 것이다. 한편 반대의 의론에 의하면 인간의 오성에 대한 올바르고 합법적인 주권은, 진리의 힘으로 올바르게 해석할 경우 가장 신의 통치와 닮은 모습에 접근한다는 것이다.

4

학문에 의한 행운이나 출세에 대해서는 국가나 민주국에 대해서만 국한되지 않고, 개인에게도 같은 행운을 준다. 이미 오랜 옛날부터

---

8 베르길리우스, 《농경시》, 4 · 561.

126

깨닫고 있는 일이지만, 술라나 케사르나 아우구스투스 등이 막대한
금품과 선물과 토지를 많은 군단에 나누어 주었다고는 하지만 호메
로스보다 더 많은 사람들에게 생계의 수단을 제공하지는 않았다. 군
사와 학문 중 어느 쪽이 더 많은 사람을 출세시켰는가를 알기란 확실
히 어렵다. 주권에 있어서는 무기나 혈통이 왕국을 자기 것으로 만드
는 데 유리하다면, 학문은 성직자의 지위를 자기 것으로 만들고 있
다. 성직자들이 언제나 제국과 어느 정도 경쟁하고 있는 것도 이 때
문이다.

5

　지식과 학문에 의한 쾌락과 즐거움이란 것은 다른 어떤 것보다 훨
씬 뛰어난 성질을 갖는다. 감정의 쾌락이 감각의 기쁨보다 나은 것은,
욕망이나 승리를 얻는 것이 노래나 식사보다 나은 것과 마찬가지가
아니겠는가? 그 결과 지성이나 오성의 기쁨이 감정의 쾌락보다 낮지
않을 수 있겠는가? 모든 다른 쾌락에는 포만이 있고, 경험한 뒤에는
신선함이 없어지는 수가 있다. 이것으로 그런 것은 거짓된 기쁨이며
참된 기쁨이 아니라는 것을 알 수 있다. 그 신기함 때문에 기쁨을 준
것일 뿐 본질 때문이 아니다. 육욕적인 사람이 수도사가 되거나 대망
을 품은 군주가 우울해지거나 하는 것이다. 지식에는 포만이 있을 수
없다. 만족과 식욕이 끊임없이 번갈아 드나든다. 그 자체만으로도 절

대적으로 좋으며, 착각도 우연도 없는 것처럼 여겨진다. 그렇다고 학문이 주는 쾌락이 인간의 정신에 미치는 효과와 만족이 적은 것은 아니다. 이에 대해서는 시인 루크레티우스가 우아하게 읊고 있다.

즐거운 일이다, 대양에서 바람에 거칠어지는 물에……[9]

"즐거운 구경이다, 물가에 서 있거나 거닐면서 배가 바다에서 폭풍에 시달리고 있는 것을 바라본다는 것은. 견고한 요새의 탑 속에서, 저 아래 평원에서 두 주력 부대가 부딪치는 것을 구경한다는 것은. 무엇과도 비교할 수 없는 즐거움은, 인간의 마음이 진리의 확실성 속에 내려와 자리를 잡고 요새를 구축하여, 거기서 다른 사람들의 잘못, 동요, 고생, 방황을 분간하고 바라보는 일이다."

6

마지막으로 통속적인 의론을 벗어나서 살펴보자. 학문에 의해 인간은 어떤 짐승보다 우월해진다. 또한 학문에 의해 인간은 육체로는 들어갈 수 없는 하늘과 그 운행에까지도 올라간다. 지식과 학문의 존엄과 탁월을 생각해 보며 마무리하자.

---

9 루크레티우스, 《자연의 본성에 관하여》, 2·1-10.

　학문이 존엄하고 탁월한 이유는 인간의 본성이 가장 바라는 불멸성이나 영속성을 가지기 때문이다. 인간의 본성인 출생이나 가문·가족을 일으키려는 것, 건축물이나 기념비를 세우려는 것, 기억이나 명성을 갈망하는 것 모두는 불멸성과 영속성을 추구한다. 다른 모든 인간의 욕망이 강한 것도 불멸성과 영속성을 갖기 때문이다. 재능과 학문의 기념비가 힘이나 손의 기념비보다 얼마나 더 영속성이 있느냐 하는 것을 알 수 있다. 그러기에 호메로스의 시는 2,500년 이상이나 전해져 내려오면서도 철자 하나 글자 한 자 상실되지 않았지 않는가! 그동안에 수없는 궁전과 사원·성곽·도시가 망하고 부서지지 않았던가! 키루스건 알렉산드로스건 케사르건, 또는 훨씬 뒤의 국왕이건 위대한 인물이건, 그 참된 초상이나 조각이 지속되기는 불가능하다. 물질은 계속될 수 없기 때문이다. 모사는 생명과 진실성을 상실할 수밖에 없다. 인간의 재능과 지식의 상(像)은 책 속에 머물러 시간이 주는 위해를 면하고 끊임없는 갱신이 가능하다. 그것을 상이라고 부르는 것조차 적당하지 않다. 그것은 끊임없이 새로 만들어 내고, 타인의 마음속에 씨를 뿌리며, 후속하는 시대에 무한한 행동과 의견을 불러일으키고 낳게 하는 원인이 되기 때문이다. 배의 발명이 매우 고귀해서 여러 장소에서 장소로 재물과 물자를 나르고, 매우 먼 지역을 서로 연결시켜 그 산물을 나누어 갖게 하는 것이라면, 학문은 그보다 몇 배나 크게 생각해도 좋지 않겠는가? 학문은 배와 마찬가지로 시간의 바다를 건너 멀리 떨어진 여러 시대가 서로의 예지와 광명과 발명을 나누어 갖게 한다. 아니, 그 이상으로 철학자 중에는 신적인 것에는

조금도 흥미가 없고, 감각이나 물질적인 것에 깊이 빠져 일반적으로
영혼의 불멸을 부정하면서도,[10] 인간의 정신에는 육체의 기관 없이
행동하거나 수행할 수 있는 것이 있으며, 그것은 죽은 뒤에도 머물러
있을 수 있을지 모른다고 생각하게 되었다는 말을 하고 있다. 그것은
오성에 속하는 것일 뿐 감정의 것이 아니라는 것이다. 지식이란 그
사람들에게는 완전한 불멸의 것이며 파멸할 수 없는 것으로 생각되
었다. 우리는 신의 계시로 오성뿐 아니라 감정도 순화되고, 정신뿐
아니라 육체도 변화하여 불멸의 상태로 나아가게 할 수 있다는 것을
알고 있다. 감각을 기초 원리로 삼는다는 철학자들의 의견을 배제한
다. 기억해야 할 것은 나는 처음에 지식이나 학문의 존엄성에 대한
증거로서 신의 증거와 인간의 증거를 구별했다는 것이다. 이 방법을
나는 줄곧 사용해 왔으며, 철학자를 논하는 데 있어서도 양자를 따로
다루었다.

7

나는 다음의 판단들을 뒤집을 생각도 없고 또 내 자신의 주장으로
뒤집을 수도 없는 줄 알고 있다.

먼저 이솝 우화의 수탉의 판단이 있다. 수탉은 보석보다 보리 이삭

---

10 아리스토텔레스 및 그 일파를 가리킨다.

을 좋아했다. 또 미다스 왕의 판단이 있다.[11] 이 사람은 시신(詩神)들의 우두머리인 아폴론 신과 양(羊)의 신인 판 신 중에서 양자 택일할 심판자로 뽑혔을 때, 물건이 풍부한 쪽에 유리한 판결을 내렸다. 파리스의 판단은 이러했다. 그는 예지와 권력에 반대하고 미와 사랑에 유리한 심판을 내렸다. 그리고 아그리피나가 있다. "그가(네로) 황제가 되려면, 어머니를 죽이게 하라."[12]고 말한 사람이다. 이 사람은 어떤 비열한 수단을 동원해서라도 제국을 선택했다. 오디세우스의 판단도 있다. 이 사람은 노녀(老女)를 불사(不死)보다 좋아했다.[13] 이것은 습성과 습관을 모든 우월성보다 좋아하는 인간의 비유이다. 이 밖에도 비슷한 대중적 판단이 많다. 이런 것은 지금처럼 앞으로도 계속될 것이 틀림없다. "지혜는 그 결과로 그 옳음이 증명된다."[14]는 말이 있듯이 학문도 지금까지 끊임없이 의존해 오던 것으로서 계속 나아갈 것이다.

11 오비디우스, 《변신이야기》, 2 · 153.
12 타키투스, 《연대기》, 14 · 9.
13 《수필집》, 〈9 질투〉, 주 1 참조.
14 《마태복음》 11 : 19.

제 2 부

국왕께 바침

1

뛰어난 국왕이시여, 적절하다고 생각되지만 흔히 그냥 지나쳐 버리는 일이 있습니다. 많은 자식을 낳고 자손에 의해서 자신의 불멸의 장래가 있다고 생각하는 사람은, 더 나은 미래를 위해 더 많이 걱정해야 할 것으로 여겨집니다. 자기의 가장 소중한 자식들을 미래에 전하고 맡겨야만 하기 때문입니다.

엘리자베스 여왕은 일생을 미혼으로 이 세상을 잠시 살다 가신 분이었습니다. 여왕 자신의 시대는 축복받으신 시대였습니다. 더욱이 그 훌륭한 통치는 여왕에 대한 뛰어난 사적(事蹟)의 추억과는 별도로 지금도 남아 많은 영향을 미치고 있습니다. 폐하께서는 하느님의 은혜로 이미 많은 자제분이 계시고, 모두 영구히 폐하의 손발이 되시며, 또 폐하를 대표하기에 알맞은 분들입니다. 아직 젊으시니 더 많은 자제분이 태어날 것이고, 더불어 많은 혁신의 전도를 갖고 계십니다. 좋은 정치의 일시적인 부분뿐 아니라, 영구적이고 영속성 있는 행위까지도 알아 두시는 것이 적당하고 적절합니다. 제가 열의 때문에 판단력을 잃지 않았다면, 그 중에서도 건전하고 결실 많은 지식을 세계에 더 많이 유포하는 것보다 더 가치 있는 일은 없다고 생각됩니다. 어째서 소수의 기성 저작자들만이 헤라클레스의 기둥[1]처럼 서 있어야 합니까? 폐하처럼 빛나고 복된 별이 있어 우리의 앞길을 인도하여 도와주실 텐데, 어째서 그 너머로는 항해하는 것도 새로운 것을 발견하는 것도 불가능한 것처럼 여겨야 합니까?

여기서 이야기를 주제로 돌려 생각해야 할 것은, 학문의 증진과 발달을 위하여 어떤 종류의 행위를 국왕이나 그 밖의 사람들이 기도하여 수행하고 있느냐 하는 것입니다. 이에 대해 저는 탈선하지도 않고 농담이 되지도 않도록 하면서 솔직히 이야기해 나갈 생각입니다.

2

그러기 위해 다음과 같은 기본 원칙을 세우겠습니다. 모든 일이 완

---

1 지브롤터 해협을 말한다. 헤라클레스가 처자를 죽인 벌로서 제우스가 부과한 12가지 임무 가운데 하나로, 게리온의 황소를 잡기 위해 이곳에 산을 찢어 해협을 만들었다고 하며, 여기가 세계의 끝이라고 생각되고 있었다.

성되는 것은 충분한 보수와 건전한 방법과 협력적인 노력에 의한다
는 것입니다. 첫째, 원칙은 노력을 증대시키고 둘째, 잘못을 방지하
며 셋째, 인간의 약점을 돕습니다. 이 중 가장 중요한 것은 올바른 방
침 또는 방법입니다. 말하자면, "절름발이라도 길을 따라가면, 그 길
을 벗어나는 주자를 앞지른다."[2]는 것입니다. 솔로몬이 이것을 잘 설
명하고 있습니다. "무딘 철 연장 날은 갈지 아니하면 힘이 더 드느니
라. 오직 지혜만이 성공하기에 유익하니라."[3] 이 뜻은 수단의 연구와
선택이 노력의 강제나 협조보다 효과가 있다는 것입니다.

제가 이런 이야기를 하는 데는 이유가 있습니다. 학문의 상태에 대
해서 가치가 있었던 사람들의 고귀한 의도를 헐뜯는 것은 아니지만,
그럼에도 불구하고 그런 사람들의 사업이나 행위는 크기와 기억의
문제일 뿐 진보나 발전이 아니라는 것을 볼 수 있습니다. 또한 많은
학문이 있는 사람들의 학문의 양을 증대시키는 경향이지, 학문 그 자
체를 올바르게 만들거나 향상시키는 일이 아니기 때문입니다.

3

학문에 대하여 가치가 있는 사업이나 행위는 세 가지 목적과 관계
가 있습니다. 학문의 장소와 학문의 저술 그리고 학식 있는 사람들입

---

2 아우구스티누스, 《설교》, 169.
3 〈전도서〉 10 : 10.

니다.

  물은 하늘에서 내린 이슬이거나 땅에서 솟은 샘이거나 흙 속으로 스며들어 사라져 버립니다. 다만 어떤 그릇에 모이면 달라집니다. 이 경우에는 결합에 의해 자기 자신을 보존하고 유지합니다. 때문에 인간은 수원, 도관(道管), 저수반(貯水盤), 물통을 만들고 설치하기 위해 노력했습니다. 또한 이러한 시설들은 사용하기 위해 만들어짐과 동시에 장대하고 훌륭한 장식으로 언제나 아름답게 장식되어 왔습니다. 마찬가지로 지식이라는 그 뛰어난 액체도, 신의 영감에서 내려오거나 인간의 감각에서 솟거나 곧 망실되고 사라져 잊히고 말 것입니다. 책과 전통 있는 일정한 장소, 이를테면 대학이나 학교, 그리고 학교의 기숙사 등에서 그것을 받아들이고 보존하는 곳이 있어야만 합니다.

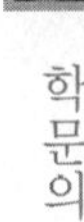

4

  학문의 위치와 장소에 관한 사업에는 네 가지가 있습니다. 시설물과 건물을 짓는 일, 수입이 있는 기부, 자유와 특권이 있는 기부, 관리를 위한 제도와 법령을 제정하는 일입니다. 이런 사업은 모두 학문 활동의 걱정이나 번잡스러운 생각에서 해방시켜 조용하고 사적인 생활로 이루어지도록 하는 데 공헌합니다. 이것은 베르길리우스가 꿀벌의 집을 만들어 주기 위해 선택한 장소와 대체로 비슷합니다.

먼저 벌에게 조용한 장소를 찾아 주고,

바람도 들지 않게 하여야 한다.[4]

5

저술에 관한 사업에는 두 가지가 있습니다. 첫째, 도서관입니다. 도서관은 성소(聖所) 같은 곳이며, 참된 덕성으로 찬 고대 성인들의 유물이 속임수나 거짓 없이 모두 보존되고 안치되어 있는 곳입니다. 둘째, 여러 저작자들의 신판(新版)입니다. 더 정확한 인쇄와 더 충실한 번역, 더 유익한 설명, 더 면밀한 주석이 붙은 저술입니다.

6

학식 있는 사람들에 관한 사업(이런 인물의 승진과 후원에 관한 일반적인 사업 이외에)에는 두 가지가 있습니다. 첫째, 이미 존재하고 발명되어 있는 이론적 학문의 교사에 대한 보수와 임명 둘째, 충분히 연구되고 추구되지 않은 학문의 여러 분야에 관한 저작자와 연구자에 대한 보상과 임명입니다.

---

4 베르길리우스, 《농경시》, 4 · 8.

이상은 사업과 행위를 요약한 것이며, 그 속에는 많은 뛰어난 군주
나 훌륭한 인물의 업적이 들어 있습니다. 한 사람 한 사람에 관하여
어떤 특별한 기념의 말을 하지는 않겠습니다. 키케로가 모두에게 감
사를 표하면서, "일일이 그 사람들을 들기는 어렵다. 누구든지 하나
라도 제외하면 감사할 줄 모르는 것이 된다."[5]라고 말했습니다. 오히
려 성서의 말씀에 따라, 우리의 앞에 있는 행정에나 주의를 기울이
고, 이미 도달할 수 있었던 일을 되돌아보는 일은 하지 않기로 하겠
습니다.[6]

8

먼저 유럽에 설립된 많은 위대한 칼리지를 살펴보며 기이하다고
생각된 점은, 모두들 전문 직업을 위한 것이지 전반적인 학예나 학문
의 자유를 위한 것은 없다는 것입니다. 만일 학문은 행동이 목적이라
고 판단한다면, 그 또한 옳습니다. 그러나 이 점에서 고대의 우화에

---

5 키케로, 《복권 후의 원로원 연설》, 12 · 30.
6 《빌립보서》 3:13. "형제들이여, 나는 아직 그것을 잡았다고 생각하지 않는다. 오직 한 가지 뒤에 있는 것을 잊
   어버리고, 앞에 있는 것을 잡으려고 온몸을 앞으로 기울여"라고 되어 있다.

나오는 과오에 빠지게 됩니다. 그 우화에서 보면 신체의 다른 부위들이 위(胃)는 아무것도 하지 않고 논다고 상상했다는 것입니다. 손발처럼 동작을 하지도 않고, 머리처럼 감각의 역할도 하지 않기 때문입니다. 그런데 소화를 하여 다른 모두에게 나누어 주는 것은 위입니다. 마찬가지로 만일 철학과 일반 원리의 연구를 헛된 연구라고 생각하는 사람이 있다면, 그는 모든 직업의 전문 분야가 그 연구에서 비롯되고 있음을 생각하지 않는 자입니다. 제 생각으로는, 이것이 큰 원인이 되어 학문의 진보를 막고 있는 것 같습니다. 왜냐하면 그와 같은 기본적인 지식이 그저 적당히 연구되고 있을 뿐이기 때문입니다. 한 그루의 나무에 지금까지보다 더 많은 열매를 맺게 하려면, 큰 가지는 아무것도 할 필요가 없습니다. 흙을 파서 뿌리 주위에 새 흙을 넣고, 그것을 움직여야만 하는 것입니다.

명심해야 할 것은, 전문적인 학문에만 건축이나 기금을 충당하는 것은 학문의 성장에 나쁜 영향을 줄 뿐 아니라 국가나 정부에도 해롭다는 것입니다. 결국 군주로서는 국사에 등용할 유능한 인재의 부족 현상을 겪게 됩니다. 자유로운 대학 교육이 없기 때문입니다. 그런 곳에서 생각이 있는 사람은 역사나 근대 각국의 언어 또는 정치와 정치철학, 그 밖에 국가의 일을 수행하는 데 필요한 능력을 키울 수 있는 학문을 연구하게 할 수 있을 것입니다.

대학의 설립자가 나무를 심고, 강의의 개설자가 물을 주는 셈이므로, 공적인 강의의 결함에 대해서부터 말하겠습니다. 많은 대학에서 강의의 대가로 주어지는 보수가 적고 보잘것없습니다. 그것은 학예의 강의거나 전문 직업적인 것이거나 마찬가지입니다. 학문의 진보에 필요한 것은 교사들이 매우 유능하고 적격인 사람들이어야 합니다. 그 사람들은 학문을 낳고 넓혀야 하는 사람들이며, 일시적으로 유용하기만 하면 되는 사람들이 아닙니다. 이런 일은 그들이 전력을 다해 한평생을 바치지 않으면 불가능한 일입니다. 그들에게는 어떤 전문 직업에서 기대할 수 있는 정도의 충분한 보수를 적합한 수준에서 대우해야만 합니다.

폐하께서 학문을 진흥시킬 생각이면, 다윗의 군사적 법칙을 지키지 않으면 안 됩니다. 즉 군대의 군수품과 함께 머물러 있던 자도 전투에 종사한 자와 분배가 같아야 합니다.[7] 그렇지 않으면 군대의 군수품을 잘 돌보는 자가 없어질 것입니다. 마찬가지로 학문의 교사는 사실상 학문의 저작물과 식료품의 보관자입니다. 실제로 전문 분야에 종사하는 사람들은 거기서 물건을 공급받는 것이므로, 같은 보수를 받아야 합니다. 그렇지 않고 학문의 아버지들이 가장 약한 사람들

---

7 〈사무엘기 상(上)〉 30 : 24.

이고 충분한 뒷바라지를 받지 못한다면, 약한 자식은 약한 부모를 나타냅니다.[8]

10

제가 깨닫고 있는 또 한 가지 결점이 있습니다. 이 경우에는 연금술사의 도움이라도 받아야 될 것 같습니다. 연금술사는 책을 팔아서 용광로를 만들라고 권합니다. 미네르바와 뮤즈 여신들은 아이를 낳지 못하는 처녀라고 해서 버리고, 불카누스에게만 의존합니다. 확실한 것은 깊고 결실 많고 효과적인 여러 학문, 특히 자연 철학과 의학의 연구에 있어서는 책만이 도구가 아니라는 것입니다. 그중에는 다른 도구, 즉 인간의 은혜가 완전히 결여되어 있던 것도 아닙니다. 책 이외에도 천구·지구의·천체 관측의·지도 같은 것이 천문학과 우주학의 보조 기구로서 주어져 있었습니다. 마찬가지로 의학 연구 목적으로 설립된 시설에는 정원이 붙어 있는 곳도 있고, 시체를 해부용으로 자유로이 이용할 수 있는 곳도 있습니다. 이러한 곳은 소수에 지나지 않습니다.

일반적으로 실험에 관한 경비를 보조해 주지 않는다면, 자연의 해명에는 어떠한 진보도 있을 수 없을 것입니다. 실험이 불카누스에 의

---

8 베르길리우스, 《농경시》, 3·128.

하거나 다이달로스에 의하거나, 즉 용광로의 실험이거나 기관에 의한 실험이거나 어떤 종류의 것에 속하든지 모든 경비는 보조되어야 합니다. 군주 또는 국가의 비서나 스파이가 정보비의 계산서를 갖고 오는 것과 같이, 자연의 스파이나 정보 제공자도 그 경비 청구서를 내미는 것을 인정해 주지 않으면 안 됩니다. 그렇지 않으면 정보에 결함이 생길 것이기 때문입니다.

11

알렉산드로스 대왕이 아리스토텔레스에게 사냥꾼이나 어부들의 급료를 위한 재물을 관대히 베풀어 자연사를 편집할 수 있었습니다. 그렇다면 자연의 여러 가지 기술면에서 애쓴 사람들의 가치는 그들보다 훨씬 더 클 것입니다.

12

저는 또 다른 결점 하나를 들겠습니다. 대학의 관리자들이 협의를 게을리 하고, 군주나 고위직에 있는 사람들이 사찰을 중단하거나 태만히 한다는 것입니다. 교수, 연습, 그 밖에 고대에서 시작되어 줄곧 내려오는 학문 특유의 습관이 과연 잘 시행되고 있는지 검토하고 고찰하는 일이 제대로 행해져야만, 그것에 입각하여 부적절하다고 생각되는 것을 보충하거나 개선하는 근거로 삼을 수 있습니다.

폐하께서 말씀하신 가장 현명하시고 군주다우신 격언 중 하나입니다만, "모든 관례나 선례에 대하여, 그것이 처음 시작된 시대가 약했거나 무지했다면, 관례의 권위를 손상하게 되고 의문의 여지를 남기게 된다."는 것입니다. 대학의 대부분의 관습은 무지한 시대에서 나온 것이므로 재검토할 필요가 있다고 생각합니다.

이러한 관습으로 가장 명백하고 잘 알려진 한두 가지 실례를 들기로 하겠습니다. 그 중 하나는 아주 오래되어 지금은 일반적인 것이 되었지만, 저는 잘못된 것이라고 생각합니다. 대학에서 학생들이 너무나 빨리 그리고 너무 미숙한 상태에서, 어린아이나 신참자보다는 졸업생에게 더 알맞은, 논리학이나 수사학 같은 학문을 하기 시작한다는 것입니다. 이 두 가지 학문은 올바르게 이해만 한다면, 학문 중에서도 가장 중대한 것으로서 학문 중의 학문이라 할 수 있습니다. 논리학은 판단력을 수사학은 장식을 위한 것으로, 이 두 학문은 내용을 표현하고 배치하는 방법의 규칙과 지시입니다. 공허하고 내용이 없는, 키케로의 이른바 재료와 다양성[9]을 갖고 있지 않은 마음이 이런 학문부터 시작한다는 것은 바람의 무게를 재고, 길이를 재고, 그것을 그림으로 그리는 것을 배우는 것과 같습니다. 즉 학문의 예지가 위대하고 보편적인 것인데도 불구하고 경멸받게 되고, 유치한 궤변과 우스꽝스러운 자랑으로 타락하게 됩니다. 게다가 잘못된 시기에

---

9 키케로, 《웅변론》, 3·26.

이루어진 학습 때문에 두 학문은 어린아이의 능력에나 알맞은, 표면적이고 무익한 교수법이나 저술을 낳는 결과를 가져왔습니다.

또 다른 예로서 대학에서 실시되고 있는 연습과 토론의 결함입니다. 그것은 즉흥적인 연구와 기억을 너무 심하게 분리하고 있습니다. 그 변설(辯舌)은 미리 준비된 것으로서, '준비한 말'로 되어 있고, 즉흥적 연구의 여지가 없는 것으로 되어 있습니다. 또한 그저 즉흥적이지 기억에 의지하는 것이 거의 없습니다. 실제 생활과 행동에서는 이러한 어느 한 쪽만으로는 전혀 소용이 없습니다. 오히려 미리 생각한 일과 연구나 메모와 기억이 병행되어야 합니다. 현재의 토론은 실천하는 데 부적합할 뿐만 아니라, 그 모습도 실제 생활에 적합하지 않습니다. 토론이 현실에 가깝도록 이루어져야 한다는 것은 지켜져야 하는 규칙입니다. 그렇지 않으면 정신의 움직임이나 능력을 비뚤어지게 만들 뿐입니다. 제 주장의 진실성은, 학생이 전문 직업을 갖거나 사회에 나가 각종 활동을 하다 보면 분명해집니다. 사회생활을 하게 되면 스스로 알게 됨은 물론이고, 그보다 빨리 남이 알게 됩니다.

여기서 대학의 제도나 관습의 보강에 관한 논의는 끝맺기로 하고, 결론적으로 케사르가 오피우스와 발부스에게 보낸 편지의 한 대목을 들고 싶습니다. "이런 문제를 처리하는 방법으로 몇 가지 생각이 떠오르긴 하지만, 다른 더 많은 방법이 있을 수 있으니 이 문제에 대해서 당신들도 생각해 주기 바라네."[10]

---

10 키케로, 《아티쿠스 서한》, 9·7.

13

지금까지 살펴본 것보다 좀 더 중요한 문제점을 살펴보겠습니다. 학문의 진보는 같은 공화국이나 왕국 내의 대학 단체나 학회에 많이 의존합니다. 유럽 내의 대학 서로 간에 현재 이상으로 정보가 교환된다면 크게 진보할 것입니다.

대학 밖에는 많은 단체나 학회가 있는 것으로 알려져 있고, 서로 일종의 계약이나 형제 관계를 맺어 연락을 취하고 있습니다. 그들은 다른 주권과 영토 아래 있지만 지회와 총회를 두어 교류하고 있습니다. 자연은 가정에서 형제 관계를 만들고, 공예 기술은 공동 사회에서 형제 관계를 이끌며, 신의 성유식(聖油式)은 국왕이나 사제의 형제 관계를 도입하듯이, 학문이나 지식에도 형제 관계가 없을 수 없습니다. 그것은 지식이나 광명의 아버지라고[11] 일컬어지는 신의 속성인 부성(父性) 아래에서 이루어져야 합니다.

14

마지막으로 주의해야 할 문제점은, 충분히 연구되고 기도되지 않

---

[11] 〈야고보서〉 1 : 17.

은 분야의 지식에 관하여 서술할 저작자나 연구가를 공적으로 전혀 임명하지 않았거나 드물다는 것입니다. 이 점에 있어서는 학문의 어느 분야가 탐구되고 어느 분야가 제외되고 있는가를 알아보고 검토하는 일이 중요합니다. 왜냐하면 충분하다는 생각이 부족함의 원인이 될 수가 있고, 수적으로 많은 책은 부족함을 채워 준다기보다는 과잉이라는 인상을 줍니다. 이러한 과잉 현상에 대한 대책으로서 더 이상 책을 만들지 않는다고 해서 문제가 해결되지는 않습니다. 그것은 모세의 뱀이 다른 마법사의 뱀을 삼켜 버리듯이 소용없는 책을 삼켜 버릴 좋은 책을 더 많이 만들어야만 합니다.[12]

15

이상 열거한 모든 결함에서 유용한 책을 쓰는 것은 제외하고라도, 적극적인 부분(저작가를 임명하는 일)을 고치는 것은 '국왕의 임무'입니다. 그에 대한 사적인 인간의 노력은 교차로의 이정표 같은 것에 지나지 않을지도 모릅니다. 이정표는 길을 가리키고 있을지는 모르지만, 그곳으로 나아가지는 못합니다. 그러나 입문적인 부분(학문의 전망)은, 개인적인 노력으로 촉진할 수 있을 것입니다.

저는 지금 학문에 대한 전체적이고도 충실한 검토를 해 보고, 어떤

---

12 《출애굽기》 7 : 12. 단 모세가 아니라 아론의 지팡이에 관한 고사이다.

분야가 고려되지 않고 황폐한 채로 있으며, 인간의 노력으로 개선되고 실용화되어 있지 않은지 탐구해 보기로 하겠습니다. 이렇게 설명하고 기억에 남도록 기록하면, 공적으로 저작가를 임명하는 데 도움이 되는 동시에, 자발적인 노력을 자극하는 데도 도움을 줄지 모른다는 것이 저의 의도입니다. 관심의 대상에서 벗어난 것과 부족했던 점만 살펴보는 것이지, 잘못이나 불안전한 추구에 대한 반론을 하자는 것은 아닙니다. 즉 비료가 주어지지 않은 땅을 지적하는 것과 비료는 주어졌으나 경작이 좋지 않은 점을 고치는 것과는 별도의 문제이기 때문입니다.

이상의 과업을 계획하고 수행함에 있어서, 제가 지금 제안하고 목표로 하는 일이 무엇인지는 잘 알고 있습니다. 제 의도를 지속해 나가는 데 있어서 제 자신의 부족함을 모르는 바도 아닙니다. 학문을 사랑하기 때문에 제가 좀 지나치더라도 관대히 보아 달라는 것입니다. '사랑을 하면서 현명할 수 있다는 것은 인간으로서 불가능한 일'이기 때문입니다. 저도 남들이 가진 이상의 판단의 자유를 사용할 수 없다는 것은 잘 알고 있습니다. 인간의 의무를 기꺼이 제 자신이 수행하든, 다른 사람들이 수행한 것을 제가 받아들이든 변함없이 기쁜 일일 것입니다. '방황하는 자에게 올바른 길을 가리키는 자'[13]라는 것입니다.

간혹 미리 생각하고는 있었지만, 제가 결함이나 결여라고 예를 든

---

13 키케로, 《의무론》, 1·16. 엔니우스가 인용한 말이다.

것 가운데에 어떤 것은 이미 현존하는 것이라고 비판하는 자도 있을 것입니다. 또 어떤 것은 자질구레한 일로 소용이 없다고 생각하는 자도 있을 것입니다. 개중에는 큰 난관에 부딪혀 생각하거나 수행하기가 거의 불가능하다고 주장하는 자도 있을 것입니다. 앞의 두 가지 점에 관해서는 개개의 예에서 설명하기로 하겠습니다. 불가능하다는 점에서는, 누구나 다 가능하지는 않겠지만, 특별한 사람에게는 가능한 일일 수 있다고 저는 봅니다. 또 혼자서는 하지 못하더라도 여럿이 하면 되는 일도 있고, 한 대에는 할 수 없더라도 몇 대에 걸쳐 계속적으로 이루어진다면 할 수 있는 일도 있습니다. 또 개인의 노력으로는 할 수 없지만 공적으로 임명되면 할 수 있는 일도 있습니다.

솔로몬의 "사자(獅子)가 길에서 방해한다고 게으름뱅이는 말한다."는 말이 베르길리우스의 "할 수 있다고 생각하기 때문에 할 수 있다."[14]는 말보다 옳다고 생각하는 사람이 있다면, 그저 저의 노력이 희망으로서는 좋은 편이라고 평가받는 것만으로 저는 만족하겠습니다. 적절하지 않은 질문을 하지 않으려면 어느 정도의 지식이 필요하듯이, 희망이 무모해지지 않으려면 다소의 분별이 필요하기 때문입니다.

학문의 진보

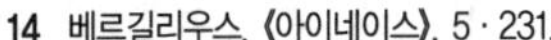

14 베르길리우스, 《아이네이스》, 5·231.

제1장

1

인간의 학문 분야는 크게 셋으로 나뉘는데, 인간 오성(悟性)의 세 분야와 각기 관련이 있다. 인간의 오성은 학문의 장소이다. 각 분야는 기억력에 대한 역사학과 상상력에 대한 시와 이성에 대한 철학이다. 신의 학문도 똑같이 분류된다. 인간의 마음은 동일한 것이며, 다만 신탁의 계시와 감각의 경험에 차이가 있기 때문이다. 신학도 교회의 역사와 신의 시라고 할 수 있는 비유담과 신성한 교의나 교훈으로 성립되어 있다. 이상의 범주에 포함되지 않는 것, 즉 예언은 신의 역사에 지나지 않는다. 교회 역사의 서술은 사전의 예언이기도 하고 사후의 기록이기도 하므로 인간의 역사보다 우월하다.

역사학에는 자연·사회·종교·문학에 관한 것이 있다. 그 가운데 처음 세 가지는 현존한다고 생각하지만, 문학은 없다고 생각한다. 학문 전체의 상태를 서술하고, 각 시대 순으로 기록하려고 기도한 사람은 지금껏 없었다. 한편 자연과 사회와 종교에 대한 저술을 하고 있는 사람은 많다. 학문 전체의 상태를 모르는 세계의 역사는, 애꾸눈마저 찔려 장님이 된 거인 폴리페모스와 같다. 즉 인간의 정신과 생명을 가장 잘 나타내 주는 부분인 눈이 없다는 것이다. 법률이나 수학·수사학·철학 등 여러 가지 학문의 경우, 다양한 학파나 저작자나 서적 등에 대해서도 적은 기록이 남아 있다. 마찬가지로 여러 기예나 관례의 발명에 관한 얼마간 소용이 없는 이야기도 있다. 학문의 완전한 역사로서 오랜 본래의 지식과 그 분파와 그 발명, 그 전달, 여러 가지 관리와 운영, 그 번영, 그 논쟁, 쇠퇴, 쇠미, 망각, 이동, 나아가서는 그러한 원인과 발생, 그 밖에 세계의 각 시대를 통한 학문의 모든 사항을 포함하는 것은 없다고 단언할 수 있다.

여기서 내가 이 모든 것을 포함하는 학문의 역사를 서술하려는 것은 학문 애호가들의 호기심이나 만족을 채우려는 것이 아니라, 비교적 진지하고 중후한 목적을 위한 것이다. 즉 학문 있는 사람이 학문의 이용과 관리에 있어서 현명해지게 한다는 것이다. 다시 말하면 아우구스티누스나 성 암브로시우스[1]의 작품이 현명한 신학자를 만드

는 것이 아니라, 철저하게 읽고 관찰한 교회사가 만들어 내는 것이
다. 학문에 대해서도 같은 이치를 적용시킬 수 있다.

3

　자연의 역사에는 세 가지가 있다. 통상 과정의 자연, 잘못되었거나
변화한 자연, 그리고 변화시켰거나 인공을 가한 자연이다. 즉 창조물
의 역사와 경이의 역사와 여러 가지 기예의 역사이다. 이 중 창조물
의 역사는 물론 현존한다. 더욱이 훌륭하고 완전한 상태로 되어 있
다. 나머지 둘의 역사는 매우 빈약하고 이용을 할 수 없는 것이므로,
나는 없다고 말하고 싶을 정도다. 발생, 산출, 동작이라는 보통의 과
정을 벗어난 자연 작업의 예를 충분하고 적절하게 수집한 경우는 거
의 없기 때문이다. 독자적인 장소에 한정되었거나 시간과 경우가 다
른 사건이거나, 아직 잘 알지 못하는 원인에 의한 결과이거나, 일반
적인 종류에 대한 예외적인 실례이거나 모두 마찬가지다. 물론 진위
를 잘 알 수 없는 실험이나 비밀을 다루거나 흥미와 색다른 경험을 주
기 위해 이런저런 뻔한 거짓을 담은 책은 많이 볼 수 있다. 그러나 자
연의 변이나 불규칙성을 실질적으로 정확히 수집하여 충분히 검토하

---

1 Ambrosius, 약 339-397. 밀라노의 대주교이며, 아우구스티누스, 히에로니무스, 대(大) 그레고리우스와 더불
　어 초기 그리스도 교회의 4교부(敎父)의 한 사람이다. 성서 해석에 그리스 철학을 도입하여 동방 교회(東方敎會)의
　성서 해석을 서방에 소개했다. 그의 해석 방법은 성서 역사의 구체적인 기사 속에서 철학적·보편적 의미를 읽는
　방법인데, 이것은 아우구스티누스에게 큰 영향을 주었다. 《정신의 신성》 등의 저작이 있다.

고 서술한 것은 눈에 띄지 않는다. 특히 지어낸 이야기나 대중적인 잘못을 적당히 배제한 것은 없다. 검토를 게을리 하고, 오래되었음을 가장하고, 비유나 장식된 말로써 그 의견을 표현하는 현재와 같은 상황에서, 자연 속의 비진리(非眞理)가 널리 퍼지기 시작하면 걷잡을 수 없다.

4

　자연 변이에 대한 연구는 아리스토텔레스의 선례가 있어 명예를 얻은 것이며, 자질구레하고 공허한 재능을 가진 사람의 욕구를 만족시켜 주기 위한 것은 결코 아니다. 그런 것은 기담을 모은 책이 하는 일이다. 그보다는 더 중요한 두 가지 의의가 있다. 하나는 보통 여느 사람들이 잘 알고 있는 사례에 입각하여 만들어지는 정리 또는 일반 명제나 의견의 편향을 교정하기 위한 것이다. 또 하나는 자연의 경이야말로 인공의 경이를 향한 가장 직접적인 지식이며 통로이기 때문이다. 자연이 방랑하는 자취를 따라감으로써 나중에 자연을 원래의 자리로 다시 데리고 올 수 있다.

　또 내 의견으로는 자연의 경이를 기록한 역사의 경우, 요술이나 마법이나 환영 또는 점 따위의 미신적인 이야기일지라도, 사실성의 보장과 뚜렷한 증거만 있다면 완전히 제거될 필요는 없다고 생각한다. 왜냐하면 미신이라고 일컫는 사례와 그 효과 가운데, 어느 정도의 것이 자연의 원인에서 발생한 것인지 아직 알려지지 않았기 때문이다. 미신적인 것의 실제가 아무리 비난할 만한 것이라 하더라도 그것을 고려하거나 고찰함으로써 광명이 주어질지도 모를 일이다. 결점의 원인을 밝히는 것뿐만 아니라 자연을 보다 뚜렷하게 밝히는 데 도움이 될 수 있다.

사람은 또 진리의 탐구를 위하여 미신적인 해설의 고찰을 주저해서는 안 된다. 그것은 폐하께서 모범으로[2] 보여 주신 그대로이다. 폐하는 종교와 자연 철학의 두 맑은 눈으로 깊고 현명하게 그림자 같은 미신적인 해설을 들여다보시고, 태양과 같은 성질이 있음을 증명하셨다. 태양은 더러운 곳을 지나서도 그 전과 다름없이 순수한 채 남아 있다는 것이다. 미신과 섞여 있는 그러한 서술을 독립적으로 분류하여, 전적으로 자연의 사실에 대한 해설과 섞이지 않도록 하는 것이 중요하다. 종교적인 여러 가지 기이한 사건이나 기적에 관한 서술은 진실이 아니거나 신성과 관계가 있는 것이지 자연이 아니다. 자연의 역사에 대한 서술에 있어서는 적당하지 않다.

5

가공된, 즉 기계적인 자연의 역사에 대하여 살펴보자. 이에 대해서

---

2 제임스 1세의 저서 《귀신론》을 가리킨다.

는 이미 농업과 손에 의한 기술과 관련된 몇 권의 저술이 있다. 일반적으로 잘 알려져 있는 대중적인 실험은 배제하고 있다. 학문에서 기계적인 문제에 대한 연구나 사색에 빠지는 것은 일종의 불명예라고 생각되기 때문이다. 다만 비밀스러운 것과 드문 것, 특히 미묘한 것이라고 생각되는 경우는 예외이다.

그러한 공허하고 오만한 망상을 풍자했던 플라톤의 글은 매우 적절했다.[3] 그때 그는 오만한 궤변론자인 히피아스가 겸손한 진리의 탐구자인 소크라테스와 토론한 내용을 인용했다. 그때의 논제는 미(美)에 관한 것이었다. 소크라테스는 귀납법을 사용하여 여러 가지 사례를 언급했는데, 먼저 아름다운 처녀를 예로 들었다. 다음에는 아름다운 말, 그 다음에는 유약을 잘 칠한 아름다운 항아리였다. 그러자 히피아스는 화를 냈다. "예의상 어쩔 수 없지만, 나는 이렇게 야비하고 천한 예를 드는 사람과 토론하기는 싫다." 이에 대해 소크라테스는 "당연한 일이라고 생각하오. 그것이 당신에게는 어울리오. 옷을 단정하게 입은 분이니까."라고 대답했다. 이런 식의 대화는 계속되었다. 어쨌든 여기서 말하는 바는, 가장 안전한 정보를 주는 것은 고상한 예가 아니라는 것이다. 이것은 어떤 철학자[4]에 대한 유명한 일화에도 잘 표현되어 있다. 그 철학자는 하늘의 별을 쳐다보다가 물에 빠졌다고 한다. 즉 아래를 보면 물 속의 별을 보았을지 모르는데, 위

---

3 플라톤, 《대(大) 히피아스》, 291.
4 탈레스를 말한다. 이하의 서술은 디오게네스 라에르티오스, 《철학자들의 생애》, 1·34, 플라톤, 《테아이테토스》, 174 등에 있다.

를 보았기 때문에 별 속의 물을 볼 수 없었다는 것이다. 이처럼 흔히 일어나는 일이지만, 큰 것으로 작은 것을 발견하는 경우보다 보잘것 없고 조그만 것으로 큰 것을 발견하는 경우가 흔하다. 아리스토텔레스가 "모든 것의 성질은 그 가장 작은 부분에서 가장 잘 볼 수 있다."[5]고 말했듯이.

같은 원리로 그는 민주국의 본성을 연구했다. 첫째, 가족 중에서 남편과 아내, 부모와 자식, 주인과 하인 같은 어느 집에나 있는 단순한 관계를 연구했다. 이와 마찬가지로 세계라는 이 대도시의 성질이나 그 정치 또는 법칙을, 비소(卑小)한 조화성이나 조그마한 부분에서 구하지 않으면 안 된다. 자석을 쇠에 갖다 대면 북쪽을 향한다는 자연의 비결 또한 쇠바늘에 의해 발견된 것이지 쇠막대기로 발견한 것은 아니었다.

6

내 주장이 무게를 가졌다면, 기계 역사의 효용은 무엇보다도 적극적·근본적으로 자연 철학에서 볼 수 있다.

자연철학은 미세하고 장대하고 즐거운 사색의 연기 속에 사라져 버리지는 않으므로, 인간의 생명에 기여하고 이익을 주는 데 도움이

---

5 아리스토텔레스, 《정치학》, 1·3·1.
  아리스토텔레스, 《자연학》, 1.

된다. 즉, 여러 가지 직업을 거친 인간의 축적된 경험을 고찰하여, 어떤 기술에 대해 관찰한 것을 다른 기술에 옮겨 응용하도록 도움을 준다. 그것은 직업의 실제에 도움이 되고 시사를 준다. 뿐만 아니라, 그 이상으로 원인과 공리에 관하여 현재 도달한 것보다 훨씬 진실되고 현실적인 설명을 줄 것이다. 즉 인간의 본모습이란 그 사람이 장애를 받을 때까지는 잘 드러나지 않는 것으로, 프로테우스도 붙잡아 오랜 시간 가둬 둘 때까지는 줄곧 모습을 바꾸었다.

이처럼 자연의 과정이나 변화도 자연의 자유로운 상태 속에서는 기술의 시련이나 구속을 강요했을 때만큼 충분히 나타나지 않는다.

제2장

1

사회의 역사는 세 가지 종류가 있다. 세 종류의 그림이나 상(像)과 비교해도 좋다. 왜냐하면 그림이나 상에는 미완성의 것도 있고 완전한 것도 있으며 파괴된 것도 볼 수 있기 때문이다. 마찬가지로 역사에도 비망록, 완전한 역사, 고문서 세 종류가 있다. 다시 말해 비망록은 미완성의 역사학, 즉 역사의 최초나 대략의 윤곽이다. 고문서는 파괴된 역사학, 즉 시간의 난파(難破)를 우연히 피한 역사의 잔존들이다.

2

비망록이나 준비된 역사학에는 두 종류가 있다. 하나는 주해, 다른 하나는 기록이라 할 수 있다. 비망록은 사건이나 행위를 연속적으로 적나라하게 기록만 한 것으로서 행위의 동기나 의도, 조언, 연설, 변명, 행위의 원인이나 교섭 등에 대해서는 없다. 이것이 주해의 참된 성질이기 때문이다. 다만 케사르는 세계에서 가장 훌륭한 역사를 서술했으면서도 겸허함의 표현으로 비망록라는 명칭을 마음대로 붙이고 있다.

기록은 공적 행위의 집성이다. 이를테면 회의의 법령이나 재판의 절차 또는 국가의 선언이나 편지 및 연설 등의 기록으로, 이야기의 완전한 계속성이나 구성이 없다.

3

고문서나 역사의 잔존은, 이미 말했듯이 '난파선의 판자 조각' 같은 것이다. 그것은 근면한 사람들이 기념비, 성명, 언어, 속담, 전설, 사사로운 기록이나 증거, 단편적인 이야기, 역사와 관계없는 책의 구절 등의 정확하고 면밀한 탐색과 관찰로서, 시간의 대홍수 속에서 건져 되찾은 것이다.

4

　나는 이 같은 두 종류의 불완전한 역사에서는 어떤 결함이 있다고 거론하지 않겠다. 원래부터 '불완전하게 혼합된 것'[1]이므로, 그 속의 결함은 그 본성에 지나지 않는다. 역사학을 파손시키고 얼룩지게 하는 요약서는 그 사용을 추방해야만 한다. 요약서는 뛰어난 역사의 건전한 신체를 파먹어 손상시키고 부식시켜, 천하고 무익한 찌꺼기로 만들어 버렸기 때문이다.

5

　역사, 즉 정말 완전한 역사라고 할 수 있는 것에는 의도하거나 말하려는 대상에 따라 세 종류로 나뉜다. 그것은 시간(시대)을 말하거나, 인물을 말하거나, 아니면 행위를 말하는 것이다. 첫째 것은 연대기, 둘째 것은 전기, 셋째 것은 서사라 할 수 있다. 셋 중 가장 완벽하고 절대적인 것으로 높은 평판을 얻은 것은 연대기이다. 유용성과 효용성에서는 연대기보다 전기가 낫고, 진실성과 성실성에서는 서사가 연대기보다 낫다. 시대의 역사는 행위의 장대함과 인물의 공적 외관과 태도를

1　2세기의 프로루스의 《로마사초(史抄)》, 4세기의 아우렐리우스 빅토르의 《사초》 등을 가리키는 것으로 생각된다.

말하는 데 치중하여, 인간 문제의 작은 과정이나 행동은 침묵으로 간과해 버린다. 신의 작업은 최대의 무게를 최소의 실에 매다는 "최대의 것을 최소의 것에 단다."[2]는 것인데, 시대의 역사는 어떤 일의 내적인 참된 근원보다 외적인 화려함을 더 서술하려는 경향이 있다.

이에 비해 전기는 자주 쓰이고, 한 인간을 다룰 때 크고 작은 공사의 행동이 빠짐없이 잘 어울린다면 당연히 진실되고 자연스럽고 생생한 표현을 갖게 된다. 펠로폰네소스 전쟁, 소(小) 키루스의 원정[3], 카틸리나의 반란[4] 같은 행위의 기술과 화술도 시대의 역사보다 한층 순수하고 정확한 진실성을 갖지 않을 수 없다. 왜냐하면 저자의 주의와 지식의 범위 안에서 이해할 수 있는 주제만을 선택하고 있기 때문이다. 다소 긴 시대의 역사를 다루려는 사람은 중간마다 많은 공백과 허점을 만날 수밖에 없고, 그것을 자신의 지식이나 상상력으로 메워야만 한다.

6

시대의 역사—종교를 제외한 사회사를 뜻하지만—에 대해서는 신

---

2 《욥기》 26:7.
3 소 키루스(Cyrus Minor, BC 424–401)는 페르시아의 왕 아르타크세르크세스 2세의 동생이다. 펠로폰네소스 전쟁(BC 431–404)의 끝 무렵에 소아시아의 그리스 정복을 위하여 파견되었으나, 크나크사에서 반란을 일으켰다가 패배하여 살해되었다. 그때 거느리고 있던 그리스 용병 1만 명을 크세노폰이 이끌고 BC 401–399년에 그리스로 돌아왔다. 이 사실은 크세노폰의 《아나바시스》에 묘사되어 있다.
4 카틸리나(Lucius Sergius Catilina, BC 108년 무렵–62)는 로마의 정치가로서 아프리카 총독. BC 63년에 로마를 침범하려다가 패배하여 에트루리아로 달아나 살해되었다. 이것은 살루스티우스 《카틸리나의 음모》에 묘사되어 있다.

의 섭리로서 배분하고 있다. 즉 군사나 학문이나 덕성, 정치, 법률 등
의 분야에서 세계의 모범적인 두 국가를 세워 본보기로 삼고 있다.
그리스와 로마가 그 두 국가이다. 그곳 역사는 시간적으로 말하면
중간부를 차지하며, 그보다 오래된 역사는 일반적인 고대 세계사라
는 명칭으로 불리고, 그 뒤는 근대사라는 명칭으로 부를 수 있는 역
사이다.

7

여기서 시대의 역사에서의 결함을 살펴보자. 이교적(異敎的)인 고
대의 세계사에서 결함을 찾으려는 것은 헛된 일이다. 물론 결함은 있
으나 대부분 우의담(寓意談)과 단편으로 되어 있기 때문에 보충할 수
없는 것들이다. 즉 '머리를 구름 속에 감추고 있는'[5] 고대의 소문 같
은 것으로, 머리는 감추어져 있어 보이지 않는다.

모범적인 국가의 역사는 훌륭하고 완전한 상태로 현존하고 있다.
테세우스에서 필로포이멘[6]에 이르는 완전한 역사의 경과가 있었으
면 하고 생각하지 않는 것은 아니다(그리스의 정세가 로마의 정세 속에 파
묻혀 지워져 버린 기간이다). 로물루스에서 '최후의 로마인'[7]이라고 불

---

5 베르길리우스, 《아이네이스》, 4 · 177.
6 필로포이멘(Philopoemen, BC 253 무렵-182)은 그리스의 장군이다. 스파르타와의 싸움에서 승리했으나 메세네
　근처에서 포로가 되어 죽었다.
7 타키투스, 《연대기》, 4 · 34에서는 카시우스에 대하여 한 말이고, 수에토니우스, 《티베리우스》, 61에서는 플루투
　스와 카시우스에 대하여 한 말로 되어 있다.

러도 무방한 유스티니아누스에 이르는 로마의 역사도 마찬가지다. 그리스의 역사로는 투키디데스와 크세노폰의 원전이 있고, 로마의 역사로는 리비우스, 폴리비오스[8], 살루스티우스[9], 케사르, 아피아노스[10], 타키투스, 헤로디아누스[11]의 원전이 조금도 훼손되지 않았으므로 보충하면서 계속되어야 할 것이다. 이것은 장대한 문제여서 권장할 수는 있으나 요구할 수는 없다. 여기서는 학문에 필요한 부분의 보충에 대하여 이야기하고 있는 것이지, 필요 이상의 것을 문제로 삼고 있는 것은 아니다.

8

근대사에 대해서는, 몇몇 소수의 것만 가치가 있을 뿐 대부분은 보통 수준 이하이다(나는 '남의 나라에 참견하는 자'[12]가 되고 싶지 않으므로, 외국의 역사는 외국에서 돌보도록 내버려 두기로 한다). 그 전체의 흐름으로서는 잉글랜드 역사가 가치가 없다는 것과 최근 들어 최대의 저작자[13]가 스코틀랜드만을 떼어 내 서술한, 그 편견과 불공평을 폐하게 이야

---

8 BC 210 무렵–120, 그리스의 역사가. 로마의 역사를 40권에 이르는 《로마사》로 엮었는데, 그 가운데 첫 5권 정도가 남아 있다.

9 BC 86–34, 살루스트라고도 한다. 로마의 역사가로 호민관으로 선출되었으며, BC 78–67의 역사를 쓴 《역사》와 그 밖의 것을 썼다.

10 BC 2세기 무렵의 로마 역사가. 《로마사》 24권을 썼으나 그 중 11권 가량이 남아 있다.

11 170 무렵–240, 이탈리아에 살고 있던 그리스 학자이며, 180–238년 무렵에 나온 《로마사》의 저자이다.

12 키케로, 《의무론》, 1·34.

13 스코틀랜드의 휴머니스트이며 《스코틀랜드사(史)》의 저자인 조지 뷰캐넌(George Buchanan, 1506–1582)을 가리킨다.

기하지 않을 수 없다. 위대한 브리튼 섬이 앞으로도 오랜 시대 군주
국으로서 결합되어 있듯이, 과거에도 하나의 역사로서 결합되어 있
었다면 폐하께도 명예이실 것이고, 매우 기억할 만한 저작이 되었을
것이다. 이것은 성서 속의 역사를 기록한 방법을 본뜬 것으로서, 성
서는 열 개 부락의 역사와 두 개 부락의 것을 쌍둥이처럼 합쳐서 다루
고 있다. 혹여 이 일의 방대함 때문에 비교적 정확하게 다룰 수 없다
고 생각될지 모르지만, 잉글랜드의 역사는 훨씬 작은 범위의 시간이
지만 뛰어난 시기가 있다. 바로 홍백 장미의 통합[14]으로부터 두 왕국
의 통합[15] 때까지의 기간이다. 이 기간은 내가 이해하기로 보기 드문
변화의 시대였으며, 역대 같은 수의 왕위를 세습하는 동안에는 달리
그 유례를 찾아볼 수 없는 시대였다. 이 시대는 군사력과 사법권 양
쪽을 모두 국왕이 갖게 되면서부터 시작되었다. 국왕의 지위는 전쟁
으로 시작되어 결혼으로 확립되었으므로[16], 폭풍우 뒤의 바다처럼 요
동과 파도가 심하지만 극단적인 폭풍우 같지는 않다. 더욱이 역대의
국왕 중에서 가장 유능했던 사람이 지혜롭게 해로(海路)를 안내하여
잘 빠져나갔다. 그의 뒤를 이은 치세의 국왕의(헨리 8세) 행동은 그 진
행 방법은 고사하고라도 유럽의 정세와 매우 밀접한 관계를 맺고 있

---

14 1455-1485년의 영국 왕위 계승 전쟁으로서, 붉은 장미를 문장으로 하는 랭커스터 집안과 흰 장미의 요크 집
 안과의 싸움이다. 1485년 8월 22일, 보스워드의 싸움에서 리처드 3세를 무찌른 랭커스터 집안의 헨리 튜더가
 헨리 7세로서, 요크 집안의 엘리자베스와 결혼, 영국의 왕위가 통일되어 튜더 왕조가 성립된 것을 가리킨다.
15 잉글랜드와 스코틀랜드는 본디 서로 독립된 왕국이었으며, 두 나라 사이에는 분쟁이 끊이지 않았다. 그러나
 엘리자베스 여왕이 죽은 뒤 스코틀랜드의 제임스 6세가 영국 왕위에 올라 영국의 제임스 1세(재위 1603-1625)
 가 되었다. 제임스 1세는, 잉글랜드의 헨리 7세의 딸로 스코틀랜드의 제임스 4세에게 출가한 마거리트의 아들
 이었으므로, 이것으로 잉글랜드와 스코틀랜드가 결합된 것이 된다. 그러나 의회 등의 결합은 그보다 늦다. 잉
 글랜드와 스코틀랜드의 결합에는 베이컨의 공헌이 컸다.
16 랭커스터 집안의 헨리 7세와 요크 집안의 엘리자베스가 결혼한 것.

었으며, 여러 가지로 균형을 이루기도 하고 균형을 깨기도 했다. 또한 이때 종교의 변화가 시작되었는데, 본격적으로 이루어진 것은 아니다.

다음으로 미성년 왕[17]의 치세가 이어졌다. '단기간의 열병'에 지나지 않았지만, 왕위 찬탈의 기도가 있었다.[18] 그리고 여왕[19]이 외국인과 결혼한 치세였다. 그 다음에 독신 미혼의 여왕이 있었다.[20] 이 여왕의 정치는 참으로 남성적이었고, 해외 여러 나라에서 받은 것보다 그 나라들에 다방면으로 미친 영향이 훨씬 컸다.

이에 마지막으로 가장 행복하고 빛나는 사건이 일어난 것이다. 브리튼 섬이 다른 모든 세계의 영향을 받지 않고 스스로의 힘으로 통합했던 것이다. 아이네아스[21]에게 주어진 휴식의 신탁인, "그대의 옛 어머니를 찾아라."는 것이 잉글랜드와 스코틀랜드 두 나라에서 실천되고 이루어졌다. 그것은 브리튼이라는 옛 어머니의 이름으로 다시 재통일되어, 모든 불안정과 방황의 완전한 종말이 온 것이다. 큰 물체는 어떤 진동이나 동요가 있은 뒤에 고정되는 것과 마찬가지로, 이 군주국에서도 폐하의 치세로 안정되기 전에 신의 섭리에 의해 여러 가지 변화와 동요가 있었던 것으로 생각된다. 폐하의 왕국은 폐하의 자

---

17 에드워드 6세(재위 1547–1553)를 가리킨다. 헨리 8세와 세 번째 왕비 제인 시모어 사이에 태어난 왕자로, 헨리 8세의 유일한 아들이다. 왕이 죽은 뒤 10세에 왕위에 올랐다.
18 헨리 7세의 증손 레이디 제인 그레이(1537–1550). 에드워드 6세가 죽은 뒤 영국 왕위에 올랐으나 불과 9일 만에 폐위되었다.
19 메리 튜더, 또는 아라곤의 메리 1세(재위 1553–1558)를 가리킨다. 헨리 8세와 첫 아내인 캐서린 사이에 태어난 딸로, 에드워드 6세가 죽은 뒤 영국 왕위에 올랐다. 1554년 7월 스페인의 펠리페 2세와 결혼했고, 스페인의 힘을 빌려 가톨릭교로의 복귀를 위해 신교도를 박해하여 '피의 메리'라 일컫는다.
20 엘리자베스 1세를 가리킨다.
21 트로이의 왕자라고 하는데, 그 일생에 대해서는 전설이 각각이다. 베르길리우스는 《아이네이스》에서, 그가 이탈리아에 상륙하여 로마를 건설했다고 전하고 있다. 다음의 인용은 《아이네이스》, 3 · 96.

손에게까지 지금처럼 영구히 확립되어 있을 것이다.

9

전기를 살펴보자. 근대에 이르러 시대의 장점이라는 평가를 하는 일이 적어졌고, 전기 저술의 수가 점점 줄고 있다는 것은 이상한 일이다. 왜냐하면 여러 연방 국가들이 모여서 군주국이 되었으니 주권 군주나 절대 지배자도 그리 많지 않지만, 단편적인 보고나 효과 없는 찬사만으로는 부족한, 훌륭한 인물들이 여전히 많기 때문이다.

이에 대해서는 고인이 된 한 시인[22]의 작품이 매우 적절하다. 그는 고대의 허구적인 이야기를 풍부하게 꾸미고 있다. 그의 이야기에 의하면, 한 사람 한 사람의 생명의 실이나 거미줄의 끝에는 조그만 메달이 달려 있고, 거기에는 그 사람의 이름이 새겨져 있다. '시간'은 가위에 붙어 있다. 그 실이 끊어지면 곧 그 메달을 쥐고 망각의 강이라는 레테로 가지고 간다. 레테의 둑 근처에는 많은 새가 여기저기 날고 있다가 그 메달을 받아 잠시 물고 있다가는 강물에 떨어뜨린다고 한다. 다만 강물에 있던 백조 몇 마리가 메달을 집어 신전으로 가지고 가 신성한 것 속에 넣는다고 한다. 대다수의 인간은 육체보다는

---

22 이탈리아의 시인 루도비코 아리오스토(Ludovico Ariosto, 1474-1533)를 말한다. 그의 서사시 《광란의 오를란도》에 나오는 운명의 세 여신 가운데 클로토는 인간의 생명을 잇고, 라케시스는 생명의 길이를 정하며, 아트로포스가 생명의 실을 가위로 자른다.

욕망에 의해 죽게 되므로, 이름과 기억을 남기려는 것은 헛된 희망이다. 여기에서 바람과 더불어 사라지는, 높은 명성을 바라지 않는 영혼[23]에 대한 의견이 형성된다. 이러한 의견은 "칭찬하자마자 칭찬받을 만한 것이 없어져 버린다."[24]는 말에서 비롯된다. 이런 말도 솔로몬의 현명한 판단을 바꿀 수는 없다. "의인을 기념할 때에는 칭찬하거니와, 악인의 이름은 썩으리라."[25]는 것이다. 의인의 이름은 번영하고, 악인의 이름은 망해서 곧 잊히거나 악취로 바뀐다. 죽은 자의 이름 앞에 평판이 좋은 호칭 또는 부가적 명칭이라 할 수 있는 '행복한 추억, 믿음 깊은 추억, 좋은 추억의 (주)' 같은 말이 오랫동안 관행적으로 사용되어 온 것이다. 이로써 키케로가 데모스테네스로부터 인용한, "좋은 이름은 죽은 자의 정당한 재산이다."[26]라는 말을 인정한 것이다. 그 재산은 현재 많이 황폐되어 있고, 그 점에 결함이 있다는 것을 나는 주의하지 않을 수 없다.

10

개별 행위에 대한 서술에 대해서는 더 많은 노력이 요구된다. 무엇인가 큰 행동이 있으면 반드시 그에 수반하여 누군가 잘 쓰는 사람이

---

23 베르길리우스, 《아이네이스》, 5 · 751.
24 소(小) 플리니우스, 《서한집》, 3 · 21.
25 잠언) 10 : 7.
26 키케로, 《필리피카에》, 7 · 5 · 10.

있는 법이다. 좋은 역사를 쓴다는 것이 비범한 재능이란 것은 그 방면에 사람이 적다는 것만 보아도 분명하다고 할 수 있다. 기억할 만한 개개의 행위가 행해지는 동안 인내심을 가지고 빠짐없이 보고하고 기록하기만 한다면, 시대의 완전한 역사의 편찬은 그에 적합한 저자가 나올 때, 그만큼 더 기대치를 높일 수 있을 것이다. 기록들을 수집하여 편찬하는 것은 일종의 묘목 재배원에서 자란 묘목을 때가 되면 훌륭하고 당당한 정원에 옮겨 심는 것이다.

11

역사학의 또 다른 분야로서 잊어서는 안 될 것은, 코르넬리우스 타키투스가 정하고 있는 분야이다. 이것은 연대기와 일지로 이루어져 있다. 전자에는 국가의 문제, 후자에는 비중이 낮은 성질의 행위나 사건을 충당하도록 했다. 그는 어떤 훌륭한 건축물에 대해 가볍게 언급하면서, "로마 제국의 위엄에 걸맞도록 연대기에는 위대한 사적(事蹟)을 적고, 이런 사소한 것은 그 도시의 매일 기록에 남기기로 함으로써"[27]라고 덧붙이고 있다. 사색적 문제에서든 사회적 문제에서든 위계를 나타내는 가문 같은 것이 있는 것은, 사회의 위계질서와 마찬가지로 필수적이다. 국가의 위엄을 손상시키는 것 중에는 계급의 혼

---

27 타키투스, 《연대기》, 13 · 31.

란이 가장 크며, 역사의 권위를 적지 않게 손상시키는 것은 개선 행렬의 문제나 의식(儀式)의 문제나 신기(新奇)의 문제를 국가의 문제와 혼동하는 일이다.

일지의 사용은 시간적인 역사에서뿐 아니라 인물, 특히 행위의 역사에서도 볼 수 있다. 즉 고대의 군주는 명예와 정치의 양면에서 나날이 일어나는 일을 일지에 적게 했다. 이를테면 아하수에루스[28]가 잠을 이루지 못할 때 그 앞에서 낭독된 연대기에는 국가의 문제들이 있었으며, 자기 자신의 시대나 바로 그 앞의 시대에 일어난 일들도 포함되어 있었다. 알렉산드로스 집안의 일지는 자질구레한 사건을 일일이 적어 놓고 있으며, 자기 자신에 관한 것과 궁내의 일까지 적혀 있다. 지금도 기억할 만한 사업, 이를테면 전쟁의 원정이나 항해 같은 때는 끊임없이 일어나는 일을 알뜰히 일지에 적는 것이 관례였다.

12

신중하면서도 현명한 사람들이 사용한, 나 또한 모른다 할 수 없는 형식의 저술이 있다. 기억할 만하다고 그들이 생각한 행위의 역사를 여기저기 삽입하여, 그에 관한 정치철학적인 담론이나 관찰을 덧붙인 것이다. 이러한 담론이나 관찰은 역사 서술에 합체시키지 않고 독

28 구약성서에 나오는 페르시아 왕. 〈에스더기〉 6:1.

립시킨 것이고, 행위의 의도를 밝히는 데 주목하고 있다. 이런 종류의 사색적인 역사는 역사 서적보다는 뒤에 설명할 정치 서적에 넣는 것이 더 잘 어울린다. 역사책의 참된 임무는 사건 그 자체를 조언과 함께 서술하는 것이며, 그에 대한 관찰과 결론은 각자의 자유와 능력에 맡겨야 한다. 사건의 서술과 결론이 섞인 혼합물은 비정상적인 것이어서 아무도 명쾌하게 정의 내릴 수는 없다.

13

여러 가지가 혼합된 역사학에는 또 다른 형식이 있다. 그것은 우주지(宇宙誌)의 역사학이다. 혼합된 것으로는 지역 자체에 관한 자연사, 지역과 하늘에서 볼 수 있는 성좌에 관한 수학(최근 가장 진보한 학문 분야)이 있다. 사실상 세계라는 이 커다란 건축물은 내부를 광선이 관통할 수 있도록, 양면의 창문을 우리들 아버지의 시대는 물론 우리 시대까지도 만들어 놓지 않았다. 이러한 상황이 근대의 명예가 될 수 있고, 고대와 필적하는 기회가 된다는 것을 단언할 수 있다. 고대인들에게도 대척 지점(對蹠地點)에 관한 지식은 알려져 있었다.

그리고 우리들 위로 먼저 떠오르는 태양이

그 숨가쁜 생명의 입김을 내뿜는 곳,

그곳에 빨간 샛별이 밝게 빛을 태운다.[29]

이런 지식은 추론의 증명에 의한 것이며 사실에 의한 것이 아니었는지 모른다. 여행에 의한 것이라면, 지구 절반쯤의 항해만을 필요로 할 뿐이다. 지구를 일주한다는 것은 천체가 하고 있는 것과 같은 것이며, 근대까지는 수행되지도 않았고 기획되지도 않았다. 근대의 표어로서 적당한 것은 '더 이상 앞으로는 안 된다'가 아니라 '더욱 앞으로'이고,[30] '천둥번개의 흉내는 낼 수 없다'가 아니라 '천둥번개의 흉내를 낼 수 있다'는 것이다. '미친 듯이, 폭풍우와 흉내 낼 수 없는 천둥번개를 닮으려고[31]'가 아니다. 그뿐 아니라 또한 '흉내 낼 수 있는 하늘의'이다. 천체의 방법에 따라 지구를 도는 많은 기억할 만한 항해가 있었던 것이다.

14

항해와 발견의 이러한 진보는, 모든 학문에 대해 한층 더 기대를 심어 줄지도 모른다. 이 두 항해와 발견의 진보는 신에 의하여 동시대의 것이 되도록, 즉 동일 시대에 함께 이루어지도록 정해져 있는 것처럼 보이기 때문이다. 예언자 다니엘은 근대를 이렇게 예언했다. "많은 사람이 빨리 왕래하며, 지식이 더하리라."[32] 세계의 해방과 자유로

---

29 베르길리우스, 《농경시》, 1 · 250.
30 신성 로마 제국의 황제 및 스페인 왕인 카를 5세의 말.
31 베르길리우스, 《아이네이스》, 6 · 590.
32 《다니엘서》 12 : 4.

운 교통 및 지식의 증대가, 동일 시대에 일어나도록 정해져 있다고 말하고 있는 것 같다. 우리는 그것이 이미 대부분 이루어지고 있는 것을 본다. 근대의 학문은 그리스와 로마의 옛 두 학문의 시기나 고대 학문 부흥기에 그다지 뒤지는 것이 아니다.

제3장

1

종교사는 사회사와 똑같이 분류된다. 그 특성상 일반적 명칭의 교회사(敎會史), 예언사(豫言史), 섭리사(攝理史)로 분류된다.

첫째는 전투적 교회의 시대를 서술하는 것이다. 노아의 방주처럼 동요하는 것도 있고, 황야의 율법의 석판(石板) 상자처럼 움직이는 것도 있으며, 예루살렘에 세워진 사원의 입법(立法) 상자처럼 정지해 있는 것도 있다. 즉 그 교회의 상태는 박해를 받고 있는 것, 움직이고 있는 것, 평화로운 것 등이다. 이 분야가 부족하다고는 결코 말할 수 없다. 다만 그 우월성과 성실성이 양과 질에 알맞은 것이 되기를 바란다. 지금 나는 결함이 아니라 간과된 점을 문제 삼으려고 한다.

둘째 예언 혹은 예언서(豫言書)의 역사는, 예언과 성취라는 서로 관련된 사항으로 성립된다. 성서의 예언은 각 시대에 걸쳐서 예언을 성취한 사건과 함께 배열되어야 한다. 이것은 신앙을 더욱 확실하게 하기 위해서, 아직 성취되지 않은 예언에 관하여 교회에 보다 분명하게 해석해 주기 위해 필요한 작업이다. 신의 예언과 일치하고 또 그것에 알맞은 적절한 범위를 규정하기는 어렵다. 예언의 최초 저자라 할 수 있는 신에게는 1,000년이 하루에 지나지[1] 않는다. 정해진 시간에 예언이 동시에 성취되는 것이 아니라, 몇 시대에 걸쳐 발생하고 싹이 터서 이루어진다. 물론 어느 한 시대에 최상의 상태나 완전히 수행된 상태에 이를 수도 있다. 아직 이 방면의 저작은 부족하다. 이러한 작업은 예지와 엄숙함과 존경심으로써 행해야 하며, 그렇지 않으면 아예 하지 않는 것만 못하다.

셋째 섭리의 역사는 신이 계시한 의지와 비밀의 의지 사이에 있는

---

1 〈베드로후서〉 3 : 8.

뛰어난 대응성을 포함하고 있다. 그것은 매우 불명료하며, 이성만으로 생각하려는 인간은 읽을 수 없다. 성서로 교회 내부를 바라보는 사람도 많은 경우 마찬가지다.

신은 때론 우리의 믿음을 더욱 독실하게 하여 신을 믿지 않는 사람들에게 반박할 수 있도록,[2] 신의 비밀스런 의지를 본문 속에 굵은 대문자로 적어 놓았다. 예언자의 말대로, "달려가면서도 읽을 수 있을"[3] 정도의 것도 있다. 그저 감각적인 인간으로서 신의 심판을 주의 깊게 생각해 보지 않은 채 급히 지나가 버리는 자라도, 지나갈 때 그것을 분간할 수 있도록 하라고 권장되어 있다. 신의 심판, 벌, 구원의 두드러진 사건이나 예는 다 그와 같다. 이 작업은 많은 노력을 거쳐 온 것이므로 나로서는 결여되어 있다고 말할 수가 없다.

4

이외에 역사에 부가될 수 있는 학문 분야가 있다. 인간이 외적으로 표현하는 모든 방식은 말과 행위로 되어 있다. 이에 대하여 역사학은 행위 쪽을 받아들여 기억에 남기고 유지하는 것이 적절하다. 행위의 준비 단계나 행위의 도입부로서의 말 역시 역사학으로서 알맞다. 말만을 포착하여 기억하고 유지하는 데 적합한 책이나 저술도 있다.

---

2 《에베소서》 2 : 12.
3 《하박국서》 2 : 2.

이런 책이나 저술에는 세 가지 종류가 있다. 웅변, 편지, 짧은 연설이나 격언이 그것이다. 웅변은 변호, 충고의 연설, 찬사, 비난, 변명, 질책, 형식적인 인사말 같은 것이다. 편지는 다양한 기회에 따라서 작성되며 정보, 충고, 지시, 제안, 청원, 소개, 설명, 변명, 찬사, 기쁨, 담화, 그 밖에 모든 행위의 처리에 관한 것이 있다. 현명한 사람들이 쓴 편지는 인간의 모든 말 중에서 최상이다. 이러한 편지는 식사나 공공 연설 따위보다 자연스럽고, 회의에서나 즉흥 연설보다는 신중하게 생각한 것이기 때문이다. 현자에게 주어진 임무를 기록한 것이나 그러한 일과 직접 접촉이 있는 당사자에게서 온 편지는 무엇보다도 역사에 대한 최상의 지식을 가르쳐 주며, 근면한 독자에게는 그 자체가 가장 좋은 역사이다.

격언에 있어서 케사르의 위대한 책이 없어졌다는 것은 커다란 손실이다. 그의 역사서나 현존하는 소수의 편지, 그 자신의 격언은 다른 누구의 것보다도 뛰어나기 때문이다. 그래서 그의 격언집도 그러했으리라 짐작된다. 다른 사람들이 모아 엮은 것들은 내게 별 흥미를 주지 못하거나 그들의 선택이 잘 되지 않은 것들이다.

5

역사학에 관해서는 이 정도로 해 둔다. 이 분야의 학문은 인간 정신에 있어, 집을 구성하는 여러 개의 방 중 작은 하나의 방과 같다. 그것은 기억의 기능과 관련된 분야인 것이다.

제4장

1

시(詩)는 학문의 일부로서 말의 운율을 갖고 있다. 이 점에서 많은 제한이 따르지만, 다른 모든 점에서는 많은 자유가 허용되어 있다. 또한 시는 상상력과 관계있는 학문 분야이다. 상상력은 내용이나 물질의 법칙에 매여 있지 않으므로, 마음대로 자연이 분리하고 있는 것을 결합시키기도 하고, 자연이 결합시켜 놓은 것을 분리할 수도 있다. 사물을 부당하게 결합시키고, 이반(離反)시킬 수 있다. "화가와 시인은 하고 싶은 것을 할 수 있다."[1]는 것이 된다. 시는 말의 관

---

1 호라티우스, 《시론》, 9.

점과 내용의 관점, 두 가지 의미로 정의된다. 첫째는 시가 일종의 문체이며, 말의 기술에 속하는 일이어서 여기서는 다룰 수 없다. 둘째는 이미 설명했듯이 학문의 주요 부분 가운데 하나이며 허구의 역사이다. 이것은 운문에 대해서나 산문에 대해서나 모두 적용할 수 있는 말이다.

2

이 허구의 역사의 효용은, 그림자 같은 만족을 인간의 마음에 주는 일이었다. 세계는 영혼에 상대적으로 뒤지기 때문에 허구의 역사가 사물의 본성이 줄 수 없는 방면을 대신 채워 주었다. 이런 이유로 인간의 정신에 알맞도록 더 충분한 위대함, 더 정확한 선(善), 더 완전한 변화가 있었으며, 그것은 사물의 본성에서는 볼 수 없다.

참된 역사의 행위나 사건에는 인간의 마음을 만족시킬 만한 규모의 것이 없기 때문에, 시는 훨씬 더 크고 더 영웅적인 행위나 사건의 허구로써 만들어지는 것이다. 참된 역사는 덕성이나 악덕 행위의 결과나 결말을, 그 가치에 적합하도록 부각시킬 수 없으므로, 시가 허구로써 그러한 결론을 더욱 올바르고 섭리의 계시에 알맞도록 꾸민다. 참된 역사는 일상적이고 변화가 적은 행위나 사건을 묘사하므로, 시는 그러한 것에 더 보기 드문 성질과 더 예기치 않고 기복이 심한 변화를 준다. 시는 관대와 도덕성 및 기쁨에 도움이 되고 공헌하는 것으로 생각되고, 언제나 무엇인가 신성을 가졌다고 생각되어 왔다. 이성은 마음을 굽히고 고쳐서 정신이 사물의 본성에 따르도록 하지만, 시는 정신을 높이 고양시키고 사물을 정신이 바라는 대로 보여준다.

이렇듯 시는 인간의 본성이나 좋아하는 곳에 맞추어 사물의 본성을 유인하여 그것과 일치시키고, 더불어 음악과도 일치하는 면이 있어, 무식한 시대나 야만스러운 지역에서 널리 받아들이고 중시되어 온 것을 볼 수 있다. 그런 곳에서는 다른 학문은 배제되었다.

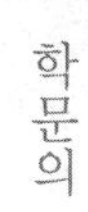

3

시의 특성에 맞는 가장 적당한 시의 분류는 서사시, 극시, 비유시이다(이와 달리 역사와 같이 허구의 연대기, 허구의 전기로도 구분할 수 있다. 또 역사의 보유 쪽에서 보면 허구의 서한, 허구의 웅변으로도 분류된다).

앞서 말했듯이 서사시는 오로지 과장하여 역사학을 모방한 것이다. 주제는 보통 전쟁이나 연애이며 국가는 거의 다루어지지 않는다. 때로는 기쁨이나 즐거움 등을 다룬다. 극시는 눈에 보이는 역사 같은 것이다. 현존하는 것처럼 보이게 하는 행위의 모습이다. 한편 역사학은 자연 속의 행위를 있는 그대로 쓰며, (말하자면) 과거의 것이다. 비유적 또는 우의적인 시는 무언가 특별한 목적이나 생각을 표현하기 위해서만 사용되는 서술 형식이다. 이런 우의적인 지혜는 고대에서 훨씬 많이 사용되었다. 이를테면 이솝의 우화나 그리스 7현인의 단문, 그림문자의 사용 등으로 알 수 있다. 고대 사람들은 여러 가지 변화 있는 실례나 미묘한 사고방식이 결여되어 있었기 때문에, 여느 사람이 이해할 수 없는 날카롭고 미묘한 이성의 문제를 그런 방법으로 표현할 필요가 있었다. 그림문자가 알파벳 이전에 있었듯이, 비유는 의론 이전에 존재했다. 그럼에도 불구하고 비유는, 현재는 물론 어느 시대에나 많은 생명력과 활력을 가지고 있다. 그만큼 이치가 뚜렷할 수도 없고, 그렇게 적절한 예도 없기 때문이다.

4

비유시에는 방금 말한 것과 대립되는 또 다른 쓰임이 있다. 앞에 설명한 것은 배우거나 전해지는 것을 증명하거나 예를 들어 설명하려고 하는데, 다른 하나는 그것을 감추어서 모르게 만들려고 한다. 말하자면 종교와 정치와 철학 등의 비밀이나 신비가 우화나 비유담 속에 포함되는 경우이다. 이런 방법은 신의 영감을 받은 시에서는 인정되고 있다. 이교도의 시에서는 우화적 서술이 매우 잘 되어 있다고 알려져 있다. 이를테면 거인들이 여러 신과의 전쟁에서 지고, 그 어머니인 대지가 복수로 소문을 낳았다는 우화가 있다.

사람들의 말로는,

어머니인 대지는 여러 신들에게 노하여,

마지막으로 거인 코이오스와 엥켈라도스 형제의 누이(소문, Fame)

를 낳았다.[2]

이 뜻은 군주나 왕후가 실제의 공공연해진 반란을 진압해 버리면, 민중(즉 반란의 어머니)의 악의가 국가에 대한 중상이나 모략이나 비난을 낳는다는 것이다. 이것은 반란과 동일한 성질의 것이지만, 비교적 여성적이며 약하다. 마찬가지로 다른 여러 신들이 유피테르를 묶을 의논을 했을 때, 팔라스는 100개의 손을 가진 브리아레오스에게 유피테르를 위해 원조를 청했다는 우화가 있다. 이 의미는, 군주국은 강력한 신하가 그 절대성을 누르려는 것을 두려워할 필요가 없다는 것이다. 다만 예지로써 민중의 마음을 잡고만 있으면 틀림없이 자기편을 들어 준다는 것이다. 또 아킬레스가 반인반마(半人半馬)의 키론에게 양육되었다는 우화가 있다. 이 우화를 마키아벨리는 교묘하지만 잘못된 형태로 해석하고 있다. 군주의 교육과 훈련에 필요한 것은, 인간의 덕성과 정의와 더불어 사자의 과격함과 여우의 간사함의 역할을 모두 알고 배우는 일이라는 것이다.

이와 비슷한 많은 우화의 예로 볼 때 도덕적 설명이 먼저 되고 거기에 우화가 생긴 것이 아니라, 오히려 우화가 먼저 있고 나중에 설명이 고안되었다. 크리시포스가 스토아 학파의 주장을 고대 시인의 우화

---

2 베르길리우스, 《아이네이스》, 4·178-180.

에 결부시키려고 매우 고심하고 노력했던 것은 허영심에서 비롯된 것이다. 시인의 우화나 허구가 비유를 위한 것이 아니라 모두 오락을 위한 것이라는 말은 아니다. 지금까지 전해지는 시인들 중에서 호메로스에 대해서조차도(그의 시는 후기 그리스 학파에 일종의 성서처럼 여겨졌지만), 나는 그 우화가 호메로스 자신에 의해 어떤 숨은 의도를 가지고 지어진 것은 아니라고 단언할 수 있다. 그것이 더 오래된 본래의 전통에서는 어떤 의미를 포함하고 있었가는 단언하기 어렵다. 그 우화를 생각해 낸 것은 호메로스 자신이 아니었기 때문이다.

5

　학문의 이 제3분야, 즉 시에 관해서는 지적할 만한 결함이 없다. 시는 정상적인 씨앗이 아니더라도 대지의 활력으로써 생기는 식물 같은 것이므로, 다른 어떤 학문보다 널리 퍼져 나갔다. 당연하다고 생각되는 시의 성질을 생각해 보면, 감정·열정·부패·풍습 등을 표현하는 데 있어서는, 철학자의 작품보다 시인의 작품에 더 많은 은혜를 입고 있다. 또 지성과 변설을 배우기 위해서 경직된 웅변가의 웅변을 참조하지는 않을 것이다. 그러나 극장에 너무 오래 앉아 있는 것은 좋은 일이 아니다. 여기서 정신의 판단 장소 내지는 정신의 궁전 쪽으로 나아가기로 하자. 우리는 그곳에 한층 더 큰 존경과 주의를 가지고 접근하여 살펴보지 않으면 안 된다.

제5장

1

　인간의 지식은 물과 같다. 위에서 흘러내리는 것도 있고 밑에서 솟아오르는 것도 있다. 한쪽은 자연의 빛 즉 인간의 능력에 의해 만들어지고, 한쪽은 신이 계시를 불어넣어 만들어진다. 자연의 빛은 정신적 개념과 감각의 보고로 이루어진다. 인간이 배움으로써 얻는 지식은 누적이지 창조가 아니다. 물의 경우처럼 지식은 자기 자신의 수원이외에 다른 수원이나 흐름으로 길러지는 것이 있다. 지식은 이 두 가지 상이한 빛내지는 근원적인 것에 따라 신학과 철학으로 나뉜다.

2

철학에 있어서 인간의 관조는 신에게까지 꿰뚫고 들어가거나, 자연에게로 이끌려가거나, 자기 자신에게 반사하여 되돌아온다. 이 세 가지 탐구에서 세 가지 지식이 발생한다. 신의 철학과 자연 철학 그리고 인간 철학(인문학), 다시 말해 윤리학과 정치학이다. 즉 모든 사물에는 신의 힘, 자연의 특색, 인간의 효용이라는 세 겹의 표지와 도장이 찍혀 있다. 지식의 분포와 구분은 하나의 각에서 만나는 몇 개의 선처럼 한 점에서만 접하는 것이 아니라, 나무의 나뭇가지와 같다. 가지가 뻗어나간 줄기는 전체성과 연속성의 차원과 양을 가지고 있으며, 시간이 지날수록 갈라져서 잔가지나 큰 가지가 된다. 앞에서 말한 분류로 들어가기 전에 하나의 보편적인 학문을 확립하고 구성하는 것이 좋다. 그 명칭은 '제1철학' 원시적 또는 요약철학(要約哲學)으로서 중요하고 공통된 길이다. 그 뒤에 여러 가지 길이 갈라져서 구별할 수 있는 곳에 이른다.

이런 학문이 우리에게 없다고 보고해야 할 것인지 어떤지 의문이다. 어떤 혼합된 자연 신학과 여러 부분으로 나뉜 논리학을 볼 수 있기 때문이다. 또 원리에 관계되는 자연 철학의 부분과 영혼이나 정신에 관계되는 자연 철학의 다른 부분도 있다. 이 모든 것이 묘하게 혼합되고 혼란되어 있다. 검토해 보면 다른 여러 가지 학문을 강탈하여 추진하고 높여서, 무엇인가 고상한 말로 만든 것일 뿐 그 자체가 확고

한 실질이 있는 것이라고 할 수는 없는 것 같다. 그렇다고 현행의 구별을 모르는 것은 아니다. 그것은 같은 것을 다루지만, 여러 다른 관점에서 취급되고 있다. 한 가지 예를 들어 보자. 논리학에서는 많은 사물을 개념 속에 있는 것처럼 생각한다. 철학에서는 자연 속에 있는 것처럼 생각한다. 즉 학문은 한편에서는 사물을 외관으로만 보고 한편에서는 존재로서만 본다. 이러한 구분은 실제에 있어서 그대로 추구되지 않았다는 것을 알 수 있다. 철학자들이 그들이 통상 하듯이 양과 유사성과 다양성, 그 밖에 사물의 외적 성질을 자연 속에서만 생각했다면, 그 사람들의 탐구는 필시 현재보다 훨씬 다른 것이 되었을 것이다. 그들 가운데 누가 양을 다룰 때, 결합의 힘에 대해서 그것이 어떻게 그리고 어느 정도로 힘을 증대하는지 말할 사람이 있겠는가? 누가 자연 속의 어떤 것은 매우 흔하고 아주 많으며, 어떤 것은 매우 드물고 아주 적은 이유를 말할 사람이 있겠는가? 누가 유사성과 다양성을 다룰 때, 쇠가 비슷한 쇠 쪽으로 움직여 가지 않고 닮지 않은 천연 자석 쪽으로 움직여 가는 원인을 단정할 사람이 있겠는가? 사물의 여러 가지 다양성 중에 두 가지 이상의 성질을 가진 것이 자연 속에 있는 이유는 무엇인가? 즉 그것이 어느 종류와 관계되는지 말하기 힘든 애매모호한 요소가 존재하는 이유는 무엇인가? 자연 속에 있는 사물의 이런 공통적인 부속물의 성질이나 작용에 대해서는, 깊은 침묵밖에는 없다. 그런 위력이나 효용에 대해 말이나 의론에서 그저 되풀이해 언급할 뿐이다.

　본서의 성격상 미세한 부분의 설명은 피하는 것이 상례이므로, 나

는 이 근원적 또는 보편적인 철학에 관하여 일반적인 설명을 솔직하게 다음과 같이 한다. "그것은 철학이나 학문의 특별한 분야의 어느 범위에도 들어가지 않고, 비교적 공통적이고 높은 단계에 있는 모든 유익한 관찰이나 공리(公理)의 용기(容器)가 된다."

3

이런 종류의 관찰이나 공리가 많다는 데는 의문을 제기할 필요가 없다. "같은 것이 같지 않은 것에 보태지면, 전체는 같지 않은 것이 될 것이다."[1]라는 법칙은 사법과 수학의 공리에도 적용되는 것이 아니겠는가? 또 교환성과 배분의 사법과 산술 및 기하학의 비례[2] 사이에는 참된 일치가 없는가? 또 하나의 법칙인, "동일물과 같은 것은 서로에 대해서도 같다."는 것은 수학에서 다룬 것이지만, 모든 삼단논법이 그 위에 확립될 만큼 논리학에 있어서도 강력한 것이 아닌가? "모든 것은 변한다. 파괴되는 것은 없다."[3]는 관찰은, 철학의 원리로서는 자연의 '양'은 영원하다는 것이 아닌가? 또 자연 신학에서는 처음에 무(無)에서 무엇인가를 만든 것과 같은 전능성이, 무엇을 무로 만들기 위해서 필요하지 않겠는가? 성서에 따르면, "무릇 하느

---

1 유클리드, 《공리(公理)》, 4.
2 아리스토텔레스, 《윤리학》, 53 · 4.
3 오비디우스, 《변신이야기》, 15 · 165.

님이 행하시는 것은 영원히 있는 것이라, 더할 수도 없고 덜할 수도 없다."[4]라고 한다. 마키아벨리가 현명하고 널리 정치에 관해서 말하고 있는 원리가 있다. 그는 정치를 수립하고 계속하는 방법은, 그 여러 요소까지 규명해 들어가는 것이라고[5] 했다. 그것은 일반 정치의 경우와 마찬가지로 종교와 자연의 규칙도 되지 않는가? 페르시아의 마법은 정치의 규칙과 정책에 자연의 원리와 기구(機構)를 가지고 와서 대응시킨 것이 아니었던가?[6] 음악가의 가르침에, 불협화음이나 불쾌한 소리는 음의 조화나 아름다운 소리가 되도록 하라는 것은, 감정의 경우에도 진실이 아닌가? 음악의 갑작스러운 종지(終止)에서, 종지나 화음의 종지를 피하거나 꾸밈음으로서 늘리는 것은, 기대를 속이는 수사학의 갑작스러운 중지나 비유와 공통되지 않는가? 음악의 마지막 부분에서 떨림음을 내는 즐거움은, 물 위에서 빛이 움직이는 것과 같지 않은가?

감각의 기관은 반사의 기관과 같은 종류의 것이 아닌가? 눈은 거울이고, 귀는 동굴이나 좁다랗게 폐쇄된 해협과 같지 않은가? 이 많은 사례들은 편협한 관찰력의 소유자들이 생각하는 것처럼 단지 유사성만은 아니다. 자연과 동일한 걸음걸이가 각각 다른 주제나 물질 위에 남긴 발자국이다. 보편적인 학문은 아직 결여되어 있다고 봐도

---

4 〈전도서〉 3 : 14.
5 마키아벨리, 《로마사론》, 3·1.
6 영국의 목사 새무얼 퍼처스(1575-1626)가 편집한 《여행기》의 서술에 언급한 것이다.

옳을 것이다. 내가 보기에 매우 심원한 지성을 가진 사람들은 어떤 특정 의론을 다룰 때, 이따금 이 보편 학문의 샘에서 당장에 쓸 한 양동이의 물을 긷는 일은 있다. 아직 그 수원을 찾아간 사람은 없는 것 같다. 더욱이 그것은 자연의 발견과 기술의 요약에 매우 유익하다.

제6장

1

이러한 이유로 보편적 학문이 공통의 부모라는 위치에 서는 것은, 베레킨티아[1]와 비슷하다. 이 여신은 매우 많은 천상의 아이를 낳았으므로, '천상의 모든 것, 상공의 모든 것'[2]이라 해도 좋았다. 지금부터 우리는 앞서 논의했던 신과 자연과 인간이라는 세 가지 철학의 구분으로 돌아가 보자.

신의 철학 즉 자연 신학은 신에 관한 지식 또는 지식의 기초이다. 이 지식은 그 창조물에 대한 관조에 의해 얻을 수 있으며, 지식 대상

---

1 키벨레(Cybele)를 말한다. 프리지아, 소아시아의 신화에 나오는 자연과 농업의 여신.
2 베르길리우스, 《아이네이스》, 6·787.

의 관점에서 보면 신의 철학이고 빛, 즉 지식의 근원 면에서 보면 자연 철학이라 해도 무관할 것이다. 이 지식의 한계는 무신론(無神論)을 반박하는 데는 충분하지만 종교를 일으키지는 못한다. 무신론자를 개종시키기 위해 신이 행한 기적은 일찍이 없었다. 자연의 빛만으로도 무신론자에게 신의 존재를 일깨워 줄지 몰랐기 때문이다. 우상 숭배자나 미신가를 개종시키기 위해서는 기적이 행해져 왔다. 자연의 어떤 빛도 신의 뜻과 참된 숭배를 뚜렷이 말하지는 못한다. 모든 일이 그 일을 행한 사람의 힘과 기량은 뚜렷이 보여 주지만 그 사람의 모습은 보이지 않듯이, 신의 일도 만든 분의 전능성과 예지는 보이지만 그 모습은 보여 주지 않는다. 이 점에서 이교도의 의견은 신성한 진리와 다르다. 그런 사람들은 세계가 신의 모습이며, 인간은 세계의 요약된 모습이라고 상상했다. 성서는 세계에 신의 모습으로써 명예를 주지는 않았으며, '그 손이 이루신 일'[3]이라고만 말하고 있다. 또 인간 이외의 다른 신의 모습에 관해서는 아무 말도 하고 있지 않다. 자연의 관조에 의해서 신에 대한 인지(認知)를 얻고, 반드시 얻게 하며, 또 신의 힘과 섭리와 선(善)을 증명한다. 이것은 매우 뛰어난 의론이며, 여러 사람들에 의해 보기 좋게 다루어져 오고 있다.

한편으로는 자연의 관조나 인간의 지식 원리에서 신앙의 여러 문제에 대하여 그 어떤 진리나 설득력을 얻으려고 한다는 것은, 안전한 일이 못된다. "신앙의 것은 신앙에 주라."[4]는 것이 옳다. 이교도 자신

---

3 〈창세기〉 1, 〈시편〉 8 : 3, 6.
4 〈누가복음〉 20 : 25.

도 이 점에서는 같은 결론에 도달하고 있는데, 금사슬에 대한 성스러운 우화가 잘 말해 주고 있다. "사람들과 신들은 유피테르를 지상에 끌어내리지는 못했다. 반대로 유피테르는 그들을 천상으로 끌어올릴 수 있었다."[5]는 것이다. 우리는 신의 신비를 우리의 이성에까지 끌어내리거나 맡기려고 해서는 안 된다. 반대로 우리의 이성을 신의 진리에까지 끌어올리고 밀고 나가지 않으면 안 된다.

나는 신의 철학에 관한 지식의 이 부분에서 부족함은커녕 오히려 지나치게 많다는 것을 깨닫고 있다. 내가 탈선하여 이 분야를 거론한 까닭은 종교와 철학이 혼동됨으로써 극단적인 손해를 양쪽이 모두 입고 있으며, 또 앞으로도 입을지 모르기 때문이다. 이러한 혼동으로 인해 이교적인 종교와 가공적이고 우화적인 철학이 만들어지는 것은 두말할 것도 없다.

2

천사나 성신(聖神)의 본성에 대해서는 별도이다. 이것은 신과 자연에 관한 신학 모두에 딸리는 부속적인 것이며, 알기가 불가능한 것도 아니고 금할 수도 없다. 성서에 따르면, "모르는 일에 밀고 들어가서 천사의 숭배에 관한 숭고한 담화로 남에게 속아서는 안 된다."[6]라고

---

5 호메로스, 《일리아드》, 8·19.
6 〈골로새서〉 2 : 18.

했으나, 그 가르침을 자세히 보면, 금지되어 있는 것은 둘밖에 없다는 것을 알 수 있다. 하나는 천사를 숭배하는 것과 그것에 대한 광신적인 의견이다. 즉 그것을 창조물에 알맞은 지위 이상으로 높이거나, 그것에 관한 인간의 지식을 근거가 있는 지식 이상으로 높이려 해서는 안 된다. 진지하고 근거가 있는 탐구, 즉 성서에 쓰여 있는 것을 바탕으로 하거나 자연의 여러 가지 단계를 알아 가면서 연구되는 것은 금지되지 않았다. 타락하거나 반란하는 악령에 대해서도 마찬가지다. 그런 것과 관계하거나 사용하는 것은 금지되어 있으며, 존경하는 것은 더 말할 것도 없다. 악령의 성질, 힘 또는 환영에 관한 관조나 학문은 성서에 의한 것이거나, 이성에 의한 것이거나, 종교적 예지의 일부를 이루는 것이다. 성 바울은 말하고 있다. "그 책략을 우리가 모르는 것이 아니다."[7] 나쁜 악령의 성질을 탐구하는 것이 불법이 아닌 것은, 자연 속에 있는 독물의 힘이나 도덕 속의 죄나 악덕인 성질의 탐구가 불법이 아닌 것과 같다.

어쨌든 나는 천사나 성신에 관한 분야에 부족함이 있다고는 말할 수 없다. 이 일에 종사하는 사람이 많기 때문이다. 나는 오히려 그 저자들이 많은 경우에 우화적이고 광신적이라는 점에 도전하고 싶다.

---

7 〈고린도후서〉 2 : 11.

제7장

1

여기서 신의 철학 즉 자연 신학은 뒤에 다루기로 하고(신학이나 영감을 받은 신학을 말하고 있는 것이 아니다. 그쪽은 인간의 모든 관조의 피난처이자 안식처이므로 제일 마지막에 다루기로 한다), 자연 철학 쪽으로 나아가기로 하자.

데모크리토스가 말한, "자연의 진리는 어떤 깊은 광산이나 동굴 속에 감추어져 있다."[1]는 것이 진실이고, 연금술사가 흔히 말하듯 불카누스는 제2의 자연이며, 자연이 지루하게 시간을 들여 하는 일을 교

---

1 디오게네스 라에르티오스, 《철학자들의 생애》, 9·72.

묘하게 요령껏 모방한다는 것이 진실이라면, 자연 철학을 광산과 용광로로 나누는 것이 좋을 것이다. 자연 철학자가 하는 일, 또는 직업을 두 가지로 나누면 광부의 역을 맡은 자가 있고 대장장이의 역을 맡은 자가 있다. 캐내는 자와 제련하여 다루는 자로 보는 것이다. 나로서는 이런 분류를 인정하는 것이 가장 좋다고 생각한다.

좀 더 친근감이 있는 철학적인 용어로 표현하면 다음과 같다. 자연 철학의 두 분야는 원인의 규명과 결과의 산출이며, 사색적인 지식과 작업적인 지식, 자연의 지식과 자연의 사려(思慮)로 구분된다. 일반 정치 문제의 경우에 담화의 지혜와 방향 제시의 지혜가 있듯이, 자연의 문제에서도 마찬가지인 것이다. 여기서 나는 한 가지 요구하고 싶다. 후자, 즉 자연의 사려에 대해서는(또는 적어도 그 일부에 대해서는) 자연의 마법이라는 오용·남용되고 있는 명칭을 부활시켜 되돌리고 싶다. 그것을 고대의 뜻대로 받아들이고 공허함과 미신을 제거하면, 자연의 마법이란 참된 의미로 자연의 예지 또는 자연의 사려에 해당하기 때문이다. 물론 원인과 결과는 서로 상호 작용을 하듯이, 사색과 작업이라는 이 두 가지 지식은 서로 간에 큰 관계를 갖는다는 것을 나는 잘 알고 있다. 모든 참되고 결실 많은 자연 철학에는 이중의 사다리가 있다. 실험에서 원인의 발견 쪽으로 올라가는 사다리와 원인에서 새로운 실험의 발견 쪽으로 내려가는 사다리가 그것이다. 이들 두 분야를 개별적으로 고려하고 다루는 일이 무엇보다 가장 필요하다.

자연에 대한 학문이나 이론은 형이하학, 즉 자연과학과 형이상학으로 구분된다. 여기서의 형이상학은 일반적인 의미와는 다르다는 것에 유의해 주기 바란다. 판단력이 있는 사람이라면 쉽게 알 수 있겠지만, 형이상학뿐만 아니라 다른 개별 문제에 있어서도 내 생각이나 개념이 고대 사람들과 다르더라도 고대의 용어는 그대로 남겨 두려고 노력했다. 즉 내가, 설명하고자 하는 것에 대하여 지나치게 논리 정연함과 명석한 표현을 사용하여 오해를 받지 않기 위해서다. 나는 용어나 의견에서 고대 사람들로부터 벗어나는 일이 없도록 열심히 노력할 것이다. 다만 진리와 지식의 발전에 저해되지 않는 범위에서 말이다.

이와 관련하여 철학자인 아리스토텔레스도 좋지 않은 구석이 있다. 그는 모든 고대 사람들에 대하여 이론(異論)과 반론의 정신으로 작업을 진행해 나갔다. 학문의 신어(新語)를 마음대로 만들어 내려고 했을 뿐 아니라, 고대의 모든 지혜를 파괴하고 지워 버리려고 했다. 고대 저작자의 이름이나 의견을 들 때는 반박하거나 비난할 때뿐이었다. 영예를 얻고 추종자와 제자들을 거느리려 했다면 그는 옳은 길을 걸은 셈이다. 인간의 진리 속에 확실히 자리매김한 진리 중에서 최고의 진리로 기록되고 설명된 것이 있으니 말이다. "나는 아버지의 이름으로 와 있다. 그러나 당신은 나를 받아들이지 않는다. 다른 사람이 자기 자신의 이름으로 온다면, 당신은 받아들일 것이다." 이 신의 아포리즘이 원래 반 그리스도인으로서 최고의 기만자에게 사용된 것임을 고려하여 우리가 알 수 있는 것은, 자기 자신의 이름으로 와서 고대 사람이나 아버지를 상관하지 않는다는 것은 '당신이 받아들이는' 그 사람의 운이나 성공에는 좋은 결과를 줄지 모르지만, 진리에 있어서는 좋은 징후가 아니다.

아리스토텔레스라는 뛰어난 인물은 그의 제자인 알렉산드로스 대왕의 기질을 배웠다. 그는 제자의 흉내를 내려 했다. 전자는 모든 의견을 정복하려고 했고 후자는 모든 나라를 정복하려 했다. 아마 이러한 점에서 과격한 마음을 가진 누군가의 손에 의해 제자와 같은 칭호가 그에게 붙여졌는지도 모른다. 그의 제자에게,

> 토지의 복된 약탈자,
> 세계로 보아서는 몹시 무익한 본보기였다.[2]

라는 칭호가 부여됐듯이, 아리스토텔레스에게는

> 학문의 복된 약탈자

라는 칭호가 부여된 셈이다. 한편 나로서는 고대와 진보의 친근한

---

2 루카누스, 《파르살리아》, 10 · 20.

교류가 이루어지도록 나의 붓으로 할 수 있는 일은 다하고 싶은데, '제단(祭壇)까지' 즉 "나의 신의(信義)에 어긋나지 않는 한"[3] 고대에 따르는 편이 가장 좋다고 생각한다. 고대의 용어를 보존할까 한다. 다만 용법이나 정의에 대해서는 변경할 수도 있는데, 이때는 일반 정치의 경우처럼 온화한 방법을 따를 것이다. 혹 다소의 변경이 있더라도 타키투스가 현명하게 말한 것처럼 '동일한 직위의 명칭'[4]으로 해 두겠다는 의미다.

3

그러면 형이상학이라는 술어를 내가 어떻게 사용하고 받아들이는가의 논제로 되돌아가자. 내가 이미 앞에서 말한 '제1철학'을 생각하고 있다는 것은 분명하다. 즉 가장 중요한 철학과 형이상학이다. 이 둘은 지금까지 하나로 혼용되고 있었지만, 별개로 구분할 필요가 있다. 전자는 모든 지식의 부모나 공통된 조상으로 본다. 후자는 자연학문의 하나의 파생물로 넣고 있다. 마찬가지로 개별 학문에 대하여 차별이 없고 구별이 없는 공통의 원리와 공리를, 가장 중요한 철학에 적용시키고 있다. 가장 중요한 철학에도 마찬가지로 부여하는 연구과제는, 양·유사성·다양성·가능성 등 여러 가지 실체의 상대적이거

---

3 플루타르코스, 《수줍음에 관하여》, 6.
4 타키투스, 《연대기》, 1·3.

나 외적인 성질의 작용에 관한 것이다. 이러한 성질은 논리적이 아니라 자연 속에서의 효용 그 자체로서 다루어져야 한다는 조건이 따른다. 마찬가지로 지금까지 자연 신학 또한 형이상학과 혼동되어 왔지만, 나는 그것을 독자적인 것으로서 포괄하고 한정했다.

지금 문제가 되는 것은 형이상학에 남아 있는 것은 무엇인가 하는 것이다. 이에 관하여 고대의 생각 중 다음과 같은 정도의 것은 보존해 두어도 상관없다. 형이하학은 물질 속에 내재하고 물질적이므로 일시적인 것을 관조하고, 형이상학은 물질로부터 분리된 즉 추상되고 고정된 것을 다룬다는 것이다. 또한 형이하학이 자연 속의 존재와 움직임을 예상하는 것만을 다룬다면, 형이상학은 더 나아가서 자연 속에 이성과 오성과 유형을 예상하는 것을 다룬다. 이렇게 뚜렷한 특색을 나타내는 고대의 분류는, 우리에게 매우 친근시되며 또 쉽게 이해될 수 있다.

우리는 자연 철학 전체를 원인의 탐구와 결과의 산출로 분류했지만, 이제는 원인의 탐구에 관한 부분을 건전한 원인의 분류법에 따라 세분화할 필요가 있다. 이에 따르면 형이하학은 물질적이고 동력적인 원인을 탐구하는 분야이며, 형이상학은 형식적이고 최종적인 원인을 다루는 분야이다.

4

우리는 형이하학이라는 용어의 채택에 있어서, 의학용 관용어에 의한 것이 아니라 어원적인 자연이라는 의미로부터 사용했다. 이때 형이하학은 자연사(自然史)와 형이상학 사이의 중간 명사나 중간 거리에 위치한다. 즉 자연사는 여러 가지 사물을 기술하고, 형이하학은 원인 중에서도 변화하거나 상대적인 원인을 기술하며, 형이상학은 고정된 계속적인 원인을 다룬다.

흙처럼 단단해지기도 하고, 초처럼 녹기도 한다, 동일한 불로써.[5]

불은 흙과의 관계에서는 단단하게 만드는 원인이고, 양초와의 관계에서는 녹이는 원인이다. 불이 무엇이든지 단단하게 만들거나 녹이는 것에 있어 불변의 원인은 아니다. 형이하학적인 원인은 동력인적이며 물질에 따른 것이다.

형이하학에는 세 가지 부분이 있다. 그 중 둘은 결합하고 집합된 자연과 관계가 있다. 세 번째는 흩어지거나 배분되어 있는 자연을 연구한다. 자연은 완전한 총체의 것으로 모이기도 하고, 같은 여러 가지 요소 또는 씨로 모이기도 한다. 첫째 이론은 사물의 구조와 구성에 관한 것이다. 이를테면 '세계나 사물의 우주에 대한 것'이다. 둘째는 원리나 사물의 요소 또는 근원에 관한 이론이다. 셋째는 사물의 모든 다양성과 개별성에 관한 이론으로, 상이한 본체나 본체의 상이한 성질에 관한 것이거나 상관없다. 이에 대한 더 이상의 설명은 필요 없

---

5 베르길리우스, 《농경시》, 8·8.

다. 셋째는 주석이나 해석으로서, 자연사의 본문에 수반되는 것에 지나지 않는다 해도 좋기 때문이다.

이들 세 분야에 대해서는 결여되어 있다고 할 수 없다. 이 분야가 어떻게 진실성이나 완성된 형태로 다루어지고 있는가가 관건이긴 하지만, 지금은 판단을 내리지 않겠다. 이들 분야는 끊임없는 인간의 노력이 있어 왔다.

5

형이상학에 대하여 말하면서 앞에서 이미 형식적 원인과 궁극적 원인의 탐구를 이에 적용시켰다. 그 중 형식적 원인에 관한 탐구는 무가치하고 하찮은 것으로 여겨질지도 모른다. 뿌리 깊은 편견으로 인해 인간의 탐구는 본질의 형식, 즉 참된 특성을 발견할 능력이 없는 것으로 받아들여지기 때문이다.

이러한 편견과는 달리, 형식의 발견이야말로 발견할 수만 있다면, 지식의 다른 모든 분야 중에서도 가장 구할 가치가 있는 것이라고 생각한다. 그 발견 가능성이란 것은, 바다만 보인다고 해서 육지가 없다고 생각하는 항해사와 같은 사람이라면 발견자가 되기 어렵다. 분명한 것은, 플라톤이 이데아론에서, "형식이 지식의 참된 대상"[6]임을

---

6 플라톤, 《국가론》, 10 · 1.

밝혔다는 것이다. 이것은 벼랑 위로 자신의 지성을 끌어올린 사람다운 견해이다. 그의 의견이 참된 결실을 얻지 못한 것은 형식을 물질에서 완전히 분리된 것으로 생각하고, 물질에 의해 한정되고 결정되지 않는 것으로 보았기 때문이다. 그는 이러한 생각을 신학으로 돌렸다. 그의 자연 철학은 모두 신학의 영향을 받고 있다. 형식을 분명히 밝히는 것은, 인류를 위해 더 많은 결실을 맺어 주는 중요한 일이다. 이에 행위나 작업 또는 지식의 활용에 끊임없이 주의 깊은 관찰의 시선을 돌리는 사람이 있다면, 형식이 무엇인가에 대해 알 수 있다.

　이제 본체의 형식에 관해 알아보자. 인간에 대해서는 언급하지 않을 것이다. 인간은 "물이 생겨라, 땅이 생겨라."[7] 하여 만들어진 다른 모든 창조물과는 달리, "신은 인간을 대지의 흙으로 만들고, 그 얼굴에 생명의 입김을 불어넣었다."고 말하고 있으니 말이다. 오늘날 본체의 형식은 혼합과 이식 등으로 혼란스러울 정도로 불어나 있어 탐구할 수 없다. 이것은 말이 여러 문자의 다양한 구성과 전환으로 무수히 많은 단어들의 나열로 이루어져 있는데, 이러한 말을 구성하는 소리〔音〕의 형식을 모두 구하는 것은 불가능하고 또한 적절하지 못한 것과 마찬가지다. 한편 단순한 문자를 만드는 소리나 목소리〔聲〕의 형식을 탐구하는 것은 쉽다. 일단 소리나 음성의 형식을 인식하게 되면, 그것으로 구성·합성되어 있는 모든 말의 형식을 알게 되고 분명해진다.

---

7 《창세기》 1 : 20, 24.

마찬가지로 사자(獅子)나 떡갈나무나 금, 또는 물이나 공기의 형식을 탐구하는 것은 헛된 추구이다. 감각, 자발적인 동작, 식물, 빛깔, 무게, 가벼움, 진함, 얇음, 뜨거움, 차가움, 그 밖의 모든 성질과 질에 대해서는 탐구할 필요가 있다. 문자(알파벳)와 같이 많지는 않지만 모든 창조물의 본질적 형식은 이러한 성질로 이루어져 있다. 이들의 참된 형식을 탐구하는 것은 우리가 현재 정의하고 있는 형이상학의 일부이다. 형이하학이 같은 성질을 탐구하고 고려하지 않는다는 것이 아니다. 그러나 어떻게 하는가? 다만 그런 것의 물질적 또는 동력인적 원인에 관한 것뿐, 형식에 관한 것이 아니다. 이를테면 눈이나 거품이 흰 원인이 탐구되고, 그것을 표현하는 데 공기와 물의 미묘한 혼합이 원인이라고 한다면, 그것은 잘된 표현이다. 이것이 흰 빛깔의 형식인가? 아니다. 그것은 동력인적이며, 그것은 언제나 '형식을 나르는 그릇'일 뿐이다.

지금까지 형이상학의 이러한 부분은 시도되거나 수행된 적이 없지만, 이상한 일이 아니다. 지금까지 사용되고 있는 발견 과정으로는 형식의 발견이 불가능하기 때문이다. 이러한 잘못의 근원은 인간이다. 사람들은 개개의 경우에 대하여 사전 준비 없는 성급한 출발을 하고 있으며, 또한 너무 먼 곳에 틀어박혀 있다.

6

내가 결여되어 있다고 말한 형이상학의 역할의 효용은, 다음의 두 가지 점에서 가장 뛰어나다. 하나는 모든 학문의 의무와 미덕은, 진리에 관한 개념이 허락하는 한 무한한 경험을 짧게 요약하는 것이다. "인생은 짧고 학문은 길다."[8]는 불평을 해소하는 일이기도 하다. 불평의 해소를 수행하는 데에는 여러 가지 학문에 대한 개념과 고려를 결합시키는 일이 제격이기 때문이다. 즉 학문은 피라미드와 같다. 피라미드의 가장 밑바탕에 역사가 있다. 자연 철학도 마찬가지며, 그 바탕은 자연사(自然史)이다. 그 위의 단계는 형이하학이며, 맨 위 정점에 형이상학이 있다. 그 정점인 형이상학은 '신이 처음부터 끝까지 하는 일', 즉 자연에 관한 주요 법칙을 세우는 것이며, 인간의 탐구가 자연의 법칙에까지 도달할 수 있는지 없는지는 알 수 없다. 이상 세 가지, 즉 역사·형이하학·형이상학이 지식의 참된 단계이다. 타락한 사람들에게는 거인들의 산과 같다.

세 번 펠리온 산에 오사 산을 얹으려고 했다.
참으로 또 오사 산 위에 나뭇잎이 무성한 올림포스 산을 포개려고 했다.[9]

모든 사물을 신의 영광에 결부시키는 사람들에게 있어 그 세 단계는 "거룩하다, 거룩하다, 거룩하다."[10]라는 세 차례의 부르짖음 같은

---

8 히포크라테스, 《히포크라테스 전집》, 1·1.
9 베르길리우스, 《농경시》, 1·281−282.
　그리스 신화에 거인이 산을 3개 겹쳐 쌓아올려서 하늘을 공격하려고 했다는 이야기가 있다.
10 《요한계시록》 4 : 8.

것이다. 그 일의 크기와 넓이에서 숭배할 만한 가치가 있어 거룩하고, 그것들의 연관이나 관계에 있어서 거룩하며, 영원히 통일된 법칙 속에 결합함에 있어서 거룩하다. 사색에 지나지 않았지만, 모든 것이 단계를 거쳐 통일성으로까지 올라간다는 파르메니데스와 플라톤의 사색[11]은 뛰어났다. 가장 가치 있는 지식은 다양성을 가장 적게 가진 것이며, 형이상학인 것처럼 보인다. 형이상학은 사물의 단순한 형식이나 특색이라는, 수가 적은 것을 탐구하는 것이며, 형식의 배분 정도와 결합이 모든 다양성을 만들어 내기 때문이다.

둘째, 형이상학의 효용을 가치 있는 것으로 만들고 뛰어난 것으로 만드는 것은, 바로 인간 힘을 해방한다는 점이다. 이것으로 형이상학은 인간 최대의 자유와 가능성 있는 일과 결과를 낳게 한다. 형이상하학은 인간을 좁고 제한된 형태로 나아가게 하고, 많은 우연의 장애를 받으며, 통례적인 굴곡성 많은 경로의 성질을 모방할 뿐이다. "현명한 자에게는, 어디에나 넓은 길이 있다."[12]고 했다. 이미 고대에 "신과 인간의 사물의 지식"이라고 지혜의 정의가 내려졌으며, 이는 지혜로운 자에게는 언제나 수단의 선택이 있다는 것이다. 물질적인 원인이 '닮은 물질' 또는 사례 속의 새로운 발견에 빛을 준다면, 그 형식을 아는 사람은 그 성질을 어떤 종류의 물질에나 위로부터 갖고 가는 극도의 가능성을 알게 된 것이다. 그 활동은 비교적 제약 없이 물질의 바탕으로, 또는 동력인(動力因)의 상태로 향한다. 이러한 지식을 솔

---

11 플라톤, 〈파르메니데스〉, 165, 166.
12 키케로, 〈의무론〉, 1 · 43.

로몬은 좀 더 시적이고 우아하게 말하고 있다. "다닐 때에 네 걸음이 곤란하지 아니하겠으며, 달려갈 때에 실족하지 아니하리라."[13] 예지의 여러 길은 개별성에도 우연성에도 빠지는 일이 적다.

7

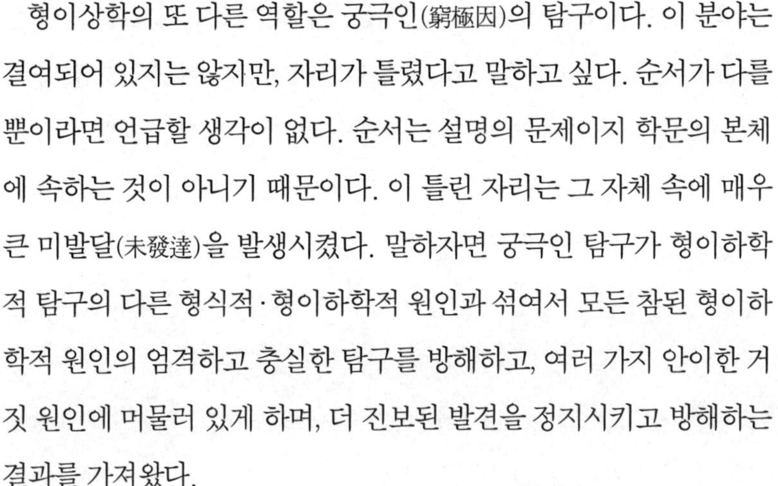

형이상학의 또 다른 역할은 궁극인(窮極因)의 탐구이다. 이 분야는 결여되어 있지는 않지만, 자리가 틀렸다고 말하고 싶다. 순서가 다를 뿐이라면 언급할 생각이 없다. 순서는 설명의 문제이지 학문의 본체에 속하는 것이 아니기 때문이다. 이 틀린 자리는 그 자체 속에 매우 큰 미발달(未發達)을 발생시켰다. 말하자면 궁극인 탐구가 형이하학적 탐구의 다른 형식적·형이하학적 원인과 섞여서 모든 참된 형이하학적 원인의 엄격하고 충실한 탐구를 방해하고, 여러 가지 안이한 거짓 원인에 머물러 있게 하며, 더 진보된 발견을 정지시키고 방해하는 결과를 가져왔다.

이러한 결과를 알 수 있는 것은 항상 물가에 닻을 내리고 있는 플라톤뿐이다. 그 밖에도 아리스토텔레스나 갈레누스 같은 사람들도 있다. 이들은 보통 천박하고 불안정한 원인에 의지하고 있다. 예를 들면, "속눈썹은 시력을 지키는 산울타리와 벽이 된다."든가, "생물의

---

13 〈잠언〉 4 : 12.

피부나 껍질의 단단함은 극단적인 추위와 더위로부터 보호하기 위해
서다."라든가, "뼈는 기둥이나 서까래의 역할을 하고, 그 위에 생물의
육체 골격이 만들어져 있다."든가, "나뭇잎은 과실의 보호를 위한 것
이다."라든가, "구름은 대지에 물을 뿌리기 위한 것이다."라든가, "대
지의 공고함은 생물이 머무는 장소, 주거를 위해서다."라고 말한다.
이러한 예들은 형이상학에서 탐구하고 추론하는 것은 좋지만, 형이
하학으로는 적절하지 않다. 실제로 그것은 배가 앞으로 나아가는 것
을 막고 느리게 하는 장애물과 방해물에 지나지 않는다. 그리하여 형
이하의 원인 추구를 게을리 하고, 모르는 체하는 일이 생기고 있다.

　데모크리토스와 그 밖의 몇몇 사람들의 자연 철학은 사물의 테두
리 안에 마음이나 이성의 존재를 인정하지 않고, 자기 자신을 유지할
수 있는 형식은 자연의 무수한 시도와 실험을 통해서만 얻을 수 있다
고 보았다. 또한 그들은 이것을 운명이라 불렀다. 우리에게 현존하는
기사나 단편으로 보아 판단할 때, 형이하의 원인에 관한 개별 예에 있
어서는 아리스토텔레스나 플라톤의 경우보다 데모크리토스의 자연
철학이 더 실제적이고 탐구도 잘 되어 있는 것 같다. 플라톤과 아리
스토텔레스는 둘 다 궁극인을 혼동하여 각자 관심 있는 학문으로 보
았는데, 한쪽은 신학의 일부로, 한쪽은 논리학의 일부로 보았다.

　나는 궁극인이 그 자체의 범위 안에 머물러 있어야 한다고 본다. 이
것은 궁극인이 진실되지 않고 탐구될 가치가 없다는 것이 아니라, 형
이하학적 원인의 한계 안까지 파고들어 가면 그 방면에 황폐와 고립
을 낳게 되기 때문이다. 각각의 원인이 그 영역과 한계를 지키고 있

어서 그 사이에 적지만 혐오가 존재한다고 생각한다면 큰 오산이다. 즉 "속눈썹은 시력을 지키기 위한 것이다."라고 말한 원인은, "이끼 낀 샘"처럼 "털은 수분이 많은 구멍에 생기기 쉽다."라고 말한 원인을 배격하지 않는다. 또 "가죽의 단단함은 극단적인 추위나 더위에 대한 육체의 갑옷 역할을 한다."고 말한 원인은, "모공의 수축은 이물(異物)이나 유사하지 않은 물질이 닿는 가장 바깥 부분에서 일어나기 쉽다."고 말한 원인을 배격하는 것은 아니다. 그 밖에도 마찬가지다. 양쪽의 원인이 모두 진실이고 양립할 수 있는 것이다. 한쪽은 의도를 언명하고, 한쪽은 결과만을 언명하고 있다. 이렇게 의도와 결과를 언명하는 것은 신의 섭리에 의문을 갖거나 그것을 감소시키는 것이 아니라, 오히려 그것을 잘 뒷받침하고 높인다.

이러한 이치는 정치적인 행위에서도 나타난다. 위대한 정치가일수록 남을 자기의 의지와 목적의 도구로 삼으면서도 이용당하는 사람이 자기의 목적을 알아차리지 못하도록 한다. 그 사람들은 자기가 하고 있는 일에 대해서 아무것도 알지 못한다. 마찬가지로 신의 예지가 한층 찬탄할 만한 것이 될 경우는 신이 하는 일과 섭리가 꺼내는 일이 다를 때이며, 신이 개개의 창조물이나 동작에 그 섭리의 성질이나 특색을 일일이 전한 경우보다 낫다.

형이상학에 대해서는 이만 끝내기로 한다. 나는 형이상학의 뒷부분, 즉 궁극인이 존재한다고 인정한다. 단지 그 본래의 영역에 한정되기를 바랄 뿐이다.

제8장

1

자연 철학의 또 다른 분야가 남아 있다. 이 분야는 보통 주된 부분으로 간주되고, 형이하학이나 형이상학과 나란히 특별한 위치를 차지한다. 그것은 바로 수학이다. 수학은 형이상학의 한 분야라고 하는 편이 사물의 본질로 보나 명료한 배열로 보나 적절하다. 수학의 주제는 양이며, 대소 등 부정량이 아니기 때문이다. 그 부정량은 상대적인 것으로서 앞서 살펴보았듯이 제1철학에 속한다. 여기서 양이란 한정되고 고정된 양으로서 사물의 본질적인 형식이며, 자연 속에서 여러 가지 결과를 낳는 것이다. 데모크리토스와 피타고라스 두 파 중에, 한쪽에서는 사물의 최초 원자(原子)를 형태의 원인으로 보았고,

한쪽에서는 수를 사물의 요소나 근원이라고 보았다. 우리가 이해하는 다른 모든 형식 중에서 양은 물질 중 가장 추상되고 분리될 수 있는 것이며, 형이상학으로 보는 데 가장 적합하다는 말도 맞다.

이러한 이유로 양은 비교적 물질과 깊이 관련된, 구체적인 다른 형식보다 한층 잘 연구되고 탐구되어 왔다. 지식을 매우 손상시키기는 하지만, 인간 마음은 넓고 자유로운 일반성을 좋아하기 마련이기 때문이다. 이를테면 개개의 경우를 둘러싼 좁은 영역이 아니라, 넓은 평원 지역 같은 곳을 즐긴다. 수학은 다른 모든 지식 중에서, 그런 식욕을 만족시켜 주는 가장 좋은 분야였다. 자연 철학의 위치를 결정함에 수학이 그리 실질적인 분야는 되지 못한다. 다만 우리로서는 자연 철학의 분야를 구분함에 있어, 일종의 견해를 유지하여 한쪽이 다른 쪽에 빛을 던져 줄 수 있도록 노력했다.

2

수학은 순수한 것과 혼합된 것이 있다. 순수 수학에 속하는 학문에는 한정된 양을 다루는 것이 있다. 그것은 자연 철학의 공리에서 완전히 분리된 것으로, 기하학과 산술 두 가지가 있다. 기하학은 연속된 양을, 산술은 비연속의 양을 다룬다.

혼합된 수학의 주제는 자연 철학의 여러 가지 공리와 분야이고, 그 주제에 종속하여 부대적인 역할을 하는 한정된 양을 다룬다. 다시 말해서 자연의 많은 부분들을 충분히 미세한 부분까지 발견하고, 충분히 명료하게 증명하고, 충분히 교묘하게 이용하려면 수학의 도움이나 개입이 없을 수 없다. 이런 종류에 속하는 것으로서 광학·음악·천문학·우주학·건축학·기계학, 그 밖에 여러 가지가 있다.

수학에서는 보고할 만한 결함이 없다. 순수 수학의 뛰어난 효용을 사람들이 충분히 이해하지 못하고 있을 뿐이다. 순수과학은 지성이나 지적인 능력의 많은 결함을 보완하고 고쳐 준다. 즉 지성이 너무 둔하면 날카롭게 만들고, 너무 산만하면 고정시키며, 너무 감각적이면 구체성이 결여되어 있어 그것을 추상화한다. 이를테면 테니스는 그 자체로서는 소용없는 유희다. 눈을 민첩하게 만들고, 몸을 유연하게 만들어 준다는 점에서는 매우 유용하다. 이와 마찬가지로 수학의 경우에도 2차적이고 간접적인 효용은 계획적인 주요 효용 못지않게 가치가 있다. 혼합수학에 대해서 나는 이런 예언을 할 수 있을 뿐이다. 자연이 더욱 많이 밝혀짐에 따라서 반드시 그 여러 가지 종류의 것이 더 나온다. 자연 학문 또는 사색적 자연의 분야에 대해서는 여기서 끝내기로 한다.

3

자연의 사려나 자연 철학의 작용적 분야는 실험적인 것, 철학적인 것, 마술적인 것의 세 부분으로 나눈다. 이 세 가지 활동적 부분은 자연사·형이하학·형이상학의 세 가지 사색적 부분과 상응하며 유사성을 갖는다. 즉 많은 작용 가운데는 우연히 발견된 것도 있고 의도적인 실험으로 발견된 것도 있다. 의도적인 실험으로 발견된 것 중에는 같은 실험을 변경하거나 발전시켜 발견된 것이 있고, 여러 가지 실험을 서로 이동시키거나 혼합시켜 발견된 것도 있다. 이런 발견은 주로 경험주의자에 의해 이루어진다. 사람들이 사색하면서 행해지는 실제에 주의를 기울인다면, 형이하학적인 원인의 지식을 얻게 되고, 새롭고 구체적인 예에 적용시킬 많은 징후나 지침을 계속적으로 발견하게 된다.

이상과 같은 작업은 "울퉁불퉁한 해안을 항해하여"[1] 해안을 따라가는 일에 지나지 않는다. 자연 속의 적극적·근본적인 변화나 혁신이 발견될 때, 우연한 실험의 시도나 형이하학적 원인의 빛이나 방향에 의한다는 것은 거의 있을 수 없다. 형이상학이 결여되어 있다고 말했다면, 그와 관계있는 자연의 마술에 대해서도 같은 말을 하지 않을 수 없다. 현재 여러 가지 책에서 언급되고 있는 자연의 마술에는 공감, 반감, 숨은 특성, 변덕스러운 실험의 맹신적·미신적인 사색이나 관찰이 포함되며, 이것들은 본질적이라기보다 모습을 바꿈으로써 기이한 것이 되었기 때문이다. 이것은 자연의 진실성이라는 점에서 우리가 요구하는 지식과는 매우 다르다. 예를 들면 브리튼의 아서 왕이나 보르도의 휴[2]의 역사가 역사의 진실성에 있어서 케사르의 비망

---

1 호라티우스, 《송시(頌詩)》, 2·10·3.
2 보르도의 이옹이라고도 한다. 중세 프랑스의 기사 이야기에 나오는 샤를마뉴 대제 때의 기사이다.

록과 다른 것과 같다. 케사르는 명백히, 이상의 두 상상의 영들이 허구 위에서 이룩했다는 것보다 훨씬 위대한 업적을 '현실에서' 이루어 냈다. 그는 우화적인 형태로 기록한 것은 아니었다.

이런 학문에 대해서는 익시온의 우화가 하나의 비유가 된다. 그는 힘의 여신 유노를 자기 것으로 만들려고 했으나, 그녀가 아니라 구름과 교접했다. 이렇게 해서 태어난 괴물이 켄타우로스와 키마이라이다. 즉 높은 구름 같은 상상만 품고, 노력하여 성실하게 진리를 탐구하지 않는 사람은 기괴하고 불가능한 형태의 희망이나 신념을 얻을 뿐이다.

주의해 보면, 상상력이나 신념을 온통 사로잡는 학문이라고 할 수 있는 타락한 자연의 마술이나 연금술이나 점성학 등의 경우에는, 그 명제에 있어서 수단의 서술이 그 의도나 목적보다 언제나 더 괴이하다. 왜냐하면 무게, 빛깔, 망치에 관하여 연하다든가 무르다든가, 불에 관하여 휘발성이라든가, 고정되어 있다든가 하는 것을 잘 아는 사람은, 위에서 말한 여러 가지 성질을 얻을 수 있는 것을 사용한다면 어떤 금속 위에 금의 성질과 형태를 덧붙이는 일을 어느 정도 할 수 있을지도 모르기 때문이다. 이 편이 몇 방울의 연금 약액(鍊金藥液)을 넣어서 몇 분 만에 수은이나 그 밖의 물질의 바다를 금으로 바꾸는 것보다 훨씬 있음직한 일이다. 한층 더 있을 법한 일은 건조의 성질, 양분(養分)이 양분을 준 것과 동화하는 성질, 죽음을 가져오는 정기의 증가와 제거 방법, 체액과 고체 부분에 그 정기가 가하는 약탈의 방법을 알고 있는 사람은, 식사·목욕·찜질·약·운동 등의 방법으로 생명을 연장하거나 젊음과 활력을 얼마간 회복할 것이다. 그것은 몇 방울 또는 미량의 액체나 처방으로 할 수 있는 이상의 것이다.

결론적으로, 참된 자연의 마술은 대단히 자유롭고 고도의 작용이 형식의 지식에 의존해 있는데, 이러한 자연의 마술은 결여되어 있다고 말할 수 있다. 즉 형식의 지식을 다루는 참된 형이상학이 결여되어 있는 것과 마찬가지다. 이 분야에 대해서는, 우리가 허영심으로 기울거나 그럴 듯한 말을 하려고만 하지 않고 진정으로 대한다면, 형이상학에서 그 작용 그 자체를 끌어내거나 추론하는 것 이외에 매우 중요한 두 점이 관련성을 갖고 있음을 알게 된다.

하나는 준비의 측면이고, 또 하나는 불가능한 일을 시도하지 않는 조심성의 측면이다.

첫째의 것은 일종의 표(表)를 만드는 것이다. 이것은 인간의 재산 명세서와 비슷한 것으로, 현존하고 또 인간이 이미 소유하고 있는 모든 발견, 즉 자연 또는 인공의 작업 또는 결과물을 포함하는 것이다. 여기서 당연히 어떤 것이 아직 불가능하다고 생각되고 있는가, 또는 발견되어 있지 않은가 하는 비망록이 생긴다. 이 비망록을 더 잘 고안되고 유용한 것으로 만들려면, 하나하나의 불가능하다는 것에 대하여 그 정도가 가장 가까운 것으로는 무엇이 있는가를 부가하는 것이다.

이러한 작업은 바람직한 것과 가능성이 있는 것을 가지고, 인간의 탐구가 한층 더 눈을 떠서 원인의 사색으로부터 일의 방향을 끌어낼 수 있게 하기 위해서다. 이것이 바로 두 번째의 측면이다. 현재 직접

213

적으로 유용한 실험만이 중시되는 것이 아니라, 주로 다른 실험의 발견에 보편적인 중요성을 가진 것, 그리고 원인의 발견에 빛을 주는 것이 중시되도록 하는 것이다. 즉 방향을 가리켜 주는 나침반의 발견은 배를 움직이게 하는 돛의 발견 못지않게 항해에는 유익하다.

4

지금까지 자연 철학과 그 결함에 대해 살펴보았다. 이러한 나의 의견이 고대의 이론과 달라 반론을 제기한다면, 나로서는 이론(異論)을 내세울 생각이 없으므로 논쟁하고 싶지 않다. 만일 그것이 진리라면,

> 귀머거리에게 노래를 부르고 있는 것은 아니다,
> 숲의 모든 것이 대답하니.[3]

자연의 목소리가 사람들이 무어라고 말하든 동의해 줄 것이다. 그리고 알렉산데르 보르지아[4]가 프랑스군의 나폴리 원정에 대하여 흔히 한 말이지만, 그들은 자기들의 숙사에 표시를 하기 위하여 분필을 쥐고 왔지, 싸우기 위한 무기는 들고 오지 않았다고 한다. 이와 같이

---

3 베르길리우스, 《농경시》, 18·8.
4 알렉산데르 보르지아는 로마 교황 알렉산데르 6세, 로드리고 보르지아(Rodrigo Borgia, 재위 1492-1503)를 말한다. 프랑스군의 나폴리 원정은 1495년에 프랑스의 샤를 8세가 나폴리에 쳐들어갔다가 나폴리의 페르난도 2세와 코르도바의 콘살로에게 격퇴당한 것을 말한다.

내가 좋아하는 것은 진리가 들어올 때, 평화적으로 분필을 쥐고 와서
재워 줄 만한 마음의 소유자들에게 표시를 하는 것이며, 싸움이나 논
쟁을 할 작정으로 찾아와서는 곤란하다.

5

　자연 철학의 한 분야로서, 연구의 보고에만 따르고 내용이나 주제
와 전혀 관계가 없는 것이 하나 남아 있다. 이것은 단정적이고 고찰
이 필요하다. 보고의 형식은 그 연구가 단정적인 것이냐, 아니면 의
문을 보고하는 경우이냐에 따라 다르다.

　의문이나 법률 용어로 '미결(未決)' 또는 판정 연기의 결정이라는
것에는 개별적인 의심과 전체적인 의심 두 가지로 나뉜다.

　개별적인 의심은 아리스토텔레스의 《명제론》에서 좋은 예를 볼 수
있다. 그의 명제는 계속해서 잘 연구할 가치가 있었으나 그렇게 되지
않아 안타깝지만, 주요 내용은 다음과 같다. 의문을 기록해 둔다는
것은 두 가지 뛰어난 효용이 있다. 하나는 그 때문에 철학이 잘못과
거짓으로부터 구제받는다는 것이다. 충분히 증명할 수 없는 것이 모
여서 단정되고, 그것으로 잘못이 잘못을 부른다는 것이 아니라 의문
그대로 남아 있는 경우이다. 또 하나는 의문의 기록이 흡반(吸盤)이
나 스펀지처럼 되어 지식의 증가를 빨아들인다는 것이다. 그 결과 의
문이 선행하고 있지 않으면 모르고 주의를 기울이지 않다가 놓쳐 버

렸을 일을, 의문의 제기와 시사로 주의하고 또 고려하는 것이다. 이 두 가지 편익도 어떤 불편을 상쇄할 수 없다. 의문을 막지 않으면 아무래도 삐져나온다. 사람은 의문을 한번 받아들이면, 그것을 언제까지나 의문 그대로 간직해 두기 위해 노력하지, 그것을 어떻게 해결하느냐 하는 것을 생각하지 않고 자기의 지성을 그러한 노력에 기울인다. 이러한 예는 법률가나 학자들 중에서 흔히 볼 수 있다. 법률가나 학자들은 한번 의문을 인정해 버리면 언제까지나 의문으로서 요인된 것으로 통하게 된다. 그러나 지성과 지식의 증가가 허용되어야 할 것은 의문이 제기된 것을 확실한 것으로 만들려고 애쓰는 일이지, 확실한 것을 의문스러운 것으로 만드는 것이 아니다. 그런 의문의 표(表)를 훌륭한 것이라고 생각하고 나는 권장한다. 다만 어떤 의문이 완전히 선별되어 해결되었을 때는, 그때부터 제거해 버려 사람이 의문을 간직한 채로의 상태를 키우고 장려하는 일이 없도록 주의해야 한다. 나는 이러한 의문이나 문제의 기록에 같은 정도나 더 구체적이고 일반 대중적인 과오 같은 것을 곁들이면 좋을 것으로 생각한다. 특히 주로 자연사의 측면에 적용되어야 한다. 그렇게 되면 일반적으로 말이나 의견 상에서 행해지는 것이지만, 그럼에도 불구하고 명료하게 진실이 아니라는 것을 발견할 수 있고 납득할 수 있다. 그것은 이 같은 하찮고 헛된 것으로 인간의 지식이 약해지고 천해지지 않기 위해서다.

　자연 속의 문제의 계속,

216

자연의 역사 속에서

작성되는 잘못의 표(表)

일반적 내지는 전체의 의문이나 '미결'에 관해서, 나는 의견의 차이가 있다고 본다. 자연의 여러 요소, 그 근본적인 여러 원리가 무엇이냐에 따라 각 파나 학파, 철학이 나뉘었다. 이를테면 엠페도클레스, 피타고라스, 데모크리토스, 파르메니데스 등을 낳은 원인이 된 것이다. 이에 맞서 아리스토텔레스는 오토만족 사람인 것처럼, 자기가 하는 일의 착수로 자기 형제들을 모조리 죽이지 않으면 통치할 수 없다고 생각했다. 독단주의가 되지 않으면서 진리를 구하는 사람에게는 자연의 기초에 관한 몇 가지 의견을 자세히 살펴보는 것이 매우 큰 도움이 된다. 이러한 이론들 중 어떤 정확한 진리를 기대할 수 있기 때문이 아니다. 천문학에서의 동일한 현상을 설명하는 데도 천동설의 입장에서 유성 그 자체의 운동, 이심권(離心圈), 주전원(周轉圓)이 있고, 지구가 움직인다는 지동설을 주장한 코페르니쿠스의 이론도 있다. 이 두 이론의 계산은 똑같이 적합하다.

이와 마찬가지로 경험, 즉 표면적인 관찰로 볼 수 있는 현상의 여느 얼굴과 모습은 여러 가지 다른 이론이나 철학으로 설명되는 수가 많다. 참된 진리를 발견하는 데는, 다른 형태의 엄격함과 주의가 필요하다. 아리스토텔레스가 한 말이지만, 어린아이는 처음에는 누구나 여자만 보면 어머니인 줄 알지만, 나중에는 사실대로 구별한다고 했다. 경험도 그 유년 시대에는 모든 철학을 어머니라고 부를 것이다.

학문의 진보

217

그러나 성숙해지면 참된 어머니를 식별할 것이다. 잠시 동안 자연에 관한 여러 가지 주석이나 의견을 보는 것이 좋다. 어떤 의견이든지 각각 어느 특정한 분야에서는 다른 의견보다 똑똑히 전하고 있는 수가 있을지도 모른다.

고대의 철학 중 우리들에게까지 전해진 것에 대해서는 주의 깊고 총명하게 보아 주고, 쉽게 이해될 수 있도록 모아야 한다. 또한 이러한 작업이 우리에게는 결여되어 있다고 생각한다. 이때 하나하나의 체계마다 뚜렷하게 구별이 지어지도록 주의해야 한다. 한 사람 한 사람의 철학이 모두 저마다 독립적이어야만 하지, 플루타르코스처럼 하나의 표제 아래 한데 긁어모은 형태가 되지 않도록 해야 한다. 철학 그 자체 속에 있는 조화가 철학에 대해 빛과 신빙성을 제공하기 때문이다. 조화가 깨져 저마다 개별적이고 따로따로라면, 철학은 기묘하게 느껴지고 낯설어 보일 것이다. 타키투스의 작품 속에서 네로나 클라우디우스의 행동, 그 시대, 유인, 기회에 관한 사정을 읽을 때는 그다지 이상하지 않다. 수에토니우스의 작품에서는 이러한 내용이 한데 모아져 여러 가지 제목과 분류로 나뉘어 있고, 시간의 순서로 되어 있지 않기 때문에 괴이하고 믿을 수 없다. 이러한 상황은, 완전하다면서 여러 가지 주제로 분리되어 있는 철학에 대해서도 똑같이 적용된다.

나는 또한 이 철학의 여러 유파의 목록에 근대의 의견을 싣는 것도 반대하지 않는다. 이를테면 테오프라스투스 파라셀수스[5]의 철학이 있다. 그것은 덴마크인 세베리누스[6]의 붓에 의하여 웅변적으로 조화를 얻었다. 또 텔레시우스[7]와 그의 제자인 도니우스[8]의 것이 있다.

그것은 세상을 조용히 바라보는 목가적 철학 같은 것으로서, 분별력
은 충분하지만 깊이는 그다지 없다. 또 프라카스토리우스[9]의 것이
있다. 이 사람은 새로운 철학을 만들려 한 것은 아니라고 말하지만,
낡은 철학에 대하여 그만의 생각을 독립성을 가지고 비판했다. 또는
우리나라 사람인 길버트의 것이 있다. 이 사람은 다소 변경도 하기도
했지만, 크세노파네스의 의견을 부활시키고 있다. 그 밖에 무엇이든
지 넣을 만한 가치가 있는 것은 넣어야 한다.

6

이렇게 하여 인간 지식의 세 가닥 광선이라고 할 만한 것 중 두 가
지를 다루었다. 즉 자연과 관계있는 '직사광선'과 신과 관계있고 또
수단의 불충분 때문에 참된 보고를 할 수 없는 '굴절광선'을 다루었
다. 마지막으로 '반사광선'이 남아 있다. 이 광선으로 인간이 자기 자
신을 바라보고 생각하는 것이다.

---

5 파라셀수스, 즉 테오프라스투스 폰 호헨하임(Theophrastus von Hohenheim, 1493–1541)은 독일계 스위스의 연
금술 화학자로서, 연금술에 처음으로 화학적인 의약을 사용하고, 외과 수술을 도입했다. 이 밖에 외과학·자연
학·신학에 대한 저술이 있다.

6 페트루스 세베리누스(Petrus Seberinus, 1542–1602)는 덴마크의 의사로, 파라셀수스의 영향을 강하게 받아 그
철학을 《의학 철학론》에서 폈다.

7 베르나르디노 텔레시오(Bernardino Telesio, 1509–1588)라고도 한다. 이탈리아의 철학자로, 파르메니데스의 철
학을 부활시키고 《자연의 본성에 관하여》 등의 저술이 있다.

8 아우구스티노 도니(Augustino Doni)라고도 한다. 코센차의 의사로, 《인간의 본성에 관하여》 등의 저술이 있다.

9 지롤라모 프라카스트로(Girolamo Fracastro, 1483–1553)라고도 한다. 이탈리아의 의사이자 천문학자이며 시인
으로, 〈매독〉이라는 시를 썼다.

제9장

1

지금부터 우리가 살펴볼 지식은, 고대의 신탁[1]이 우리에게 방향을 제시했던 지식, 즉 우리들 자신에 대한 지식이다. 이것은 우리와 비교적 가까운 관계에 있는 지식인만큼 더 정확하게 다룰 필요가 있다.

이 지식은 인간이 의도하는 자연 철학의 종착지이자 한계이기도 하면서, 실제는 자연이라는 대륙 안에서의 자연 철학의 한 부분에 지나지 않는다. 다음의 규칙을 반드시 염두에 두어야 한다. 지식의 모든 구획을 분할이나 분리가 아니라 힘줄이나 맥으로 생각하고 지식

---

1 델포이의 아폴론 신전에서 소크라테스가 받은 신탁을 말한다.

의 계속성과 전체성을 보존해야 한다는 것이다. 이와 반대의 규칙을 따른 탓에 개인의 학문을 불모·천박, 잘못이 많은 것으로 만들고 있기 때문이다. 또한 공통의 원천으로부터 배양되고 유지될 수 없게 되었다. 이러한 점에서 웅변가인 키케로가 소크라테스와 그 학파에 대하여 불평한 것이 있다. 소크라테스가 철학과 수사학을 분리한 최초의 사람으로서, 그 때문에 수사학은 공허한 말만의 기술이 되었다는 것이다. 지구의 자전에 관한 코페르니쿠스의 견해에서도 알 수 있다. 이 견해는 천체의 어떤 현상에도 어긋나지 않기 때문에 천문학 자체로는 수정이 불가능하다. 자연 철학은 수정할 수 있을지 모른다. 의학도 마찬가지일 것이다. 의학이 자연 철학으로부터 버림받고 잊힌다면, 고작해야 경험에만 의존하는 의학으로 전락하고 만다.

이만한 유보 조항을 염두에 두고, 인간 철학이나 인간에 대한 지식 쪽으로 나아간다. 인간 철학에는 두 가지 분야가 있다. 하나는 인간을 개별적인 것, 즉 분리해서 생각한다. 하나는 결합된 것, 즉 사회 속에서 생각한다. 인간 철학은 단순하고 개별적이거나, 아니면 결합되어 사회적이 되거나 그 어느 쪽이다. 개별적인 인간 철학, 즉 인간에 관한 지식은 인간이 성립되는 두 부분, 즉 육체에 관한 지식과 마음에 관한 지식으로 구성된다. 이러한 분류 작업 전에 일반적 또는 전체적인 인간의 본성에 대한 고찰이 필요하다. 편견에서 해방되어 그 자체로서 지식이 되는 데는 인간의 본성을 우선 고려하는 것이 적합하다. 인간의 존엄, 비참함, 그 상태나 생활, 그 밖에 인간의 본성에서 분리되지 않는 성질의 부속물에 대한 즐겁고 우아한 담화들을 고려하라

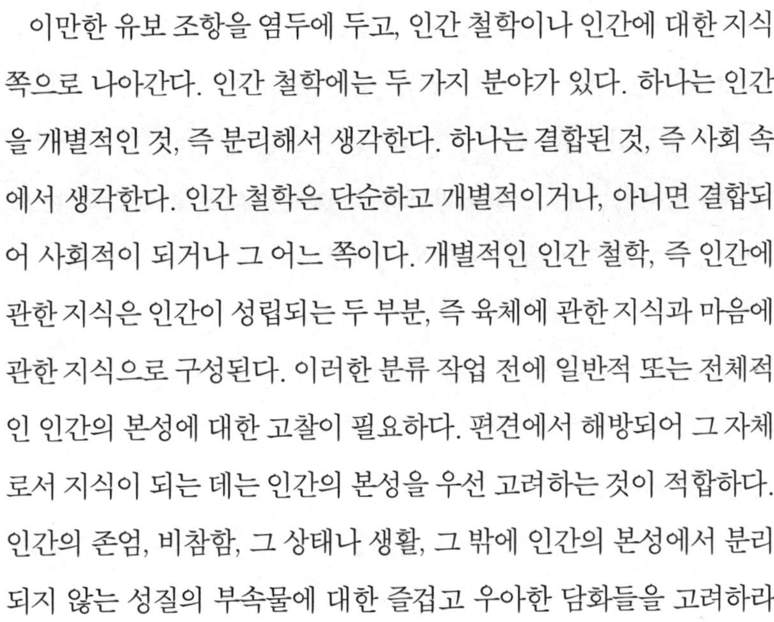

221

는 것이 아니다. 주로 마음과 육체의 공감과 통일성에 관한 지식의 측면에서 생각해야 한다는 것이다. 이 둘은 서로 섞여 있어서, 자연 철학이나 인간 철학 어느 한 학문에 넣기에는 적당하지 않다.

2

　이 지식에는 두 가지 분야가 있다. 즉 모든 연맹이나 우호 관계가 서로의 지식과 서로의 친절로 성립되듯이, 이 마음과 육체의 연맹에도 두 개의 부분이 있다. 한쪽이 다른 쪽을 어떻게 밝히고, 한쪽이 다른 쪽에 어떻게 작용하느냐 하는 것이다. 즉 해명과 영향이다.

　해명은 예언과 예지의 두 가지 기술을 낳았다. 그 중의 하나는 아리스토텔레스의 연구에 의해, 또 하나는 히포크라테스의 연구에 의해 장식된 바 있다. 후대에 이르면 이것들이 보통 미신적이고 광신적인 기술과 결부되는데, 그것을 말끔히 그 참된 상태로 돌려보면, 둘 다 자연 속에 공고한 바탕이 있고, 인생에서 유리하게 이용할 수 있는 것들이다.

　첫째는 관상술이다. 이것은 신체의 윤곽으로 마음의 경향을 밝히는 것이다. 둘째는 자연의 꿈 해몽이다. 이것은 마음의 상상력으로 신체의 상태를 밝히는 것이다.

　이 가운데 나는 전자에 대한 결함을 인정한다. 아리스토텔레스는 매우 교묘하고 충실하게 신체의 정지된 형태를 다루었으나, 신체의 동작은 다루지 않았다.[2] 관상술은 신체의 동작을 이해할 수 있으며, 신체의 정지된 형태보다 오히려 더 유용할 것이다. 신체의 윤곽은 마음의 전체적인 경향과 성향을 밝혀 준다. 얼굴과 여러 부분의 운동은, 이뿐 아니라 마음과 의지의 현재 기분과 상태까지 밝힌다. 폐하께서 매우 적절하고 우아하게 말씀하고 계시듯이 "혀가 귀에 말하듯이 동작은 눈에 말한다."[3]고 하겠다. 많은 영리한 사람들은 눈으로 사람의 얼굴이나 동작에 주의하며 관찰한다. 그들에게 있어 관찰에 의한 해석은 그들 능력 중에서 가장 뛰어난 부분이기도 하지만, 그러한 관찰의 유리함을 잘 알고 있기 때문이기도 하다. 어쨌든 신체 동작의 관찰은 위장을 아주 잘 간파할 수 있어서 일을 하는 데 매우 좋은 지침이 된다는 점은 다시 부정할 수 없는 사실이다.

3

또 하나의 분야인 영향 면은 집대성되어 있지 않고, 분산되어 다루어지고 있다. 영향에는 해명에서와 같은 마음과 육체의 관계 내지 반전이나 대응 작용 같은 것이 있다. 따라서 이에 대한 고찰은 두 가지로 이루어진다. 신체의 체액이나 경향이 어떻게, 어느 정도 마음을 변화시키고 작용하느냐 하는 것과 또 마음의 감정이나 지각이 어떻

---

2 아리스토텔레스의 《관상론》과 히포크라테스의 《예지론에 관하여》 등을 가리킨다.
3 제임스 1세, 《왕권신수설》, 3.

게, 어느 정도 신체를 변화시키고 작용하느냐 하는 것이다. 전자는 의학의 일부 및 보유로서 연구 고찰되고 있지만, 그보다 종교나 미신의 일부로서 더 많이 생각되고 있다. 의사는 마음의 광란과 우울증의 치료를 위해 마음을 밝게 하고, 용기를 북돋우며, 지성을 명석하게 하고 기억력을 높여 주는 약을 처방한다. 피타고라스파(派)나 마니교도의 이교(異敎)나 마호메트의 율법 속에 있는 식사요법이나 신체의 양생법에 관한 신중하고도 미신적인 주장은 지나칠 정도로 많다. 마찬가지로 모세의 율법은 피와 비계를 먹지 못하게 금지하고, 식용을 위한 깨끗한 고기와 더러운 고기의 구별 같은 것을 하고 있으며, 또 대부분 매우 엄격하다. 의심할 여지 없이 그리스도교의 신앙 그 자체는 의식(儀式)의 구름이 일체 없고 깨끗한 것이다. 그렇지만 단식과 금욕과 그 밖에 육체를 여위게 하고 괴롭히는 것을 비유적인 것으로서가 아니라 현실적인 이익이 있는 것으로서 보존하고 있다. 그런 처방의 근원적인 핵심은 의식에 의한 것이 아니라, 마음의 여러 가지 감정이 육체의 상태와 경향에 의존하고 있다는 것이다. 판단력이 약한 사람은, 이렇게 마음이 육체에 의존하는 것이 인간 불멸에 의문을 갖게 하거나 영혼의 지상성(至上性)을 손상시킬 수 있다고 생각할지 모른다. 그런 사람들을 위한 쉬운 실례를 들어 보겠다. 이를테면 어머니의 자궁 속에 있는 아기는 어머니와 공감성을 갖고 있지만, 어머니로부터 분리될 수 있다는 것이다. 가장 절대적인 군주라도 하인들에게 끌려다니는 수가 있지만, 복종하는 것은 아니다.

상호적인 지식은 마음의 사고나 감정이 육체에 주는 작용이다. 모든 현명한 의사는 환자의 식사 처방 때, '정신적인 우연성'이 치료나 회복을 촉진하고 방해하는 큰 힘을 가진다고 생각한다. 특히 이 분야의 매우 깊이 있고 가치 있는 연구는 상상력에 관한 연구이다. 상상력이 어떻게, 어느 정도까지 상상하는 사람의 몸 그 자체를 바꿀 수 있느냐 하는 것이다. 이 문제가 중요한 이유는 상상력이 해를 끼치는 힘을 가진 것은 뚜렷하지만, 도움을 주는 힘을 반드시 같은 정도로 갖고 있다고는 할 수 없기 때문이다. 그것은 해로운 공기가 건강한 사람을 갑자기 죽일 수 있다고 해서, 효력을 갖고 있는 어떤 힘이 병든 사람을 갑자기 고칠 수 있다고 결론을 내릴 수 없는 것과 마찬가지다. 하지만 이 방면의 탐구는 소크라테스의 말처럼[4] 델로스의 잠수부를 필요로 하는 것만큼 곤란하고 심원한 문제이기는 하나, 매우 유익하다.

마음과 육체의 '공통의 연관', 즉 마음과 육체의 일치에 대한 지식 전체에 대하여 가장 필요한 연구 분야는, 마음의 각 능력이 신체의 여러 기관 속에서 어떤 부위와 장소에 위치하고 있는지를 생각하는 일이다. 이런 지식은 기획 토론되고 있으며, 더 심혈을 기울여 연구할 가치가 있다. 플라톤의 의견은 오성을 뇌 속에, 심장 속에는 적의를 (적의는 훨씬 더 많이 긍지와 섞여 있기 때문에 이것을 분노라고 부른 플라톤의 의견은 부적당하다), 정욕이나 관능성은 간장에 두었다.[5] 이러한 결정은

---

4 델로스는 에게 해의 섬. 소크라테스가 헤라클레이토스의 저작에 대해 한 말이다. 디오게네스 라에르티오스, 《철학자들의 생애》, 2·22.
5 플라톤, 《티마이오스》, 3·69, 70.

경멸할 것까지는 없지만, 그대로 인정하기에는 많은 결함이 있다. 때문에 특별히 다루어야 할 올바른 지식의 분야로서, 처음에 우리가 원했던 대로 인간의 본성 전체에 관한 검토를 한 것이다.

제10장

1

인체에 관한 지식은 인체의 바람직하거나 완전한 상태로 분류되며, 그 지식은 인체의 바람직함과 관계된다. 인체의 완전한 상태는 네 가지로 나뉜다. 건강, 미(美), 힘, 기쁨이 그것이다. 그러므로 지식에도 의학, 즉 치료의 기술이 있고, 꾸미는 장식의 기술이 있으며, 활동의 기술은 운동이라고 부른다. 색욕(色慾)의 기술은 타키투스가 말했듯이 '세련된 과도(過渡)'[1]이다.

인체라는 대상은 자연의 모든 것 중에서 가장 치료하기 쉬운 것이

---

1 타키투스, 《연대기》, 16·18.

지만, 그 치료법은 가장 잘못을 범하기 쉬운 것이기도 하다. 이 대상의 미묘함 자체가 큰 가능성과 쉬운 실패의 원인이 되기 때문이다. 그 연구도 그만큼 더 정확해야 하는 것이다.

2

우선 의학에 대해서 이야기한다. 지금까지 해 온 설명을 잠시 뒤돌아본 뒤, 좀 더 파고들기로 하겠다.

인간은 소우주(小宇宙)라는 설, 즉 인간이 우주의 추상이나 모형이라고 한 고대의 이론은 파라셀수스와 연금술사들에게 터무니없이 왜곡되어 버렸다. 커다란 세계 속에 존재하는 항성(恒星)과 유성과 광물 등 여러 가지 것에 상응하는 일치점이나 유사점이 인체 속에 있다고 생각했던 것이다. 명백한 진실은, 자연이 만들어 낸 모든 물체 중에서 인체가 가장 극단적으로 복합된 것이라는 것이다. 풀이나 식물은 흙과 물에 의해 자라고, 짐승은 대부분 풀과 과실을 먹는다. 인간은 짐승의 육류·조류·어류·풀·곡물·과실·물 등 여러 가지 물체의 많은 변화, 그리고 조리(調理)와 요리 등으로 자기의 음식과 자양을 만들어 그것으로 성장하는 것이다. 짐승은 비교적 단순한 생활을 하고, 그 몸에 영향을 주는 감정의 변화도 적다. 인간은 그 주거와 수면과 운동과 감정에 있어서 무한한 변화를 갖고 있다. 부정할 수 없는 것은, 인간의 몸이 모든 것 중에서도 가장 복합된 덩어리로 되어 있다

는 것이다. 한편 정신은 매우 단순한 물질이라는 것은, 다음에 잘 표
현되어 있다.

> 더러움 없이 남긴다,
> 천상의 지각과 순수한 하늘의 불의 입김을[2]

　이렇게 순수하고 높은 곳에 위치한 것이 정신이다. '사물의 운동은
그 장소 밖에 있을 때는 빠르고, 그 장소에 있으면 조용하다.'는 원칙
이 진실이라면 정신이 휴식을 가질 수 없다고 해도 하등 이상할 것이
없다. 본디 주제로 돌아가서, 인체는 이와 같은 여러 가지 구성 때문
에 악기처럼 금방 상태가 흐트러지기 쉽다. 그러기에 시인이 음악과
의학을 아폴론 속에서 결부시킨 것은 잘한 일이었다. 의학의 역할은
인간의 몸이라는 신기한 하프를 조율하여, 그것을 조화된 것으로 만
드는 일이기 때문이다.

　의학의 주제가 매우 가변적이므로, 그 기술을 더욱 상상에 좌우되
는 것으로 만드는 결과가 되었다. 또한 그 기술이 매우 상상적인 것
이어서 기만의 여지를 그만큼 더 많이 남기게 되었다. 의학이 거의
모든 다른 기술이나 학문과 다른 점은, 다른 기술이나 학문은 행위나
걸작이라 할 만한 것으로 평가되고, 결과와 결말에 의해 평가되지 않
는다는 점이다. 법률가가 평가받는 것은, 그 변론의 뛰어난 힘에 의

---

2 타키투스, 《연대기》, 16 · 18.

해서지 그 소송 사건의 결과에 의하지 않는다. 선장은 진로를 올바르게 잡는 지로 평가받지 그 항해의 운으로 평가받지는 않는다.

의사와 정치가의 경우는 그 능력을 나타내는 특별한 행위란 없고 결말에 의해 판단되는 일이 많다. 이것은 언제나 사람이 어떻게 받아들이느냐에 달려 있다. 환자가 죽고 낫고 하는 것이나 국가가 성하고 망하고 하는 것이 어떤 기술 때문인지, 우연인지 과연 누가 알겠는가? 그래서 의술을 속이는 자가 칭찬받고, 뛰어난 힘을 가진 자가 비난받는 수가 많은 것이다.

그뿐 아니라 인간은 약하고 쉽게 믿는 성질이 두드러져, 돌팔이 의사나 마녀를 학문 있는 의사보다 더 신임하는 사람이 많다. 시인의 밝은 통찰은 이런 극단적인 어리석음을 간파하고, 아이스쿨라피우스와 마녀 키르케를 오빠와 누이로 만든 것이다. 둘 모두 태양의 자식이라는 것은 시에서 읊고 있는 바와 같다.[3]

> 그 자신 이런 약과 의술의 발명자
> 포이보스의 아들을 그 뇌전(雷電)으로
> 지옥의 강 파도에 던져 넣었다.

> 돈 많은 태양의 딸, 아무도 발 들여놓지 않는 숲에

---

3 아이스쿨라피우스는 의약의 신이며, 키르케는 마녀이다. 의술과 마술은 흔히 혼동되었다. 다음의 인용은 각각 베르길리우스, 《아이네이스》, 7·772, 7·11.

어느 시대에나 대중의 의견에 의하면, 마녀와 늙은 무녀와 사기꾼은 줄곧 의사와 다투고 있다. 그 결과는 어떻게 되겠는가? 다음과 같은 일까지 일어나게 된다. 솔로몬은 "어리석은 자가 당한 것을 나도 당하리니, 내가 어찌하여 더 지혜롭고자 했던고?"[4]라고 말했다. 의사들이 스스로에게 묻는 말도 이와 비슷할 것이다. 의사들이 보통 무언가 다른 기술이나 일을 생각하게 되고, 그것을 자기의 직업보다 좋게 생각하더라도 너무 책망할 수 없는 것이다. 의사들 중에는 고고학자·시인·인문학자·정치가·상인·신학자 등을 겸하는 사람들이 있고, 그런 사람들 중에는 모든 일에서 그들의 본직보다 뛰어날 수 있기 때문이다. 물론 그 이유는 자기의 기술이 평범하든 우수하든, 자기운의 이익이나 명성에 대해서 별로 변화를 일으키지 않는다는 것을 알고 있기 때문이다. 병자의 약해져 있는 마음과 생명의 즐거움과 희망을 추구하는 성질로 인해, 사람들은 많은 결점이 있더라도 그런 의사에게 의지하게 되는 것이다.

그럼에도 불구하고 이상 말한 문제들은 필연적인 이유도 있겠지만, 대부분 우리의 나태와 결함으로 생긴 여러 가지 진행 방법에 있다. 실제로 우리의 관찰력을 좀 더 북돋워 본다면, 우리의 마음이 여러 가지 내용과 형식에 대해 갖고 있는 미묘한 예지의 능력을 눈에 익은 많은 사례 속에서 찾아볼 수 있다.

얼굴이나 용모 이상으로 다양한 것은 없다. 그 무한한 구별을 사람

---

4 《전도서》 2 : 15.

은 기억에 새겨 둘 수가 있다. 그뿐 아니라 화가는 몇 가지 물감과 뛰어난 눈과 상상력의 습관만 가지고 있으면 무엇이든 모방할 수 있다. 그것이 지금까지 있었던 것이든 지금 있는 것이든 앞으로 있을지 모르는 것이든 눈앞에 갖다 놓은 것이든 마찬가지다. 목소리 이상으로 다양한 것도 없다. 이 역시 사람들은 개개인의 것을 식별할 수 있다. 그뿐 아니라 어릿광대라든가 성대모사라는 것이 있어서, 무엇이나 뜻대로 표현해 낸다. 말의 여러 가지 소리 이상으로 다양한 것은 없다. 그것을 소수의 간단한 문자로 만드는 방법을 사람들은 발견했다. 인간의 마음이 불충분하다든가 무능력해서가 아니라, 그것이 멀리 떨어져 있거나 놓여 있기 때문에, 이런 혼란이나 이해력의 결여 같은 것이 생긴다. 감각은 떨어져 있을수록 잘못투성이가 되지만 거리가 가까우면 정확해지는 것과 같이 이해력도 마찬가지다.

　이에 대한 대책으로서는 기관(器官)의 기능을 날카롭게 하거나 강하게 하는 일이 아니라, 대상에 접근하는 것이다. 의사가 자연에 대한 참된 접근 방법과 방도를 배워서 이용한다면, 시인이 말하고 있는 것처럼 가까워진다고 해도 될 것이다.

　병이 바뀌면 기술도 바꾸자.
　병이 천 가지면 치료법도 천 가지이다.[5]

5　오비디우스, 《사랑의 치료법》, 525.

이렇게만 하면 의사들 기술의 고귀함은 역시 적합하다고 할 수 있다. 의학의 고귀함은 시인들에 의해서 교묘히 표현되어, 아이스쿨라피우스를 태양의 아들로 만들어 놓고 있다. 태양은 생명의 근원이고 아이스쿨라피우스는 제2의 흐름이다. 우리의 구세주는 다시 무한한 명예를 의학에 주고 있다. 구세주는 인체를 그 기적의 대상으로 삼았고, 영혼을 그 가르침의 대상으로 삼았다. 구세주가 명예나 돈(다만 케사르에게 세금을 내기 위한 것은 단 한 번의 예외이다)에 대해서 기적을 행하지는 않는다. 다만 인간의 몸을 유지하고 간직하고 고치는 데 대해서만 기적을 행하고 있다.[6]

3

의학은 이미 위에서 설명했듯이 애써 연구한다기보다 직업으로 갖는 경우가 많은 학문이다. 더욱이 열심히 연구한다고 해 봐야 그에 따른 진보는 보잘것없다. 그 연구는 곧장 앞으로 나아간다기보다 원을 그리며 빙빙 돌고 있다. 즉 되풀이되는 것이 많고 덧붙이는 것은 적다. 의학에서 고찰하는 것은 병의 원인과 부차적인 원인이나 병이 생기는 상황, 병 그 자체와 징후, 요법과 보건이다.

의학에는 주의해야 할 결함들이 많지만, 나는 그 중 눈에 띄게 두

---

6 〈마태복음〉 17 : 24-27.

드러진 성질의 것을 몇 개 선택하여 순서에 상관없이 열거하도록 하겠다.

4

첫 번째 결함은, 옛 히포크라테스 시대의 노력, 즉 진지한 노력이 없어졌다는 것이다.

히포크라테스는 개별 환자의 증상에 관한 기록과 그 진행 상태와 회복이나 사망 원인이 무엇으로 밝혀졌는가 하는 것을 기입해 두었다. 이렇게 의술의 아버지에게서 적당한 예를 발견했으니 굳이 법률가의 지혜 같은 낯선 예를 들 필요도 없을 것이다. 법률가들은 장래의 재판을 위한 지침으로서 새로운 소송 사건과 판례를 주의 깊게 보고하기로 하고 있다. 그러나 의학에서의 이러한 계속된 역사의 기록은 히포크라테스 이후로는 찾아볼 수 없다.

의학사(醫學史)의 기록은 평범한 병의 증세까지 일일이 기록할 만큼 무한히 확대하지 않아도 되고, 그렇다고 경이적인 것만 넣으려고 너무 소극적으로 할 필요도 없다. 병의 증세는, 형태는 새롭더라도 종류는 새롭지 않은 것이 많기 때문이다. 사람들이 관찰할 마음만 있다면, 관찰할 만한 가치가 있는 것은 무수히 많다는 사실을 알 수 있다.

인체의 여러 기관의 실체와 형태와 배치를 연구하는, 해부학의 연구에서는 많은 결함을 볼 수 있다. 여러 가지 개인차가 있는 부분이나 깊숙한 곳의 미세한 통로나 체액이 있는 장소에 대해서는 연구하지 않는다. 또한 병이 남긴 자국이나 흔적에 대해서도 마찬가지다. 이러한 결함의 발생 원인은 다음과 같다. 최초의 연구는 하나 내지 소수의 해부로서 만족할 수 있는 것이었지만, 나중의 연구는 비교가 필요하고 예기치 않은 변화가 일어나는 것이었으므로, 많은 것을 보는 데서 얻어야 하는 것이기 때문이다.

개인차 부분에 있어서 내부의 형태나 구조는 확실히 외부의 경우와 마찬가지로 많은 차이점을 가지고 있다. 이러한 차이점에 많은 병의 원인이 포함되어 있다. 차이점이 관철되지 않은 상태에서는 별로 나쁠 것도 없는 체액을 문제 삼는 경우가 많다. 내부 기관의 결함은 그 부분의 구조나 기능에 있는 것이기 때문에 체질 개선제로는 치료할 수도 없고, 식사나 적당한 약으로 조정·완화하지 않으면 안 된다.

미세한 통로나 기공(氣孔)에 관해서는 예부터 전해지는 말이 있다. 비교적 미미한 통로나 기공은 해부로써는 관찰할 수 없다는 것이다. 생체(生體)에서는 열려 있지만, 사체(死體)에서는 닫히고 숨어 버리기 때문이다. 이런 이유로 켈수스가 생체 해부의 비인도성을 비난하

고[7] 있는 것은 정당하다고 생각된다. 생체 관찰이 얼마나 유익한가를 생각한다면, 그가 그렇게 간단히 모든 연구를 버리고 외과의 우연한 수술에 맡길 필요는 없었다. 오히려 산 짐승의 해부로써 대체해도 되었을 것이다. 산 짐승의 해부가 부분은 여러 가지로 다르다 해도, 이 연구를 만족시키기에는 충분할 것이다.

해부학에서는 체액을 보통 분비물로서 간과해 버린다. 그런데 가장 필요한 관찰은 인체 기관의 어떤 구멍이나 집이나 용기에서 체액이 발견되고 있는지, 또 그와 같이 들어가 있거나 받아들여지는 방식은 체액마다 어떤 차이가 있느냐 하는 것이다. 또 병의 흔적이라든가 내부 여러 부분의 황폐·농양(膿瘍)·궤양·중절(中絶)·부패·소모·위축·확장·경련·전위(轉位)·장애·충만, 그리고 이상 물질, 이를테면 결석(結石)·육양(肉瘍)·종양·기생충 등등에 대해서는 많은 해부에 의해서 정확히 관찰되어 있어야 했다. 또한 이러한 관찰은 사람들 개개의 경험에 입각하여 주의 깊게 기록해 두었어야 했다. 기록 또한 현상에 주의하며 역사적으로 적는 동시에, 그 해부가 죽은 병자에 대해서 실시되는 경우라면 원칙적으로는 거기서 생긴 병이나 징후를 생각해 보고 덧붙여 기록해 놓는 것이다. 지금은 신체를 절개한다 하더라도, 병의 흔적에 대해서는 간단히 그리고 침묵으로 간과해 버린다.

---

7 켈수스, 《의학에 관하여》, 1·1.

6

　병의 연구에 있어서, 많은 경우 의사들은 치료를 단념한다. 불치병이라고 하기도 하고, 치료의 시기가 지났다고도 한다. 술라의 삼두정치가 많은 사람들을 사형 선고로 죽였다고는 하지만, 의사의 무지한 선고에 미치지는 못한다. 이러한 의사들의 무지한 선고는 로마의 사형 선고와는 달리 훨씬 쉽게 그것을 면할 수 있다.

　여기서 나는 확실한 결함을 하나 들겠다. 바로 많은 병의 완전한 치료법과 절망적이라고 생각되는 병에 대해 사람들은 연구하고 있지 않다는 점이다. 이러한 병에 불치라는 태만의 법률을 적용시킴으로써, 무지가 알려져 불신을 당하는 것을 모면시켜 주고 있는 것이다.

7

　나는 의사의 임무로서는 건강을 회복시키는 것뿐 아니라, 아픔과 괴로움을 경감시키는 일도 있다고 생각한다. 이러한 경감으로 회복될 수 있을 뿐 아니라, 편하고 쉽게 숨을 거둘 수 있도록 하는 데 도움이 되는 경우도 있다. 아우구스투스 황제가 언제나 바라던 작지 않은 행복은 이러한 안락사였다. 안락사는 특히 안토니누스 피우스가 죽을 때 사람들의 주의를 끌었던 방식이다. 그의 죽음은 온화하고 즐겁게 잠드는 것처럼 보였다. 에피쿠로스에 관한 기록에 의하면, 그는 병이 절망적이라고 판단되자, 자기 위와 감각 기관이 마비될 정도로 많은 양의 포도주를 마셨다고 한다. 이 일화로 "이렇게 스틱스의 강물을 취중에 마셨다."는 비문이 새겨졌다.[8] 이것은 '죽음의 강인 스틱스 강물의 쓴맛을 몰랐다.'는 것이다. 의사는 반대로 병이 절망적이라고 판단된 뒤에는 환자와 함께 있는 것이 좀 망설여지고, 손을 대기가 어려워지는 법이다. 환자의 죽음의 고통과 괴로움을 덜어 주고 완화해 주기 위해서 의사는 기술도 탐구하고 주의해서 연구도 해야 한다.

8

나는 질병의 치료법에 있어서, 개별 병의 치료에 관한 적당한 처방이 결여되어 있다는 것을 알았다. 의사는 전통과 경험의 결과와는 상관없이 독단으로 행동하고 처방할 때, 자기 멋대로 여러 가지 다른 것을 첨가하거나 빼거나 바꾸거나 하기 때문이다. 약을 의사 마음대로 바꾸기 때문에 약이 병을 변화시킬 수 없게 만든다. 다시 말해서 의사들은 해독제·면역제나 최근의 특효약 등 소수를 제외하면, 처방을 엄격하고 신중히 지키지를 않는다. 약국에 늘어놓은 판매용의 약들

---

8 카피톨리누스, 《안토니누스 피우스》, 12를 라틴어로 번역한 것
  디오게네스 라에르티오스, 《철학자들의 생애》, 〈에피쿠로스편〉, 10 · 15

은 임시변통의 것이며, 개개의 병에 듣는 것이 아니다. 그것들은 변비약·관장약·진정제·체질개선제 등 일반적인 의도로 쓰이는 것이며, 특정한 병에 대해서는 전혀 적절하지 못하다. 이러한 사정으로 개업한 돌팔이 의사나 노파가 학문 있는 의사보다 치료에 성공을 거두는 때가 많다. 그들은 자기들의 약을 다루는 데 비교적 신중하고 충실하기 때문이다.

여기서 내가 말하는 의사들의 결함은, 의사들이 처방을 내릴 때 일부는 자기 자신들의 임상 경험에서, 일부는 책에 쓰여 있는 끊임없는 좋은 결과에서, 또 일부는 구식 개업의의 전통에서, 자기가 상상하거나 독단적으로 행할 뿐이고, 특정의 병 치료에 대한 어떤 경험에서 실증된 약을 기록하여 전하고 있지 않다는 것이다.

로마 제국에서 가장 훌륭한 정치가란, 민중의 편에 선 집정관과 원로원의 편에 선 호민관이었다. 이와 마찬가지로 가장 좋은 의사란, 학문이 있으면서 경험의 전통을 신중하게 받아들이거나, 실제적인 개업의이면서 학문의 방법을 충실히 이행하는 사람인 것이다.

9

약을 조제함에 있어서도 이상한 점이 있다. 약 중에서 광물성 약이 선호되어 왔고, 내적 기관보다 외적 기관에 비교적 안전하다는 것을 생각할 때, 아무도 온천수나 약수 같은 것을 인공적으로 만들어 보려

하지 않았다는 것이다. 더욱이 온천수나 약수의 효력이 광물에서 나온다는 것은 이미 알려진 사실이고, 온천수나 약수를 구성하는 유황이나 유산염(硫酸鹽), 철 성분 혹은 정기제(丁幾劑) 등이 어떤 특정 광물에서 얻어지는지도 식별되고 판별되어 있다. 이러한 자연물을 인공의 구성물로 만든다면, 그 종류도 늘어날 것이고 성질도 한층 더 자유로워질 것이다.

10

한 가지 결함만 더 적어 보겠다.

현재 사용하고 있는 처방이 너무나 간결해서 그 목적을 달성할 수 없다는 것이다. 다시 말하면 어떤 약이건 절대적으로 효력이 매우 뛰어나서 그것만 투여하거나 사용하면 인간의 몸에 어떤 커다란 효능이 생길 수 있다고 생각하는 것은, 너무나 오만하고 안이한 생각인 것이다. 한 번에 또는 반복된 연설로서 사람이 타고난 악덕을 교정할 수 있다면 그것은 기묘한 일이다. 이보다는 순차적으로 질서 있게, 계속적으로 반복해서 처방을 내리고, 가끔 처방을 바꿔 보는 것이 더욱 강력한 성질을 가진 것이다. 이렇게 하려면 처방하는 데도 정확한 지식이 필요하고, 환자들이 처방에 따르는 데도 철저함이 필요하지만 그 대신 큰 효과를 보게 된다. 의사가 날마다 찾아와 주기만 하면 일정한 치료를 계속하고 있겠거니 하고 생각할지 모른다. 그 처방이

나 투여하는 것을 조사해 보면, 일정한 의도도 계획도 없이 그저 그날
그날 되는 대로 적당히 하고 있다는 것을 알게 된다. 물론 곧은 길이
모두 하늘로 통하는 길이 아닌 것처럼, 신중하거나 미신적인 처방이
모두 효능이 있는 것은 아니다. 방향을 지시의 진실성이 복종의 신중
성에 선행하도록 해야 한다는 것만은 분명하다.

11

화장(化粧)에는 사회인으로서의 측면과 여성적인 측면이 있다. 사
회인으로서의 측면은 신체의 청결과 관련된다. 신체의 청결은 신과
사회와 자기 자신에 대한 적당한 존경에서 우러나오는 것이므로 항
상 존중되어 왔다. 여성적 측면의 인공적 장식에서는 여러 가지 결점
이 있다. 사람을 속일 수 있을 만큼 훌륭하지도 못하고, 사용해서 아
름답지도 않으며, 사람을 기분 좋게 만들 만큼 건전하지도 않다.

12

운동에 대해서는 넓은 범위에서 생각하기로 한다. 인간의 신체를
움직이게 할 수 있는 능력이 있으면, 어떤 문제라도 좋다. 활동적인
경우도 좋고 인내력의 경우도 좋다.

활동에는 힘과 민첩의 두 분야가 있고, 인내력에도 역시 결핍과 곤란을 헤쳐 나가는 능력과 고통이나 고문(顧問)에 대한 참을성이라는 두 분야가 있다. 그 실례는 곡예사나 야만인이나 처벌받는 사람 등에서 찾아볼 수 있다. 지금까지의 어느 분류에도 해당되지 않는 능력이 있을지 모른다. 물속에 잠겨서 호흡을 중지하는 이상한 힘을 가진 사람을 들 수 있는데, 이런 힘을 기르는 것도 운동의 예에 들어간다.

운동은 여러 가지 실례가 알려져 왔지만, 그에 관한 철학적 연구는 이루어지고 있지 않다. 그것이 달성되려면 오히려 선천적으로 소질이 있어야지 가르칠 수는 있다든가, 혹은 그저 계속된 반복에 의해서 얻어지는 것으로 학습까지는 필요하지 않다고 가정하고 있기 때문이다. 이러한 가정이 진실은 아니겠지만 나로서는 결함을 들춰내지 않으려 한다. 올림픽 경기는 폐지된 지 오래며, 오늘날 운동이라는 것은 평범한 것으로도 유용하기 때문이다. 이 분야의 우수함은 대부분 금전 때문에 사람들에게 보이기 위해 사용되고 있다.

13

감각의 쾌락을 위한 기술(技術)에 대해 살펴보자. 이 방면의 주된 결함은 그것을 통제하는 법률이 없다는 것이다. 흔히 하는 말이지만, 덕성의 성장기에는 군사적 방면의 기술이 번성하고, 덕성이 최고의 상태에 도달했을 때는 자유롭고 지성적인 방면의 기술이 번성하며,

덕성이 쇠퇴기에 있을 때는 관능(官能) 방면의 기술이 번성한다. 이렇게 볼 때, 오늘날의 세계는 얼마간 내리막길에 있지 않나 하는 기분이 든다.

관능적인 기술과 함께 생각할 수 있는 것으로서는 요술 등의 재주가 있다. 감각을 속임으로써 쾌락을 느끼게 한다는 점에서는 비슷하기 때문이다. 요양을 위한 유희류는 일반 사회생활·교육과 관계있다고 본다. 이쯤에서 신체와 관계되는 특별한 인간의 철학을 그만두기로 한다. 사실 육체는 마음의 주거(住居)에 지나지 않는 것이다.

제11장

1

　마음과 관계있는 인간의 지식에는 두 분야가 있다. 하나는 영혼이나 마음의 실질 혹은 본성을 탐구하는 것이고, 하나는 그 능력이나 기능을 탐구하는 것이다. 이 중 전자에서는 영혼의 근원에 대한 고찰이 이루어진다. 여기에는 생득적(生得的)인 것인가, 외래적인 것인가, 또 그것이 어느 정도 물질의 법칙에 제외되고 있는 것인가, 그 불사성(不死性)과 그 밖에 여러 가지 많은 경우가 포함된다. 이러한 문제는 여러 가지로 보고되었지만, 철저한 탐구가 이루어지고 있지는 않다. 이 방면에 기울여지고 있는 고심은, 곧은 길을 나아가고 있다기보다는 미로에 빠져 있는 것처럼 보인다.

이 지식은 지금까지보다 더 현실적으로 또 건전하게 탐구할 수 있는 분야이며, 계시(啓示)의 도움 없이 자연 그대로라도 그렇게 말할 수 있다. 이 분야의 지식이 결국 종교에 의해 한정되지 않으면 안 된다고 생각한다. 그렇지 않으면 기만이나 착각을 면할 수 없을 것이다. 천지창조 때 영혼의 실질은 하늘과 땅에서 '태어나라'는 축복으로 끌어내진 것이 아니었다. 그것은 신의 직접적인 입김을 받은 것이며, 철학의 내용인 하늘과 땅의 법칙(우연의 경우는 제외하고) 아래에 있을 까닭이 없다. 영혼의 본성과 상태의 참된 지식은, 그 실질을 부여한 것과 같은 입김으로 나오지 않으면 안 된다.

영혼의 지식에 관한 이 분야로부터 점(占)과 주문이라는 두 가지가 파생된다. 이것들은 다루어지는 동안에 실체가 없는 우화를 낳을 뿐, 진리를 불태우지는 못하고 있다.

2

점(占)은 옛날부터 기술적인 것과 자연적인 것으로 적절하게 나누어져 있었다. 이 가운데 기술적인 것은 마음이 의론에 의해서 예언하고, 징후나 표정으로써 결론을 내린다. 자연적인 것은 마음이 내부적인 힘으로부터 예감을 얻는 것이므로 징후로써 추론되지 않는다.

기술적인 것에는 두 종류가 있다. 하나는 의론과 더불어 여러 가지 원인을 끌어내는 것으로, 합리적인 것이다. 또 하나는 결과의 우연한 일치에 근거를 둘 뿐이므로, 실험적인 것이다. 후자는 대부분이 미신이다. 이를테면 제물이나 새가 나는 것, 벌이 몰리는 것을 보았을 때의 이교도의 관찰 같은 것이다. 또 칼데아[1]인의 점성학 같은 것이다.

기술적인 점(占)의 몇몇은 특정 학문 분야 사이에 분포되어 있다. 천문학자들이 회합, 상(相), 식(蝕) 등에 있어 예측하는 경우가 그것이다. 의사도 예언이 있으니 사망, 회복, 징후, 병의 결과 등에 관한 것이다. 정치가도 비슷한 예언을 했다. "오오, 팔려 갈 도시, 살 사람만 나서면 당장 망할 것"[2]이라 했는데, 이것은 오래가지 않아서 먼저 술라가, 다음에는 케사르가 실행했다. 이러한 예언은 오늘날에 와서는 적절하지 않으며, 개별 상황을 고려해야 한다.

여기서 영혼의 내적 본성에서 생기는 점(占)에 대한 문제를 살펴보자. 이에는 본원적(本源的)인 것과 유입된 것의 두 종류가 있다. 본원적인 것의 근본 사상은, 마음이 그 자체에만 집중하고 신체의 여러 기관으로 흩어지지 않는다면, 어느 정도의 넓이와 범위를 갖는 예지력을 얻는다는 것이다. 이러한 능력은 잠자는 동안이라든가, 황홀경 상태에 있을 때라든가, 죽음이 가까웠을 때 가장 많이 나타나며, 눈을 뜨고 있을 때의 지각 속에서는 매우 드물게 나타난다. 이러한 예지력이 생기고 촉진되는 것은 마음 자체에만 가장 집중하게 되는 금욕이나 규율을 실행할 때이다.

---

1 고대 바빌로니아의 주민.
2 살루스티우스, 《유구르타 전쟁사》, 39.
   아프리카 누미디아의 유구르타 왕이 로마를 방문했을 때 한 말이다.

외부로부터 유입되는 경우의 근거가 되고 있는 사고방식은, 마음이란 거울이나 유리처럼 신과 성신(聖神)의 예지에서 광명을 얻는다는 것이다. 이에 대해서는 위와 마찬가지로 금욕과 규율의 처방이 도움이 된다. 즉 마음이 자기 속에 틀어박힌다는 것은, 신의 유입을 가장 받아들이기 쉬운 상태가 된다. 다만 금욕과 규율의 차이점은 후자의 경우 (그리스인이 열광이라고 부른) 열광과 고양(高揚)을 수반해야 되지만, 전자의 경우는 침착과 침묵이 수반되어야 한다.

3

매혹된다든가 신들린다는 것은, 상상력의 힘과 행위가 상상하는 사람의 육체와 다른 사람의 육체에 영향을 주는 일이다. 이 상상하는 쪽의 경우에 대해서는 그 적당한 자리에서 이미 언급했다.[3] 이 문제의 경우, 파라셀수스 일파와 그 제자들이 자연의 마법을 가졌다는 사고방식 아래, 상상력의 힘이 그리스도교가 기적을 행하는 신앙의 힘과 거의 같은 것이라고 과도하게 큰소리를 쳤다. 다른 사람들은 있음직한 일에 접근하여, 사물의 비밀스러운 움직임을 자기들의 견해로 가져왔다. 특히 이들은 신체에서 신체로 옮겨 가는 감염 작용이 있다고 보았다. 이 역시 자연의 이치에 적합한 것으로서, 정신에서 정신

---

3 본서 2·9.

으로 서로 오가는 여러 중계(中繼)와 작용이 있고, 이것은 감각의 중개(仲介)를 필요로 하지 않는다고 보았다. 이에 따라 지금은 거의 일반적인 생각이 되었지만, 상대방을 지배하는 정신이라든가 자신감이 상대방에게 영향을 미친다라는 사고방식이 싹트게 되었다.

이에 편승하여 상상력을 높이고 강화하는 방법의 탐구가 이루어졌다. 상상력이 강화되어 힘을 갖는 것이라면, 그것을 강화하고 높이는 방법을 아는 것이 중요해지는 것이다. 이 시점에서 간접적이고 위험한 거짓이 마법의 의식(儀式)을 대부분 숨겨 버리는 구실을 하게 된다. 즉 의식이나 문자나 주문의 효능은 나쁜 정신과의 엄숙한 암묵의 접촉으로 나오는 것이 아니라, 그것을 사용하는 사람의 상상력을 강화하는 데 도움이 될 뿐이라는 형태가 되어 버릴지도 모른다. 이를테면 로마 교회의 표현으로 우상이 그 앞에서 기도하는 자의 사교를 고정시키고, 믿는 마음을 높인다는 것과 같다.

내 판단으로는, 상상력이 힘을 가졌고, 의식이 상상력을 강화하고 또 그것이 그런 목적에 진지하게 의도적으로 사용된다 하더라도, 그것은 역시 불법적인 것이다. 신이 인간에게 준 제1명령인, "너의 얼굴에 땀이 흘러야 식물을 먹는다."[4]는 것과 대립되기 때문이다. 신이 인간에게 노동의 대가를 지불하고 얻으라고 정해 놓은 고귀한 결과를, 얼마 안 되는 안이하고 게으른 의식을 지키는 것으로써 이룩할 수 있다고 생각한 것이다.

---

4 〈창세기〉 3 : 19.

　　인간 마음과 관계된 지식의 결함에 대해서는 보고할 것이 아무것
도 없다. 다만 어느 정도가 진실된 것이고 어느 정도가 공허한 것인
지에 대해 알지 못한다는 것을 일반적인 결함으로 들고 싶다.

제12장

1

인간의 마음의 능력에 관한 지식에는 두 가지 종류가 있다. 하나는 오성(悟性)과 이성(理性)에 관한 것이고, 하나는 의지와 기호(嗜好)와 감정에 관한 것이다. 전자는 견해나 판단을 낳고 후자는 행동이나 수행을 낳는다. 상상력이 바로 재판관처럼 판단하고 관리가 수행하는, 이 두 영역을 중개하는 사절로서의 역할을 한다. 즉 감각이 상상력에 전달하면 비로소 이성이 판단한다. 또 이성이 상상에 전달하면 비로소 그 판결이 실행될 수 있다. 상상력은 언제나 의지적인 동작에 선행하기 때문이다. 다만 이 야누스 같은 상상력에는 여러 가지 다른 얼굴이 있다. 즉 이성을 향하는 얼굴에는 진실의 표시가 있지만, 행

동을 향하는 얼굴에는 선한 것의 표시가 있다. 이 두 얼굴은,

자매의 얼굴이라고 해도 될 만한[1]

즉 닮기는 했지만 다른 데가 있다. 상상력은 단순히 그저 사절도 아니다. 사절로서의 의무 이외에 자기 속에 적지 않은 권위가 주어져 있거나, 그 권위를 적어도 스스로 빼앗아 가지고 있다. 아리스토텔레스가 아주 적절하게 말하고 있다.

"마음이 육체에 대하여 가진 지배권은, 주인이 노예에 대하여 가진 것과 같다. 이성이 상상력[2]에 대해 가진 지배권은 재판관이 자유 시민에 대해 가진 것과 같다."

자유 시민은 지배자로서의 권리를 가진 자이다. 특히 신앙과 종교의 문제에서는 우리가 우리의 상상력을 우리의 이성 위에 올리고 있는 것을 알 수 있다. 이것은 종교가 마음에 접근하기 위해 비유·유형(類型)·우화·환상·꿈같은 것을 사용하려고 하는 이유이기도 하다. 웅변이나 그와 같은 성질의 다른 여러 가지 인상의 작용을 사용하여 상대편을 설득하려 할 때, 더 나아가 사물의 참된 모습을 물들이며 변장시키려고 하는 모든 표현에서도, 이성에 대한 주된 추진력은 상상력에서 생긴다. 그런데도 상상력 자체나 적절하게 다룬 적합한 어떤 학문도 눈에 띄지 않으므로, 나로서는 앞의 분류를 바꿀 이유가 없을

---

1 오비디우스, 《변신이야기》, 2·14.
2 베이컨은 상상력이라는 말을 사용하고 있는데, 아리스토텔레스, 《정치학》, 1·3에는 기호(嗜好)라고 되어 있다.

것 같다.

　시는 상상력의 기쁨이나 놀이이지 일이나 의무라고는 할 수 없다. 그것이 일이라고 하더라도, 지금은 상상력에서 만들어지는 학문 분야를 논의하는 것이 아니라, 상상력을 분석하고 검토하는 데 필요한 학문을 이야기하고 있는 것이다. 또 이성이 낳은 지식에 대해서도 이야기하지 않기로 한다. 그것은 철학 전체로 확대되기 때문이다. 다만 이성의 능력을 다루고 탐구하는 지식을 논의한다. 그러면 서로 참된 위치를 차지하게 될 것이다. 자연 속 상상력의 힘과 그것을 강화하는 방법에 대해서는 '영혼에 대하여'라는 이론에서 이미 언급하였다. 이 주제에 관하여 가장 적절하게 포함하고 있다. 마지막으로 상상력적 이성이나 암시적인 이성은 수사학(修辭學)의 주제이므로, 이성의 기술 쪽으로 돌리는 편이 가장 좋다고 생각한다. 따라서 우리는 앞의 분류로 만족하기로 한다. 즉 인간 철학은 인간 마음의 여러 가지 능력과 관계되는 것이며, 이성과 도덕의 두 가지 측면이 있다는 것이다.

2

　인간 철학에서 이성을 다루는 분야는 많은 지성 있는 사람들 사이에서도 가장 즐거움이 적은 분야이고, 매우 미세하게 짜여진 그물망만큼 다루기 곤란한 것처럼 여겨진다. 즉 지식이 '영혼의 음식'[3]이라고 일컬어지고 있는 것은 진실이지만, 이 음식에 대한 인간 식욕의 본

성을 살펴보자면, 대부분의 많은 사람들의 미각과 위(胃)는 사막을
헤매고 다니던 이스라엘인과 같다.

그들은 자기들이 먹어 왔던 '고기의 항아리'로 돌아가기를 원했고,
신이 주는 만나(manna)에는 싫증이 나 있었다.[4] 만나는 하늘 위의 것
이었지만 자양분이 적고, 원기를 돋우지도 못하는 것 같았기 때문이
다. 사람들은 고기와 피에 적신, 즉 현실적인 인간의 감정과 애정과
칭찬과 운명을 다룬 지식을 좋아한다. 종교가 아닌 일반 인간의 역
사·도덕·정치 같은 것이다.

여기서 비롯된 '건조한 빛'이 많은 사람들의 힘없고 연약한 성질을
메마르게도 하고 상처도 입힌다. 여러 가지 사물의 실제 있는 그대로
의 가치를 진실로 이야기한다면, 이성적인 지식이 모든 다른 기술의
열쇠가 된다. 아리스토텔레스의 적절하고 우아한 말에 "손은 도구
중에서도 도구이다. 마음은 형식 중에서도 형식이다."[5]라는 것이 있
다. 같은 이유에서 이성적 지식을 기술 중에서도 기술이라 말할 수
있을 것이다. 그것은 기술의 방향을 제시할 뿐만 아니라, 확실하게
만들고 강화시킨다. 마치 반복된 사격 연습으로 표적에 가까이 쏠 수
있게 될 뿐 아니라, 강한 활의 시위를 당길 수 있게 되는 것과 마찬가
지다.

---

3 키케로, 《아카데미론》, 2·41.
4 《민수기》 11 : 4-6.
5 아리스토텔레스, 《정신에 관하여》, 3·8.

지적인 기술의 수는 네 가지가 있다. 이는 기술이 추구하는 목적에 따라 분류된다. 즉 인간의 노고로는 첫째 구하거나 찾고 있는 것을 발견하는 데 목적이 있다. 둘째 발견된 것을 판단하고, 셋째 판단한 것을 유지하며, 넷째 유지되고 있는 것을 전달하는 데 목적을 두고 있다. 그 기술도 네 가지가 있어야 한다. 탐구나 발명의 기술, 검토나 판단의 기술, 유지나 기억의 기술, 화술(話術)이나 전달의 기술이다.

제13장

1

발견은 매우 다른 두 가지 종류의 것으로 되어 있다. 하나는 기술과 학문을 발견하는 것이고 하나는 말과 의론을 발견하는 것이다.

이 가운데 전자는 매우 결여되어 있다. 그 결함이라는 것의 예를 들자면, 사망자의 유산 목록을 작성할 때 현금이 없다고 기록할 때와 같은 상황이다. 금전이 다른 모든 물품을 입수할 수 있게 하는 것과 마찬가지로, 이 지식은 다른 모든 것을 얻을 수 있게 하는 것이기 때문이다. 서인도 제도는 광대한 지역이고 나침반은 다른 것을 움직이는 조그만 기구지만, 항해사가 나침반 사용법을 몰랐다면 서인도 제도는 발견되지 못했을 것이다. 같은 이치에서 지금까지 발명과 발견의

기술이 무시되어 온 것을 감안한다면, 여러 가지 학문이 그 이상 발견
되지 않은 것도 당연한 일이다.

2

기술과 학문의 발견에 관한 지식이 결여되어 있다는 것은 명백하
게 나타나 있다. 첫째, 삼단논법 논리학은 학문이나 학문의 공리를
발견할 것은 생각지도 않고, "각 기술 안에서는 기술가를 믿어야 한
다."[1]고 주장한다. 켈수스도 이것을 신중히 인정하고, 경험에만 의존
하는 독단적 유파의 의사들에 대해 이렇게 말했다.

"의약과 치료법이 먼저 발견된 다음, 그 이유와 원인이 논의되었
다. 원인이 먼저 발견되고, 그것에 비추어 의약과 치료법이 발견된
것이 아니다."[2]

플라톤도 《테아이테토스》에서 잘 말하고 있는 것이 있다. "개별적
인 것은 무한하며, 그보다 비교적 높은 일반론으로는 방향을 충분히
제시할 수 없다. 전문가와 비전문가를 구별하는 모든 학문의 핵심은
중간의 명제에 있다. 그것은 개개의 지식 속에서 전통과 경험으로부
터 취해지는 것이다."[3] 이로써 알 수 있지만, 사물의 발견이나 근원적

---

1 아리스토텔레스, 《전분석론(前分析論)》, 1·30.
2 켈수스, 《의학에 관하여》, 1·1.
3 《테아이테토스》라고 되어 있지만 이것은 베이컨이 잘못 적은 것이고, 라틴어 역본에서는 정정되어 있다. 《필레
　보스》를 말한다.

발생을 논의하는 사람들은 실제적으로 기술이 아니라 우연과 관계시킨다. 즉 인간보다는 짐승·조류·어류·뱀 같은 것에 관계시키는 것이다.

> 어머니는 박하를 딴다, 크레타 섬의 아이다 산에서
> 솜털 같은 잎과 자줏빛 꽃으로 감싸인 줄기.
> 모를 수는 없다, 산양들도
> 등에 화살이 날아와 단단히 꽂힐 때 풀숲에서 산양은 그것을 먹는다.[4]
> 고대 풍습으로는 최초의 발견자를 신성시하므로, 이집트인의 신전에 짐승의 모습을 한 우상들이 즐비한 것은 그리 이상할 것도 없다.
>
> 온갖 괴물의 신들을 향해 짖는구나, 개 형상의 아누비스. 넵투누스와 비너스와 미네르바를 향해[5]

이집트보다 그리스의 전통을 더 좋아하고, 인간이 최초의 발견자라 생각한다 해도, 프로메테우스가 처음 부싯돌을 부딪쳤을 때 불꽃을 보고 놀랐으니, 그 부싯돌을 부딪쳤을 때 불꽃이 튀리라고 예상하지 않았다는 것만은 확실한 것이다. 또한 서인도 제도에서 불을 발견한 프로메테우스는 유럽의 프로메테우스와 교섭이 없었다는 것도 알

---

4 베르길리우스, 《아이네이스》, 12·412.
5 베르길리우스, 《아이네이스》, 8·698.

수 있다. 서인도 제도에는 그 최소의 기회를 주는 부싯돌이 없다.

이로써 알 수 있듯이 지금까지 인간은 외과 요법은 야생의 산양, 음악은 밤에 우는 꾀꼬리, 자연의 일부는 따오기류, 대포(大砲)는 갑자기 열린 항아리 뚜껑, 기술이나 학문의 발명은 우연이나 논리학 이외의 것 덕분에 얻었다고 생각했다. 베르길리우스가 말하는 발견의 형식도 대체로 이와 비슷한 데가 있다.

계속 해 보고 생각하면서
여러 가지 기술을 만들어 낸다.[6]

이 말을 잘 살펴보면 짐승들도 할 수 있고, 그것들도 사용하게 되는 과정과 별로 다를 것이 없다. 이것은 생명을 유지하기 위한 절대적인 필요 때문에 추진되고 부가된 어떤 한 가지 일을 줄곧 생각하고 실행한다는 것이다. 키케로가 비슷한 말을 하고 있다. "하나의 일에 바친 연습이, 흔히 천성이나 기술에 이긴다."[7]

노력은 모든 것을 정복하니,
끊임없는 곤란 속의 엄한 결핍도 정복한다.[8]

---

6 베르길리우스, 《농경시》, 1·133.
7 키케로, 《발부스론》, 20.
8 베르길리우스, 《농경시》, 1·145.

위와 같이 인간을 말한다면, 짐승도 마찬가지로 말할 수 있다. "누가 앵무새에게 '안녕하세요'라는 말을 가르쳤던가?"[9] 누가 까마귀에게 가뭄 때 물이 들어 있는 나무 구멍에 돌멩이를 채워, 그 물이 올라오면 자기가 마실 수 있도록 가르쳤던가? 누가 벌에게 광대한 공기의 바다를 건너 멀리 꽃이 피어 있는 들판에서 자기 집으로 돌아가는 길을 가르쳐 주었던가? 누가 개미에게 밀알을 하나하나 깨물어, 집 안에 묻어 보관할 때 싹이 트지 않도록 가르쳐 주었던가?

매우 힘들다는 뜻의 '두들겨 펴낸다'는 단어와 '서서히'라는 단어를 덧붙여 보자. 그러면 발견이나 발명에 있어 옛날의 방식과 같아지므로, 이집트의 여러 신들에 적용해도 좋다. 즉 동물과 같은 것이 된다. 이런 조건에서 발명의 문제는 이성의 능력에 맡겨지는 일은 거의 없고, 기술도 할 일이 아무것도 없다. 발견이나 발명에 있어 이성은 거의 이용하고 있지 않다고 말할 수 있다.

학문의 진보

3

둘째로 논리학자들이 말하는 귀납(歸納)이라는 것이 있다. 이것은 플라톤도 잘 알고 있었던 것 같다. 귀납의 방식으로 학문의 원리를 발견할 수 있고, 중간 명제가 원리에서 연역(演繹)으로 발견된다고 한다.

---

9 로마의 풍자 시인 페르시우스, 《풍자시 서론》, 8.

이러한 귀납의 형식은 몹시 불충할 뿐만 아니라, 사실상 오류를 그만큼 더 심화시켰다. 자연을 완전하게 하고 높이는 것이 기술이나 논리학의 일인데, 그들은 반대로 자연을 모욕하고 학대했으며 욕했다.

지식은 시인이 말하는 '하늘의 꿀, 천상의 기술'[10] 같은 것이며, 들판이나 정원의 꽃처럼 자연과 인공의 개개의 것에서 추출하고 연구하여 꺼내는 것이다. 지식이라는 이 뛰어난 이슬을 모으는 방법을 주의 깊게 관찰하는 마음을 가진 사람이 있다고 가정하자. 그런 사람들이 알게 된 것은, 마음은 천성적으로 논리학자가 말하고 있는 것보다 훨씬 귀납을 잘한다는 것이다. 반대의 사례에 대한 아무런 참조 없이 개개의 사례만을 일일이 들어 결론을 내린 것은, 결론이 아니라 추측이다. 많은 주제에 있어서 한쪽에 보이는 개개의 사례를 보고, 보이지 않는 반대쪽에 다른 무엇이 없다고 누가 확신할 수 있겠는가? 이를테면 사무엘이 자기 앞에 끌려온 이새의 일곱 아들들만 보고, 들판에 나가 있던 막내 다윗을 보지 않은 것과 같다.[11] 실제로 이러한 귀납의 형식은 매우 무모한 것이다. 또한 개개의 사례를 취급할 만한 분별력의 소유자들도, 그것을 세상에 보여 주려고 할 때는 서둘러 이론과 독단에 휩싸이고, 개개의 사례를 향해서는 전제적이 되거나 경멸적이 되지 않을 수 없었던 모양이다. 이들은 개개의 사례를 정말로 이용하거나 추구하는 것이 아니라, 로마로 말하면 권위자의 길을 인도하는 하인이나 심부름꾼처럼 이용했다. "군중을 한쪽으로 비키게

---

10 베르길리우스, 《농경시》, 14·10.
11 《사무엘기 상》 16.

한다."고 할까, 자기들의 의견을 위해서 길을 트고 여지를 남기기 위한 방법으로써 사용한 것이다. 확실히 이것은 사람들로 하여금 종교적 경이로움을 경험하게 하는 일이다.

유혹의 경로에 있어 신의 진리나 인간의 진리나 자랑에 의한다는 점에서는 완전히 똑같다는 것을 알 수 있다. 즉 신의 진리에서 사람들은 아이들과 똑같이 되는 것을 참지 못하는 것과 같이, 인간의 진리에서는 귀납법에 마음을 쓰는 것을 제2 유아기나 아동기로 되돌아가는 것처럼 생각했던 것이다.

4

셋째로 귀납에 의해 어떤 원리나 공리를 정립했다 하더라도 확실한 것은, 중간 명제는 자연의, 즉 형이하(形而下)의 사물에 관한 문제에서는 삼단논법으로 연역할 수 없다는 것이다. 바꾸어 말하면 어떠한 원리를 실험하여 중간 명사에 의한 원리로 환원하고, 대전제에서 일어나는 원리를 나타냄으로써 중간 명제를 끌어내지는 못한다는 뜻이다. 물론 대중적인 학문인 도덕학이나 법학뿐만 아니라, 신학에(가장 단순한 것을 알기 위해 신 자신을 사용하는 것이 신의 뜻에 맞는다는 것을 생각할 때) 있어서는 이런 형식이 효용 가치가 있을 것이다. 게다가 자연철학의 경우에도 논증이나 만족을 주어 사람을 입을 다물게 하는 이유에 대해 "동의를 얻으면 일은 할 필요가 없다."는 이야기가 있다.

미묘한 자연의 작용은, 이런 속박 속에 사슬로 묶이는 일은 없을 것이다. 논증은 명제로 이루어지고 명제는 말로써 이루어지기 때문이다. 말은 사물에 대한 대중적인 개념이 통용되는 표지나 기호에 지나지 않기 때문이다. 대중적인 개념이 개개의 사례에서 조잡하게 또 여러 가지로 아무렇게나 추론된 것이라면, 결론, 논증, 명제의 진실성을 세밀히 검토해 봤자 결코 그 오류를 정정할 수는 없다. 의사들의 말을 빌리자면 제1소화 상태에 오류가 있기 때문에, 즉 처음부터 문제가 있기 때문이다.

이러한 오류로 인해 많은 뛰어난 철학자들이 회의론자와 아카데메이아(플라톤이 세운 철학 학교로, BC 385년경에 세워져 약 900년간 유지)의 일원이 되어, 지식이나 이해의 확실성을 부정하고, 인간의 지식은 다만 외관과 개연성에 지나지 않는다는 견해를 품게 되었던 것이다. 하기야 소크라테스는 "무식한 모습으로, 유식한 체했다."라는 반어적 형식을 취하여 항상 자기의 지식을 헐뜯었지만, 그것은 자기의 지식을 추켜올리려는 것이 목적이었다. 티베리우스 황제가 치세 초기에 부렸던 변덕과 비슷한 데가 있다. 통치는 하고 싶었지만 그런 말은 좀처럼 하지 않았던 것이다. 또 키케로가 계승한 후기 아카데메이아의 경우도, '나는 의심한다(acatalepsia)'[12]라는 견해를 진정으로 가진 것은 아니었다. 그 학파는 대부분 변설이 뛰어난 자들이 선택했기 때문이다. 더욱이 자기들의 유창한 말솜씨를 장식하는 데 아카데메이아

---

12 키케로, 《아카데미론》, 2·6·18.
아카탈레프시아는 불가지성(不可知性)의 뜻이며, 절대 진리에 도달할 수 없다는 것을 나타내는 그리스어.

가 가장 적당하다고 생각했다. 이것은 목적지를 향해 곧장 나아가는 여행이기보다는 쾌락을 위해 여기저기 돌아다니는 것이다.

소크라테스와 키케로의 학원에 속해 있던 많은 사람들 중에는 회의론을 단순하고 정직하게 가지고 있던 사람도 있었다. 이들은 자신들의 잘못을 감각 탓으로 돌리는 오류를 범했다. 그들의 생각이 어떻든 나는 진리를 증명하고 보고하는 데 감각은 아주 충분하다고 생각한다. 감각이 항상 직접적으로 진리를 증명·보고하는 것은 아니지만, 비교와 매체의 도움에 의하는 수도 있다. 또 감각으로 파악하기에는 지나치게 미묘한 사물은 감각에 의해 이해될 수 있도록 자극된다든가, 그 밖에 다른 도움 쪽으로 인도해 나아감으로써 진리를 전달할 수도 있다. 이러한 점에서 회의론자들은 그 오류를, 지적인 힘이 약하고, 감각의 보고에 입각하여 추론하고 결론을 내리는 방법 탓으로 돌려야 했다. 내가 이런 말을 하는 것은 인간의 마음이 틀렸다고 하기 위해서가 아니라, 마음을 자극하여 도움을 청하게 하기 위해서다. 제아무리 능숙한 솜씨를 가진 인간이라도, 완전한 직선이나 원을 그릴 만큼 확실한 손을 가지지는 못했기 때문이다. 자나 컴퍼스를 이용하면 쉽게 할 수 있다.

5

다음은 여러 가지 학문의 발견에 관하여 논하려 한다. 신이 용서해 주신다면 나는 이 부분을 두 가지로 나누어 생각하고 싶다. 그 중 하나는 '문자로 쓴 경험' 또는 학문이 있는 경험이고, 또 하나는 '자연의 해석'[13]이라고 부르기로 한다. 전자는 후자에 속하는 한 단계나 기초에 지나지 않는 것이다.

문자로 쓴 경험과 자연의 해석

나는 이 책에서 미래의 약속으로 남길 부분에 대해 너무 길거나 너무 많은 말은 하지 않겠다.

6

말이나 의론의 발견은 엄밀히 말해 발견이라고 할 수 없다. 발견한다는 것은 우리가 모르는 것을 볼 수 있게 만드는 일이지, 이미 알고 있는 것을 마음으로 되찾거나 다시 불러오는 일이 아니다. 의론(논증)에 있어 발견의 효용은, 우리의 마음이 이미 가지고 있는 지식 중에서, 고려하고자 하는 목적에 적합하다고 생각되는 것을 끌어내거나 불러내는 일이다. 이는 발견이 아니라 추억이나 암시를 응용한 것이다. 스콜라 학파가 그것을 판단보다 뒤에 가르치는 것도 이 때문이

---

13 '자연의 해석'에 대해서는 《신기관》에 상세히 나와 있다.

다. 선행하는 것이 아니라 후속하는 것이기 때문이다.

이미 발견이라는 명칭은 사용되어 왔으므로 그대로 사용해도 좋을 것으로 본다. 이를 사슴 사냥과 비교해 보면, 사슴이 울타리 안에 있으나 넓은 숲 속에 있으나 사냥은 사냥이기 때문이다. 다만 논증의 발견에 대한 범위나 목적은, 우리의 지식이 현재 당장 쓸 수 있는 것이어야 하며, 거기에 부가하거나 더 풍부하게 만드는 일이 아니라는 것을 알고, 주의할 필요가 있다.

7

지식을 이와 같이 당장 사용할 수 있게 하는 데는, 준비와 암시의 두 가지 길이 있다. 이 가운데 전자는 지식의 일부라고 말할 수도 없는 것으로, 기술적인 지식의 획득이라기보다 근면의 문제다.

이 점에서 아리스토텔레스는 동시대의 궤변론자들을 비웃고 있는데, 기지 있는 표현이기는 하지만 공정성이 좀 떨어진다.

"그들의 방법은 신발 만드는 기술을 직업으로 삼고 있으면서, 신발 만드는 방법을 가르치지 않고 모든 형태와 크기의 신발을 늘어놓고 보여 주는 것과 같다."[14]

그러나 이에 대해 다음과 같이 대답할 사람이 있을지도 모른다.

---

14 아리스토텔레스, 《궤변론》, 2·9.

"신발 장수가 가게에 신발을 늘어놓지 않고, 주문이 있을 때만 일을 한다면 손님이 적을 것이다."

우리의 구세주가 신(神)의 지식에 관해서 한 말이 있다.

"하늘나라의 훈련을 받은 율법학자는 마치 자기 곳간에서 새것과 낡은 것을 꺼내는 집주인과 같다."[15]

고대 수사학 저자들이 교훈으로서 한 말에, 법정 변론자는 가장 흔히 사용되는 것으로서, 되도록 여러 가지 찬부(贊否)에 당장 쓸 수 있는 몇 가지 주제를 준비해 두는 편이 좋다는 것이 있다. 이를테면 법의 정신에 반대하여 법률을 문자 그대로 해석하기를 주장하거나 그 반대를 주장하는 것, 또 증언에 반대하는 주장·추론을 변호하거나 그와 반대의 행동을 한다는 것 등이다.

키케로 자신도 풍부한 경험에서 다음과 같이 명백히 밝히고 있다. 사람이 무언가 말하지 않으면 안 되는 일이 있을 때, 조금 노력을 기울여 '윤곽'을 미리 생각하고 처리해 두는 것이 좋다는 것이다.[16] 그러면 실제 연설에서는 아무것도 하지 않아도 되고, 다만 개개의 특정 이름·시기·장소, 그 밖의 자질구레한 사정만 들면 되는 셈이다. 마찬가지로 데모스테네스에게서는 이러한 근면성을 볼 수 있다. 그는 여러 가지 문제를 소개하고 다룰 때 좋은 첫인상을 주는 것이 큰 힘을 갖는다고 생각하고, 연설이나 담화 때 서두 부분을 많이 준비해 두었다고 한다.

---

15 〈마태복음〉 13:52.
16 키케로, 《웅변론》, 14·45, 46.

이상과 같은 권위 있는 사람들이나 선례로 미루어 볼 때, 훌륭한 옷으로 가득 찬 장롱은 버리고, 그때그때에 따라 옷을 만들기 위한 가위를 남겨 놓자는 아리스토텔레스의 의견은 아무래도 역부족인 것 같다.

8

이러한 준비나 자료의 수집은 논리학이나 수사학이나 공통적으로 이루어지는 작업이지만, 더 상세한 내용은 수사학을 논하면서 다루기로 하고, 여기에서는 입문적 내용을 다룬 것으로 생각하면 된다.

9

두 번째 발견의 길은 내가 암시라고 표현했는데, 이것은 어떤 종류의 특징이나 장소나 주제를 떠올려 우리를 그쪽으로 향하게 지시하는 것이다.

이렇게 떠올려진 주제는 우리의 마음을 자극하여, 앞서 추론했던 것을 찾아내서 그것을 우리가 이용할 수 있도록 한다. 또 제대로 이해만 한다면, 암시는 그것의 이용이나 개연성을 가지고 토론에서의 논증 방법을 제공할 뿐 아니라, 우리의 판단력을 도와 자기 자신 속에서 올바른 결론을 내리도록 한다. 또 이러한 주제는 우리의 발견력을 촉진하고, 우리에게 연구의 방향을 제시하는 데도 도움이 된다. 주제를 끌어내는 현명한 질문을 하는 것은 지식의 절반을 획득한 셈이기 때문이다.

플라톤은 이렇게 말했다.

"구하는 자는 누구나 자기가 구하는 것을 일반 개념으로 알고 있다. 그렇지 않으면 막상 발견되었을 때 어떻게 그것인 줄 알겠는가?"[17]

사람이 기대하고 있는 일반 개념이 크면 클수록, 그 탐구는 직접적이고 간결하다. 이미 우리가 알고 있는 것 중에서 무엇을 발견하는 데 도움이 되는 바로 그 주제가, 경험 있는 사람과 마주했을 때 어떤 질문을 할 것인가를 도와 줄 것이다. 혹은 훌륭한 책이나 작가에게서 무언가를 배우기 위해서는 어떤 점을 탐구하고 생각해야 할 것인가를 도와준다. 논증의 발견 중 지금 논하고 있는 암시를 일컬어 스콜라 학파에서는 화제나 논제라고 부르고 있는데, 결여되어 있다고는 말할 수 없는 것이다.

10

화제나 또는 대체론(大體論), 즉 기지의 진리 또는 표지나 주제에는

---

17 플라톤, 《메논》, 2 · 80.

268

두 가지 종류가 있다. 일반과 특수 또는 개별이다. 일반에 대해서는 이미 말했다. 특수에 대해서는 언급한 사람도 있지만 일반적으로는 규칙이나 기술이 없고 변화하는 것이라 하여 배제되어 있다. 스콜라 학파의 지배적인 정서를 떠나서(즉 자기가 마음대로 할 수 있는 소수의 사항에 대해서는 아주 세세하게 파고드는 것을 자랑삼지만, 다른 사항은 배제하려는 정서), 나는 특수 대체론을 받아들이기로 한다.

특수 대체론은 하나하나의 개별적인 지식의 발견과 연구의 주제나 방향을 제공하는 데 매우 유용하다. 또한 논리학과 여러 가지 학문의 문제가 섞여 있기 때문에, 어떤 지식에든 "발견의 기술은 발견과 더불어 성장한다."는 말이 적용된다. 어떤 길을 갈 때, 지나온 길을 자기 것으로 만드는 것은 물론이고, 남아 있는 길까지도 잘 볼 수 있어야 한다.

이와 마찬가지로 학문에 있어서는 진보의 한 계단마다 그 앞에 계속되는 것에 빛을 준다. 그런 빛을 꺼내어 연구의 질문이나 주제에 넣음으로써 강화한다면, 우리의 연구를 매우 진전시켜 줄 것이다.

제14장

1

이제 판단의 기술로 들어가기로 한다. 이것은 입증이나 논증의 문제를 다루는 것으로, 귀납법에 관해서는 발견과 일치하는 데가 있다. 좋은 형식이든 나쁜 형식이든 모든 귀납에 있어서, 발견하는 행위를 하는 마음이 판단하는 행위를 하기 때문이다. 감각의 경우와 똑같다.

삼단논법의 입증은 이와는 형식이 다르다. 즉 직접적인 입증이 아니라 중간사(中間辭)에 의하므로, 중간사의 발견과 결론의 판단이나 추론과는 별도의 것이다. 중간사의 발견은 자극을 줄 뿐이며, 후자는 실제 검토한다. 귀납에 의한 판단에 있어 현실적이고 정확한 형식에 대해서는, 자연의 해석에 관한 설명 부분을 참조한다.

2

　삼단논법에 의한 또 하나의 판단에 대해서는 인간의 마음에 가장 적합한 것이므로, 아주 열심히 탐구되고 있다. 인간의 본성은 그 오성(悟性) 속에 무언가 고착되어 움직일 수 없는 것, 즉 명제를 매우 갈망하고 있으며, 그것으로 마음의 휴식처와 의지로 삼으려 한다.

　아리스토텔레스도 모든 물체의 운동 속에 무언가 정지점이 있다는 것을 입증하려 하고 있다.[1] 그는 고대 아틀라스의 우화를 우아하게 설명하여, 아틀라스는 하늘의 양극이나 축으로 고정되어 하늘이 떨어지지 않도록 떠받들고 있다고 보고, 그 위에서 회전이 이루어진다고 말하고 있다. 마찬가지로 확실히 사람은 마음속에 아틀라스나 축 같은 것을 가지고 있어서 동요로부터 몸을 지키려고 한다. 이 동요는 영속적인 추락의 위험이라고 해도 좋다. 사람은 서둘러 여러 가지 원리나 명제를 규정하고 그 주변에서 그들의 온갖 의론이 회전하게 했던 것이다.

3

　판단의 이와 같은 기술은, 여러 가지 명제를 중간사의 원리나 삼단

1　아리스토텔레스, 《동물 운동에 관하여》, 2·3.

271

논법의 대전제가 될 명제로 환원한 것에 지나지 않는다. 이 원리는 누구나 의견이 일치하므로 증명할 필요가 없다. 중간사는 각자의 발견 여하에 따라 선택되며, 그 환원은 직접적 환원과 전화(轉化)적 환원의 두 종류로 이루어진다. 전자는 명제가 원리로 환원되었을 때를 말하며, 직접 증명이나 동일 결론이라고 부른다. 후자는 명제의 모순 명제가 원리의 모순 원리로 환원될 때이다. 이것을 '불이익' 즉 부조리의 강행이라고 한다. 중간사의 수효는 명제가 원리로부터 얼마나 떠나 있는지를 표시하는 단계의 대소에 따라서 다르다.

4

판단의 기술에는 두 가지 이론이 있다. 하나는 지시에 의한 것이고 또 하나는 경계에 의한 것이다.

전자는 결론이나 추론, 삼단논법의 참된 형식을 형성하고 규정한다. 또한 그 결론을 변화와 편향에 의해서 오류와 잘못된 추론을 정확히 판단할 수 있게 된다. 이런 형식의 성질과 구성에 대해서는 그것을 구성하는 여러 가지 부분을 면밀히 검토하게 된다. 즉 삼단논법에서의 명제들과 명제의 부분인 단어에 대한 검토가 이루어지는 것이다. 이것은 분석론의 견지에서 보는 논리학의 일부이다.

두 번째 이론인 경계는 민첩한 응용과 사람에게 확신을 주기 위해 도입된, 미묘한 형식의 착오나 함정 또는 혼란된 의론과 반론을 발견하는 일이다. 이 방법은 반론이나 논파(論破)라고 부른다. 이것은 세네카의 적절한 비유처럼[2], 요술쟁이의 요술과 같은 조잡한 착오를 논파하는 데 흔히 사용된다. 그 착오가 어떻게 일어났는지는 모르지만 겉보기대로는 아니라는 것은 안다. 미묘한 종류일 때는 사람이 반론할 수 없을 뿐 아니라 판단력이 흐려지는 경우도 많다.

학문의 진보

논파법(論破法)은 아리스토텔레스가 훌륭하게 다룬 이론이지만, 플라톤의 실례는 더 훌륭하다. 플라톤은 여러 궤변론자들뿐 아니라, 소크라테스까지 다루고 있다. 소크라테스는 아무것도 긍정하지 않는다는 말을 하면서도 남들이 긍정하는 것을 모든 형식의 이론(異論), 착오, 반론을 들어 반박하고 있다. 이 논파법의 효용은 반론을 위한 것이라고 이미 설명했지만, 분명한 것은 타락·부패한 사용은 기만이

---

2 세네카, 《도덕서한》, 45 · 8-9.

나 궤변론에 도움이 될 뿐이다. 이런 사용도 위대한 능력을 가지고 있고 매우 유리한 점이 있다는 것은 확실하다. 다만 웅변가와 궤변가는 구별해야만 한다. 웅변가는 경주용 개인 그레이하운드와 같아서 경주 때 유리하고, 궤변가는 방향 전환에 유리한 토끼와 같은데, 이는 약한 동물의 이점이라고 할 수 있다.

7

논파법은 알려져 있는 것 이상으로 그 폭과 범위가 넓다. 즉 지식의 여러 가지 영역에 적용된다. 그 중에는 검토된 영역도 있고 제거하는 영역도 있다. 다소 낯설게 보일지 모르지만 내 생각에, 첫째로 논파법은 논리학에도 관계되고 아리스토텔레스의 형이상학 즉 제1철학 등 여러 분야와도 관계되며, 본질 즉 실체의 공통적인 속성에 관한 것을 다루는 학문 분야이다.

모든 궤변론 중에서도 가장 궤변스러운 부분은 말이나 문구, 특히 가장 일반적이고 모든 탐구에 나오는 이야기의 속임수와 애매함이다. 우리들의 탐구에서 다수·소수·우선(優先)·보류·동일성·다양성·가능성·행위·전체성·부분·존재·결여 등의 용어를 헛된 미세함이나 사색에서 벗어나 참되고 유익하게 사용한다는 것은, 언어의 애매성에 빠지지 않도록 하는 논파법의 현명한 주의나 경계에 지나지 않는다. 여러 가지 사물을 어떤 부속(部屬), 이른바 범주로 나누는 것도, 정의나 분류의 혼란을 피하기 위한 논파법의 경고와 다르지 않다.

8

  둘째로 논파법은, 미묘한 함정을 놓지는 않지만 인상의 강도로 작용하려는 어떤 유혹을 경계하도록 한다. 이 유혹은 이성을 곤혹시키기보다 상상력으로 이성을 압도한다. 이 문제는 수사학에서 다루는 편이 적당하다고 생각한다.

9

  마지막으로 인간의 마음속에는 훨씬 중요하고 심원한 착오가 있다. 이것은 전혀 관찰되거나 탐구되고 있지 않다. 논파술은 이러한 착오에 대해서도 관계한다. 또한 가장 올바른 판단에 대하여 다루고 있는, 지금 이 부분에 포함시키는 것이 좋을 것으로 생각된다.
  이러한 착오의 힘은 각각의 특정한 문제에 대한 인간의 이해력을 현혹시키거나 모함하는 것이 아니라, 전반적이면서 내면적으로 그 상태를 침범하고 타락시킨다. 인간의 마음이란 맑고 편평한 거울과는 그 성질이 다르다. 거울이라면 여러 가지 빛이 그 참된 성질에 따라 반사된다. 인간의 마음은 사실 마법의 거울과 같다. 마음을 구제

275

해 주거나 조정해 주지 않으면 미신과 기만으로 가득 찬다.

마음을 조정하고 구제하기 위해서 마음의 일반적인 본성에 의해 우리들에게 부과되는 거짓된 외관에 대해 한두 가지 예를 들어 생각해 보자.

첫째, 모든 미신의 뿌리라고 할 수 있는 예가 있다. 모든 인간의 본성은 긍정적·활동적·적극적인 것이 부정적·소극적인 것보다 그 영향력이 크다. 단지 몇 번의 성공과 출세로 수많은 좌절과 실패를 상쇄시킬 수 있다고 믿는다. 이러한 착오에 대해 디아고라스는 적절한 대답을 해주었다. 넵투누스의 신전에, 넵투누스에게 맹세하여 난파를 면하고 '회개하라! 지금, 폭풍우 속에서 넵투누스에게 기도하는 것을 어이없다고 생각하는 자여!'라고 말하는 사람들의 그림이 많았는데, 이 그림을 디아고라스에게 보여 준 사람이 있었다. 그는 "그건 그런데, 빠져 죽은 사람들은 어디에 그려져 있지?"라고 물었다.[3]

또 하나의 예를 들어 보자. 인간의 정신은 평등하고 동일한 실체로 되어 있기 때문에, 자연 속에서도 진리보다 더 큰 평등성과 동일성이 있다고 상상하거나 착각하게 되는 것이 보통이다. 천체의 움직임에 대해 수학자는, 나선형의 궤도를 물리치고 이심권(離心圈)을 제거해 버린 뒤 완전한 원으로 만들어 버리지 않으면 직성이 풀리지 않는 것과 같다. 또한 이런 착각을 근거로 자연 속에는 '유일하고 독립적으로'라고 말할 수 있

---

3 키케로, 《여러 신들의 본성에 관하여》, 3·37에서 그리스의 멜로스에서 활동했던 시인 디아고라스에 대해 언급한 대목.
디오게네스 라에르티오스, 《철학자들의 생애》, 6·59.

는 사물이 많다고 생각하여, 상관·병행·유사 관계 같은 것을 만들어 내지만, 실제로는 그와 같은 것이 없다. 이를테면 흙·물·공기에 불이라는 원소를 같은 것으로 분류하여 4원소를 만들어 놓은 것과 같다. 이것은 실제로 막상 밝혀질 때까지는 믿을 수 없는 일이다. 즉 인간의 행위나 기술이 자연의 작용과 유사하다는 가정 아래서 어느 만큼의 허구와 공상을 자연 철학 속에 들고 들어와 있느냐 하는 것을 밝혀야 한다는 것이다. 이러한 가정은 인간 스스로 '만물의 척도'[4]로 생각하는 데서 나온 것인데, 이단설인 신인 동형론자(神人同形論者)[5]를 그리 벗어나는 것이 아니다. 신인 동형론은 이교설에 호응했던 에피쿠로스의 영향으로 무무하고 고독한 수도승의 독방에서 발생한 이단설로, 여러 신들이 인간의 모양을 하고 있다고 상상한 것이다. 쾌락주의자 벨레이우스[6]는 신이 하늘을 별로 장식한 이유를 물을 필요가 없었다. 그에게 신은 마치 로마의 흥행 공연이나 구경거리를 감독하는 재판관처럼, 근사한 구경거리나 연극의 총감독처럼 생각되었기 때문이다. 그 위대한 일꾼이 정말 인간의 기질을 갖고 있었다면, 건물 지붕의 장식 세공처럼 좀 더 여러 가지 즐겁고 아름다운 설계나 순서로 별을 배치했을 것이다. 그러나 무한한 수의 별 속에서 사각이나 삼각, 직선 같은 모양은 거의 발견할 수가 없다. 인간의 정신과 대자연의 정신 사이에는 조화에 있어 차이가 나는 것이다.

---

4 아리스토텔레스, 《형이상학》, 10·6.
5 그리스도 '단성론자', 즉 신성(神性)과 인성(人性)은 일체이며 단일성일 것이라고 생각한 일파로서, 신은 인간의 모습을 하고 있다고 주장했다.
키케로, 《여러 신들의 본성에 관하여》, 1·9·22.
6 벨레이우스 파테르쿨루스(Velleius Paterculus, BC 19−AD 30년 무렵)는 로마의 역사가이다.

10

이제 인간 각자의 성질이나 습관으로 우리에게 주어진 거짓된 외관을 살펴보자. 플라톤이 동굴에 비유하여 허구의 상상을 한 대목이 있다.[7] 어떤 아이가 동굴이나 지하의 구덩이에서 성숙한 나이가 될 때까지 갇혀 있다가 별안간 외계로 나온다면, 이상하고도 터무니없는 상상을 하게 될 것이다. 이처럼 우리의 몸도 하늘을 보면서 살고 있지만, 정신이나 마음은 자신이 가진 심신의 성질과 습성의 동굴 속에 갇혀 있다. 각자의 성질이나 습성이 검토되지 않으면, 한없는 잘못과 공허한 의견을 우리에게 던져 주게 된다. 이에 대해서는 하나의 잘못, 즉 불건전한 기질의 경우에 대해서 여러 가지 예를 들어 이미 제1부에서 간단히 다루었다.

11

마지막으로 말, 즉 언어에 의해서 우리에게 부과되는 거짓된 외관을 생각해 보자. 이것은 무식한 지성이나 능력에 상응해서 만들어지고 또 사용된다. 우리는 말을 지배하고 "말은 대중처럼 해도, 생각은

---

7 플라톤, 《국가론》, 7.

현명한 사람처럼 한다.”[8]는 그럴 듯한 규정을 하고 있지만, 확실히 말이라는 것은 타타르인의 활처럼 가장 현명한 사람들의 오성도 되쏘아서 판단력을 혼란시키고 왜곡시키는 경우가 많다. 모든 논쟁이나 토론에 있어서는, 수학자의 지혜를 흉내 내어 먼저 우리의 용어나 술어(術語)의 정의를 내려서 그것을 우리가 어떻게 받아들이고 이해하는가를 사람들에게 알리고, 그들이 우리와 같은 의견인지 아닌지를 알 수 있게 할 필요가 있다. 이렇게 하지 않으면 벌써 시작했어야 할 곳에서 끝내야 되는 일이 반드시 발생한다. 즉 용어에 대한 의문이나 견해 차이에서 그런 일이 발생한다.

　결론적으로 이 같은 착오나 거짓된 외관으로부터 우리들 자신을 떼어 낸다는 것은 불가능하다고 고백하지 않을 수 없다. 우리의 본성이나 생활 조건으로부터 필연적으로 만들어지는 것이기 때문이다. 그렇다 하더라도, 이러한 것들에 대한 경계는 인간의 판단력을 참되게 나아가도록 하는 것과 매우 중요한 관계가 있는 것이다. 즉 모든 논파법은 경계 바로 그것이라는 것은 위에서 설명한 바와 같다. 위에서 말한 세 가지 거짓된 외관에 대한 개개의 논파법이나 경계에 대해서는 완전히 결여되어 있다고 생각한다.

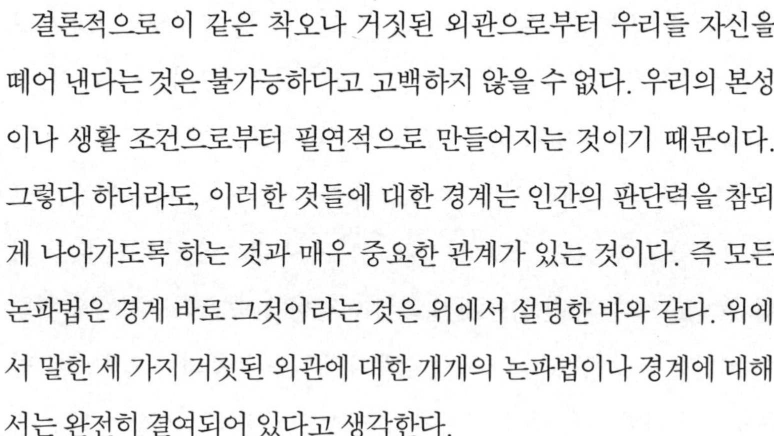

8　로저 베이컨, 《저작집》, 14에 나오는 아리스토텔레스의 말.

판단력의 일부로서 매우 우수한 방법이 아직 더 남아 있다. 이것은 내가 아는 바로는 별로 언급되는 일이 없으므로, 이 또한 거의 결여되었다고 해도 좋을 것 같다. 이 판단 방법은 바로 여러 가지 종류의 주제에 맞게 여러 가지 종류의 입증을 적용하는 일이다.

지금까지 알려져 있는 증명에는 네 가지밖에 없다. 마음이나 감각의 직접적인 동의(同意) 즉 직감에 의한 것, 귀납에 의한 것, 삼단논법에 의한 것, 합동성에 의한 것이 그것이다. 이 중 네 번째는 아리스토텔레스가 말한, "비교적 더 잘 알려져 있는 것으로부터"가 아니라, 구체(球體)나 원의 증명이라고 부르는 것이다. 이들 증명법은 학문의 문제에서 각각의 주제를 갖고 있고, 그 주제에 대하여 저마다 가장 중요한 효용을 갖고 있다. 또한 저마다 제외되지 않으면 안 되는 다른 어떤 주제도 있다. 어떤 사물에 대해서는 엄한 입증을 요구하는 엄격함과 세밀함을 보이면서, 다른 사물에 대해서는 부주의한 입증으로 만족하는 용이함 같은 것이, 지식에 대한 방해와 장애의 가장 큰 원인 중 하나인 것이다. 여러 가지 학문의 성질에 따라 증명의 다른 분포나 배분이 있어야 하는데, 이러한 작업이 결여되어 있음을 알 수 있다.[9]

---

9 아리스토텔레스, 《전(前)분석론》, 2·5.

제15장

1

지식을 보존하거나 유지한다는 것은 저술이나 기억에 의존한다. 저술에는 두 가지 종류가 있다. 하나는 문자의 성질을 다룬 것이고, 다른 하나는 쓰는 순서를 다룬 것이다. 문자나 사물의 가시적 기호의 기술은 문법과 가장 밀접한 관계가 있다. 이것은 문법을 논하는 부분으로 돌리기로 한다.

저술 속에 보존된 지식의 배치와 배열은, 주제를 어떻게 잘 안배했는가가 중요하다. 이 경우 주제에 관한 비망록(備忘錄) 같은 것을 사용함으로써 발생하는 폐해를 모르는 바는 아니다. 이는 독서를 느리게 하고 기억의 어떤 나태나 이완의 원인이 되기도 한다. 지식을 당장 쉽게 끄집어낼 수 있다는 것은, 깊고 충실한 기억력을 가진 사람의 경우는 다르겠지만 거짓에 지나지 않는다. 주제를 적어 둔다는 것은 연구할 때 매우 유용하고 중요하다. 이러한 작업은 발견했을 때 자료를 확실하게 내놓을 수 있도록 지식을 풍부하게 만들고, 판단력을 강하게 만들어 준다. 내가 지금까지 본 주제를 적어 두는 방법에는 충분한 가치를 지닌 것이 전혀 없는 것도 사실이다. 지금까지의 모든 방법은 다만 어떤 학파의 외관을 달고 있을 뿐, 세계의 것이라고 할 수는 없다. 또한 통속적인 문제나 학문을 과시하려고만 할 뿐이지, 생명이나 행위와는 전혀 관련이 없다.

2

지식의 유지에서 또 하나의 중요한 부분인 기억에 관해 살펴본다. 기억력에 대한 연구는 미약한 것으로 생각된다. 기억력에 관한 기술이 남아 있기는 하지만, 기술보다는 좋은 이론들, 즉 현재 받아들여지고 있는 것 이상으로 좋은, 실제로 행해지고 있는 방법이 있다. 확실히 현재와 같은 형태의 기술은 훌륭한 외관을 지니는 데는 부족하지 않지만, 실제로 행해져야 하는 현실에서는 거의 불모 상태이다. 기존의 기억 방법은 자연적인 기억력에 대해 부담이 된다든가 위험하다는 것이 아니라, 불모인 것이 문제다. 즉 실제 일이나 기회에 이용하려고 할 때 잘 적용되지 않는 것이다. 때문에 한 번만 들어도 매우 많은 이름이나 말을 되풀이하여 말할 수 있다든가, 즉석에서 많은 시구나 운문을 암송할 수 있다든가, 모든 일에 대해서 냉소적인 비유를 한다든가, 모든 것을 농담으로 얼버무려 버린다든가, 모든 일에 이의를 제기하여 엉망으로 만들거나 반대한다든가 하는 등의 기존의 기억 방법을 나는 별로 높이 평가하지 않는다. 이런 것은 마음의 능력 속에 매우 풍부하게 있어서, 연구와 연습을 거듭하면 아주 놀랄 만큼 향상된다. 마치 줄 타는 곡예사나 발레리나 등의 기교와 같다. 전자는 마음의 문제이고, 후자는 육체의 문제일 뿐 똑같은 것이며, 색 다르기만 할 뿐 가치는 없는 일이다.

3

기억의 이러한 기술은 바로 두 가지 의도 위에 만들어져 있다. 하나는 예지(豫知), 즉 전부터 알고 있는 일이고, 하나는 상징적인 그림이다. 전부터 알고 있는 것은, 우리가 회상하고 싶은 것을 무한히 찾아다니는 것보다 좁은 범위 안에서 찾도록 방향을 제시해 준다. 우리 기억의 장소와 일치하는 곳을 찾게 한다는 것이다. 상징적인 그림은 지적인 개념을 감지할 수 있는 심상(心象)으로 환원하는 것이다. 이 것은 기억에 한층 강한 인상을 준다.

이러한 두 가지 공리, 즉 법칙으로부터 실제로 사용되고 있는 것보다 좋은 실제적인 원리를 끌어낼 수 있을지도 모른다. 이외에 기억에 도움이 되는 더 많은 공리가 있을지도 모른다. 나는 처음부터 이 두 가지가 결여되어 있음을 보고하려 한 것이 아니고, 다만 방법이 잘못되었다는 것을 알리기 위한 것이었다.

제16장

1

이성적인 지식의 네 번째 종류가 아직 남아 있다. 이것은 지식의 전달과 관련된 것으로, 우리의 지식을 남에게 표현하거나 전하는 일에 관한 것이다. 이것을 전달이나 전승이라는 일반적인 명칭으로 부르기로 한다.

전달에는 세 가지 영역이 있다. 첫째는 전달의 수단이나 도구에 관한 것이다. 둘째는 전달 방법에 관한 것이고, 셋째는 전달의 풀이에 관한 것이다.

전달의 수단은 말이나 글이다. 아리스토텔레스가 잘 말하고 있지만, 말은 관념의 상(像)이다.[1] 문자는 말의 상이다. 관념이 반드시 말의 중개로 표현된다는 것은 아니다. 차이를 충분히 표현할 수 있는 것이면 무엇이나, 그리고 감각으로 지각할 수 있는 것은 모두 관념을 표현할 수 있는 성질을 갖고 있기 때문이다. 야만인들의 교제 관계에 있어서는 서로의 말을 이해하지 못하기도 하고, 벙어리나 귀머거리나 그 밖에 여러 사람들의 실제를 보면 사람들의 마음이 동작으로 표현되는 것을 알 수 있다. 이러한 표현은 정확성은 떨어질지 모르지만 상대방에게 전달하는 데는 도움이 된다.

우리가 알고 있는 바로는 중국이나 극동의 여러 왕국에서는 현물을 문자로 사용한다. 이것은 총체적인 문자나 언어를 표현하는 것이 아니라, 사물이나 개념을 표현하는 것이다. 서로의 말을 이해하지 못하는 나라들이나 지역에서도 서로가 쓴 것을 읽을 수 있는 것은 상형문자가 언어를 사용하는 것보다 일반에게 더 잘 받아들여지기 때문이다. 이러한 지역에는 기초적인 어근어(語根語)의 수만큼 매우 많은 상형문자가 있을 것이라 상상할 수 있다.

---

1 아리스토텔레스, 《해석론》, 1·1.

이런 관념의 기호에는 두 종류가 있다. 하나는 그 기호가 개념과 어떤 유사성 혹은 일치성을 가진 경우이다. 또 하나는 '인습적'인 것으로, 인습 또는 받아들임으로써 비로소 힘을 갖는 것이다.

전자의 종류로는 상형문자와 몸짓이 있다. 상형문자는 고대로부터 사용되어진 것이며 가장 오래된 민족 중 하나인 이집트 민족이 주로 사용했다. 제명(題銘)이 붙은 도안, 우의적인 그림의 연속으로 표현된다. 또 몸짓이나 동작은 움직이는 상형문자 같지만 지속적이지는 못하다. 몸짓이 지껄이는 말이라면 상형문자는 쓰는 말과 같은 관계이다. 이 둘은 표현하려는 사물과 유사성을 갖는다. 예를 들어 페리안드로스[2]는 전제군주의 자리를 새로이 차지했을 때, 어떻게 그 자리를 유지하느냐는 의논을 하던 중, 사자에게 자기가 하는 것을 보고 전하라고 일렀다. 그리고는 정원에 나가 높은 곳에 피어 있는 꽃의 줄기를 모두 잘라 버렸다. 이 의미는 귀족이나 거물들을 모두 잘라 지위를 낮게 만들어 두는 것이 그 자리를 유지하는 요령이라는 의미였다.

'인습적'이라는 것은 앞에서 설명한 현실의 문자와 언어이다. 다만 개중에는 호기심에서 하는 연구나 오히려 교묘한 궁리를 바탕으로

학문의 진보

---

2 BC 625−585, 코린트의 참주. 다음 이야기는 아리스토텔레스, 《정치학》, 3 · 13에 있다.

이성과 의도대로 끌어내어 명칭을 붙인 것도 있다. 우아한 사고와 이성에 의해서 고대를 연구하려는 것으로서 존경할 만하지만, 진리가 포함되는 일은 적고 좋은 결과도 얻지 못한다.

이 부분의 지식 즉 사물과 일반적인 사고를 표현하는 기호에 관한 이 영역은 제대로 탐구되지 않았으며, 많이 결여되어 있다고 생각한다. 문자에 의한 말과 기록이 다른 어떤 방법보다 낫다는 것을 생각할 때, 이러한 지식의 영역이 그리 유용하지 않다고 생각될지 모른다. 이 영역은 지식에 있어 조폐국이라 말할 수 있다. 즉 화폐가 가치를 대신 전하듯, 말은 통용되고 관념으로서 받아들여지는 것을 대신 전하는 것이다.

4

지껄이는 말이나 어휘에 대한 고찰로부터 문법이라는 학문이 생겼다. 인간은 자기의 실수로 빼앗겨 버린 은혜를 다시 얻으려고 언제나 애쓰는 법이다. 최초의 일반적인 저주[3]에 대해 다른 모든 기술을 연구함으로써 대항하려고 노력한다. 마찬가지로 제2의 일반적인 저주, 즉 여러 종류 말의 혼란으로부터 달아나려고 애써 오고 있다. 이것이 문법의 기술이다. 이것은 모국어의 경우에는 별로 도움이 되지 않지

---

3 〈창세기〉 3:16−19.

만, 외국어의 경우에는 한층 유용하다. 도움이 되는 것은 외국어 중
에서도 보통 사용되는 언어가 아니라, 오직 학문 용어로 사용되는 경
우이다.

문법의 기술은 두 가지 성질의 의무를 가졌다. 하나는 대중적인 것
으로서 말을 신속하게 완전히 습득할 수 있다는 것이다. 말을 서로
주고받으면서 동시에 저자들을 이해하기 위해서다. 또 하나는 철학
적인 것이다. 이는 말이 이성의 발자국이고 흔적이라는 입장에서 말
의 힘과 성질을 검토하는 것이다. 말과 이성의 이러한 유사성은 전체
적이 아니라 토막토막 산발적으로 연구하고 있다. 나는 유사성에 대
한 연구가 완전히 결여되어 있다고 보고할 수는 없지만, 독립적인 학
문을 이루는 데는 충분한 가치가 있는 일이라고 생각한다.

5

또 문법에 해당하는 것으로서 보유적인 말의 속성에 대한 고찰이
있다. 여기에는 음절의 장단이나 소리, 억양 혹은 가락, 그 매끄러움
과 딱딱함 같은 것이 속한다. 이러한 연구로 수사학에서의 여러 가지
흥미 있는 관찰이 발견되고 있다. 특히 시의 경우 내용보다도 운율에
서 찾아볼 수 있다. 이때 학문적인 고대 언어로 시를 짓는 사람들은
고대의 운율에 국한되지만, 현대어의 경우에는 무도(舞蹈)와 마찬가
지로 새로운 운율을 자유로이 만들어 낼 수 있다고 생각한다. 무용이

운율 있는 걸음걸이라면 운문은 운율 있는 말이기 때문이다. 이런 분야에서는 감각이 기술보다 판단자로서의 그 위치가 낮고, 거의 아무도 거들떠보지 않는다는 것이다. 이러한 기술도 중요한 최고 학문과 나란히 놓으면 하찮은 것처럼 여겨진다. 그것을 골라서 그것을 위해 노력과 연구를 쏟고 있는 사람들에게는 그런 것이 위대한 일로 보이는 것이다.

> 우리의 식사 때 요리가
>
> 요리사를 기쁘게 하기보다
>
> 손님을 기쁘게 하는 것이 바람직하다.[4]

또한 어울리지도 않고 부적당한 주제에 대하여 고대의 운율을 적용하는 것에 대해서는 "시간상으로 보아 낡아 보이는 것은, 부적당해지면 가장 새로운 것이 된다."는 묘한 논리를 따르고 있는 것이다.

6

암호는 보통 문자나 알파벳을 사용하지만, 단어로 되어 있을 수도 있다. 암호의 종류에는 단순한 암호에 변화를 주거나, 의미 없는 문

---

4 1세기 때 로마의 풍자시인 마르쿠스 발레리우스 마르티알리스, 《풍자시》, 9·83.

자와 무의미한 기호를 넣거나 하는 것 외에도 많다. 의미를 감추려는 성질과 규칙에 따라 수레바퀴 암호, 열쇠 암호, 이중 암호 등이 있다.

　바람직한 암호로서 갖추어야 할 장점으로는 세 가지가 있다. 읽거나 쓰는 데 너무 힘들지 않아야 하고 남이 쉽게 해독할 수 없어야 하며, 어떤 경우에는 암호임을 의심받지 않아야 한다는 것이다. 최고의 암호는 '모든 것으로 모든 것이 되게끔' 쓰는 것이다. 이것은 확실히 가능하다. 숨겨지는 것이 숨기려고 쓰는 방법의 최고 5배를 넘지 않도록 하고, 다른 제한은 하나도 없게 하는 것이다.

　암호를 만드는 기술에 상관적인 것으로서 암호 해독의 기술이 있다. 최상의 암호를 사용한다는 것을 생각할 때, 암호 해독은 무익한 것처럼 생각될 것이다. 암호가 잘 되어 있으면 해독이 불가능한 경우가 많기 때문이다. 암호 해독은 사실 매우 유용하다. 암호를 취급하는 사람들이 미숙하고 서툴다면, 암호를 만들 때도 미숙하여 최대의 내용이 다수의 경우 가장 허술한 암호로 전해지는 수가 많다.

7

　이렇게 사적이고 우회적인 기술을 열거한 것이, 내가 여러 가지 학문을 일일이 들어 전시하고 과시하기 위한 것일 뿐 별로 소용없다고 생각할지 모른다. 그 방면에 숙달된 사람들이 한번 판단해 주었으면 한다. 과연 내가 그것을 그저 과시하기 위해서 들추어내고 있는지,

아니면 내가 이야기하고 있는 것 중에 말은 적지만, 그 어떤 진보의 씨는 없는지 하는 것을 말이다. 다음을 기억해 두기 바란다. 시골이나 지방에서는 매우 중요했던 사람이, 대도시에 나오면 거의 주목을 못 받는 낮은 지위를 차지할 수 있다. 즉 화폐는 금이나 은과는 달리 그 가치가 항상 절대적이지 않다는 점과 같을 것이다. 나로서는 이 분야를 좀 더 탐구하도록 노력하는 것이 좋다고 생각한다.

제17장

1

전달 방법에 대해서 알아보자. 예를 들어 일반 사회적인 문제에 대하여 회합이 있고 사람들이 토론을 시작하면, 보통 그 문제는 그동안 끝나 버리고 전혀 진전되지 않게 된다. 마찬가지로 학문에 있어서도 많은 논쟁이 있게 되면 연구가 거의 이루어지지 않는 경우가 많다. 즉 지식의 전달 방법에 대한 연구는 매우 미약할 뿐만 아니라 그것이 결여되어 있다 해도 과언이 아니다.

2

논리학에서의 전달 방법은 판단의 일부로서 취급되는데, 여기에는 문제가 없다.[1] 삼단논법의 이론은 발견되는 것에 대한 판단의 규칙을 포함하는 것이고, 방법의 이론은 전해지는 것에 대한 판단의 규칙을 포함하는 것이다. 즉 판단은 전달에 선행하고, 발견의 뒤에 따른다. 또 전달의 방법이나 성질이나 지식의 사용을 위해서 중요할 뿐 아니라, 지식의 진전을 위해서도 중요하다. 한 인간의 노력도 생명도 지식의 완성에는 도달할 수 없으므로, 전달의 지혜는 계속과 진행의 기쁨을 느끼게 해주기 때문이다.

전달 방법은 크게 두 가지로 분류한다. 지식 사용의 가능성에 관한 방법과 진전에 관한 방법으로, 전자는 교사적(教師的) 즉 독단적인 것이고, 후자는 경험으로 입증하는 검증적인 것이라고 할 수 있을 것이다.

3

검증적인 방법은 '포기되어져 폐쇄된 길'[2]인 것처럼 여겨진다. 오

---

1 프랑스의 논리학자 페트루스 라무스(Petrus Ramus, 1515-1572)가 그의 《변증법》 속의 〈판단론〉에서 전달의 방법을 방법론으로써 다루고 있는 것 등에 대해 말하는 것이다.

늘날 지식이 전해질 때, 전하는 사람과 받는 사람 사이에 일종의 잘못
된 계약 같은 것이 있다는 의미다. 즉 지식을 주는 사람은 가장 믿을
수 있는 형태로 전하고 싶어 하지, 가장 검토하기 좋은 형태로 전하려
하지는 않는다. 또 지식을 받는 쪽은 참을성 있게 연구하기보다 즉각
적인 만족을 바란다. 오류가 없도록 하기보다 의심하지 않도록 한다.
저자들에게 있어 명성에 대한 헛된 희망은 자신의 약점을 드러내지
않게 만들고, 나태는 제자에게 자기 실력을 알지 못하게 만든다.

4

　지식은 실을 짜듯 계속 전해지는 것이지만, 가능하면 그것이 발견
된 것과 같은 방법으로 전하고 또 알려져야 하는 것이다. 그와 같이
귀납하여 얻은 지식만이 학습이 가능하다. 앞서 말한 너무 조급하게
앞지른 지식의 경우, 자기가 얻은 지식에 어떻게 도달했는지 아무도
모른다. 그런데도 사람은 '그 정도가 크건 작건' 자기의 지식과 신념
의 바탕까지 생각해서 되찾아보고, 또 자기 자신의 마음속에서 그것
이 성장함에 따라, 남에게 그것을 옮겨 심을 수 있을 것이다. 왜냐하
면 지식이나 식물이나 마찬가지이기 때문이다. 만일 그 식물을 사용
할 것이라면 뿌리는 아무래도 좋다. 그것을 움직여 성장시키려 한다

2　키케로, 《카에리우스론》, 18 · 42.

면, 접붙이는 묘목보다 뿌리에 의지하는 편이 더 안전하다. 같은 이치로 현재와 같은 방법의 지식 전달은, 훌륭한 나무의 등걸이 뿌리를 가지고 있지 않은 것과 다름없다. 목수에게는 소용이 있겠지만 나무장수에게는 쓸모가 없는 것이다. 학문을 성장시키는 데는 수목의 등걸이나 몸뚱이는 그리 중요하지 않다. 뿌리가 내리는 것에 주의해 주기만 하면 되는 것이다.

이러한 지식 전달의 방법은 수학의 분야에서 얼마간 기미를 엿볼수 있다. 일반적으로는 이 방법이 사용되고 있는 것이나 연구되고 있는 것도 알지 못한다. 결여돼 있다고 적어 둔다.

5

이와 비슷한 또 다른 방법이 하나 있다. 이 방법은 그리스·로마 고대인의 견식에 의해서 사용되고 있지만, 그 뒤 많은 허황된 사람들의 기만으로 더럽혀졌다.

이 방법은 수수께끼 같은 것이면서도 또 분명하게 드러내는 것으로, 허황된 인간들은 이것을 자기들의 가짜 상품을 위조하는 데 사용한다. 고대에는 보통 사람들이 지식의 비밀에 접근하지 못하도록 하여, 그 비밀을 선택된 청중, 즉 덮개를 꿰뚫을 수 있는 날카로움을 가진 지성 있는 청중들에게만 전달되도록 하는 데 이 방법을 사용하였다.

6

중요한 또 하나의 지식 전달 방법은 아포리즘과 주도한 논고 방법에 의한 전달이다. 논고 방법은 어떤 내용이나 소수의 요의 혹은 관찰을 바탕으로 습관 속에 너무 깊이 자리 잡고 있기 때문에 여러 가지 담화를 집어넣고 실례를 들어 소화한 뒤, 엄숙하고 완전한 기술로 만드는 훌륭한 방법은 될 수 없다.

아포리즘에 의한 전달 방법이 갖는 뛰어난 장점들은 논고의 방법으로서는 도저히 미치지 못한다.

7

첫째, 아포리즘은 표면적인지 실질적인지 작가를 시험하게 된다. 아포리즘은 우스꽝스러운 경우에는 예외이지만, 학문의 정수나 중심에서 밖으로 나오지 않기 때문이다. 예로서의 담화와 실례, 관계와 순서의 담화, 실천의 서술도 잘려져 나오는 것이다. 남은 아포리즘을 채우는 것은 충분한 양의 관찰뿐이다. 건전하고 튼튼한 근거가 있는 사람 이외에는 아무도 아포리즘을 쓸 수는 없으며, 이성으로써 기도하는 사람도 없을 것이다. 논고 방법에 있어서는,

여러 가지 배열과 결합은

보통 초라한 것을 훌륭하게 만든다.[3]

이를테면 어떤 기술을 매우 훌륭하게 보일 수 있게 하는 사람이 있다. 그것을 해체하여 풀어놓고 보면 대단한 것이 아님을 알 수 있는 것이다.

둘째로, 논고 방법은 동의나 신념을 얻는 데는 적합하지만, 행동 방향을 제시하는 데는 적합하지 않다. 이 방법은 일종의 순환적인 증명으로써 수행되기 때문에, 어떤 부분이 다른 부분을 명백하게 만들어주게 되어 있어서 이론(異論)을 내주지 않는다. 개별 지식들은 여러 방향으로 흩어져 있는 것이 실제로 가장 적합한 것이다.

마지막으로 아포리즘은 불완전한 지식을 나타내는 것이며, 사람들에게 더 연구하도록 부추긴다. 논고 방법은 전체 같은 외관을 가지고 있으므로, 자기들이 가장 앞섰다는 인상으로 사람들을 안심시킨다.

8

이와 마찬가지로 매우 중요한 지식 전달 방법은 단정과 그 입증 혹은 의문과 그 해결로써 지식을 다루는 방법이다. 이 중에서 후자는

---

3 호라티우스, 《시론》, 242.

신중하게 사용하지 않으면 학문을 진전시키는 데 해롭다. 이것은 군대가 작은 요새나 보루를 하나하나 포위하고 다니는 경우와 같다. 싸움터를 제압하여 그 작전의 주요 목적을 추구한다면, 그런 작은 것들은 저절로 항복해 오는 법이다. 작은 요새를 일일이 포위해 가며 싸우다가 사실상 중요한 요새의 등 뒤에 적을 두게 되어서는 안 될 것이다. 마찬가지로 학문의 전달에 있어서 반론의 제기는 매우 신중히 하지 않으면 안 된다. 강한 선입견이나 예단(豫斷)을 제거하는 데 유용하게 쓸 일이지, 토론이나 의혹에 이용하거나 그것을 자극하기 위한 것이어서는 안 된다.

9

취급되는 주제나 내용에 의한 방법도 있다. 지식 중에서 가장 추상적인 수학의 전달과 가장 구체적인 정치철학의 전달에는 큰 차이가 있다. 다양한 내용을 통일된 방법으로 전달한다는 데에 노력을 기울이기도 했다. 이러한 의견은 그 미약함은 별도로 하더라도 학문에 대해서는 아무런 가치가 없다. 학문을 어떤 공허한 불모의 일반론으로 만들어 버리는 방향을 취하여 학문의 왕겨와 겉껍질뿐이라고 해도 좋은 것이 된다. 모든 핵심은 못 살게 짓누르는 방법으로 고문을 당하고 밀려나 버린다. 나는 발견에 대한 개개의 논제나 기지의 진리도 인정하지만, 마찬가지로 전달에서도 개개의 방법을 인정하고자 한다.

지식의 전달과 교수에 있어서 또 다른 형태의 판단력을 사용하는 방법도 있다. 전달되는 지식의 본성 즉 입장뿐만 아니라 선입견에도 호응하면서 전달하는 것이다. 즉 기존의 의견과 다르거나 새로운 지식은, 기존의 의견과 일치하거나 익숙해진 형태와는 다른 형태로 전해져야 한다. 아리스토텔레스는 데모크리토스를 비난하고 싶을 때면 실제로는 칭찬을 했다. "우리가 실제로 토론할 때 비유를 사용하지 않는다면"[4]이라고 말이다. 즉 대중적인 견해에 바탕을 둔 관념의 소유자는 입증하거나 토론하기만 하면 된다.

대중적인 견해를 넘은 관념의 소유자에게는 이중의 노고가 있다. 하나는 자기 자신의 관념을 이해시키는 일이고, 또 하나는 입증하고 증명하는 일이다. 자기를 표현하고 이해시키려면, 아무래도 비유나 은유가 필요하다. 학문의 유아기와 야만 시대에는 지금은 하찮은 관념이지만 그 시대에는 새로웠었고, 온 세계가 우화와 비유로 가득 차 있었다. 그렇게라도 하지 않으면 주어진 지식을 눈여겨보지 않고 간과해 버리거나 역설인 줄 알고 물리치고는, 이해도 판단도 하지 않았을 것이다. 마찬가지로 신의 학문에 있어서도 우화나 언어의 멋을 부린 표현이 얼마나 많은지 알 수 있다. 전제적인 예상과 일치하지 않는

---

4 아리스토텔레스, 《니코마코스 윤리학》, 6·3.
  플라톤, 《테아이테토스》, 197에서는 데모크리토스가 아니라고 생각하고 있다.

학문은 모두 비유의 도움을 구하지 않으면 안 되는 것이 보통이다.

11

아직도 다른 형태의 논고법으로서 일반적으로 받아들여지는 방법
이 있다. 분해나 분석, 구성이나 종합, 은폐나 비밀이 그것이다. 나는
이러한 방법들을 충분히 인정하지만, 특별히 많이 취급되거나 관찰
된 적이 없는 방법들에 대해서 다루어 왔다.

이러한 모든 지식 전달 방법을 설명한 것은 다음의 목적에서이다.
전달의 지혜로부터 하나의 일반적인 연구를 수립하고 구성하기 위해
서다. 이러한 일반적인 연구는 아직 결핍되어 있다고 생각된다.

12

전달 방법에 관한 지식의 분야에는, 건물에 비유하자면 전체적인
외관뿐 아니라 건축물의 각각 대들보와 기둥도 이에 속한다. 즉 그
재료에 관해서가 아니라 그 질과 모양에 관해서이다. 전달 방법은 주
제 내용의 전체적인 배치뿐 아니라 명제도 생각한다. 그 진실성과 내
용에 관해서가 아니라 그 한계와 형식에 관해서이다.

라무스가, "명제는 전체적으로, 제1차적으로, 본질적으로 진실이

어야 한다."[5]는 좋은 규칙을 부활시킨 것은 매우 큰 가치를 지니며, 이것은 그가 요약의 악폐를 도입한 것과는 다른 일이다. 인간적인 사물의 조건이 되어 있는 것으로서, 고대 신화에도 다음과 같은 말이 있다.

"가장 귀중한 것에는, 가장 엄한 감시자가 있다."[6]

즉 한쪽 계획인 명제의 진리는 다른 한쪽인 명제의 형식에 의존하게 했던 것이다. 어떤 공리를 전환하려는 사람은 전달 방법에 절대적인 주의를 기울여야 한다. 그것을 원형적이고 비진보적인, 즉 제자리걸음을 하고 있는 공리가 아니라 훌륭한 공리로 전환하려면 말이다.

13

명제의 전달 방법에 대한 또 하나의 고찰은, 주로 깊이 있는 명제와 관계된다. 이런 명제는 학문의 차원을 한정한다. 지식의 깊이는 지식을 강고하게 연구하도록 만들어 준다는 점에서 지식의 진실이며, 실체이다.

지식에는 깊이 외에도 길이와 폭의 차원을 가졌다. 다른 학문과

---

5 라무스, 《변증법》, 2 · 13.
6 그리스 신화에서는 헤스페리데스의 정원에 있는 황금 사과와 처녀를 용이 지키고 있었다. 귀중한 것을 용과 같이 무서운 것이 지킨다는 전설은 유럽에서 많이 볼 수 있다.

연결시키는 데 필요한 폭과 행위로 이어지는 데 필요한 길이를 말한다. 따라서 지식은 최대한의 개괄에서 가장 개별적인 교훈이나 규칙에 걸쳐져 있다는 것이다. 개괄적인 차원은 하나의 지식이 어느 정도까지 다른 영역과 관련되어야 하느냐는 규칙을 나타낸다. 이것은 '본질적으로 진리'라는 규칙이다. 개별적인 차원은 하나의 지식이 어느 정도의 개별성으로까지 내려가도 좋으냐는 규칙을 나타낸다. 이 후자는 더 중요하면서도 수없이 간과되고 있는 것 같다. 지식은 분명 실천에 맡기는 데가 있어야 한다. 그것이 어느 정도냐 하는 것은 연구의 가치가 있다. 구체성에서 멀고 표면적인 개괄은, 지식을 제공해도 실천적인 사람들의 경멸을 자초하는 데 지나지 않는다. 실천에 도움이 되지 않는 것은, 오르텔리우스[7]의 지도가 런던과 요크 사이의 길 안내가 되지 못하는 것과 마찬가지다. 비교적 좋은 규칙은 갈지 않은 강철 거울에 비유되고 있는데, 부적당하지는 않다. 거울은 사물의 모습을 볼 수 있는 것이지만 먼저 녹을 벗겨 내지 않으면 안 된다. 실천에 의해서 시달리고 연마된 규칙만이 도움이 된다.

먼저 어떻게 수정처럼 맑은 것이 될 수 있느냐, 처음부터 어디까지 갈 수 있느냐 하는 것이 문제다. 이에 대한 연구는 결여되어 있다.

---

7 아브라함 오르텔리우스(Abraham Ortelius, 1527-1598)는 안트워프 태생의 지리학자이다. 그가 1570년에 낸 《세계 지리》에는 세계지도가 붙어 있으며, 오랫동안 표준 지도로서의 역할을 했다. 베이컨은 이를 언급한 것으로 짐작된다.

또 고심하여 실천된 하나의 전달 방법이 있다. 이것은 합법적인 방법이 아니라 기만의 방법이다. 이것은 지식을 주는 방법이라고 하여, 사람들을 실제로는 학문이 없으면서도 있는 체하게 만든다. 이를테면 라이문두스 룰리우스가 한 일이 있다. 이 사람은 그의 이름이 붙은 기술을 만들었는데, 형식 배열의 책과 닮은 데가 있다.[8] 사실 그 후에 그런 것이 만들어졌다. 모든 기술에 대한 말의 집성(集成)에 지나지 않는 것으로서, 그 술어를 사용하는 사람은 그 기술을 알고 있다고 생각해도 좋다는 것을 사용자에게 보장해 준다. 그 수집은 헌옷 장수나 중상(中商) 같아서 온갖 잡동사니들은 있어도 값나가는 것은 아무것도 없는 것과 비슷하다.

---

8 라이문두스 룰리우스(Raymundus Lullius, 1235-1315)는 스페인의 스콜라 철학자이다. 그리스도교를 아프리카와 회교국에 포교하고, 나중에 회교도에게 돌에 맞아 죽었다. 그의 이름을 따서 '룰리우스적'이라는 말이 생겼는데, 이것은 신앙과 이성을 분리하여 그리스도교의 진실성을 증명하는 방법으로서, 학문의 모든 이름을 모아 그것을 분리하여 그 결합을 생각했다.

제18장

1

여기서는 마지막으로 전달의 풀이에 관한 부분을 살펴보기로 한다. 이것은 수사학이나 웅변의 기술이라고 일컫는, 뛰어나고 매우 잘 연구되어진 학문 속에 포함된다. 수사학이 참된 가치에 있어 지혜만 못하다는 것은, 하느님이 모세에게 말씀하신 것과 같다. 모세가 자기에게 능력이 없다고 말했을 때 하느님은 이렇게 말했다. "아론을 네 대변자로 만들었다. 너를 그에 대해서 하느님처럼 만들겠다." 이 말은 일반인들에 대해서 수사는 그만큼 더 강력하다는 것이다. 다시 말해서 "마음이 어진 자는 심려가 있다고 하지만, 아름다운 말은 더 많은 것을 발견할 것이다."라는 솔로몬의 말처럼, 깊은 지혜는 사람이 명성이나 감탄을 얻는 데 도움이 되지만, 활동적인 생활에서 승리를 차지하는 것은 웅변이라는 것이다.

이에 대한 연구의 진보에 대해서는, 아리스토텔레스의 당시 수사학자들과의 경쟁심과 키케로의 경험이, 그들 수사학의 저작에서 각자의 능력 이상이 되게끔 만들었다. 이에 데모스테네스와 키케로가 연설에서 보여 준 탁월한 웅변의 실례가 덧붙여져 수사학 기술의 진전을 배가시켰다. 내가 지금부터 적을 결함은 수사 그 자체의 규칙이나 사용법 등에 있는 것이 아니라, 하녀처럼 수사학을 섬기는 몇 가지 방식의 사례에 있다.

2

수사학의 뿌리 주위에 있는 흙을 매 준다는 것은 다른 학문에서도 한 일이다. 수사학의 임무는 이성을 상상력에 더하여, 의지를 보다 잘 움직이게 하는 것이다.

이성의 관리는 세 가지 수단에 의해 교란된다. 우선 함정이나 착오에 의한 이성은 방해받는데, 이는 논리학에 속한다. 또 상상력이나 인상에 의하는 수도 있고, 이들은 수사학에 속한다. 격정이나 감정에 의하는 수도 있고, 이들은 도덕학에 속한다. 이러한 문제는 타인과 교섭할 때 속이고 헐뜯고 분노함으로써 고통 받듯이, 자신 내부와의 교섭에서도 잘못된 추론 때문에 자신을 손상시키기도 한다. 여러 가지 인상이나 관찰로 인해 번민하거나 자극받기도 하고, 격정에 휘말리기도 한다.

인간의 본질을 불운하게만 볼 일은 아니다. 이러한 여러 가지 힘과 기술이 이성을 교란시킬 뿐 아니라, 이성을 수립하거나 추진시키기도 하기 때문이다. 논리학의 목적은 의론의 형식을 가르치고 이성을 확보하는 것이지, 그것을 함정에 빠뜨리는 것이 아니다. 도덕학의 목적은 감정을 이성에 따르게 하는 것이며, 그것을 침해하는 것이 아니다. 수사학의 목적은 상상력을 채워서 이성을 보좌하도록 하는 것이지, 그것을 억압하는 것이 아니다.

이상과 같이 살펴본 바에 의하면 수사학의 남용은 잘못된 추론으로 인해 간접적으로 들어온다 해도 조심해야 한다.

3

플라톤의 수사학에 대한 비판은 그 시대의 수사학자들에 대한 정당한 증오에서 나온 것이기는 하지만, 수사학을 다만 쾌락적인 기술이라고 생각하고 그것을 조리법에 비유한 것은 매우 불공정하다 할 수 있다. 건전한 음식을 못 먹게 만들고, 불건전한 것을 좋게 만들기 위해 여러 가지 소스를 치고 미각을 즐기게 하려는 것과 같다는 것이다.[1] 우리가 알기로도 말은 나쁜 것에 색칠을 하기보다 좋은 것을 장식하는 데 훨씬 많이 쓰이기 때문이다. 즉 행동하거나 생각할 수 있는 것 이상으로 정직하게 말을 할 수는 없다. 클레온에 대해 투키디데스가 예리한 지적을 했다.[2] 클레온이 국가에 관한 문제에서는 언제나 나쁜 쪽을 편들었기 때문에, 늘 웅변이나 훌륭한 담화를 공격했다는 것이다. 그것은 추악하고 비열한 행동에 대해서 훌륭한 말을 할 수 있는 사람은 없다는 것을 알고 있었기 때문이다.

플라톤의 우아한 표현처럼 "덕성을 볼 수만 있다면, 깊은 애정과 감정을 움직일 것이다."[3] 이와 같이 감각에 대해 덕성을 구체적인 형태로 나타낼 수는 없으므로, 다음 단계는 덕성을 생생하게 표현하여 상상력에 그것이 보이도록 하는 일이다. 미묘한 의론으로 이성에 덕성을 보이게 한다는 것은, 크리시포스나 그 밖의 많은 스토아 학파 사람들에게 언제나 조소당하는 일이었다. 그들은 날카로운 의론과 결론만으로 사람들에게 덕성을 강요할 수 있다고 생각했다. 그것은 인간의 의지로부터 아무런 공감을 얻지 못했다.

4

또 감정 자체가 유연성을 가지고 있어 이성에 순종한다면 설득이나 암시로써 의지를 움직일 필요는 없으며, 적나라한 명제나 입증 정

---

1 플라톤, 《고르기아스》, 1·4·62.
2 클레온에 대해서는 아리스토텔레스와 투키디데스 등이 풍자하고 있다.
3 플라톤, 《파이돈》, 3·250.

도로 충분하다 해도 진실일 것이다. 감정이 끊임없이 반란이나 동란
을 부추기는 것을 생각해 본다면,

> 더 좋은 쪽을 보고 그에 찬성한 사람이
>
> 더 나쁜 쪽으로 따른다.[4]

　설득력 있는 웅변이 책략을 써서 상상력을 감정으로부터 빼앗고,
감정에 저항하여 이성과 상상력 사이에 동맹을 맺지 않으면, 이런 이
성은 포로가 되고 노예가 될 것이다. 감정 그 자체가 욕망을 선(善) 쪽
으로 이끄는 것은 이성과 같기 때문이다.

　감정과 이성은 확연한 차이가 있다. 감정은 현재만 보고, 이성은
미래와 시간의 총계를 본다. 현재가 상상력을 더 많이 차지하게 되므
로 이성이 정복되어 버리는 것이 보통이다. 웅변과 설득의 힘이 미래
와 먼 사물을 현재의 것으로서 보이게 한 뒤에는, 상상력이 감정에 반
항하여 이성이 이기는 것이다.

5

　결론적으로, 수사학이 비교적 나쁜 부분을 속여서 외관만 다듬는

4　오비디우스, 《변신이야기》, 7·20.

다는 비난의 부당한 면은, 논리학을 궤변이라든가 도덕학을 악덕이라고 비난할 수 없는 것과 같다. 즉 반대 명사의 교의는 동일한 것임을 알 수 있다. 다만 그 실제의 사용이 반대인 것이다.

나아가 논리학과 수사학의 차이는 쥔 주먹과 펼친 손가락의 차이, 즉 닫은 것과 연 것의 차이만이 아니다. 논리학이 다루는 이성은 정확하고 진리 속에서 보려고 하는 데 대해, 수사학이 다루는 방법은 대중적인 의견이나 풍습 속에 심어진 것처럼 보인다는 점에 더 큰 차이가 있다. 아리스토텔레스가 수사학을, 한쪽에 논리학과 또 다른 한쪽에 도덕학 또는 법률학을 두고, 양쪽에 관련된다고 본 것은 현명하다.[5] 왜냐하면 논리학의 입증이나 증명은 모든 인간에게 차별 없이 똑같이 향하는 것이기 때문이다. 수사학의 입증과 설득력은 듣는 사람에 따라 달라지지 않으면 안 된다.

오르페우스는 숲 속으로,
아리온은 돌고래 속으로,[6]

생각을 차별적으로 전달하는 방식은 관념의 완성의 경우에는 매우 멀리까지 미쳐야 한다. 즉 같은 말을 다른 사람들에게 할 때는 그 말투가 각각 여러 가지로 달라져야 한다는 것이다. 다만 사적 담화의

---

5 아리스토텔레스, 《수사학》, 1·2·7.
6 베르길리우스, 《농경시》, 3·56.
   아리온은 BC 7세기 에게 해의 레스보스 섬에서 태어난 코린트의 궁정 음악가이자 시인이다. 헤로도토스가 전하는 바에 의하면, 바다에 던져졌는데 돌고래 떼가 등에 태워 구해 주었다고 한다. 별자리에 하프와 돌고래가 함께 나타나고 있다.

경우, 웅변의 이 대인적인 부분은 가장 위대한 웅변가라도 흔히 결여되기 쉬운 것이다. 그 우아한 담화의 형식을 지키면서, 이러한 전달 방식의 적용은 원활함을 잃어버린다. 이것을 잘 연구하도록 권한다고 해서 부당한 일은 아닐 것이다. 다만 그 장소를 여기에 하느냐, 정치에 관한 장소로 하느냐 하는 것은 아무래도 좋다.

6

수사학의 결함을 살펴보자. 이미 설명했듯이 그것은 부수적이다.
선악의 징후, 단독과 비교

첫째 아리스토텔레스의 지혜와 근면이 충분히 추구되지 않았다. 그는 선과 악의 대중적인 징후와 빛깔[7]의 단독 및 비교의 수집을 시작했다. 그것은 수사학의 궤변과 같은 것이다(이 점에 대해서는 앞에서 언급했다). 이를테면,

궤변 : 칭찬하는 것은 좋고, 비난하는 것은 나쁘다.
반론 : 처분하고 싶은 상품을 칭찬한다.[8]

---

7 1597년, 《수필집》과 함께 번역 출판된 아리스토텔레스, 《수사학》, 1·6, 7에 '선악의 빛깔' 혹은 '선악의 징후'라는 말이 보인다.
8 호라티우스, 《서한집》, 2·2·11.

나쁘다, 나쁘다(하고 사는 사람을 말한다). 그러나 떠나면 자랑한다.

아리스토텔레스의 노작의 결점은 세 가지가 있다. 첫째 많은 것 중에서 소수밖에 없다는 것이다. 둘째는 논파법이 부속해 있지 않다는 것이다. 셋째는 사용에 대해 일부밖에 생각지 않았다는 것이다. 그 사용은 증명에만 있는 것이 아니라, 더 많은 인상을 주는 점에도 있기 때문이다. 다시 말해서 뜻이 같은 여러 가지 형식으로 인상이 다른 것이 많다. 이를테면 날카로운 것과 무딘 것으로는 꿰뚫는 종류가 다르다. 그러면서도 충돌의 힘은 같다. "그대의 적이 이것을 기뻐하리라."[9]는 말을 듣고, 마음이 조금도 움직이지 않는 사람은 아마 없을 것이다.

그것을 이타케 사람은 기뻐하고, 아트레우스의 아들들은 크게 바라면서 돈으로 보답하리라.[10]

이것은 "이것은 너에게는 불편하다."는 것과는 비교도 되지 않는다.

---

9 아리스토텔레스, 《수사학》, 1·6.
10 베르길리우스, 《아이네이스》, 2·104.
　　이타케는 이타케 섬 출신의 율리시즈(오디세우스)를 말하고, 아트레우스의 아들은 그리스군 총대장 아가멤논과 메넬라오스를 말한다. 아트레우스는 그리스 전설에서 미케나이 왕이다.

7

둘째로 앞에서 말한 것으로서 여기에 다시 한 번 언급하고 싶은 것이 있다. 그것은 말의 도구와 발견의 준비를 위한 수배나 준비물이라고 할 수 있는 것에 관한 것이다. 이에는 두 종류가 있다고 생각한다. 하나는 아직 만들어지지 않은 물건 가게와 비슷하고, 하나는 기성품 가게와 비슷하다. 양쪽 다 사람들의 출입이 많고, 가장 수요가 많다고 할 수 있다. 이 가운데 전자는 대조 명제, 후자는 방식이라고 부르고 싶다.

8

'대조 명제'는 찬부(贊否)의 논증이 되는 명제이다. 이에 대해서는 많은 사람들이 더 오래 노력하여 많은 성과를 올렸다. 나는 장황하게 펼쳐놓는 것을 피하기 위해 여러 가지 논증의 씨앗 같은 것을 추려, 몇 가지 짧고 날카로운 문장으로 만들어 보려한다.

· 대조 명제의 사물 : 인용하기 위한 것이 아니라 실타래나 실뭉치처럼 만들어 사용될 때 풀어서 펼칠 수 있게 하는 것이다. 참조하여 권위와 실례를 얻게끔 하는 것이다.

· **법의 말에 대한 찬성** : 문자에서 후퇴하는 것은 해석이 아니라 점
(占)이다. 문자가 버림받을 때 재판관은 입법자로 변한다.

· **법의 뜻에 대한 찬성** : 전체의 말에서 개개의 것이 해석되는 뜻이
나온다.

9

'방식'은 바로 연설할 때 말의 고상하고 적절한 문구나 표현이다.
방식은 서론, 결론, 우회, 이행, 변명 등 여러 가지 다른 주제에 대해
똑같이 유용하게 쓰일 수 있다. 예를 들어 건물의 경우 매우 즐겁기
도 하고 유용한 것은 층계·입구·문·창문 등의 슬기로운 배치 때문이
다. 마찬가지로 지껄이는 말의 경우에도 표현이나 문구가 특히 장식
도 되고 효과도 있는 것이다.

· **토론 종결을 위한 의론의 결론** : 그와 같이 하여 과거를 보충하고,
장래의 불편을 예방할 수 있다.

제19장

1

　지식의 전달에 관하여 두 가지 보충 사항이 남아 있다. 비평과 교육에 관한 것이다. 모든 지식은 교사에 의해 주어지거나 사람들의 노력 그 자체에 의해서 전달된다. 지식 전달의 주요 부분이 주로 책을 쓰는 것과 관계있듯이, 그것과 상대적인 부분은 책을 읽는 것과 관계 있다.

　책을 쓰는 일에는 아울러 다음과 같은 고찰이 행해진다. 첫째, 작자에 대한 참된 정오(正誤)와 판(版)에 관한 것이다. 이 점에 있어서는 경솔한 노력으로 인해 대단한 폐해가 생기고 있다. 비평가 중에는 자기들이 이해하지 못하는 것에 대해 잘못 쓰여 졌기 때문이라고 생각하는 사람이 많았기 때문이다. 이를테면 어느 사제가 성 바울을 "광주리에 담아 성 밖으로 내려 보냈다."[1]고 쓰여 있는 것을 보고, 자기 책에는 "문을 통해 성 밖으로 내보냈다."고 고쳤다. '스포르타(sporta, 광주리)'라는 말이 어려워 읽을 수 없었기 때문이다. 교정자의 잘못은 확실히 이보다 뚜렷하고 우스꽝스러운 것은 아니지만 같은 성질의 것이다. 가장 많이 수정된 책은 가장 정확성이 떨어진다는 말이 현명하다.

둘째는 저자의 해설과 설명에 관한 것이다. 이것은 주해와 주석이다. 이런 경우 분명하지 않은 대목을 피하고, 명백한 점을 설명하는 일이 아주 흔하다.

셋째는 저자의 시대에 관한 것이다. 이것은 많은 경우 참된 해석에 큰 빛을 던져 준다.

넷째는 저자에 대한 짧은 비평과 판단에 관한 것이다. 사람들이 어떤 책을 읽어야 할 것인지 스스로 선택할 수 있게 만들기 위해서다.

다섯째는 연구의 배열과 배치에 관한 것이다. 어떤 순서나 진행 방법으로 읽어야 할 것인가를 사람들이 알 수 있게 하기 위해서다.

2

교육적인 지식에 관해서는 청년기에 보유한 전달의 특색을 포함하

---

1 《사도행전》 9 : 25.

고 있다. 이에 대해서 여러 각도로 효과 있는 방법이 고려되었다.

첫째, 여러 가지 지식의 시간과 시기를 잰다는 것이다. 이를테면 처음에 무엇을 그들에게 가르치느냐, 무엇을 잠시 보류시키느냐 하는 것이다.

둘째, 어떤 학습은 가장 쉬운 지식에서 시작하여 어려운 지식으로 나아가고, 어떤 경우에 어려운 일을 안겼다가 쉬운 쪽으로 돌리느냐 하는 것에 대한 고려이다. 튜브로 수영을 가르치는 것과 무거운 신을 신고 무용을 연습하는 것과는 방법이 다르다.

셋째, 지성의 특성에 따른 학문의 적용이다. 지적 능력의 결함이라고는 하지만, 어떤 학문이나 그 속에 그에 대한 고유의 치료법이 포함되어 있지 않다고 여겨지는 것은 없다. 어떤 아이가 주의력이 산만하다면, 즉 주의 집중력이 떨어진다면 이에 대한 치료법은 수학이다. 수학에서는 주의력이 잠시만 빗나가도 다시 시작하지 않으면 안 된다. 이렇듯 여러 가지 학문은 치료의 도움으로써 각각의 능력에 대한 고유 요법을 가지고 있듯이, 여러 가지 능력이나 힘은 탁월하고 조속히 이익을 얻는다는 점에서, 여러 가지 학문에 대한 공감성을 가지고 있다. 어떤 종류의 지성이나 성질이 어떤 학문에 적절하고 적당한가 하는 것은 큰 지혜가 필요한 연구이다.

넷째, 학습 과제의 순서는 매우 중요하여, 해가 되기도 하고 도움이 되기도 한다. 이에 대해 키케로가 슬기롭게 지적했듯이,[2] 사람은 그

---

2 키케로, 《웅변론》, 1·33.

능력을 실습할 때 잘 생각해서 하지 않으면, 자기의 결점까지 연습시켜 좋은 습관과 더불어 나쁜 습관까지 얻게 된다. 뛰어난 판단력을 발휘하여 여러 가지 연습을 계속하든지, 중단하든지 선택해야 한다.

이 문제에 대한 기타 여러 가지 고찰을 일일이 개별적으로 다룬다는 것은 너무 번잡하지만, 각각의 내용은 대단치 않은 것처럼 보이면서도 매우 효과 있는 일이다. 여기서 한 가지는 알아 둔다. 종자나 식물의 묘목을 처음부터 그릇되게 육성하거나 그릇되게 소중히 하는 것은, 그 후 훌륭하게 자라는 데 중요한 결정 요인이 된다. 또 로마의 최초 국왕 6인이 실제로는 첫 무렵의 보호자처럼 되어 있었다는 것이, 그 뒤에 계속된 그 나라의 위업을 이루는 데 주요 원인이 되었던 것이다.[3] 이와 마찬가지로 청년기에 있어서 마음의 양육과 보육은 눈에는 보이지 않지만 매우 중요한 영향력을 발휘하며, 아무리 시간이 오래 걸려도 또한 애쓰고 노력해도, 나중에 그것을 뒤집을 수는 거의 없을 정도다. 게다가 교육에 의해 얻을 수 있는 능력은 아무리 작고 하찮은 것이라도, 그것이 위대한 인물이나 사물 속에 들어오면 위대해지고, 또 중요한 효과를 낳는다는 것도 말해 두어서 헛되지는 않을 것이다.

이에 대한 주목할 만한 실례를 타키투스는, 뛰어난 연기력으로 판노니아의 군대를 커다란 혼란과 동요에 빠뜨렸던 페르켄니우스와 비불레누스 두 연극배우를 들어 말하고 있다.[4] 아우구스투스 케사르가 죽

---

3 마키아벨리, 《로마사론》, 1·9.
4 타키투스, 《연대기》, 1·16-22.
　판노니아는 현재의 헝가리와 유고슬라비아에 걸쳐 있는 옛 로마의 영토이다.

었을 때 그들 사이에 반란이 일어나서, 그 지방 총독 블라에수스는 몇 사람의 반란자를 붙잡아 놓고 있었는데, 뜻밖에도 그들은 석방되었다. 그때 비불레누스가 자기 말이 그들에게 들리도록 이렇게 말했다.

"이 불쌍하고 무고한 사람들은 참혹한 사형을 당하게 되어 있었으나, 당신들은 빛을 볼 수 있도록 소생시켜 주었다. 그러나 내 형은 누가 내게 돌려주겠는가? 누가 내 형에게 목숨을 돌려주겠는가? 형님은 게르마니아 군단의 사자로서 이곳에 파견되어 공통적인 사안(사형 집행)을 다루게 되어 있었다. 그런데 지난밤에 그는 병사들의 사형 집행인으로서 주변에 대기시켰던, 검객과 악한들에 의해 살해되고 말았다. 대답하라, 블라에수스! 그의 시체를 어떻게 했는가? 최대의 적이라도 매장은 거부하지 않는 법이다. 입맞춤과 눈물로써 시체에 대한 나의 마지막 의무가 끝나거든, 나를 그와 나란히 눕혀 죽이도록 명령하라. 여기 있는 내 동료들이 군단에 대한 우리의 선의와 우리의 참된 마음에 대해서 우리를 매장할 수 있는 허가를 얻을 수 있도록."

이 말로써 그는 군대를 극도의 격분과 흥분 속으로 끌어넣었던 것이다. 사실 그에게는 형도 없었고 이런 사실도 없었다. 마치 무대에서 연기하듯이 연설한 데 지나지 않았던 것이다.

3

이제 원래의 주제로 되돌아가자. 지금 우리는 이성적인 지식의 결론에 와 있다. 그중에서 지금까지 받아들여지고 있는 것과는 다른 분류를 했다 하더라도, 그 분류를 모두 인정하지 않는다고 생각하지는 말기 바란다.

내가 기존의 분류를 바꾼 것은 이중의 필요성에 의해서이다. 즉 성질상 서로 같은 것들을 함께 늘어놓는 것과 사용상 서로 같은 것들을 함께 늘어놓는 것과는 목적과 의도가 다르다. 국무대신이 문서를 분류할 때, 자기 사무실이나 일반용 상자 속에는 조약 관련 서류, 훈시 관련 서류 등과 같이 동일한 성질의 것끼리 각각 분류할 것이다. 자기 개인 상자나 특별한 상자 속에는 여러 가지 성질의 것이라도 함께 사용하게 될 법한 것은 함께 분류한다. 마찬가지로 지식의 이 일반적인 상자의 경우에도, 나로서는 사물의 성질 분류에 따를 필요가 있었다. 내 자신이 무언가 특별한 지식을 다루어야 했다면, 사용에 가장 적당한 분류를 존중했을 것이다. 한쪽의 필요성은 결함 있는 것을 넣음으로써 다른 것의 구분을 변경하는 결과가 되었기 때문이다. 다시 말해 증명을 위한 현존하는 지식이 15라 하자. 결함 있는 지식은 20이라고 하자. 15의 약수(約數)는 20의 약수가 아니다. 15의 약수는 3과 5이고, 20의 약수는 4와 5이다. 이러한 사물은 부정할 수 없으며 다른 것일 수는 없을 것이다.

제20장

1

이제 인간의 기호와 감정을 생각하는 지식을 살펴보자. 이에 대해 솔로몬은 이렇게 말했다.

"무엇보다도, 내 아들아, 자기의 마음을 붙잡아 두어라. 그 속에서 생명의 행동이 나온다."

지금까지 이 학문을 다루었던 저술가들의 방법을 보면, 글쓰기를 가르치는 것을 직업으로 하는 사람이 알파벳과 문자로 된 정서를 보였을 뿐, 손의 움직임이나 문자의 구성에 대해서는 아무것도 가르치거나 지시하지 않은 것 같다는 생각이 든다.

이렇듯 아름답고 훌륭한 모범과 본을 만들어서 선·덕성·의무·행복 등의 세밀화나 초상을 보여 주고 있을 뿐이며, 또한 인간의 의지와 욕망의 참된 목적과 범위로서 잘 그려져 있다고 설명할 뿐이다. 어떻게 그 뛰어난 목표에 도달하느냐, 또 인간의 의지를 어떻게 만들고 억제하여 그런 목적에 진실로 적합하도록 하느냐 하는 것은 모두 빠져 있다. 아니면 아무런 도움도 되지 않게 그저 조금 다룬다. 도덕적인 덕성은 습성에 의해서 인간의 마음속에 있으며 타고난 성질에 의한 것이 아니라는 이론으로도, 관대한 정신을 가진 사람은 이론이나 설득에 영향을 받고 저속한 인간은 보수나 처벌에 영향을 받는다는[1] 구별로도, 그리고 같은 산발적인 암시나 언급으로도, 이러한 결여에 대한 구실로 삼을 수는 없다.

2

이 결여의 이유는 숨은바위 같은 것이며, 이것에 부딪혀 배에 비유되는 많은 지식이 난파한 것으로 생각된다. 이것은 사람들이 보통의 정상적인 일에 종사하는 것을 경멸해 오고 있다는 말이 된다. 인생에 있어 보통의 정상적인 일을 현명하게 지시하는 것이 가장 현명한 이론이며, 인생은 신기함이나 미세함에 있는 것이 아니다. 반대로 사람은 주로 빛나고 화려한 일의 축적으로써 학문을 만들어 오고 있다.

---

1 아리스토텔레스, 《니코마코스 윤리학》, 10 · 10.

그 선택에 있어서는 의론의 미세함이라든가 담론의 웅변 같은 것을 높이 평가하려고 한다.

세네카는 웅변을 제지한 훌륭한 말을 하고 있다. "웅변은 다른 사물보다 그 자체를 사랑하는 바로 그 사람들에게 해를 준다."[2] 이론은 사람들로 하여금 그 교훈을 사랑하게 하는 것이지, 교사를 사랑하게 하는 것이어서는 안 된다. 듣는 사람의 이익이 되도록 해야지, 작자가 칭찬받도록 하는 일이 아니다. 이에 따라 올바른 이론을 요약한다면 데모스테네스의 충고의 요약과 같다고 해도 될 것이다.

"이 충고에 따른다면, 현재 말하고 있는 사람을 칭찬하는 것이 될 뿐 아니라, 자기 형편이 개선되었을 때는 금방 자기 자신도 칭찬하고 좋아하게 될 것이다."[3]

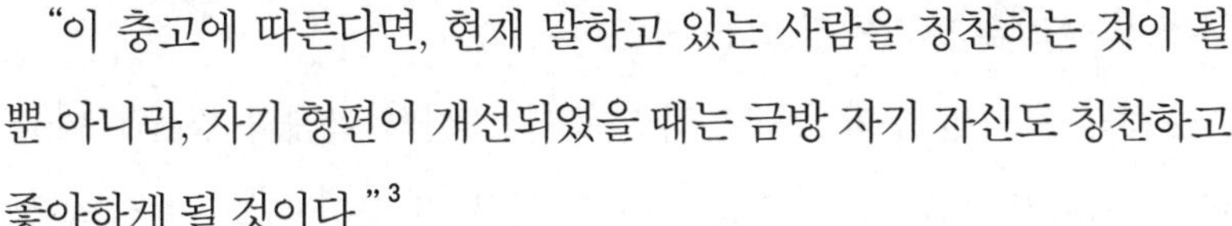

3

이처럼 뛰어난 재능을 가진 사람들이 행운에 절망할 필요도 없었다. 그것은 시인 베르길리우스가 자기 자신에게 약속하고 또 실제로 얻은 것이었다. 사실 그가 웅변과 지성과 학문에 대한 명성을 얻은 것은, 농경에 대한 관찰을 표현할 때 아이네아스의 영웅적인 행위에 대한 표현 못지않게 했기 때문이다.

---

2 세네카, 《도덕서한》, 52·14.
3 데모스테네스, 《올린티아쿠스》, 2·8.

또 나는 의심하지 않는다.

말로써 승리를 얻는 것이, 낮은 사물에 명예를 주는 것이 얼마나 어려운지를.[4]

확실히 그 의도가 진지하고, 사람이 여가 시간에 읽을 것을 한가하게 쓰기 위한 것이 아니라, 진실로 행위와 행동적인 생활을 가르치고 준비시키기 위한 것이라면, 마음의 이와 같은 농경시(農耕詩)는 그 농경과 경작에 관계된 것으로서, 덕성이나 의무 또는 행복에 대한 훌륭한 묘사 못지않게 가치가 있는 것이다.

도덕적 지식의 주되고 근본적인 분류는 선의 실례나 형(形), 마음의 양생(養生)이나 교양으로 나눌 수 있을 것 같다. 전자는 선의 성질을 말하는 것이고, 후자는 인간의 의지를 그쪽으로 돌려 어떻게 억제하고 적용하여 순응시키느냐 하는 규칙을 규정하는 것이다.

4

선의 형이나 성질에 관한 이론은, 그것을 단독으로 혹은 비교로서 고찰한다. 즉 선의 종류냐, 선의 정도냐 하는 것이다. 선의 정도에 있어서는 그 최고의 것, 즉 행복이나 지복(至福) 혹은 최고선(最高善)이

---

4 베르길리우스, 《농경시》, 3·289.

라고 한다. 이에 관한 이론은 이교의 신학 같은 것이겠지만, 이렇게 불리는 무한의 의론은 그리스도교 신앙에 의해서 버려졌다. 아리스토텔레스는 이렇게 말했다.

"젊은이들은 행복해질 것이다. 오직 희망하지 않고는 그렇게 될 수 없다."[5]

그러므로 우리는 미성숙을 인정하고, 미래 세계에 대한 희망으로 생기는 행복을 품고 있어야 한다.

5

철학자의 하늘이나 지극히 높은 행복, 즉 현실에서 가능했던 것 이상으로 인간성의 고양을 이룩한 것이지만("말하자면 인간의 취약함과 신의 안전함을 갖는 것이 진실로 위대하다."는 세네카의 글은 얼마나 고양된 문체로 쓰여 있는가), 그런 교의(敎義)에서 해방되고 구제받아야만 한다. 우리는 한층 더한 진지함과 진실함을 가지고 철학자들의 연구와 노력의 다른 부분은 받아들여도 좋을지 모른다. 특히 그들은 적극적 혹은 단독의 선의 본성에 관해서, 즉 덕성과 의무의 형식을 그 위치와 지위를 들어 보기 좋게 설명하고 있다. 게다가 그 모든 형식을 종류·부분·영역·행위·관리(管理) 등으로 분류하기도 했고, 또한 인간의 본

---

5 아리스토텔레스, 《니코마코스 윤리학》, 8·10.
　아리스토텔레스, 《수사학》, 2·12.

성과 정신에 그 각각의 것을 권할 때는 매우 싱싱한 의론과 아름다운 설득력을 가지고 있었다. 될 수 있는 대로 타락된 대중적인 의견에 대해 그 모든 형식을 의론으로 삼을 수 있도록 공고히 방비를 굳혀서 지켰다.

선의 정도와 비교적인 성질에 있어서도 보기 좋게 다루고 있다. 선의 마음·육체·상태의 세 가지, 명상적 생활과 활동적 생활의 비교, 노력 중인 덕성과 확실해진 덕성과의 구별, 성질과 이익과의 조우(遭遇), 덕성과 덕성의 균형 같은 것을 취급하고 있다. 이 부분은 훌륭히 연구의 노력이 기울여지고 있다고 보고할 가치가 있다.

6

대중이 받아들인 덕성과 악덕의 개념, 즉 쾌락과 고통의 문제에 이르기 전에 선과 악의 근원과 이 근원의 조직에 관한 연구에 좀 더 오래 머물러 있었더라면, 그들은 후대에 커다란 빛을 주었을 것이다. 특히 선악의 본성을 잘 살폈더라면, 그 이론을 비교적 다양함은 적고 심원한 것으로 만들었을 것이다. 선악에 대한 연구는 그들에 의해 일부는 제거되고 일부는 다루어지는 등 방법에 많은 혼란이 있었으므로, 우리로서는 더 뚜렷한 형태로 다시 취급하여 분명히 할 필요가 있다.

모든 사물 속의 선은 이중성을 띠고 있다. 하나는 모든 것이 그 자체에 있어서 전체나 독립적인 실재로서의 성질을 갖는다. 또 하나는 한층 더 큰 것의 일부나 일원으로서의 성질이다. 이 중 후자가 비교적 위대하고 가치가 있다고 할 수 있는데, 이는 더 큰 실체의 본질 유지에 기여하기 때문이다. 예를 들면 쇠가 고유의 공감을 느껴 자석 쪽으로 움직이는 것을 볼 수 있다. 일정한 양을 넘어서게 되면 자석에 대한 애정을 버리고 훌륭한 애국자처럼 그 무리들이 많은 대지 쪽으로 움직여 간다. 그곳이 양이 큰 물체의 지역이자 나라인 것이다. 우리가 알고 있듯이 물과 무거운 물체가 지구의 중심을 향해 움직이는 것은 당연하다. 자연 본성의 계속성에 파탄을 일으키게 되면, 지구의 중심에서 위쪽으로 움직여 세계에 대한 의무를 생각하고 지구에 대한 의무는 게을리 하게 될 것이다.

이러한 비교적 혹은 상대적 가치를 지닌 선의 이중성은, 인간이 타락하지 않았을 때는 더욱 뚜렷이 인간에게 새겨져 있었다. 이 인간에게는 공공에 대한 의무의 유지가 생명이나 존재의 유지보다 더 귀중한 일이다. 대(大) 폼페이우스의 기억할 만한 말이 있다. 로마의 기근을 구제하라는 위임을 받은 폼페이우스에게 주위 친구들이 날씨가 나쁠 때 위험을 무릅쓰고 바다에 나갈 것까지는 없다며 강력하게 반대하고 나서자, 그들을 향해 "지금 내게 필요한 것은 살아남는 것이 아니라, 떠나야 하는 것이다."[6]라고 말했다.

어떤 철학·종교 혹은 훈련이든 공동체의 이익을 분명히, 또 높이 표방하면서 사적이고 개별적인 이익을 물리치는 데는 신성한 신앙만한 것이 없음을 단정할 수 있다. 이로써 무생물에 앞에서 말한 자연의 법칙을 준 것은 인간에게 그리스도교의 법칙을 준 바로 그 신이었음을 알 수 있다. 신에 의해서 선택된 성도(聖徒)들은 자비의 황홀과 공감의 무한한 감정에 잠겨 있는 가운데, 자기들이 생명의 책으로부터 파문당하고 지워지기를 바라고 있었다는 것을 읽어 보면 알 수 있다.

8

그리스도교에서 말하는 신앙은 사적인 선보다 공적인 선이 우선함을 적절하게 규정하고 확고하게 정립하였으며, 이를 근거로 도덕 철학과 관련된 논쟁의 대부분을 판정하고 결정짓는다.

첫째, 그리스도교의 이러한 법칙은 관조적 생활과 활동적 생활 중 어느 쪽을 택하느냐 하는 데 대한 문제를 결정하고, 아리스토텔레스에게 불리한 결정을 내리고 있다. 즉 관조적 생활에 대해서 내세우는 모든 이유는, 사적인 것인 데다가 인간 자신의 기쁨과 권위에 관한 것

---

6 플루타르코스, 《영웅전》, 〈폼페이우스편〉, 50.

이기도 하다(이 점에 관해서는 의심할 나위 없이 관조적 생활이 우월하다). 이와 비슷하게 비교하면서 피타고라스는 철학과 관조를 찬미했다. 그는 자기가 무엇을 하고 있느냐는 질문에 대답했다.

"히에론이 올림픽 경기에 찾아온다면, 상품을 타기 위해 자기의 운을 시험할 생각으로 오는 자도 있고, 물건을 팔기 위해 상인이 되어 오는 자도 있고, 맛있는 음식을 먹거나 친구를 만나기 위해 오는 이도 있고, 구경 하러 오는 이도 있다는 것을 알 수 있다. 그리고 히에론은 구경하러 온 자들 중 한 사람이다."[7]

사람들이 알아야 할 것은 인간의 이 인생극장에서는 신과 천사만이 구경꾼이 될 자격이 있다는 것이다. 이러한 문제는 교회에서도 아직 받아들여진 적이 없고 의심을 품지 않았다. "신의 눈에 그 성도의 죽음은 귀중한 것이다."[8]라는 말씀은, 이 대목을 기초로 일반 사회에 대한 죽음과 규칙적인 생활을 높이 평가하려 한 것으로서, 다만 수도원 생활을 다음과 같이 변호한다. 수도원 생활이란 단순한 명상 생활이 아니라, 끊임없는 기도와 소원의 의무를 다하는 것이라는 것이다. 이것은 진실로 교회에서의 역할로 존중되고 있다. 또 그 밖에 신의 법칙에 관해서 쓰거나 쓰기 위한 가르침을 받거나 하는 의무를 다하는 것이라 한다. 이것은 모세가 산중에 오래 머물러 있으면서 수행한 일이었다. 또한 아담의 7대손 에녹은 최초의 명상자로서 신과 함께

---

7 키케로, 《투스쿨룸론》, 5 · 3.
  단 히에론이 아니라 플리우스의 전제군주 레오에 대한 말이라고 한다. 히에론은 시라쿠사의 참주 히에론 1세(Hieron, BC 467년 사망)와 로마와 동맹을 맺었던 BC 307–216 무렵의 시라쿠사 왕 히에론 2세가 있는데, 여기서는 전자를 생각한 것 같다.
8 《시편》 116 : 15.

걸어 다녔다.[9] 또한 성(聖) 유다가 인용하고 있듯이 교회에 예언을 주는 일을 게을리 하지 않았다.[10] 그 자체로 끝나고 달리 목적이 없으며, 사회에 빛을 던지지 않는 관조에 대해서는, 신학은 확실히 인정하지 않고 있다.

9

둘째, 그것은 지복에 관한 논쟁들에 대한 결론을 결정짓는다. 논쟁의 한편은 제논과 소크라테스 및 그 일파와 계승자들이다. 이들은 지복을 단순하거나 다른 여러 가지 장식을 단 덕성에서 비롯되고, 덕성의 실천이나 행사는 주로 사회를 포함하고 그에 관계된다고 했다. 또 다른 한편은 키레네 학파와 에피쿠로스 학파가 있다. 이들은 지복을 쾌락에 두고, 덕성을 하녀에 지나지 않는 것으로 본다(이를테면 실수 코미디에서 안주인과 하녀가 서로 옷을 바꿔 입는 것과 같다). 덕성이 없으면 쾌락을 섬기고 뒷바라지해 줄 자가 없어진다는 것이다.

또 에피쿠로스 학파의 개혁된 일파가 있다. 이들은 지복을 마음의 조용함과 동요로부터의 해방에 두었다. 마치 유피테르를 다시 퇴위시켜서 사투르누스와 태초 시대의 부활을 희망하고 있는 것처럼 보인다. 그 무렵에는 여름도 겨울도 봄도 가을도 없고, 다만 줄곧 동일

---

9 〈창세기〉 5 : 24.
10 〈유다서〉 1 : 14. 유다는 12사도의 한 사람이다.

한 기후와 계절이 있을 따름이다. 헤릴루스는 지복을 마음에서 논쟁을 소멸하는 것이라 했다. 선과 악의 고정된 성질을 설정하지 않았으며, 사물을 평가하는 데 욕망의 명료함이나 노력을 기준으로 했다.[11] 이런 의견은 재세례파(再洗禮派)의 이교설에 받아들여져서 부활했는데, 정신의 움직임과 신념의 계속성이나 동요에 따라 사물을 판단했다.

이상의 모든 것은 분명히 사적인 휴식과 만족으로 기우는 것이며, 사회의 문제는 제외시킨 것이다.

10

셋째, 우리는 에픽테토스의 철학을 비판할 수 있다. 그가 예상하는 것은 우리의 힘으로 지배할 수 있는 사물 속에 지복이 있어야 한다는 것이다. 운명이라든가 동요에 의해서 움직이지 않기 위해서다. 이것은 마치 사회에 대하여 훌륭하고 덕성 있는 목적이 실패했을 때 훨씬 행복하며, 우리들 자신의 고유 운명 속에서 자기 자신에 대해 희망할 수 있는 모든 것에 도달하는 것보다 나은 것이 없다는 사고방식이다.

이를테면 곤살보(페르난도 2세)가 한 말이 있다. 그는 병사들에게 나

11　에픽테토스, 《엔퀴리디온》, 1·7.
　　헤릴루스는 제논의 제자이며 스토아 학파이다. 그런데 베이컨은 스토아 학파를 오해하고 있으며, 인간 생활의 목적은 덕성 혹은 자연에 따른 생활이라는 그들의 주장을 염두에 두지 않고 있었던 것 같다.

폴리를 가리키면서, 자기는 일보 전진하여 죽는 편이 일보 후퇴하여 자기의 목숨을 오래 유지하는 것보다 바람직스럽다고 단언했다. 이에 대하여 저 하늘의 지도자의 예지는 확언한다. "마음이 즐거운 자는 항상 잔치하느니라."[12] 여기에서 분명히 보여 주는 것은, 좋은 의도를 가진 양심은 그 성공의 방법이 어쨌거나 인간성으로 보아 훨씬 지속적인 기쁨이며, 안전과 휴식을 위해서 할 수 있는 그 어떤 준비보다도 낫다는 것이다.

11

넷째, 그것은 철학의 악폐까지 비판한다. 철학은 에픽테토스 시대의 일반적인 것에서 일이나 직업으로 바뀌었다. 직업적 철학의 목적이, 마치 동요에 저항하여 그것을 소멸시키는 데 있는 것이 아니라 그 원인에서 달아나고 피하는 데 있듯이, 그 목적을 위해 특정 종류의 진로 생활을 형성하는 데 있었다고 할 수 있다. 이러한 목적으로 시작한 마음의 건강은, 아리스토텔레스가 헤로디코스에 대해 말하고 있는 육체의 건강과 같은 것이었다.[13] 헤로디코스는 평생 자기의 건강을 생각하는 것 이외에는 아무것도 하지 않았다고 한다. 인간이 사회의 의무와 관계될 때, 모든 변화나 극단에 제일 잘 견딜 수 있는 육체

---

12 〈잠언〉 15 : 15.
13 아리스토텔레스, 《수사학》, 1·5, 10.

의 건강이 가장 좋은 것처럼, 가장 건강한 마음이란 최대의 유혹과 동요를 헤치고 나갈 수 있는 마음이다. 디오게네스의 의견을 받아들일 수 있을 것이다.[14] 그는 신중한 사람을 칭찬하지 않고, 인내하여 마음을 위험한 벼랑에서 억제하고 마음에 대해 말을 탈 때와 같이 최단 거리에서 정지나 전환을 할 수 있는 사람을 칭찬했다.

12

마지막으로 그것은 가장 오래되고 가장 존경할 만한 철학자나 철학적인 사람들의 일부에서 볼 수 있는, 감성의 강함과 적응성의 결여를 비판한다. 그 사람들은 곧잘 공공의 일을 멀리했다. 위험한 일이라든가 귀찮은 일을 피하고 싶었기 때문이다. 참으로 도덕적인 사람들의 결의는, 곤살보가 병사의 명예가 되어야 한다고 말한 것과 같아야 한다. '더 튼튼한 질(質)'이어야지, 너무 섬세해서 무엇에나 걸리고 위험해지는 것이어서는 안 된다.

---

14 디오게네스 라에르티오스, 《철학자들의 생애》, 〈아리스티포스편〉, 2 · 75.
디오게네스가 아니라 아리스토텔레스의 말이라고 한다.

제21장

1

이제 사적 혹은 개별적인 선으로 돌아가기로 하자. 이것은 능동적인 선과 수동적인 선으로 분류된다. 이 두 선의 차이는 로마인들이 평상시 사용하는 프로무스(Promus, 물건을 내는 담당)와 콘두스(Condus, 물건을 모으는 담당)로 표현되는 출납 용어와 크게 다르지 않다.[1] 두 선은 모든 사물 속에 양면처럼 형성되어 있고, 생물 속의 두 가지 다른 욕망에 가장 잘 표현된다. 하나는 자기 자신을 보존하고 유지하려는 것이고, 다른 하나는 자기 자신을 넓히고 늘리려는 것이다. 이 중 후

---

1 로마의 극작가 티투스 마키우스 플라우투스(Titus Maccius Plautus, BC 254–184)의 말.

자가 더 가치 있는 것처럼 생각된다. 대자연에서도 하늘은 더 가치가 있는 것이고 작용인이며, 대지는 가치가 덜한 것이고 수동자이다.

살아 있는 생물의 기쁨 중에서는 번식의 기쁨이 음식의 기쁨보다 크다. 신의 교의에서는 "주는 것이 받는 것보다 축복받는다."고 말한다. 인생에 있어서 인간의 정신은 아무리 유화(柔和)하다고 하더라도, 관능성보다는 자기의 욕망 속에서 정한 그 무엇의 완수를 중요시하게 된다. 이런 능동적 선의 우월성은 우리의 신분이 죽기로 정해져 있는 것이고, 운명에 맡겨져 있다는 점을 고려할 때 더욱 분명해진다. 우리의 쾌락에 영속성과 확실성을 가질 수 있다면, 그 쾌락의 안전성은 그 가치를 높이게 될 것이기 때문이다. "죽음을 미루는 것을 훌륭한 것으로 생각하는 데"[2] 지나지 않고, "너는 내일 일을 자랑하지 말라. 하루 동안에 무슨 일이 일어날지 네가 알 수 없음이니라."[3]는 것을 알면, 무언가 확실하고 시간에서 제외된 것을 갖고 싶은 희망이 우리에게 생긴다. 그것은 우리의 행위나 일 바로 그것이다.

이를테면 "그들의 행위가 그들의 뒤를 따른다."[4]는 말이 있다. 마찬가지로 이 능동적 선의 탁월성은 인간 속에 자연히 생기는 다양성과 진보에 대한 애정에 의해 지지되고 있다. 그것은 감각이라는 수동적 선의 주요 부분인 쾌락 속에서는 큰 범위를 차지하지 못한다.

"얼마나 같은 일을 많이 하는가 생각해 보라. 먹는 것, 잠자는 것,

학문의 진보

---

2 세네카, 《자연의 문제》, 2 · 59 · 7.
3 〈잠언〉 27 : 1.
4 〈요한계시록〉 14 : 13.

노는 것이 언제까지나 계속 되풀이되고 있다. 사람은 죽고 싶어질 것이다. 용감하지 않더라도, 비참하지 않더라도, 신중하지 않더라도, 괴팍스러운 사람이라도, 같은 일을 몇 번이나 되풀이하는 것이 싫어지는 것이다."[5]

인생의 목표를 기획·추구하는 데는 다양한 변화를 겪게 된다. 이에 대해 사람은 그 시작, 진행, 중단, 재계, 목적에 대한 접근, 목적의 달성 등 각기 단계의 변화에서 기쁨을 느끼게 된다. "목적 없는 인생은 따분하고 헛된 것"[6]이라는 표현은 당연한 말이다.

그렇다고 능동적인 선이 사회적 선과 동일시될 수 있는 것도 아니다. 많은 경우 일치하는 데가 있을 뿐이다. 즉 능동적 선이 유익한 행위를 낳는 일도 많지만, 인간 자신의 힘, 영예, 위엄의 증대, 계속되는 사적인 목적을 가질 뿐이다. 이것이 명백히 나타날 때는 상반되는 내용과 부딪치는 경우이다. 여러 신에게 반기를 들어 세계를 교란시켰던 거인의 마음 상태가 그럴 것이다. 이를테면 루키우스 술라나 그 밖에 작은 사례들로는 무수한 사람들이 있다. 그들은 친구나 적이 됨으로써 모든 사람들을 행복 또는 불행하게 만들려고 한다. 자기의 기분에 맞게 세계의 형태를 바꾸려 하고(이것이 참으로 여러 신에 대한 도전이다), 능동적인 선을 찾겠다는 목적 아래 그것을 달성하고자 한다. 능동적 선은 우리가 보다 위대한 것이라 규정한 사회적 선에서 가장 멀리 떨어져 있을 뿐이다.

---

5 세네카, 《도덕서한》, 10·1·6.
6 세네카, 《도덕서한》, 95·46.

2

이제 다시 수동적 선을 살펴보자. 수동적 선은 세분하여 보존적인 것과 완성적인 것으로 나뉜다.

앞에서 이미 언급한 것을 간단히 복습해 보자. 첫 번째는 사회적 선이었다. 이는 인간성의 본질을 포함하고 있다. 우리는 그것의 손발이자 일부이고, 우리 자신의 특유하고 개인적인 본질이 아니다. 두 번째는 능동적인 선에 대해서 설명했다. 그것을 사적이고 고유한 선의 일부라고 상상했고, 그것은 옳았다. 모든 사물에는 자기 자신에 대한 애정에서 나오는 삼중의 욕망이나 식욕의 표가 붙어 있다. 세 번째는 수동적·보존적인 선으로서, 그 본질을 계속 보존해 나가려는 것이다. 또 하나는 수동적·완성적인 선이며, 그 본질을 발전시키고 완성시키려는 것이다. 나머지 하나는 자기의 본질을 다른 것에다 늘리고 넓히려는 것이다. 다른 것에다 그것을 늘리고 표시를 하는 것은 능동적 선이라는 명칭으로 다루었다. 남은 것은 그것을 보존하는 일과 그것을 완성하여 높이는 일이다. 이 후자가 수동적 선의 최고의 수준이다. 현 상태로 보존하는 것은 비교적 작은 일이고, 보존하여 발전시키는 것은 비교적 큰 일이기 때문이다.

불 같구나 그 힘은,
그리고 그 근원은 하늘에 있다.[7]

신이나 천사의 본성에 접근하고자 하거나 그것을 갖고자 하는 것은 그 본질의 완성이다. 그 완성적 선의 잘못된 것이나 거짓된 모방은 인간 생활의 폭풍우가 된다.

한편 인간은 형식적·본질적 진보의 본능 위에 서서, 장소적인 진보를 구하도록 인도된다. 다시 말해 병이 들어 치료법을 모르는 이는 이리저리 굴러다니며 장소를 바꾸고, 장소를 바꿈으로써 내부의 고통을 제거할 수 있다고 생각하는 것 같다. 대망을 품은 사람의 경우도 마찬가지다. 자기의 성질을 향상시킬 수단을 잃었을 때, 그는 지위를 높이려고 끊임없이 이리저리 뛰어다니게 되는 것이다. 수동적인 선은 보존적 혹은 완성적이다.

3

보존이나 자족의 선을 다시 한 번 생각해 보자. 이 선은 우리들의 본성과 일치하는 것을 소유하여 즐기는 상태를 말한다. 이는 쾌락 중에서도 가장 순수하고 자연스러운 것이기도 하다. 가장 유약하고 가장 낮다. 또한 특색을 갖고 있기는 하지만, 이에 대해서는 충분한 판단과 연구가 되어 있지 않다. 소유로써 얻은 쾌락이나 자족의 선은 쾌락의 성실성이나 강열함 또는 강력함에 있기 때문이다. 전자를 가

<hr>

7 베르길리우스, 《아이네이스》, 6 · 730.

져다주는 것은 무변화성(無變化性)이고, 후자를 가져다주는 성쇠변화(盛衰變化)이다. 한쪽은 악이 섞이는 일이 적고 한쪽은 선의 흔적이 더 많다.

이 가운데 어느 쪽이 더 위대한지는 논쟁의 여지가 있는 문제다. 인간의 본성으로서 양쪽이 모두 가능하지 않는가 하는 문제는 연구되고 있지 않다.

4

어떤 선이 더 위대한가의 문제를 놓고 소크라테스와 소피스트 사이에 논쟁이 벌어졌다. 두 가지 선 중 소크라테스는 지복(至福)을 현혹하는 변화가 없는 계속적인 마음의 평화가 더 중요하다 했고, 소피스트는 많이 바라고 많이 즐기는 데에 중요성을 두었다.[8] 양자는 토론에서 욕설로 옮겨 갔다. 소피스트는 소크라테스의 지복을 지나친 돌의 지복이라 주장했다. 소크라테스는 소피스트의 지복을 비뚤어진 인간의 지복이며, 가려워서 긁는 것 이외에는 아무것도 하지 않는다고 했다.

이들 양자의 의견은 각기 지지자가 있었다. 소크라테스의 의견은 쾌락주의자(에피쿠로스) 자신들조차도 일반적인 동의에 의해 지지되

---

8 플라톤, 《고르기아스》, 462, 494.

고 있는 대목이 많다. 그들에게 있어 지복 중에서도 큰 부분을 차지하는 것이 바로 덕성이다. 만일 그렇다면 확실히 덕성은 욕망을 달성하기보다 번민을 제거하는 데 더 유효하다. 반면 소피스트의 의견은 우리가 방금 설명한 단정, 즉 진보의 선은 단순한 보존의 선보다 훨씬 위대하다는 것에 의해 매우 큰 지지자를 얻게 된다. 욕망의 달성이란 진보를 이룬 것처럼 보이는 데가 있다. 원을 그리는 운동이 진전처럼 보이는 것과 같다.

5

제2의 문제에 있어, 인간의 본성이 조용함과 만족과 강렬한 즐거움을 동시에 갖을 수 있다고 진정 결정이 내려진다면, 어떤 선이 더 우월한가 하는 전자의 문제는 필요 없게 될 것이다. 무엇보다도 쾌락을 즐기는 데에 한층 더 쾌락을 느끼는 사람이 있지만, 과연 그 쾌락을 잃거나 거기서 벗어났음에도 불구하고 비교적 번민하지 않는 사람이 있을 수 있을까.

"바라지 않기 때문에 사용하지 않고, 두려워하지 않기 때문에 바라지 않는다는 것은, 겁이 많고 소극적인 마음이다."[9]

철학자들 교의의 대부분은, 사물의 본성에 대해 필요 이상으로 겁

---

9 플루타르코스, 《영웅전》, 〈솔론편〉, 7.

이 많고 경계심이 강한 것처럼 보인다. 마찬가지로 철학자들은 죽음의 공포를 고친다면서 그것을 더욱 증대시켰을 뿐이다. 인간의 온 생애를 죽기 위한 훈련이나 준비 과정일 뿐이라고 여기게 함으로써, 죽음이란 그에 대해 아무리 준비해도 극복할 수 없는 무서운 적인 것처럼 사람들로 하여금 생각하게 한다. 한 시인이 그보다는 더 적절하게 표현하고 있다.

> 생의 종말을 자연의 한 은혜로 생각한다.[10]

이렇게 철학자들은 인간의 마음을 너무나 통일적이고 조화적인 것으로 만들려 하고, 그 마음을 교란하는 반대의 움직임을 충분히 생각하도록 가르치지 않은 것이다. 그 이유는 그들 자신이 사적이고 자유로운, 남을 생각지 않아도 되는 인생행로에 일생을 바친 사람들이었기 때문이다. 이를테면 류트와 같은 현악기를 다룰 때 단순한 곡이나 정선율(定旋律)은 아름답고 여러 가지 변화가 있는 것처럼 들리지만, 변주곡이나 즉흥곡의 연주처럼 색다르고 어려운 폐지음(閉止音)과 경과(經過) 선율을 완전히 배재하는 것은 아님을 알 수 있다.

철학자의 생활과 일반 사회생활과의 차이도 이와 같다고 할 수 있다. 이러한 차이를 좁히기 위해 보석세공사의 지혜를 배워야 할 것이다. 그들은 원석에 알갱이나 광택의 흐림, 수정체와 유사한 흠이 있

---

10 유베날리스, 《풍자시》, 2.

더라도 돌을 많이 줄이지 않고 깎아 낼 수만 있으면 그렇게 한다. 원석을 지나치게 줄이거나 작게 만들면 보석으로서의 가치가 없기 때문이다. 마찬가지로 사람도 관대함을 파괴하지 않으면서 조용함을 얻도록 해야 할 것이다.

6

지금까지 사적이고 개별적인 인간의 선에 대해 적당하다고 생각되는 데까지 생각해 보았다. 이번에는 사회와 관련된 인간의 선으로 돌아가 보기로 하자. 이러한 선을 의무라고 불러도 좋을 것 같다. 의무라는 명칭은 남을 향하도록 잘 만들어진 마음에 한층 적합한 말이기 때문이다. 이에 반해 덕성이라는 말은 그 자체 속에서 형성되고 잘 만들어진 마음의 경우에 사용된다. 단 인간은 사회와 아무런 관계없이 덕성을 이해할 수 없고, 의무도 내적인 성향 없이는 이해하지 못한다.

이 부분은 얼핏 보기에 사회적·정치적인 학문에 속하는 듯 생각될 것이다. 주의해 보면 그렇지도 않다. 이 분야는 인간 각자의 자기 자신에 대한 통제와 관계되는 것이며, 남에 대한 것이 아니기 때문이다. 건축의 경우를 예로 들어 보자. 기둥이나 대들보, 그 밖의 건축자재를 만드는 방법은 건물을 세우는 방법과 동일하지 않다. 기계공학에서도 기계나 기관을 만드는 방법에 대한 지시는, 그것을 움직이는 데 사용하는 방법과 동일하지 않다. 그런데도 어느 한쪽을 표현해야만 적절한 곳에서, 다른 쪽을 표현하게 되는 것이다. 사회에 있어서의 사람들의 결합의 학문, 즉 정치학은 그에 대한 일치의 교의, 즉 윤리학과는 다른 것이다.

7

의무의 이 분야는 두 부분으로 다시 구분된다. 하나는 국가의 일원으로서의 개개의 인간에 공통되는 의무이다. 또 하나는 개개인의 직업이나 천직 또는 장소에 따른 개개의 특별한 의무이다. 이 중 전자는 현존하고 충분히 연구되어 있다는 것은 이미 설명했다. 후자도 마찬가지로 결여되어 있다기보다는 흩어져 있다고 말하는 편이 좋을 것 같다. 이러한 흩어진 저술이 지금 우리가 다루려는 의무의 분야를 설명하는 데는 가장 좋다고 생각한다. 누가 모든 개개의 천직·직업·장소에 대해서 그 고유의 의무·덕성·자격·권리 같은 것을 이용할 생각을 할 수 있겠는가? 방관자가 경기를 하는 사람보다 더 잘 볼 수도 있을 것이고, 건전하다기보다 오히려 불손한 속담, "골짜기가 산을 가장 잘 나타낸다."는 말도 있다.

의심할 여지없이, 사람이 가장 훌륭하고 현실적으로, 게다가 요점을 파악하여 정리할 수 있는 것은 자기 자신의 직업에 관해서이다. 그리고 사색적인 사람이 적극적인 행동 문제에 대해서 저술한 것이 실제로 경험 있는 사람들에게는 대부분 상상이나 군소리에 지나지

않는 것처럼 생각되는 것은, 실제적으로 전쟁에 대한 포르미오의 의론이 한니발에게 준 느낌과 같을 것이다.[11]

다만 자기 직업의 입장에서 저술하는 사람에게 따라다니는 하나의 악폐가 있다. 이들은 자기들의 전문을 너무 크게 생각한다는 것이다. 일반적으로 바람직스러운 것은, (이것이 사실 학문을 공고히 하고, 많은 결실을 낳도록 만드는 것이지만) 적극적으로 활동하고 있는 사람들이 저작가가 되며, 또 될 수 있다는 것이다.

8

적극적으로 활동하고 있는 사람의 저작이라 말할 수 있는 것은, 폐하의 국왕 의무에 관한 뛰어난 책을 들 수 있다.[12] 그 저작은 신학·도덕학·정치학으로 풍부하게 구성되어 있으며, 다른 모든 기술에 대해서도 매우 많이 포함하고 있다. 내 생각으로 일찍이 읽은 적이 없는 가장 건전하고 건강한 저작의 하나이다. 들뜬 발견에 흥분하지도 않고 차갑지도 않다. 병적으로 어지럽지도 않고 태만하여 질서를 잃은 사람들과도 다르다. 경련을 일으키고 있지도 않은 것은 부적절한 내용으로 억지를 부리는 사람들과도 다르다. 향수나 분식(粉飾)의 기색

---

11 키케로, 《웅변론》, 21·18-75.
   포르미오는 한니발이 카르타고에서 에페수스로 달아났을 때, 전술에 대해 토론한 아리스토텔레스 학파의 철학자이다. 그 공론을 한니발은 미친 사람의 말이라고 했다고 한다.
12 제임스 1세의 《왕권신수설》을 가리킨다. 제임스 1세는 왕권신수설에 입각하여 1614년 이후 의회를 무시하는 전단적인 재정 정책을 써서 절대주의 확립에 노력했다.

도 없고 자연스럽게 참을 수 없을 만큼 독자를 기쁘게 하려고 애쓰는 인간들과도 다르다. 주로 그 내용에 있어서 훌륭한 경향을 가졌고, 진리에 적절하며 행위에도 적당하다. 또한 자기 자신의 직업에 관하여 쓰는 사람이 흔히 빠지기 쉬우며 과도하게 높이 생각하기 마련인, 자연의 병폐로부터도 아득히 멀다. 폐하는 아시리아 혹은 페르시아왕의 외적인 영예를 말씀하신 것이 아니라, 국민의 목양자(牧羊者)로서 모세나 다윗 같은 사람에 관해 말씀하고 계시기 때문이다. 또 내가 잊을 수 없는 것은 폐하께서 신성한 통치 정신으로 대 사건의 재판에서 하신 말씀이다.

"국왕이 법률에 의해 통치하는 것은, 신이 자연의 법률에 의해 다스리는 것과 같다. 그 최고의 특권을 좀처럼 사용해서는 안 되는 것은, 신이 기적을 행하시는 힘의 경우와 같다."

절대 전제군주제의 책[13] 속에서 사람들에게 잘 이해시키고 계시는 것은 국왕의 권력과 권리의 풍부함, 그 직무와 의무의 한계를 알고 계신다는 것이다. 나는 폐하의 이 뛰어난 저작을, 개개의 특별한 의무에 관한 논문 중에서 제일가는 혹은 현저한 예로 감히 든 것이다. 폐하의 저작이 1,000년 전에 쓰인 것이었더라도 같은 말을 했을 것이다.

나는 어떤 궁정(宮廷) 의례로서 말하고 있는 것은 아니다. 궁정 의례에서는 앞에서 칭찬하는 것을 아부로 생각하지만, 원래 실제로는

---

13 제임스 1세의 《절대 전제군주의 책, 즉 자유로운 국왕과 그 본래의 신하 사이의 상호 의무》(1601년 출판, 1616년에는 국왕 저작집에 수록)를 가리킨다.

덕성이나 기회가 결여되어 있는데 칭찬하는 것이 아부이다. 그런 때의 칭찬은 진실성이나 시기에 있어서 자연스럽지 않고 무리한 것이된다. 이와는 대조적인 키케로의 《마르켈루스의 변(辯)》[14]을 읽어 보면, 이것은 케사르의 덕성에 관한 뛰어난 그림에 지나지 않고, 더욱이 그 면전에서 한 말임을 알 수 있다. 그 밖에도 때를 놓친 말을 하는 사람들보다 훨씬 현명하고 뛰어난 사람들의 예가 많다. 충분한 기회가 있을 때는 면전이거나 아니거나 올바른 칭찬을 하는 데에 주저할 이유는 없을 것이다.

9

이제 이야기를 제자리로 돌리기로 하자. 직업이나 천직의 의무에 관한 이 부분을 취급하는 데 있어서, 다시 문제가 되는 것이 있다. 모든 직업의 상대적 혹은 반대되는 것으로서, 이를테면 기만과 거짓과 사기 또는 악덕에 관한 것이다. 이러한 문제들도 똑같이 논의되어 오고 있다. 그러나 어떻게 논의되어 왔는가? 성실하고 현명하게라기보다 풍자적이고 냉소적이었다. 사람들은 직업 중에서 대부분 좋은 부분을 오히려 지성으로써 비웃으며 나쁘게 말해 오고 있다. 판단력으로써 부패한 부분을 발견하고 분리하려고는 노력하지 않는다. 솔로

---

[14] 상원에서 키케로가 케사르에게, 케사르의 정적 마르켈루스의 추방을 사면하여 로마에 돌아오게 하라고 주장한 것.

몬의 말처럼 경멸과 비판의 마음으로 지식을 추구하는 자는, 틀림없이 그의 기분에 맞는 재료를 발견하게 될 것이다. 자기를 가르치는 재료는 발견하지 못할 것이다.

"거만한 자는 지혜를 구하여도 얻지 못하거니와, 명철한 자는 지식 얻기가 쉬우니라." [15]

이 내용을 확실하면서도 진실되게 다루려는 노력은 별로 하지 않는다고 생각되지만, 이것은 정직과 덕성에 대해서 확립할 수 있는 최선의 요새처럼 여겨진다.

바실리스크[16]의 우화에, 괴물이 먼저 당신을 보면 당신이 죽는다는 이야기가 있다. 당신이 괴물을 먼저 발견하면 괴물이 죽게 된다는 것이다. 기만과 사악한 기술도 마찬가지다. 만일 그런 것을 먼저 발견하여 앞지르면 그것은 생명을 잃는다. 그것이 앞지르면 이쪽을 위험하게 만든다. 우리는 마키아벨리와 그 밖의 사람들에게 힘입은 바가 크다. 그 사람들은 사람들이 하는 일은 쓰고 있지만, 해야 할 일은 쓰고 있지 않다. 뱀의 지혜에 비둘기의 무심(無心)을 결부시키는 것은 가능하지 않다. 다만 뱀의 모든 조건을 정확히 알면 할 수 있다. 이를테면 저열함과 기어 다니는 비열함, 반전성(反轉性), 매끄러움과 술책성, 질투심과 독 이빨 같은 조건들이다. 즉 사악의 모든 형식과 종류라는 말이다. 이런 것을 모르면 덕성은 방어벽이 무너져 노골적으로

---

15 〈잠언〉 14 : 6.
16 그리스 로마 신화에 나오는 용 또는 도마뱀 같은 괴물로서, 아프리카의 사막에 사는데 이것이 한 번 쏘기만 하면 금방 죽는다고 한다.

드러나 보호받을 수 없게 된다.

확실히 정직한 사람은 사악에 대한 지식의 도움이 없으면 나쁜 사람을 옳은 길로 인도할 수 없다. 마음이 타락한 사람은, 정직이란 단순한 성격과 설교사와 학교 교사와 사람들의 외부적인 언어를 믿는 데서 생긴다고 예상하고 있기 때문이다. 그들 자신의 타락된 생각을 속속들이 알고 있다는 것을 보여 주지 않으면, 그들은 모든 도덕성을 경멸할 것이다.

"미련한 자는 명철을 기뻐하지 아니하고, 자기 의사를 드러내기만 기뻐하느니라." [17]

10

개개의 의무에 관한 이 대목에 속하는 것으로서 남편과 아내, 부모와 자식, 주인과 하인 사이의 의무가 있다. 또 우정과 감사, 이웃 관계의 동아리나 단체와 정치 단체 등의 사회적 연관 등, 그 밖에 각각 정도에 따른 모든 의무가 있다. 나는 여기에서 개개의 의무를 정치나 사회의 일부를 구성하고 있기 때문이 아니라, 개개인 간의 마음을 형성하는 것으로서 다루었다.

---

[17] 〈잠언〉 18 : 2.

사회적 선에 관한 지식도 단순히 독자적으로만 취급되는 것이 아니라 비교 취급되기도 한다. 이에 속하는 것으로는 개인적·공공적인 인간과 인간, 경우와 경우 사이의 의무의 계량이 있다. 이를테면 루키우스 브루투스[18]의 자기 아들에 대한 재판 절차에서 볼 수 있다. 이 사건은 매우 칭송되었다. 그러나 무슨 말을 들었던가?

후세가 그 행위를 무어라 칭찬하건, 그는 얼마나 불행한 사람이던가!

이 소송 사건의 성격상 애매한 부분이 있으므로 평가도 둘로 나뉘었다. 또 M. 브루투스와 카시우스가 사람들을 저녁 식사에 초대하여 그들의 의견을 알아보려고 한 적이 있었다. 같은 편으로 만드는 데 적합한가 어떤가를 보기 위해서였다. 왕위를 찬탈한 독재자를 죽이는 것에 관해 질문했다. 이때 의견이 나뉘었다. 어떤 사람은 노예의 신세가 되는 것은 가장 나쁜 불행이라고 주장했고, 어떤 사람은 독재가 내란보다 낫다고 말했다.

이와 비슷한 상대적인 의무에 대한 사례는 그 밖에도 많다. 그 중에

---

18 루키우스 유니우스 브루투스(Lucius Junius Brutus)는 BC 6세기의 로마 집정관. 그는 로마 제국 7대 왕인 루키우스 타르퀴니우스 수페르부스(Lucius Tarquinius Superbus)를 추방하고, 그 복위를 기도한 자기 아들 티투스와 티베리우스를 사형에 처했다(리비우스, 《로마사》, 2·5).
다음의 인용은 베르길리우스, 《아이네이스》, 6·823.

서 특히 많은 것은 작은 부정에서 많은 선을 얻게 되는 경우이다. 테살리아의 이아손[19]은 "큰 선을 얻기 위해서는 얼마간 작은 악은 행해야 한다."는 진리에 어긋나는 결정을 내렸다. 이에 대한 대답으로 "현재 행해지는 선은 보장할 수 있지만, 장래의 선은 그렇지 않다."는 말이 적절할 것이다. 사람은 현재에 올바른 것을 추구하고 장래의 일은 신의 섭리에 맡겨야 하는 것이다. 그러니 선의 모범과 그 서술에 관한 일반적인 부분에서 다음 문제로 넘어가기로 하자.

---

19 고대 그리스 테살리아의 왕으로, BC 370년 페르시아에 침입하려다가 암살당했다. 다음의 인용은 플루타르코스, 《윤리론집》, 24.

제22장

1

지금까지 인생의 결실에 대해서 논했으니, 이제 남은 것은 그에 속하는 노력을 논의하는 일이다. 노력에 관한 이 부분이 없으면 결실이라는 것은 아름다운 그림이나 상(像)에 지나지 않으며, 바라보기에는 아름답지만 생명도 움직임도 없는 것이 되어 버린다. 이에 대해 아리스토텔레스 자신도 다음과 같이 동의하고 있다. "덕성에 대해서는, 그것이 무엇이며 어디서 생기는가를 정말 말할 필요가 있다. 덕성을 알아도 그것을 얻을 수단과 방법을 알지 못하면 아무런 소용이 없는 것이기 때문이다. 덕성이란 어떤 것인가 하는 것뿐 아니라, 어떻게 하면 그것을 가질 수 있는가를 생각하지 않으면 안 된

다. 우리는 사물 그 자체를 알 뿐 아니라, 그 소유자가 되고 싶어 한
다. 그것이 어디서 생기고 어떻게 얻어지는가를 알지 못하면, 희망
을 이룰 수 없다."[1] 이상과 같이 내용 있는 말로 되풀이하여 이 부분
을 설명하고 있다.

또 키케로는 소(小) 카토를 매우 칭찬했다.

"그는 철학을 공부했으나 토론을 하기 위해서가 아니라 그것을 생
활하기 위해서였다."[2]

오늘날 이 문제는 거의 무시되고 있다. 자기 생활의 개혁을 꾀하는
사람이 적은 현실에서 이 부분은 불필요한 것처럼 보일지 모른다. 세
네카가 훌륭하게 표현했듯이 "저마다 생활의 일부는 생각하지만, 전
체를 생각하는 자는 없다."고 할 수 있다.

나는 결론적으로 히포크라테스의 아포리즘을 들지 않을 수 없다.
"중병으로 고통을 느끼지 않는 자는, 마음이 병들어 있다."[3] 이러한
자에게는 병을 덜하게 하기 위한 약뿐만 아니라, 감각 기관을 눈뜨게
하기 위한 약도 필요할 것이다. 인간 마음의 치료는 신학이 할 일이
라고 말한다면, 이 말은 아주 진실된 것이다. 도덕 철학을 현명한 하
인으로서 또는 겸허한 식모로서 신학에 추천해도 좋을 것이다. "식
모의 눈은 줄곧 안주인을 향한다."고 〈시편〉에서도 말하고 있듯이,
식모에게 위임된 것에는 안주인의 많은 의중을 아는 데 특별한 분별

---

1 아리스토텔레스, 《대도덕론》, 1·1.
2 키케로, 《무레나 변론》, 30·62.
3 히포크라테스, 《공리 Aphorisms》, 2·6.

력이 담겨져 있음은 물론이다. 마찬가지로 도덕 철학은 신학의 교의
에 끊임없이 주의를 기울이고 있지 않으면 안 된다. 도덕 철학은 (적
당한 한계 내의 일이지만) 신학의 지시를 받더라도, 건전하고 유익한 많
은 지시를 스스로 생각할 수 있다.

2

우월성 면에서 보더라도 이 분야에 대한 저술이 많지 않다는 것은
매우 이상한 일이다. 이 분야는 오히려 말과 행위에 관계된 내용으로
되어 있는 것이 많기 때문인지도 모른다. 또 드물기는 하지만, 사람
들의 담화가 그들의 저술보다 현명한 경우가 있기 때문이라고 생각
된다. 우리로서는 이 분야를 그만큼 더 자세하게 설명하는 일이 합리
적일 것이다. 그만한 가치가 있는 것이 결여되어 있다는 보고를 한
데 대한 책임을 지기 위해서다. 이것은 우리의 지적이 거의 믿겨지지
않을 수도 있고, 저술하고 있는 사람들은 달리 생각하고 예상할 수 있
는 일이라는 것을 모두 고려하겠다는 말이다.

우선 이 분야의 몇몇 항목이나 요점을 들어 보기로 하자. 과연 그것
이 어떤 것인가, 또 그것이 현존하고 있는가를 더 잘 드러나게 하기
위해서다.

3

첫째, 이 일에 있어서도 실제적인 모든 사물의 경우와 마찬가지로, 우리가 할 수 있는 일과 할 수 없는 일을 전반적으로 나눠 봐야 한다. 한편은 변경 면에서 다루고, 한편은 가능한 이용이나 순응 면에서만 취급될지도 모르기 때문이다.

농민은 토지의 성질이나 천후의 계절을 마음대로 하지 못한다. 의사는 환자의 체질이나 그 여러 가지 징후를 바꾸지 못한다. 마찬가지로 인간 마음의 교양과 치료에 있어서도 두 가지는 우리 마음대로 하지 못한다. 그것은 본성과 관련된 점과 운명과 관련된 점이다. 한편의 기초와 또 한편의 조건에 우리의 일은 한정되고 묶이기 때문이다. 그러니 이런 사물에 있어서는 순응함으로써 나아가는 도리밖에 없는 것이다.

모든 운은 참음으로써 정복된다.[4]

마찬가지로,

모든 성질은 참음으로써 정복된다.

---

4 베르길리우스, 《아이네이스》, 5 · 710.

여기서 '참는다'는 말은 무디고 태만하게 참는 것을 뜻하는 것이 아니라, 슬기롭고 근면하게 인내하는 것을 말한다. 이러한 자세를 취함으로써 불리하고 적대적인 것처럼 보이는 것에서 효용과 이점을 끌어낸다. 그것이 우리가 순응 또는 이용이라고 말하는 것의 본성이다.

이용이나 순응의 지혜는, 주로 우리가 순응하는 것에 앞서 어떤 상태와 경향을 가지는가에 대한 정확한 지식에 있다. 옷이 우리 몸에 맞게 하려면 먼저 몸의 치수를 재지 않으면 안 된다.

4

이 지식의 첫 항목은, 인간의 본성이나 경향의 개개 성질과 기질의 건전하고 참된 배치와 설명을 적는 것이다. 특히 다른 기질의 근원과 원인으로서 가장 강력하거나 가장 자주 일어나고 섞이는 특색에 관해서 주의하지 않으면 안 된다. 여러 기질들 중 그저 소수를 간단히 취하여 중도의 덕성을 더 잘 묘사하려고 한다면, 우리의 의도를 만족시키지는 못한다. 지금부터 인간 본성의 기질을 자세히 살펴보자.

위대한 내용에 이끌리는 사람이 있는가 하면, 작은 일에 이끌리는 사람도 있다는 것은 충분히 고려할 만한 주제이다. 이것을 아리스토텔레스는 고매(高邁)라는 이름으로 다루었다. 이와 연관하여 많은 내용에 관심을 쏟는 사람도 있고, 적은 일에만 관심을 쏟는 사람이 있다는 것은 고려할 만하지 않겠는가? 항상 여러 가지 일에 자기 자신을 분할할 수 있는 사람이 있고, 훌륭하게 잘 해내기는 하지만, 한 번에 소수의 것만 할 수 있는 사람도 있다. 전자는 무기력한 사람을, 후자는 편협한 사람을 낳는다. 또 당장 처리해야 하든가, 짧은 시간 안에 해야 할 일에 끌리는 사람도 있다. 또한 먼 앞날에 시작되어 오랜 기간 계속적인 노력으로 완수되는 일에 끌리는 사람도 있다.

벌써 처음부터 생각을 하고 있다.[5]

이러한 기질은 마음의 길이〔長〕, 즉 인내라고 할 수 있으며, 고매함과 함께 보통 하느님이 갖고 있는 기질로 생각되는 것이다.

아리스토텔레스는 또 다른 고려할 가치가 있는 구분법을 소개했다.

"대화 당사자에게 언급한다든가 관계되는 일이 전혀 없는 경우, 회화(會話)에는 상대방을 달래고 기쁘게 만드는 경향의 것이 있고, 반대로 방해하려는 반대의 경향도 있다."[6]

그리고 다음과 같은 고찰을 하는 것도 한층 가치 있는 일이 아니겠는가.

"회화나 담화가 아니라 더 중요한 문제에 있어서(항상 한쪽을 들지 않아도 되는 상황일 때) 남의 이익에 기쁨을 느끼는 성향이 있고, 남의 이익에 혐오를 느끼는 성향도 있다."

---

5 베르길리우스, 《아이네이스》, 1 · 18.
6 아리스토텔레스, 《니코마코스 윤리학》, 4 · 6.

이러한 기질은 우리의 좋은 성질이나 나쁜 성질, 자비나 악의라고 부르는 본질을 가진 것이다. 인간의 본성이나 기질과 관계있는 이 분야의 지식이 도덕학이나 정치학에서 제외되어 있는 것은 여간 이상한 일이 아니다. 생각해 보면 양쪽 학문에 모두 매우 유용하고 도움이 되는 것이기 때문이다.

점성학의 전통에서는 인간의 본성을 교묘히 잘 분류하고 있는데, 이것은 별의 힘의 감도에 따른 것이다. 조용한 것을 사랑하는 사람, 행동을 사랑하는 사람, 승리를 사랑하는 사람, 명예를 사랑하는 사람, 쾌락을 사랑하는 사람, 기술을 사랑하는 사람, 변화를 사랑하는 사람 등이 있다. 점성학 전통 중에서 가장 현명한 것으로서, 탈리아인이 교황 선거회의에 참석한 몇몇 추기경의 성질을 생생하게 묘사한 것을 볼 수 있다. 날마다의 회의에서도 "감수성이 뛰어나다, 메마르다, 형식적, 실제적, 기분적, 적극적이다. 첫인상이 좋은 사람, 끝인상이 좋은 사람이다." 등의 호칭을 듣는 사람을 볼 것이다. 이런 관찰은 말 속에서 헤맬 뿐 탐구에 정착되지는 않는다. 그 많은 것이 구별 지어져 있기는 하지만, 그에 입각해서 아무런 교훈도 결론지어지지 않았다. 이 점에서 우리의 실수는 그만큼 크다고 할 수 있다. 역사와 시(詩), 그리고 일상의 경험이 피상적인 관찰이 생기는 훌륭한 밭이기 때문이다. 우리는 이러한 피상적인 관찰들을 손에 쥘 조그만 꽃다발로 만들어 들고 있을 뿐, 인생의 도움이 될 처방을 만들 생각으로, 그 꽃다발을 다시 엮어 줄 사람에게 갖다 주는 사람은 없다.

357

이와 유사한 분류가 또 있다. 사람들이 타고나는 성별, 연령, 지역, 건강과 질병, 미와 추함 등을 토대로 정신에 떠올리는, 인간 본성에 대한 인성들이 그러하다. 이것들은 외적인 것이 아니라 내재하고 있는 요소들이고, 반면 외적인 조건이 원인이 된 것도 있다. 이를테면 왕자의 신분, 귀족의 신분, 천한 태생, 부, 곤궁, 공적인 지위, 사적인 지위, 번영, 역경, 항구적인 운, 변화 있는 운, '비약적', '단계적'인 출세 등이 있다. 이들로부터 판단을 그르칠 수 있다. 플라우투스는 노인이 자비심을 가진 것을 이상히 여겨, "그 노인은 마치 젊은이처럼 친절하다."고 말했다. 성 바울은 크레타 섬 사람에게 엄한 훈련을 시켜야 한다며, "그들을 날카롭게 책망하라."고 말했다. "크레타 섬 사람들은 거짓말쟁이고 나쁜 짐승이며 게으름뱅이다."라는 그 나라의 경향에 대해 말하고 있는 것이다. 살루스티우스는 국왕이 민중과 반대의 것을 바라는 것은 일반적인 일이라고 말하고 있다. "그러나 왕자의 희망은 많은 경우, 과격하기도 하고 변덕이 심하며, 흔히 그 사이에 모순이 있다." 타키투스는 운이 돌아와도 성향이 고쳐지는 일은 드물다며, "좋은 편으로 바뀐 황제는 베스파시아누스뿐이다."라고 했다. 핀다로스는 "위대하고 갑작스런 운은, 대개의 경우 사람을 패배시킨다."고 말했다. "위대한 행복은 소화가 안 된다." 〈시편〉은 운을 늘리는 것보다 운을 즐김으로써 절도를 지키는 편이 더 쉽다는 것을 보여 주고 있다. "부(富)가 흘러와도, 이에 마음을 기울이지 말라."

이러한 관찰을 모두 부정하는 것은 아니다. 이러한 내용은 아리스토텔레스의 《수사학》 일부에서 조금 언급하고 있고, 몇몇 담론에서도 취급하고 있다. 본질적으로 도덕 철학에 속하나 구체적으로 들어 있지는 않다. 이를테면 토지나 흙의 다양성에 대한 지식과 농업과의 관계, 체격과 체질의 다양성에 대한 지식과 의사와의 관계 같은 것이다. 다만 우리가 똑같은 약을 모든 환자들에게 처방하는, 경험만 있는 돌팔이 의사의 무분별함에 따를 생각이라면 모르지만 말이다.

학문의 진보

6

이 지식에 대한 또 하나의 항목은 감정에 관한 연구이다. 신체에 약을 투여할 때, 우선은 체격이나 체질에 관해 아는 것이 순서이다. 그 다음은 질병에 대하여, 마지막으로 치료법을 인식하는 것이다. 마찬가지로 마음에 대한 투약의 경우에도 인간의 성질에 대한 여러 가지 특색에 대해서 안 다음, 마음의 병과 약점을 아는 것이 순서이다. 그 것은 바로 감정의 동요와 불쾌감이다.

공화국의 고대 정치가들은 국민을 바다에 비유하는 것이 보통이었다. 웅변가는 바람에 비유했다. 즉 바다는 자연 그대로는 조용하고 온화하지만, 바람이 그것을 움직이고 교란하는 것이다. 이처럼 국민도 평화롭고 다루기 쉽다. 단 반란을 선동하는 웅변가들이 그들을 움

359

직이고 부추기지만 않으면 말이다.

정신도 마찬가지로 온화하고 안정된 것일 것이다. 감정이 바람처럼 그것을 소란하게 만들지 않으면 말이다. 여기서도 이상하게 생각되는 것은, 앞에서처럼 아리스토텔레스는 《윤리학》을 몇 권이나 썼으면서도 그 주요 제재인 감정은 전혀 다루지 않았다는 것이다. 그의 《수사학》에서는 부수적이고 이차적이기는 하지만 이 문제가 다루어지고 있다. 감정이 말에 의해 움직여지기 때문인지도 모른다. 감정을 적절한 분량으로 다루고 있으면서도 진짜 다루어야 할 곳(도덕학, 즉 윤리학)에서는 그냥 지나가고 있다. 다시 말해 이 연구에 만족을 줄 수 있는 것은 쾌락과 고통에 관한 그의 주장이 아니다. 그것은 빛의 성질을 일반적으로 다루는 사람이 색깔의 성질을 다룬다고 할 수 없는 것과 마찬가지다. 쾌락과 고통의 개개의 감정에 대한 관계는, 빛과 개개의 색과의 관계와 같기 때문이다. 미루어 짐작할 수 있는 것은, 스토아 학파가 이 주제에서는 더 좋은 일을 하고 있다는 것이다. 하지만 그들의 방법론에서는 세밀한 정의(定義)가 많고(이것은 이런 종류의 문제에서는 너무 잘다), 적극적이고 풍부한 서술이나 관찰은 아닌 것 같다.

마찬가지로 몇 가지 감정에 관해서는 우아한 성질의 개별적인 저술을 볼 수 있다. 노여움에 관한 것, 불리한 사건 때의 위안에 관한 것, 심한 수줍음에 관한 것 등에 대해서이다. 시인과 역사의 저작자들이 이 지식에 대한 가장 훌륭한 교사이다. 그들은 감정이 어떻게 타오르게 되고, 어떻게 자극을 받게 되는가 하는 것을 매우 생생한 형태로 그리는 것을 볼 수 있다. 또 어떻게 달래어지고 어떻게 억눌리는가, 또 어떻게 행위로 변하고 그것이 더 심한 정도가 되지 않게 억제되는가, 어떻게 나타나고 어떻게 작용하는가, 어떻게 변화하고 어떻게 모여서 강해지는가, 어떻게 서로 겹치고 어떻게 서로 싸워 부딪치는가, 그 밖의 여러 가지 개개의 경우를 그리고 있다.

이 중에서도 방금 든 마지막 것이 도덕적·정치적인 사항에서는 특별히 유용하다. 말하자면 어떻게 감정을 감정에 대항시키고, 한쪽으로 다른 한쪽을 누르느냐 하는 것이다. 이를테면 우리는 짐승으로 짐승을 사냥하고 새로 새를 쫓는 데 익숙하다. 사냥은 아마도 그렇게 하지 않으면 쉽게 이루어질 수 없을 것이다. 이러한 기초 위에 '포상'과 '벌'의 뛰어난 효용이 수립되어 있다. 그것으로 정치 사회가 결합되어 있고, 공포와 희망의 두드러진 감정을 이용해서 다른 것을 누르고 제어하려고 한다. 국가를 통치할 때, 한 당파를 다른 당파로 누르는 일이 필요할 때가 있듯이, 마음속의 통치도 같기 때문이다.

7

다음에 논의할 문제는 우리들 스스로 자유로이 할 수 있고, 마음에 대해 힘을 발휘하며, 의지와 욕망에 영향을 주고 성격을 바꾸는 그런 것이다.

이 경우 사람들은 습관·연습·습성·교육·모범·모방·경쟁·동료·

친구·칭찬·비난·권유·명성·법률·서적·연구 등을 다루었어야 했
다. 이런 것은 도덕에서 결정적인 효용이 있는 것이므로, 인간의 마
음은 직접적으로 이러한 요소들에 영향을 받는다. 이런 것에서 여러
가지 처방이나 치료법이 합성되고 서술될 수 있으며, 마음의 건강과
좋은 상태로 회복하거나 유지하는 데 도움이 된다. 물론 인간의 의약
범위 안에서 말이다. 이 중에서 어느 한두 요소를 가지고 전체에 대
한 예로서 대신하기로 한다. 모든 요소를 일일이 언급한다는 것은 너
무 길어 적당하지 않을 것으로 생각된다. 여기서는 습관·습성을 다
시 취급하기로 하겠다.

8

　　나로서는 아리스토텔레스의 주장이 태만하게만 생각된다. 그는
천성적으로 고정되어 있는 것은 습관으로 변화될 수 없다고 말하고
있다. 그 예로서 돌을 1만 번 던져 올려 봐야, 돌 스스로 올라가는 것
을 익히지는 못한다는 것이다. 또 몇 번 보고 들어 봐야 우리는 그만
큼 더 잘 보거나 듣게 되지는 않는다는 것이다. 내가 태만이라고 한
것은, 이 주장은 본성이 절대적인 사람에게는 해당될지 모르지만(그
이유를 여기서 토론할 겨를은 없다), 자연스럽게 변화를 허용하고 있는 본
성의 사물은 그렇지 않다. 꼭 끼는 장갑도 늘 끼고 있으면 차츰 편해
지는 것을 알 수 있을 것이다. 회초리나 잔가지도 쓰다 보면 자연히

본디와는 다르게 굽는다. 목소리도 자꾸 쓰면 더 높고 크게 말할 수 있게 된다. 또 더위와 추위에 견디는 연습을 하면 그만큼 더 잘 견딜 수 있게 되는 수도 있다.

이 마지막 예는 아리스토텔레스가 취급하고 있는 습관이라는 문제에, 그의 예보다 훨씬 적합하다고 할 수 있다. 덕성과 악덕은 습관에 있다는 그의 결론을 인정한다고 치고, 그는 그 습관이 생기는 방법을 그만큼 더 잘 가르쳐 주었어야 했다. 마음의 훈련에 질서를 주는 현자의 교훈이 많다면, 육체의 훈련에 질서를 주는 지침들도 있어야 하기 때문이다. 이에 관해서 몇 가지를 살펴본다.

9

첫째로 들고 싶은 것은, 처음부터 너무 고도의 긴장이나 너무 약한 긴장을 하지 않도록 해야 한다는 것이다. 즉 너무 지나친 긴장을 하게 되면 소극적인 본성의 소유자는 기분이 좌절될 것이고, 자신 있는 본성의 소유자는 쉽다는 느낌을 갖게 되어 태만해진다. 어떤 본성의 소유자거나 실제로 실현되지 않는 기대를 더 갖게 되어 결국은 불만이 싹튼다. 한편 너무 약한 긴장의 경우에는, 무언가 위대한 과제를 성취하거나 굴복할 생각을 하지 않게 될지도 모른다.

10

둘째 교훈은 모든 것을 연습할 때 주로 두 번 하라는 것이다. 한 번은 마음이 가장 내킬 때 하고, 한 번은 가장 내키지 않을 때 한다. 전자에 의해서는 매우 큰 진보를 가져올지 모른다. 후자일 때는 마음의 속박과 장애를 제거하고, 중간일 때는 그만큼 편하고 즐거워질지 모른다.

11

셋째 교훈은 아리스토텔레스가 다른 말을 하던 중에 언급한 말이다. 그것은 언제나 타고난 본성과 정반대 쪽으로 애써 향하려 한다는 것이다. 이를테면 물결을 거슬러 배를 젓는다든가, 잔가지를 본디 굽은 모양과 반대로 굽혀서 곧게 만드는 일 같은 것이다.

12

넷째 교훈은 마음이란 언제나 더 나은 쪽으로 가지고 갈 수 있으며, 한층 즐겁고 행복해질 수 있다는 것이다. 다만 우리가 하려고 하는 일이 처음 의도한 것이 아니라, '다른 것을 하려다가' 종속적으로 생긴 경우여야 한다. 인간의 본성은 필요와 억제로 구속받는 것에 대해 타고난 증오심을 가지고 있기 때문이다.

훈련과 습성의 운용에 관해서는 아직도 많은 공리가 있다. 훈련과 습성은 공리대로 잘 추진되어 가면, 사실 또 다른 본성이 될 수 있다. 우연에 지배되면, 보통은 천성의 흉내에 지나지 않는 것이 되어 비뚤어진 모조품을 낳는다.

13

성격에 어떤 영향과 작용을 미치는가에 대해 다룬 저술과 연구를 살펴보면, 그것에 필요한 다양한 주의와 지침이 있고 그에 따르는 여러 가지 교훈이 있음을 알 수 있다.

중세 그리스도교 교부 한 사람이 매우 분개하여 시를 '악마의 술'이라고 부른 적이 있다. 그것이 유혹·동요·공허한 의견을 증대시키기 때문이라는 것이다. 아리스토텔레스의 의견은 거들떠볼 가치가 없는가? 그의 말을 들으면, 젊은 사람들은 도덕 철학의 정당한 청중이 아니다. 그들은 감정이 들끓는 열이 아직 가라앉지 않았고, 시간과 경험으로 완화되어 있지도 않다는 것이다. 그렇다면 고대 저작자들의 훌륭한 저술이나 담화는, 정직한 인생을 향하게 하는 데는 거의 효과가 없는 것이 아닐까(고대 저술과 담화는 덕성을 훌륭하고 당당하게 나타내어, 사람이 덕성에 가장 효과적으로 향하도록 납득시켰다. 또 덕성에 반대되는 일반적인 의견은 경멸과 조소라는 기생충의 옷을 입은 것처럼 나타냈다). 그러한 저술들은 성숙하고 침착한 연배가 된 사람들에게 읽히고 생각하게 한 것이 아니라, 거의 소년이나 초심자에 국한된 일이었기 때문이다.

다음의 것도 사실이 아니겠는가? 젊은 사람들은 종교와 도덕에 완전히 침투할 때까지는 정치철학의 내용에 대한 부적당한 청중일 수밖에 없지 않는가. 그들의 판단력은 부패하고 사물에는 참된 차이가 없으며, 다만 모든 일이 유용성과 운 여하에 달렸다고 생각하게 되어서는 곤란하지 않는가. 이에 대해서 말한 시구가 있다. "뜻대로 된 재수 좋은 범죄는 덕성이라고 부른다." 또 하나 "같은 범죄의 대가로 책형을 당하는 자도 있고, 왕관을 쓰는 자도 있다." 이것은 시인들이 덕성을 위해 화를 내며 풍자적으로 표현한 말이다.

정치학의 저서는 이런 말을 진지하면서도 적극적으로 하고 있다. 마키아벨리는 다음과 같이 말했다.

"만일 케사르가 졌더라면, 카틸리나 이상으로 불쾌한 인간이 되었을 것이다."

그렇다면 운이 따랐다는 것을 제외한다면, 극악의 정욕과 피비린내 나는 세계에서 가장 뛰어난 정신의 소유자(그 야심은 별도로 치고), 카틸리나와 케사르는 하나가 되어 버린다.

또 도덕학의 일부 교의에 대해서도, 마찬가지로 주의를 기울일 필요가 있다. 사람이 너무 정확하고 오만하고 시대와 맞지 않는 인간이 되지 않게 하기 위해서다. 키케로는 카토에 대해 이렇게 말했다.

"마르쿠스 카토에게서 보이는 그 신적(神的)이고 위대한 덕성은 그 자신 고유의 것이다. 가끔 볼 수 있는 그 결함은 모두 그의 천성에서 나온 것이 아니라, 그 교사(敎師) 탓이다."

연구가 성격 속으로 파고들고 끼어들어 형성된 특성이나 효과에 대해서는 또 다른 여러 가지 조언들이 있다. 즉 동료·명성·법률 등, 우리가 맨 처음 도덕학의 교의에 관한 대목에서 언급했던 것들의 효용에 대해 다룬 많은 조언들이 있다.

14

마음에는 일종의 교양이라는 것이 있는데, 이 문제를 다른 것보다 한층 정확하고 정밀하게 검토해 보아야 한다. 모든 인간의 마음은 어떤 때는 완전한 상태에 있고, 다른 때는 타락한 상태에 있다. 이런 훈련 방법의 목적은 마음이 좋은 때를 고착시켜 소중히 키우도록 하고, 나쁜 때를 지워서 제거하도록 하는 것이다.

좋은 것의 고착은 두 가지 수단으로 실행되어 오고 있다. 맹세나 끊임없는 결의와 지키는 것과 연습이다. 이런 것은 그 자체에 있어서는 그리 중시할 것이 없지만, 마음을 끊임없이 복종시켜 둔다는 점에서 중요하다. 나쁜 방면의 말살은 두 가지 수단에 의해서 실행되고 있다. 하나는 지난 일을 그 어떤 다른 종류로써 되찾거나 속죄하는 것이고, 또 하나는 미래를 위해서 새로이 시작하거나 생각하는 것이다. 이 부분은 신성한 종교의 영역이라 생각하는 것이 옳다. 이미 말했듯이 모든 훌륭한 도덕 철학은 종교의 하녀에 불과하기 때문이다.

15

우리가 결론적으로 다룰 마지막 요점은, 모든 수단 중에서도 가장 간명하고 중요하며, 덕성과 좋은 상태로 마음을 바꾸는 데 가장 고귀하고 효과적인 수단이다. 즉 어떻게 하면 인간 생애의 훌륭하고 덕성 있는 목표를 선택하여 그 자신 속에 설득해 넣도록 하는데, 사려 분별이 있는 사람이라면 도달할 수 있을 정도로 하느냐는 것이다. 다음 두 가지 사항을 가정해 보자.

어떤 사람이 목전에 정직하고 훌륭한 목적을 가지고 있다. 또한 단호하며 끊임없이 그것에 충실하다고 하자. 그는 당연히 자기를 형성하고, 동시에 모든 덕성을 갖게 될 것이다. 이것은 실제로 자연이 한 일이나 다름없다. 또 한쪽의 방법은 손으로 한 일과 같은 것이다. 말하자면 조각가가 어떤 조각상을 만들 때는, 자기가 지금 세공하고 있는 그 부분에만 형태를 준다. 얼굴에 세공을 하고 있다면, 몸이 될 부분은 그 부분에 손을 댈 때까지는 아직 거친 돌에 지나지 않는 것과 같다. 반대로 자연이 꽃이나 생물을 만들 때는, 동시에 모든 부분의 기초를 만든다. 습성에 의해서 덕성을 얻는 경우에도, 사람이 절제의 연습을 하고 있는 동안은 인내에 대해서 증진하는 것이 없고, 그 밖에 있어서도 좋지 않다.

좋은 목적에 몸을 바치고 열심히 노력한다면, 그 좋은 목적을 추구하기 위해 어떤 덕성이 그에게 요구되든지, 그것에 스스로를 일치시키려는 성향이 미리 주어져 있는 것이다. 이러한 마음의 상태를 아리스토텔레스는 보기 좋게 표현하고 있다. 즉 그것은 덕성이라고 부를 것이 아니라 신성(神性)이라고 불러야 한다는 것이다. 이 말은 "비인간성에 인간성을 초월한 영웅적 혹은 신적인 덕성을 대조시키는 것은 적당하다."는 것이다. 조금 뒤에 "야수가 악덕이라고도 덕성이 있다고도 말할 수 없듯이, 신에 대해서도 말할 수 없다. 신의 상태는 덕성보다 높고, 야수는 악덕과 다르다."[7]고 말했다. 우리는 소(小) 플리니우스가 트라야누스 황제의 추도사에서, 얼마나 높은 명예를 그에게 부여했는가를 엿볼 수 있다. "사람은 여러 신에게 다른 기도를 따로 드릴 필요가 없다. 다만 지금까지 트라야누스가 한 것처럼 훌륭한 군주를 계속 주시기만 바란다고 말하기만 하면 된다."[8]고 그는 말한 것이다. 마치 트라야누스 황제가 신성의 모방이라기보다는 신들의 모범이었던 것 같은 말투이다.

이런 것들은 이교(異敎)의 모독적인 구절이며, 신적인 마음 상태에 비한다면 그 그림자를 가질 뿐이다. 그런 신적인 마음 상태로 종교와

---

7 아리스토텔레스, 《니코마코스 윤리학》, 7·1·1.
8 소 플리니우스, 《송덕연설문》, 74·4, 5.
    장례식 때가 아니라 직접 한 말이라고 한다.

신성한 신앙이 사람을 인도하는 것이다. 그 영혼 위에 자비심, 즉 인간의 이익이 되는 것만 생각하는 마음을 심어 줌으로써 말이다. 그 자비심은 '완전한 굴레'라는 뛰어난 호칭을 가지고 있다. 그것은 모든 덕성을 하나로 묶어 단단히 결합시켜 주기 때문이다.[9]

메난드로스[10]는 공허한 관능의 사랑이라는, 신의 사랑의 거짓 모방에 지나지 않는 것에 대해서 다음과 같이 우아하게 말하고 있다. "사랑은 서툰 소피스트보다 인간 생활에 좋다." 즉 사람은 소피스트나 교사보다도 인간에게 그 행위를 더 잘 가르쳐 준다는 것이다. 소피스트를 서툴다고 말한 것은 그 수많은 규칙이나 교훈에도 불구하고, 사랑이 할 수 있는 것만큼 인간을 만들어 나가는 솜씨가 뛰어나지도 않고, 자기를 소중히 여겨 자기를 다스려 나가는 데 더 능숙하지도 않다는 것이다. 이런 이유로 확실히 인간의 마음이 자비심에 타오르면, 그것은 갑자기 그 사람을 움직여 한층 큰 완전성으로 이끌어 가며, 이것은 도덕학의 모든 교의 따위가 미치지 못하는 것이다.

도덕학은 자비심에 비하면 소피스트 정도에 지나지 않는 것이다. 크세노폰이 진리의 말을 했는데, 다른 모든 감정은 마음을 높이는 수가 있기는 해도, 그 방법은 사물을 왜곡하거나 또 불쾌하거나 하는 감각 기능의 정지를 의미하는 황홀이나 과도에 의한 것이다. 사랑만이 마음을 고양시키고, 그러면서도 동시에 그것을 차분히 가라앉히고

---

9 〈골로새서〉 3 : 14.
10 BC 342-291. 아테네의 희극작가로 많은 작품이 있었다고 하나, 거의 현존하지 않는다. 다음의 인용은 메난드로스가 아니라 아낙산드리데스의 말이라고 한다.

가다듬는다. 다른 모든 뛰어난 미덕들도 천성을 고양시키기는 하지만, 과도해지기 쉽다. 자비심만이 과도함을 허용하지 않으며, 과도라는 것이 있을 수 없다. 천사들은 신과 같은 권력을 얻고 싶어서, "올라가 지고(至高)의 것과 같아지자."고 했다가 길을 잘못 들어 타락했다. 인간도 신 같은 지식을 얻으려고 "선과 악을 아는 신처럼 될 것이다."라고 했다가 길을 잘못 들어 타락했다. 선이나 사랑에 있어서는 신과 비슷해지려다 길을 잘못 든 사람도 천사도 없으며, 앞으로도 없을 것이다. 오히려 신과 닮으려는 쪽으로 우리를 인도한다.

"그대의 적을 사랑하라. 그대를 미워하는 자에게 선행을 베풀라. 악의로써 그대를 부리고 박해하는 자를 위해 기도하라. 하늘에 계시고, 악과 선 위에 태양을 뜨게 하시고, 올바른 자와 부정한 자 위에 비를 뿌리시는 그대 아버지의 아들이 되기 위해서."

신성(神性) 본래의 계획에 관해 이교의 종교는 '최선이자 최대'라고 부르고 있다. 성서에서는 "그 자비는 그 모든 행적 위에 있다."고 말한다.

16

여기서 마음의 수양과 통제에 관한 도덕학 지식 분야의 결론을 내리기로 한다.

사람들이 만일 내가 열거한 여러 가지 요소를 검토하면서 내 노력에 대해, 남이 상식이나 경험의 문제라 간과해 버린 것을 모아 기술이나 학문으로 삼은 일이라 판단한다 해도 그것은 틀린 판단이 아니다. 필로크라테스가 데모스테네스와 농담 삼아 말했던, "아테네 사람들이여, 데모스테네스와 내가 의견이 다르다고 놀라서는 안 된다. 그는 물을 마시고, 나는 포도주를 마시기 때문이다."[11]라는 것이 있다. 옛 우화에 두 개의 수면의 문에 관한 이야기가 있다.

> 잠의 문 두 개가 있다.
> 하나는 불로 만든 문으로 진실의 환영(幻影)이 쉽게 나오도록 해 준다.
> 또 하나는 하얗고 윤이 나는 상아로 만들어졌지만
> 이것을 통해서 하늘로 올라가면 거짓 꿈이 주어진다.[12]

진지하게 주의를 기울일 때 지식에 대한 확실한 격언은, 즐거운 음료수(포도주)는 실체 없는 공상을 낳고, 훌륭한 문(상아 문)은 거짓 꿈을 낳는다는 것이다.

17

어쨌든 우리가 지금 결론에 도달한 인간 철학의 영역은 인간을 개

---

11 데모스테네스, 《거짓 사절》, 355.
12 베르길리우스, 《아이네이스》, 6·894.

인의 차원에서 육체와 정신으로 성립된 결합체로서만 보는 일반적 부분에 속한다.

이 부분에서 다시 주목할 만한 것은, 마음의 선량함과 육체의 선량함 사이에는 상응 관계가 있다고 생각된다는 것이다. 즉 우리는 육체의 선량을 나누어 건강·미·힘·쾌락으로 보았다. 마찬가지로 마음의 선량을 이성적·도덕적 지식과의 관계에서 연구한다면, 마음을 건전하게 만들고 동요가 없도록 만든다는 것으로 기울어진다. 또 이것은 아름답고 품위 있는 우아함을 가졌으며, 인생의 모든 의무에 강하고, 또 민첩하게 만든다는 것이다.

이 세 가지 요소는 육체에서나 마음에서나 좀처럼 하나가 되는 일 없이 보통 떨어져 있다. 말하자면 쉽게 관찰할 수 있는 일이다. 지성과 용기의 힘은 가졌지만, 동요를 받지 않는 건강이나 행위상의 미라든가 품위 같은 것을 못 갖춘 사람이 많다. 또 동작의 우아함과 아름다움은 있지만, 건전한 정직성, 실질적인 능력을 갖지 못한 사람도 있다. 또 개중에는 정직하고 개신된 마음을 가진 사람으로서 자기 자신이 되지도 못하고, 즉 행동에 우아함이 없고 사물을 처리하지 못하는 사람도 있다. 어떤 경우에는 그 두 가지가 하나가 되는 수도 있으나, 세 가지 모두가 하나가 되는 일은 좀처럼 없다.

쾌락도 마찬가지로 우리가 결론을 내린 바로는, 마음이 무감각 상태가 되어서는 안 되므로, 쾌락은 유지되어야 한다. 다만 그 강도나 힘보다는 오히려 그 대상이 한정되어 있어야 한다.

제23장

1

지금부터 살펴볼 인간 사회의 지식이 다루고 있는 것은 무엇보다도 가장 구체적인 내용의 문제이며, 공리 즉 일반 원리로 만들기 가장 어려운 것이다. 그럼에도 불구하고 로마의 감찰관 카토는 다음과 같이 말했다.

"로마인은 양과 같다. 한 사람을 몰기보다는 그 한 떼거리를 몰기가 쉬울 것이기 때문이다. 다시 말해 양 떼의 경우에는, 소수를 올바른 쪽으로 몰고 가기만 하면 나머지는 따라오기 마련이다."[1]

---

1 플루타르코스, 《영웅전》, 〈카토편〉, 8.

이러한 점에서 도덕 철학이 정치학보다 어려운 것이다. 또 도덕 철학은 각자의 내적 선량을 정립하도록 하지만, 사회적 지식 즉 인간 철학은 외적 선량만을 요구한다. 사회에 대해서는 외적인 것만으로도 충분하기 때문이다. 좋은 정치가 이루어지는 시대에도 나쁜 일이 흔히 일어나기도 한다. 성서의 역사 속에서 보여 지듯이, 국왕은 훌륭했으나 "백성이 오히려 마음을 정하여 그 열조(列祖)의 하느님께로 돌아오지 아니하였더라."[2]고 덧붙이고 있다.

또 국가라는 것은 위대한 기관이며, 천천히 움직이고 상태가 그리 깊게 악화되지 않는다. 이를테면 이집트에서 7년 동안의 좋은 해가 7년 동안의 나쁜 해를 지탱한 것과 같이, 정치도 한참 훌륭한 토대 위에 있으면 그에 계속되는 잘못의 보상이 된다. 개개의 인간의 결의는 더 갑자기 뒤집힌다. 이런 여러 점에 대한 고려는 사회적 지식의 극단적인 난점을 어느 정도 완화시켜 준다.

학문의 진보

2

인간 사회의 지식에는 세 가지 부분이 있고, 사회의 세 가지 주요한 행위에 상응된다. 그것은 회화나 교제, 회의, 그리고 정치이다. 사람이 사회에서 구하는 것은 안락과 편의와 보호이기 때문이다. 이것은

---

2 〈역대 하(下)〉 20 : 33.

서로 다른 성질의 지혜이며, 따로따로 되어 있는 수가 많다. 그것은
행동의 지혜, 일의 지혜, 국가의 지혜이다.

3

회화의 지혜는 지나치게 소중히 해서도 안 되지만, 그렇다고 경멸
해서는 더더욱 안 된다. 이 지혜는 그 자체로 명예를 갖고 있을 뿐 아
니라, 일이나 정치에 대해 영향력을 미치기 때문이다. 시인의 말에
"그대의 말을, 그대의 표정으로 부수지 말라."[3]는 것이 있다. 사람은
자기 말의 힘을 자기의 얼굴 표정으로 파괴해 버리는 수가 있을지도
모른다. 키케로는 그 행위에서도 같은 일이 있을지 모른다면서, 자기
형제에게 상냥하고도 붙임성 있게 대할 것을 권하고 있다. "문을 열
고 얼굴을 닫으면 아무 소용도 없다." 문을 열어서 사람을 들여놓아
도 얼굴을 닫고 서먹하게 받아들여서는 아무 소용이 없다는 것이다.
아티쿠스도 케사르와 키케로의 제1회 회담이 있기 전 막 전쟁[4]이 일
어나려 하고 있었을 때, 얼굴 표정과 동작을 잘 가다듬으라고 키케로
에게 진지하게 충고했었다.
얼굴의 통제가 이렇게도 중요한 것이라면, 회화의 문제인 말이나

---

3 오비디우스, 《사랑의 기술》, 2·312.
4 키케로, 《아티쿠스 서한》, 9·12.
아티쿠스(Atticus, BC 109-32)는 로마의 문학 옹호자이며, 키케로의 친구이다. 여기서 전쟁이란 케사르와 폼페
이우스 사이에 벌어진 싸움을 가리킨다.

다른 태도의 통제는 더욱 중요하다. 표정 관리에 대한 참된 모범은 비록 이러한 목적으로 한 말은 아니지만, 리비우스가 잘 보여 주고 있다. "오만해 보이고 싶지도 비굴해 보이고 싶지도 않다. 오만은 남의 자유를 잊은 태도이고 아첨은 자기의 자유를 잊은 태도이다."[5] 태도의 중요한 점은 자기 자신의 위엄을 유지하는 동시에, 남의 자유를 침해하지 않는다는 것이다.

한편 태도와 외적 동작에 너무 치중하면, 첫째 가식적으로 되기 쉽다. "연극 무대를 실생활로 옮기는 것만큼 보기 흉한 것이 또 있겠는가?"[6] 말하자면 자기의 생활을 연기하는 것이 된다. 그토록 극단적이 되지는 않더라도 시간을 허비하고 마음을 너무 쓰게 된다. 우리는 젊은 연구자에게 친구 교제를 피하라고 충고할 때는 언제나, "친구는 시간의 도둑이다."라고 말하는 것이다. 동작의 분별에 지나치게 주의한다는 것은 확실히 명상의 큰 도둑이다. 또 우아한 형식에 뛰어난 사람들은, 그에 만족하여 좀처럼 더 높은 덕성을 바라지 않는 법이지만, 여기에 결함이 있는 사람은 훌륭하다는 평판을 얻으려 한다. 평판이 좋은 곳에서는 무엇이든 거의 다 잘 이루어지지만, 그렇지 않은 곳에서는 지나친 공손과 찬사로서 보충하지 않으면 안 된다. 또 무엇보다도 행동에 큰 방해가 되는 것은 품위 유지와 시시때때로 변하는 품위의 규칙 등 품위의 이정표를 너무 신경 써서 지키려고 하는 것이다. 솔로몬이 말했듯이 "풍세를 살펴보는 자는 파종하지 아니할 것

---

5 리비우스, 《로마사》, 23·12.
6 키케로, 《안티세타》, 34.

이요, 구름을 바라보는 자는 거두지 아니하리라."[7]는 것이다. 사람은 눈에 띄는 대로 자기의 기회를 만들지 않으면 안 된다.

결론적으로 태도는 마음의 의복이며, 유행에 따라 새로이 만들어야 하는 것이므로 의복의 조건을 갖춘 것으로 생각된다. 태도는 너무 꼼꼼해서도 안 된다. 마음을 만드는 좋은 점은 무엇이든 보이게 하고, 결함은 가리도록 만들어야 한다. 특히 운동이나 동작을 위해서, 너무 꼭 끼거나 자유롭지 못해서는 안 된다. 어쨌든 사회적 지식의 이 분야는 훌륭하게 취급되고 있기 때문에 결여되어 있다고는 보고할 수 없다.

4

회의나 사무에 관한 지혜는 아직 저술로 집성되어 있지 않아서, 학문과 학문에 종사하는 사람들에게 매우 큰 장애가 되고 있다. 그런 까닭에 학문과 지혜 사이에는 큰 일치성이 없다는 의견이나 주장이 통설로 되어 있다. 즉 사회생활에 관계되는 것으로서 우리가 든 세 가지 지혜 가운데 태도나 동작의 지혜에 관해서 말하면, 이것은 학문 있는 사람들에게 가장 경멸되고 있다. 덕성만 못하고 명성의 적이라는 것이다. 정치의 지혜에 있어서는, 그들이 필요하게 되면 충분히

---

7 〈전도서〉 11:4.

잘 해낸다. 그런 일은 대부분의 사람에게는 거의 일어나지 않는다. 사무의 지혜는 이것이 인간의 생활에 가장 관계되는 것인데, 이에 대한 서적이 전혀 없다. 다만 소수의 교훈이 산재해 있을 뿐이다. 그 교훈들은 이 내용의 중요도를 감안한다면 부족하기 이루 말할 수 없다. 이 문제에 대해서 이미 든 다른 것과 마찬가지로 책이 쓰여 진다면, 중간 정도의 경험을 가진 학문 있는 사람들이, 학문 없이 오랜 경험을 가진 사람보다 훨씬 낫고, 그 사람들 본디의 분야에서 훨씬 뛰어난 성과를 가져올 것임은 의심할 것도 없다.

5

　사무의 지식은 매우 다양하게 변화하므로 어떠한 교훈 속에도 포함되지 않는다는 것에는 이의가 필요 없다. 이 지식보다 훨씬 변화무쌍한 정치의 학문에서조차도 연구되어진 어떤 부분은 교훈으로 변화되는 것을 볼 수 있다.

　사무의 지혜에 관해서는 고대 로마의 가장 진지하고 가장 현명한 시대의 몇몇 사람들을 교사로 삼으려 한다. 키케로가 전하는 바에 의하면, 그 무렵 원로원 의원 중에 일반적으로 현명하다는 명성과 평이 나 있던 코룬카니우스, 쿠리우스, 라일리우스, 그 밖의 많은 사람들이 일정한 시각에 로마의 광장(포룸)에 가면, 그들의 충고를 듣기 위해 모인 사람들의 말에 귀를 기울이는 행사가 있었다고 한다.[8] 각 시민들은 그들에게 딸의 혼인 문제나 아들의 취직 문제, 무언가 사는 일과 거래, 소송, 그 밖에 인간 생활의 모든 일들을 의논했던 것이다.

이러한 사적인 문제에까지 충언과 충고의 지혜가 필요했으며, 이것은 세상 문제에 대한 보편적인 통찰에서 나온 것이다. 충언과 충고의 지혜는 사실 제기된 개개의 경우에 적용되지만, 이러한 지혜는 같은 성질의 경우를 일반적으로 관찰함으로써 모아지는 것이다. 형 키케로가 형제를 위해서 쓴 《집정관 운동에 관하여》라는 책에서 그 사례를 찾아볼 수 있다(고대 사람이 쓴, 내가 아는 유일한 실무 서적이다). 이것은 그 무렵에 행해지던 특정 행위에 관한 글이지만, 그 내용이 아주 현명하고 적절한 공리로 성립되어 있어 일시적인 것이 아니라 민중의 선거 때 영속적으로 적용할 수 있는 지침을 포함하고 있다.

또 신성한 저술로 알려진 솔로몬 왕이 만든 아포리즘에서 볼 수 있는 것이 있다. 성서에는 솔로몬 왕에 대해 "그 마음이 바닷가의 모래 같다."[9]고 증언하고 있다. 이 말은 세상과 모든 세상 문제를 포함한다는 의미다. 사실 그의 저술에서 볼 수 있는 것은 적잖게 심원하고 뛰어난 주의력과 교훈과 판단력으로서, 온갖 경우에 미치고 있다. 여기서 이에 대해 잠시 설명하고 몇 가지 예를 고찰해 보자.

---

8 키케로, 《웅변론》, 3·33, 133, 134.
  코룬카니우스에 대해서는 알려져 있지 않다. 마리우스 쿠리우스 덴타투스(Marius Curius Dentatus)는 BC 290 무렵 로마의 장군이자 집정관으로, 검소한 생활과 애국심으로 유명하다. 라일리우스(Gaius Laelius Sapiens)는 BC 2세기 무렵 로마의 장군이다. 정치가 가이우스 라일리우스와 그의 아들인 성자 사피엔스라고 일컬어진 웅변가이자 철학자인 가이우스 라일리우스가 있는데, 키케로의 저술에 있는 것은 후자를 말한다.
9 〈열왕기 상〉 4 : 29.

"무릇 사람의 말을 들으려고 마음을 두지 말라. 염려컨대 네 종이 너를 저주하는 것을 들으리라."[10] 여기서 권유되고 있는 것은 우리가 알고 싶지 않은 것을 추구하지 말라는 조심성이다. 이를테면 세르토리우스의 서류를 읽지 않고 태운 것은 대(大) 폼페이우스의 커다란 지혜였다고 판단되었다.[11]

"지혜로운 자와 미련한 자가 다투면, 지혜로운 자가 노하든지 웃든지, 그 다툼에 그침이 없느니라."[12]

여기서 말하고 있는 것은, 현명한 사람이 자기보다 낮은 신분의 사람과 다툼을 벌이면 아무 이익도 없다는 것이다. 그런 다툼은 그 사람이 문제를 농담으로 얼버무려 버리거나, 노여움으로 돌리거나, 어느 쪽을 향하든지 그로서는 잘 처리할 수 없는 것이다.

"종을 어렸을 때부터 곱게 양육하면, 그가 나중에는 자식인 체하리라."[13] 여기서 말하는 의미는 사람이 처음부터 은혜를 너무 많이 베풀면, 보통 끝에 가서는 불친절해지고 망은(忘恩)이 된다는 것이다.

학문의 진보

---

10 〈전도서〉 7 : 21.
11 플루타르코스, 《영웅전》, 〈폼페이우스편〉, 20, 〈세르토리우스편〉, 27.
     로마의 장군 퀸투스 세르토리우스(Quintus Sertorius)를 BC 72년 스페인에서 암살한 페르페르나가 나중에 폼페이우스와 싸워서 패했을 때, 세르토리우스를 지지하는 로마 요인들의 서류가 폼페이우스의 손에 들어갔다. 그러나 그는 이것을 보지 않고 태워서 로마 사람들의 불안을 제거해 주었다. 그 나에우스 폼페이우스 마그누스(Gnaeus Pompeius Magnus, BC 106-48)는 케사르, 크라수스와 제1차 삼두 정치를 BC 60년에 만들었으나 내전이 벌어져 이집트로 피했다가 암살당했다.
12 〈잠언〉 29 : 9.
13 〈잠언〉 29 : 21.

"네가 자기 사업에 근실한 사람을 보았느냐? 이러한 삶은 왕 앞에
설 것이요, 천한 자 앞에 서지 아니하리라."[14] 여기서 말하는 것은 명
예를 얻게 되는 모든 덕성 중에서 사무 처리의 근실함이 제일이라는
것이다. 말하자면 상사들은 대개 부하 직원이 너무 심원하거나 너
무 능력 있는 것을 바라지 않으며, 일을 잘하고 근실하기를 바라는
것이다.

"해 아래서 다니는 인생들이 왕의 버금으로 대신하여 일어난 소년
과 함께 있으매."[15] 여기에 표현되어 있는 것은 처음에는 술라가, 나
중에는 티베리우스가 주목한 것이다. "돋는 해를 보는 자가 지는 해
나 정오의 해를 보는 자보다 많다."[16]

"주권자가 네게 분노를 일으키거든 넌 네 자리를 떠나지 말라. 공
순(恭順)이 큰 허물을 경하게 하느니라."[17] 여기에 주어져 있는 주의
는, 상사가 화를 낼 때 물러나는 것이 모든 방법 중에서 가장 서툰 짓
이라는 것이다. 그렇게 되면 사물의 최악인 상태에서 떠나게 되어,
그것을 개선할 수단을 스스로 빼앗는 것이 되기 때문이다.

"어떤 작고 인구가 많지 않은 마을에, 큰 임금이 와서 에워싸고 큰
방벽을 쌓아 둘러치려 할 때, 그 마을 가운데 가난한 현자가 있어서
그 지혜로 그 마을을 건진 것이다. 이 가난한 자를 기억하는 사람이
없었도다."[18] 여기서는 국가의 부패가 언급되고 있다. 그곳에서는 볼

---

14 〈잠언〉 22 : 29.
15 〈전도서〉 4 : 15.
16 플루타르코스, 《영웅전》, 〈폼페이우스편〉, 14 · 2.
    타키투스, 《연대기》, 6 · 46.
17 〈전도서〉 10 : 4.

일이 끝나면 덕성도 가치도 존중하지 않게 된다.

"유순한 대답은 분노를 쉬게 한다."[19] 여기에 적혀 있는 것은, 침묵이나 거친 대답은 상대편을 짜증스럽게 만든다는 것이다. 그러나 즉시 나오는 부드러운 대답은 사람의 마음을 달래 준다.

"게으른 자의 길은 가시 울타리 같다."[20] 여기에 생생하게 적혀 있는 것은, 게으름뱅이의 노고가 나중에 어떻게 되는가 하는 것이다. 즉 어떤 일이 마지막까지 미루어지고 아무런 준비도 되어 있지 않을 때는, 한 걸음 한 걸음이 가시밭길이자 장애여서 긁히고 막힌다.

"일의 끝이 시작보다 낫다."[21] 여기서는 형식적인 연설을 하는 사람의 허영심을 비난하고 있다. 그런 사람들은 서두나 첫 부분에 매우 고심하고, 연설의 결론이나 마지막은 별로 생각지 않는다.

"재판에서 사람의 낯을 봐주는 것이 좋지 못하고 덕으로 인하여 범법하는 것도 그러하니라."[22] 여기에 적힌 것은, 재판관은 차라리 뇌물을 받는 편이 인간을 편애하는 자보다 낫다는 것이다. 타락한 재판관은 사람이 하자는 대로 하는 자만큼 가볍게 죄를 범하지는 않기 때문이다.

"가난한 자를 학대하는 가난한 자는 곡식을 남기지 아니하는 폭우 같으니라."[23] 여기에 표현되어 있는 것은 극단적인 강제 징수이며,

---

18 〈전도서〉 9 : 14-15.
19 〈잠언〉 15 : 1.
20 〈잠언〉 15 : 19.
21 〈전도서〉 7 : 8.
22 〈잠언〉 28 : 21.
23 〈잠언〉 28 : 3.

배부른 거머리와 굶주린 거머리의 옛이야기로써 비유적으로 말하고 있다.

"의인이 악인 앞에 굴복하는 것은, 우물의 흐려짐과 샘의 더러워짐 같으니라."[24] 이 말은, 세상의 면전에서 재판상 눈에 띄는 부정은 정의의 근원을 교란하는 것으로서, 보고도 못 본 체하는 많은 개개의 위해보다 더하다는 것이다.

"부모의 물건을 도둑질하고 죄가 아니라 하는 자는 멸망케 하는 자의 동류이니라."[25] 이것은 사람들이 가장 친한 친구에게 위해를 줄 때는 그 죄를 가볍게 생각하는 것이 보통이고, 그들에게는 안심하고 멋대로 해도 괜찮은 것처럼 생각되지만, 반대로 그것은 그 죄를 무겁게 하는 것이며, 그것은 위해가 아니라 심각한 불경이 된다는 것이다.

"노여움을 품은 자와 사귀지 말며, 울분한 자와 동행하지 말지니라."[26] 여기에 담긴 주의는, 친구를 고를 때 주로 참을성 없는 사람을 피하도록 하라는 것이다. 우리에게 많은 당파나 싸움의 편을 들게 하기 때문이다.

"자기 집을 해롭게 하는 자의 소득은 바람이라."[27] 이것은 가정의 분열이나 파탄 때, 사람들은 장차 자기 마음을 가라앉히고 만족을 얻을 수 있게 되리라고 생각한다. 그러나 반드시 그렇게는 되지 않으며, 그것은 바람처럼 헛된 것이 된다는 것이다.

---

24 〈잠언〉 25 : 26.
25 〈잠언〉 28 : 24.
26 〈잠언〉 22 : 24.
27 〈잠언〉 11 : 29.

"지혜로운 아들은 아비를 기쁘게 하거니와, 미련한 아들은 어머니의 근심이니라."[28] 여기서 단언하고 있는 것은, 아버지는 자식이 잘되면 가장 기뻐하지만, 어머니는 나쁘게 될 때 가장 마음 아파한다는 것이다. 여성은 덕성에 대한 식별력은 별로 없지만, 운명에 대한 식별력은 강하기 때문이다.

"허물을 덮어 주는 자는 사랑을 구하는 자요, 그것을 거듭 말하는 자는 친한 벗을 이간하는 자니라."[29] 여기 담긴 주의는, 융화를 더 잘하기 위해서는 용서하고 지난 일을 잊어버려야 하며, 이것이 변명이나 해명보다 낫다는 것이다.

"모든 수고에는 이익이 있어도, 입술의 말은 궁핍을 이룰 뿐이니라."[30] 여기에서 주의하고 있는 것은 말이나 담화가 가장 풍부한 것은 나태와 결핍이 있는 경우라는 것이다.

"송사에 원고의 말이 바른 것 같으나, 그 피고가 와서 밝히느니라."[31] 여기서 말하는 것은 모든 소송에서는 먼저 한 말이 많은 부분을 차지한다. 그것이 주는 편견은 좀처럼 제거할 수 없다. 그 내용에 대해서 어떤 기만이나 잘못이 발견되지 않는 한 그렇다는 것이다.

"남의 말하기를 좋아하는 자의 말은 별식과 같아서 뱃속 깊은 데로 내려가느니라."[32] 여기서 특히 설명하고 있는 것은, 아첨이나 변죽 울리는 말은 의도적이고 교묘히 만든 것일 때는 별로 영향력이 없

---

28 〈잠언〉 10 : 1.
29 〈잠언〉 17 : 9.
30 〈잠언〉 14 : 23.
31 〈잠언〉 18 : 17.
32 〈잠언〉 18 : 8.

다. 자연스럽게 자유로이 단순해 보이는 것은 깊게 파고들어 간다는 것이다.

"거만한 자를 징계하는 자는 도리어 능욕을 받고, 악인을 책망하는 자는 도리어 흠을 잡히느니라."[33] 이 말은 오만하고 남을 경멸하는 사람에 대한 비난의 방법이다. 그런 사람들은 그것을 모욕으로 생각하며, 그 보복을 하려고 하는 것이 보통이다.

"지혜 있는 자에게 교훈을 더하라, 그러면 그가 더욱 지혜로워질 것이요. 의로운 사람을 가르치라, 그의 학식이 더하리라."[34] 여기서 구분 지은 것은 습관이 된 지혜와 말뿐으로 생각 속에서만 헤엄치고 있는, 즉 가졌다는 상상만 하고 있는 지혜가 있다는 것이다. 전자는 그 지식이 활기를 띠게 되고 강화되며, 후자는 당황하고 혼란스러워진다.

"물에 비치면 얼굴이 서로 같은 것같이, 사람의 마음도 서로 비치느니라."[35] 여기서는 현자의 마음이 거울에 비유되고 있다. 그 속에는 온갖 모든 성질이나 습관의 모습이 드러난다. 그런 표현에서 다음과 같은 응용이 나온다.

"식별력이 있는 사람은 어떤 성격이라도 다룰 수 있을 것이다."[36]

---

33 《잠언》 9 : 7.
34 《잠언》 9 : 9.
35 《잠언》 27 : 19.
36 오비디우스, 《사랑의 기술》, 1·760.

7

솔로몬의 현명한 문장을 좀 길게 고찰해 보았다. 사례로서는 적당한 균형을 잃은 이 부분의 지식에 권위를 주려는 희망에서, 결핍되어 있다고 생각되는 것을 매우 뛰어난 전례를 들어 살펴보았다. 또 그와 더불어 간단한 관찰을 덧붙였는데, 그것은 내가 이해하는 데까지 의미를 억지로 해석하는 일이 없도록 하기 위해서였으며, 더 신성한 용도로 쓰일 수 있다는 것도 잘 안다. 신학의 경우에서조차도 몇 가지 해석이나 사실, 몇몇 저술 중에는 다른 것보다 비교적 더 신비적인 데가 있는 것도 있다. 나는 솔로몬의 여러 문장들을 인생에 대한 교훈으로서만 다루었다. 이것을 분석하여 추론과 예로써 풀이했다면, 보다 폭넓은 담론의 대상이 되었을지도 모른다.

8

또 이러한 우화적인 방법은 유대인들만 쓴 것은 아니었다. 더 오래 전 고대의 지혜 속에서도 일반적으로 볼 수 있는 것이다.

사람들이 인생에 유익하다고 생각되는 관찰을 발견했을 때는, 그것을 모아 비유담이나 아포리즘이나 우화 같은 것으로 표현하는 것이 보통이었다. 우화의 경우는 대용품으로서, 실례가 없는 경우에 주어지는 보조적인 수단이었다. 역사적 실례로 가득 차 있는 요즘 시대에는 과녁이 살아 있을 때 겨냥은 한층 더 효과적이다. 즉 현실의 예를 사용하면 된다. 그러므로 모든 것 중에서 사무 처리나 기회의 이 다양한 내용에 가장 적합한 서술의 형식은, 마키아벨리가 현명하고 적절하게 선택하여 정치를 논했을 때 쓴 형식이다. 즉 역사와 실례에 대한 담화이다. 우리가 보고 있는 곳에서 개개의 예로부터 얻은 지식은, 개개의 실례와도 가장 잘 통하는 것이기 때문이다.

담화가 실례에 종속되고 실례를 근거로 하는 편이 실제 적용을 위해서는 훨씬 큰 생명력을 가지며, 실례가 담화에 종속되고 그에 근거하는 경우와는 다르다. 이것은 얼핏 보기에 순서의 문제인 듯 보이지만, 사실은 실질의 문제다. 실례가 근거일 때는 일반적인 역사 속에 있는 것이므로, 모든 상황이 모두 실례 위에 있게 된다. 모든 구체적인 상황들, 즉 그 위에서 이루어지는 담화를 지배하기도 하고 보충하기도 하는 상황들도 바로 행위의 형(型)이 될지도 모른다. 그런데 담화를 위해서 나오는 실례는 간결하게 인용되며, 개개의 실례가 없다. 그것을 보충하기 위해 넣는 담화에 대해서 종속적인 모습을 띤다.

9

다음의 한 가지 차이를 기억해 둔다. 그것은 시대의 역사는 마키아벨리가 다루고 있는 정치 담화의 최량의 근거가 되는 것이고, 인간 생애의 역사는 실무 담화를 위해서는 가장 적당한 것이다. 실무의 담화는 비교적 사적인 행위에 관계되고 있기 때문이다. 아니, 시대의 역사와 전기보다 훨씬 적절한 담화의 근거가 있다. 그것은 편지에 입각한 담화이다. 이를테면 현명하고 무게 있는 것으로서 키케로의 《아티쿠스 서한》 등을 비롯한 많은 담화들이 있다. 편지는 연대기나 전기보다 실무에 대해서는 크고 또 개별적인 표현으로 되어 있다.

이상과 같이 사회적 지식 중 사무의 지혜에 관한 내용과 형식 양쪽에 관해서 설명했다. 사무에 관한 것은 결여되어 있다고 말할 수 있다.

10

사회적 지식에는 또 하나의 다루지 못한 분야가 있다. 그것은 우리가 이미 설명한 것과는 다른 것으로서, '일반적인 지혜'와 '자기 자신을 위한 지혜'만큼의 차이가 있다. 전자는 원주(圓周) 즉 자기 주위에 있는 사람들을 향해서 움직이고, 후자는 중심 즉 자기 자신을 향해서 움직인다. 다시 말해 충고의 지혜가 있고 자기 자신의 운을 추진하는 지혜가 있다.

이 둘은 하나가 되는 수도 있고 떨어지는 수도 흔히 있다. 말하자면 자기 자신의 길에서는 현명하지만, 정치나 충고에서는 약한 사람이 많다. 이것은 개미와 비슷하다. 개미는 그 자신으로서는 현명한 동물이지만 정원에는 매우 해롭다. 이 지혜를 로마인은 잘 알고 있었다. "진실로 슬기로운 사람은 자기 자신에게 운을 만들어 준다."[37]라고 희극 시인은 말하고 있다. 그것은 "누구나 자기 자신의 운의 개척자이다."라는 속담으로 발전했다. 리비우스가 대 카토의 말이라고 전한 것에 "이 사람 속에는 비상한 마음과 천재의 힘이 있으며, 어디서 태어났거나 자기 자신이 운을 만드는 것을 볼 수 있었을 것이다."라는 것이 있다.

11

이러한 생각이나 의견을 공공연히 선언하거나 공언하는 것은 현명하지 않으며, 불운한 일일 것이다. 이것은 아테네인 티모테오스[38]의 예에서 볼 수 있다. 이 사람은 정치로써 국가에 많은 위대한 봉사를 했는데, 자신의 공로를 국민에게 설명할 때 일일이 곁에다, "이 일에는 운이 없었다."라고 덧붙였다. 그 결과, 그 뒤에 그가 손을 댄 모든 일이 신통치 않았다는 것이다. 말하자면 그것은 지나치게 오만한 일이었으며, 에스겔이 파라오에게 한 말을 연상시키는 일이었다. "너는…… 스스로 이르기를, 이 강은 내 것이라, 내가 나를 위하여 만들

---

37 플라우투스, 《트리누무스론》, 2 · 2 · 48.
38 BC 345년 무렵 사망한 아테네의 정치가이자 장군이다.
　　다음의 인용은 플루타르코스, 《영웅전》, 〈술라편〉, 100 · 6.

었다 하는도다."[39] 혹은 또 한 사람의 예언자가 이야기하고 있는 "사람들이 자기의 어망과 덫에 제사 지내고 있는 것과 비슷하다."[40] 그것은 시인이 말하고 있는 일이기도 하다.

나의 오른손과, 나의 창은 제가 믿는 신입니다.[41]

즉 이러한 자신감은 언제나 신성한 것이 아니었으며, 축복받고 있지 않았었다. 위대한 정치가였던 사람들은, 사실 언제나 자기의 성공을 행운 탓으로 돌렸고 자기의 수완이나 덕성 때문이라고 말하지는 않았다. 술라도 자기 이름에 '행운의'라는 말을 붙였지, 대(大)라는 이름을 붙이지 않았던 것이다. 케사르도 뱃사공에게 "너는 케사르와 그의 운을 싣고 있다."고 말했던 것이다.

12

다음과 같은 여러 가지 의견도 있다. "각 사람의 운은 자신의 손에 달려 있다." "현자는 운명의 별을 지배한다." "어떤 길이고 덕성이 지나가지 못하는 길은 없다." 이러한 의견들은 근면에 대한 박차 같은

---

39 《에스겔서》 29 : 3.
40 《하바국서》 1 : 16.
41 베르길리우스, 《아이네이스》, 10 · 773.

자극으로 해석되어 사용되고 있으며, 오만의 발판이나 지탱으로 생각되고 있지는 않다. 또한 결단을 다지는 것이지 오만이나 외적으로 보이기 위한 말은 아니다. 이런 일은 언제나 건전하고 좋은 일로 생각되어 왔다. 물론 가장 위대한 사람들의 마음속에 새겨져 있다. 그런 사람들은 이 의견에 깊은 감명을 받아 매우 감탄하고 있으므로, 그것을 마음속에 감추어 둘 수가 거의 없다. 그 예를 아우구스투스 케사르에게 볼 수 있다(덕성에서 못하다기보다 그의 백부 율리우스 케사르와는 다른 사람이었다). 그는 죽을 때 주위의 친구들에게 갈채를 보내 달라고 부탁했다. 이는 마치 자기가 무대 위에서 자기의 역할을 잘 해냈다는 것을 스스로 의식하고 있었다는 것이다.

이 분야의 지식 역시 결여되어 있다고 보여 진다. 행해지지 않고 있다는 것이 아니라, 저술이 되어 있지 않다는 것이다. 공리에로 포함시킬 수 없는 것처럼 사람들이 생각해도 안 되므로, 앞에서 한 것처럼 여기에 그 몇 가지 항목을 적어 둘 필요가 있을 것 같다.

13

이 경우 우선 어떻게 출세하여 자기의 운을 향상시키는가를 사람에게 가르치는 것이 새롭고 비범한 내용처럼 보일는지도 모른다. 이때의 교의는 아마도 누구나 스스로 제자가 되고 싶어질 만한 것이지만, 거기서 곧 난관에 부딪친다. 운은 덕성 못지않게 심한 부담을 부

과하는 것이기 때문이다. 참된 정치가가 되는 것은 참된 도덕가가 되
는 것 못지않게 어렵고 까다로운 일이다.

이에 대한 논의는 명예로 보나 내용으로 보나 학문과 매우 관계가
있다. 명예에 있어서는 활동적인 사람이, 학문이란 종달새 같은 것
이고 높은 곳으로 올라가서 노래 부르며 스스로 기뻐할 뿐이지, 남을
위해서 아무것도 하지 않는다는 생각을 갖고 돌아다니지 않게 하기
위해서이기도 하다. 다음과 같이 알아주었으면 하는 바람에서이다.
학문은 매와 비슷하다는 것이다. 그것은 높이 솟아오를 수도 있고
낮게 내려와서 먹이에 덤벼들 수도 있다. 수정(水晶)의 구체(球體),
즉 마음속에 존재하지 않는 그 어느 것도 물질의 구체, 즉 다시 말하
면 세계 속에 존재할 수 없다는 것은 실제로 진리 탐구의 불변의 법
칙이다.

말하자면 존재하거나 행동하는 어떤 것이든지 꺼내지고 모여져서
관조와 교의가 되지 않는 것은 없다는 것이다. 또 학문은 운의 이 기
구(機構)에 대해 평가할 때, 비교적 열등한 것에 속한다고 생각하지
는 않고, 감탄하지도 않는다. 어떤 사람에 대해서든 운이 그 사람의
목적을 이룰 때까지 계속적으로 존재할 수는 없기 때문이다. 대개의
경우 가장 가치 있는 사람이라도, 한층 가치 있는 목적을 위해서는 자
기의 운을 기꺼이 버리는 법이다. 그런데도 덕성과 가치의 도구로서
의 운은 고려해 볼 만한 것이다.

먼저 운명을 이기고 개선하는 데 가장 중요하다고 생각하는 교훈은, 모모스가 요구한 그 창문을 얻는 일이다.[42] 그는 인간 마음의 구조 속에 여러 가지 모퉁이나 후미진 곳이 있는 것을 보고, 그것을 들여다볼 수 있는 창이 없어서는 안 된다고 말했다. 인물, 성질, 욕망과 목적, 습성과 방법, 도움과 장점, 힘의 의지가 되는 것 등에 관해서 각각 좋은 지식을 얻고 싶어 했던 것이다. 또 약점과 불리한 점, 가장 개방되어 있고 외면에 드러나 있는 점도 있다. 그의 친구, 당파, 종속 관계에 있는 자도 있다. 그 반대자, 질시하는 자, 경쟁자, 그 기분과 시기(時機) 같은 것도 있다. "당신만이 그에게 접근하는 방법과 좋은 시기를 알고 있다."[43] 그들의 주의·규칙·습성 같은 것도 있다. 이것은 인물뿐 아니라 행위에 대해서도 말할 수 있다. 이따금 무엇이 일어나고 있는가, 또 어떻게 그것이 진행되고 편들어지고 반대당하고 있는가, 어느 정도로 중요한가 하는 문제가 있다. 즉각적인 행위의 지식은 그 자체가 중요할 뿐 아니라, 그것이 없으면 인물의 지식도 매우 그릇된 것이 된다. 사람은 행위와 더불어 변하기 때문이다. 무엇을 추구하고 있을 때와 그 본성으로 돌아갈 때와는 다른 것이다.

인물과 행위에 관한 개개 경우의 이러한 지식은, 하나하나의 행위

---

42 루키아노스, 《헤르모티모스》, 20.
43 베르길리우스, 《아이네이스》, 4·423.

에 관한 삼단논법의 소전제(小前提) 같은 것이다. 다시 말해서 아무리 뛰어난 관찰(그것은 대전제 같은 것이지만)이라도, 소전제에 잘못이 있으면 결론의 근거가 되기에는 충분할 수 없다.

15

이 지식이 가능하다는 것은 솔로몬이 우리에게 보증하고 있다. 그는 "사람의 마음에 있는 모략은 깊은 물 같으니라. 그럴지라도 명철한 사람은 그것을 길어 내느니라."[44]라고 말했다. 이 지식 그 자체는 교훈 속에 들어가지 않는다. 그것은 개인마다 무한한 것이기 때문이다. 그것을 얻기 위한 지시는 들어갈지 모른다.

16

우리가 고대인의 의견에 따라 첫 번째로 다룰 교훈은, 지혜의 줄기라 할 수 있는 가장 중요한 점은 신념의 더딤과 불신이라는 것이다.

이것은 말보다도 얼굴이나 행위에 한층 더 신뢰를 준다는 것이다. 그리고 말 중에서도 숙고하여 내뱉는 의도적인 말보다는 불쑥 나오

---

44 〈잠언〉 20 : 5.

는 말이나 의표를 찔러 갑자기 나오는 말에 더 신뢰를 주어야 한다는
것이다. 이른바 "얼굴은 믿을 수 없다."[45]는 말도 걱정할 것 없다. 이
것은 일반적인 외적 행동에 대해서 한 말이며, 얼굴이나 동작의 사적
이고 미묘한 움직임이나 노력에 대해서 한 말이 아니다.

이에 대해서는 키케로가 훌륭하게 말하고 있듯이 '영혼의 문간'[46]
이다. 속마음을 드러내지 않기로 유명한 티베리우스 황제를 두고, 타
키투스는 갈루스[47]에게 "그의 표정으로 보아 몹시 기분이 상한 상태
였다."고 말했다. 또 그는 티베리우스가 원로원에 게르마니쿠스와
드루수스를 추천할 때 보인 성격과 태도의 차이를 설명했다. 게르마
니쿠스를 추천할 때는 "그는 과시하기 위해서 꾸민 말투를 쓴다. 그
것은 마음속에서 느끼고 있다고는 믿어지지 않는 말이다."[48]라고 말
했다. 드루수스에 대해서는 "말은 적었으나 열심이고 성실했다."고
말했다. 그런가 하면 티베리우스가 훌륭하고 대중적 인기가 있는 일
을 할 때의 화법도 설명하고 있다. 다른 일에서 "그의 말은 간신히 애
를 써 하는 것 같았다." 또한 "사람을 도우려고 할 때는 부드럽게 이
야기했다."[49] 아무리 가장을 잘하고 표정을 잘 관리하는 기교가라 하
더라도, 지어 낸 이야기로 인해 나타나는 태도를 분리할 수 있는 사람

45 유베날리스, 《풍자시》, 2·8.
46 Q. 키케로, 《집정관 운동에 관하여》, 11·44.
47 타키투스, 《연대기》, 1·12.
　　가이우스 아시니우스 갈루스(Gaius Asinius Gallus)는 BC 1세기의 로마 정치가이자 저작가로서 티베리우스의
　　전처와 결혼했다. 나중에 티베리우스 때문에 원로원에서 사형 선고를 받고 감옥에서 굶어 죽었다.
48 타키투스, 《연대기》, 1·52.
　　게르마니쿠스 케사르(Germanicus Caesar, BC 15–AD 19)는 로마의 장군이며 티베리우스 황제의 조카로, 아
　　내에게 독살당했다고 한다. 드루수스 케사르(Drusus Julius Caesar, BC 15 무렵–AD 23)는 티베리우스의 아들
　　로, 일리리쿰 군단의 반란을 진압하여 총독이 되었으나 나중에 티베리우스의 총신 세야누스에게 독살당했다.
49 타키투스, 《연대기》, 4·31.

은 없는 것이 된다. 이를테면 가볍고 무관심한 태도라든가, 일정한
형식적인 태도라든가, 따분하고 너절한 태도라든가, 노력해서 간신
히 나오는 태도이다.

17

또 행위라는 것은 그 크기나 성질에 대해서 분별 있는 고려를 하지
않고도 신용할 수 있는 그런 확실한 보증이 아니다. "거짓은 조그마
한 일로 자기의 신용을 얻고, 나중에 더 큰 이익이 되도록 속이려 한
다."[50] 이탈리아인은 자기가 물건을 샀다가 팔려고 할 때는 뚜렷한 원
인도 없이 더 애착을 갖는다.[51]

작은 은혜는 경계심이나 근면성에 대해서 사람을 잠재우는 데 지
나지 않고, 데모스테네스가 말했듯이 "나태의 습관"[52]이다. 또 어떤
행위의 성질이 얼마나 거짓된 것인가를 알 수 있다. 그 예로서 무키
아누스가 안토니우스 프리무스[53]에게 행한 특별한 조치가 있다. 그
것은 두 사람 사이에 성립된 공허하고 불성실한 화해 때의 일이었다.
이 일로 무키아누스는 안토니우스의 많은 친구들을 승진시켰다. 동
시에 "그 친구들에게 장관과 호민관의 지위를 많이 주었다."[54] 그를

---

50 리비우스, 《로마사》, 28 · 42.
51 이탈리아의 속담.
52 데모스테네스, 《올린토스론》, 3 · 33.
53 프리무스는 도미티아누스 시대의 로마 집정관으로 베스파시아누스를 도왔다. 무키아누스와 프리무스는 도미티
   아누스 황제 밑에서 서로 경쟁했다.

강화시켜 주는 척하면서 실은 그를 고립시키고 그로부터 그의 의존자들을 빼앗았던 것이다.

18

말은 의사에게 있어서는 소변 같은 존재이며, 병자를 진단하는 데 도움이 된다고 할 수 있다. 아첨이나 불확정적인 데가 많지만, 그렇다고 경멸할 수는 없다. 특히 말에 격정과 감정이 묻어 있을 때는 유리하게 판단할 수 있다. 티베리우스는 아그리피나[55]의 꿰뚫는 듯한, 그리고 사람을 화나게 만드는 말을 들었을 때, 속내를 드러내 보이지 않는 것에서 한 걸음 나아가 다음과 같이 말했다. "당신은 자기가 지배하고 있지 않으니까 기분이 나쁜 것이다." 이에 대해 타키투스는 "그 말은 티베리우스로부터는 좀처럼 들을 수 없는 짐작 못할 그 은밀한 가슴속의 소리를 끌어냈다. 그는 그리스어로 응수하지 않았기 때문에 그녀의 감정을 상하게 한 것이라고 했다."[56] 그래서 시인은 격정을 고문의 도구라고 우아하게 부르고, 사람들에게 그 비밀을 토해내도록 부추기는 것이라고 말하고 있는 것이다. 즉,

---

54 타키투스, 《역사》, 4·39.
55 아그리피나 1세(Vipsania Agrippina Major, BC 13 무렵-AD 32)는 게르마니쿠스 케사르의 아내로 칼리굴라의 어머니이다. 남편이 죽은 뒤 티베리우스 황제의 미움을 받아 추방되어 죽었다.
56 타키투스, 《연대기》, 4·52.

술과 노여움의 고문을 받고[57]

경험에서 보여 지듯이, 평소 아무리 충실하게 자신을 나타내지 않고 변하는 일이 없다고 하더라도 격분했을 때나 과시하려 할 때, 칭찬을 받았을 때도 그렇지만, 어떤 경우에는 마음의 번민이나 심약함 때문에 갑자기 자기의 속내를 드러내게 된다. 특히 이쪽에서 먼저 거짓말로 떠보려 할 때 그럴 것이다. 스페인 속담의 "거짓으로 진실을 발견하라."는 것이 된다.

19

여러 사람을 거친 소문에 의해 어떤 사람을 알아내려 할 때, 그 사람의 약점이나 결점에 대해 잘 알 수 있는 것은 그 원수로부터이고, 덕성이나 능력에 대해서는 그의 친구로부터이며, 습성이나 여가 시간은 하인으로부터이고, 사상이나 의견은 그 친한 친구로서 가장 자주 만나 이야기하는 사람으로부터 알 수 있다. 일반적인 소문은 가볍고 가치가 적으며, 손윗사람이나 동년배가 갖는 의견은 잘못된 것이 많다. 다시 말해서 이런 사람들을 보면 사람들은 가면을 쓰고 있는 것이다. "진실된 소문은 가족한테서 나온다."[58]

---

57 호라티우스, 《서한집》, 1·18·38.
58 Q. 키케로, 《집정관 운동에 관하여》, 5·17.

사람들에 대한 더 확실한 통찰과 설명은 그의 본성과 목적에 의한다. 이 경우 가장 약한 사람은 그 본성에 의해서, 현명한 사람은 그 목적에 의해서 가장 잘 해석된다. 진심은 아니었다고 생각되지만, 기지가 담긴 현명한 말로서, 교황 사절이 대사로 나가 있던 나라에서 돌아와 후임 임명에 관한 의견을 질문 받았을 때 한 말이 있다. 그는 너무 똑똑한 사람은 보내지 말라고 말했다. 그 까닭은 너무 현명한 사람은, 그 나라 사람들이 무슨 짓을 할지 상상하지 못한다는 것이었다. 확실히 사람이란, 너무 깊이 생각해서 실제로 가능한 것 이상으로 더 깊은 목적이나 더 복잡한 속셈 같은 것이 있지나 않을까 하고 생각하는 일이 흔히 있다. 다음의 이탈리아 속담은 진실에 가까운 이치를 훌륭하게 표현하고 있다.

돈도, 지혜도, 진실도
사람들이 상상하는 것보다는 언제나 모자라는 것이다.

보통은 사람들이 생각하는 것보다 돈도 지혜도 진실도 그리 많지 않은 법이다.

사사로운 사람들은 그 목적에 의해 해석되는 것이 중요하지만, 군주는 다른 이유로 그 본성에 의할 때 가장 잘 해석된다. 군주는 인간 욕망의 정점에 있으므로, 대개 자기의 특정한 목적을 갖고 있지 않다. 그러한 목적이 있다면 그 목적의 거리로써, 그의 행위나 욕망이나 그 밖의 척도와 정도를 측정할 수도 있을 것이다. 특정한 목적이 없으니 이것이 그의 마음을 더 짐작하기 어려운 것으로 만드는 원인의 하나가 되고 있다.[59]

또 사람의 목적이나 그 다양한 본성을 아는 것만으로도 충분하지 않다. 그 강도는 어느 정도인가, 어떤 체액기질이 가장 지배적인가, 어떤 목적이 주로 요구되고 있는가 하는 것도 알아야 한다. 그러면 우리는 알 수 있다. 이를테면 티겔리누스는 네로를 흐뭇하게 만드는 일에 대해 페트로니우스 투르필리아누스에게 선수를 빼앗겼을 때, "그 비밀의 불안 속에 파고들어갔다."[60]라고 말했다. 그는 네로의 불안에 작용하여 상대편의 목을 치게 했던 것이다.

---

59 〈잠언〉 25 : 3.
60 타키투스, 《연대기》, 14 · 57.
　　티겔리누스 오포니우스는 로마의 정치가로, 네로의 총신이었으나 나중에는 그에게서 떠났다. 그러나 오토 황제 즉위 후 처형된다는 말을 듣고 자살했다. 페트로니우스 투르필리아누스도 네로의 총신 중 한 사람이다.

어쨌든 이 분야의 모든 연구에 걸쳐서 가장 간결하고 포괄적인 길은, 다음의 세 가지에 있다. 첫째는 보편적인 지식이 있고, 세상을 제일 많이 보고 있는 사람들과 일반적으로 사귀고 친해진다는 것이다. 특히 일과 인물의 다양성에 따라 저마다의 각 종류에서 완전한 지식을 가진, 적어도 누군가 한 사람의 친구와 친해지고 사귄다는 것이다. 둘째는 말의 자유와 비밀에 있어서 충분히 중용을 지킨다는 것이다. 대개의 것에 대해서는 자유로이 하고, 중대한 경우에는 비밀로 하는 것이다. 말의 자유라는 것은 상대편도 자유로이 말을 사용하게끔 하고, 사람의 지식에 많은 것을 가져다주게 된다. 한편 비밀은 신뢰와 친밀성을 불러일으킨다. 마지막으로 셋째는 자기 자신에게 주의 깊고 조용한 습관을 갖게 하고, 회의 때나 어떤 행위에 있어서나 생각하고 목적을 세우게 하며, 관찰할 때도 행동할 때도 그와 같이 하게 한다. 에픽테토스도 철학자에게 일일이 개별적인 행위에서 다음과 같이 생각하게 하고 싶어했다. "나는 이것을 할 생각이다. 그리고 내 계획대로 할 생각이다."[61] 마찬가지로 현명한 사람도 무슨 일에서나 일일이 다음과 같이 생각해야 할 것이다. "나는 이것을 하고 싶다. 그리고 앞으로 어떻게 쓰인 것인가도 배우고 싶다."

---

61 에픽테토스, 《엔퀴리디온》, 9.

　좋은 지식을 얻는 이 교훈의 대목을 내가 비교적 길게 저술한 것은, 그 자체가 중요한 부분을 이루고 있고 다른 모든 일에 적용되는 것이기 때문이다. 특히 주의해야 할 것은, 사람이 자기 자신이 이렇게 많은 것을 안다고 자신하여 많은 일에 손을 대지 않게 한다는 것이다. 많은 일에 가볍고 경솔하게 손을 대는 것만큼 불행한 일은 없다. 말하자면 이런 종류의 지식이 도달하는 곳은 우리와 관계있는 행위를 더 잘, 그리고 더 자유로이 선택하고, 그것을 그만큼 더 잘못이 적고 솜씨 있게 다루게 된다는 것이다.

23

　운명을 이기고 개선하는 지식에 관한 두 번째의 교훈은, 사람이 자기 자신의 사람됨에 대해서 충분한 지식을 얻고, 자기 자신을 잘 이해하는 것이다. 성 야곱이 잘 말하고 있듯이, 사람은 자주 거울을 들여다보면서도 갑자기 자기를 잊어버린다는 것을 아는 것이다. 이 점에서 신의 거울이 신의 말인 것처럼, 사회의 거울은 우리가 살아 있는 세계 혹은 시대의 모습이다.[62] 그 속에서 우리는 자신을 볼 수 있다.

---

62 《야고보서》 1 : 23, 24.

24

인간은 자기 자신의 능력과 덕성에 대해서 공평한 견해를 가져야 한다. 또 자기의 모자라는 점이나 장애에 대해서도 마찬가지다. 후자 즉 결점에 대해서는 되도록 크게 생각하고, 전자 즉 능력에 대해서는 최소한으로 생각한다. 이와 같은 견해나 검토에서 다음과 같은 고려를 하는 것이다.

25

첫째, 그들의 본성 구조가 시대의 일반적인 상태에 어떻게 어울리느냐 하는 것을 생각한다. 일에 있어서 더 많은 폭과 자유를 갖도록 해도 된다. 다르고 일치하지 않으면, 그 생활의 추진 방법 전체에 걸쳐서 더 뒤로 물러나 숨고, 삼가도록 해야 한다. 티베리우스에서 그 예를 볼 수 있다. 그는 한 번도 연극을 보러 간 적이 없고, 만년의 12년 동안에는 원로원에도 나가지 않았다. 아우구스투스 케사르는 언제나 사람의 눈에 띄는 곳에 살았다. 그것을 타키투스는 "티베리우스의 방법은 달랐다."[63]고 말하고 있다.

---

63 타키투스, 《연대기》, 1·54.

둘째, 각자의 본성이 직업이나 인생을 살아가는 방식과 어떻게 일치하는가를 고려해야 한다. 그래야 만일 정해져 있지 않다면 선택할 수 있고, 이미 정해진 사람은 다른 길을 선택할 수 있을 것이다. 이를테면 발렌티누아 공작[64]의 행동에서 볼 수 있다. 이 사람은 그의 아버지가 성직자의 자리에 앉힐 생각을 하고 있었으나 자기의 성격과 소질을 생각하고 금방 그만두었다. 그것이 군주와 성직자 중 어느 쪽에 더 나쁜 일이었냐 하는 것은, 좀처럼 알 수 없는 일이다.

학문의 진보

셋째, 경쟁자나 상대가 있을 법한 일과의 조화를 생각하는 것이다. 가장 고독하고 자기만이 가장 빛날 길을 택하는 것이다. 그 예로서 율리우스 케사르의 거동을 들 수 있다. 처음에 그는 웅변가나 변호사였다. 키케로·호르텐시우스·카툴루스[65] 같은 사람들이 웅변에서 우월한 것을 보았을 때, 군사 면에서 명성이 있는 사람은 폼페이우스밖

---

64 발렌티누아 공작은 체자레 보르지아(Cesare Borgia, 1476-1507)를 말한다. 교황 알렉산데르 6세의 서자로 추기경에 임명되었으나 사양하고, 루이 12세에 의해서 발렌티누아 공작에 서임되었으나 후에 살해당했다.
65 퀸투스 호르텐시우스(Quintus Hortensius, BC 114-50)는 로마의 법률가이자 웅변가이며, 가이우스 발레리우스 카툴루스(Gaius Valerius Catullus, BC 84 무렵-54)는 로마의 시인이다.

에 없고 국가가 그에게 의지하지 않을 수 없다는 것을 알았을 때, 사
회적·대중적 위대함을 향해서 시작된 자기의 진로를 단념하고, 자기
의 의도를 군사적 위대함 쪽으로 바꾸었던 것이다.

28

넷째, 친구나 종자들의 선택은 자기 본성의 기질에 따라 나아간다
는 것이다. 케사르의 경우에서 볼 수 있다. 그의 친구나 고용자 또는
추종자의 모두는 활동적이고 실행력이 있는 사람들이었지만, 예의바
르거나 명성이 있는 사람들은 아니었다.

29

다섯째, 모범을 보고 어떻게 자기를 이끌어 가느냐 하는 데에 특별
한 주의를 기울이는 것이다. 그것은 남이 하는 것을 보고 자기도 할
수 있다고 생각할 때이다. 실제로는 그 본성이나 방법이 아마 훨씬
다른 종류일 것이다. 이러한 잘못을 폼페이우스가 저지른 것 같다.
키케로가 이에 대해 "술라는 그것을 할 수 있었다. 나라고 못 할 것이
있는가?"[66]라고 언제나 말했다고 한다. 이것은 매우 잘못된 생각이
었다. 그 자신과 술라는 본성이나 행동방식에 있어 가장 닮지 않은

사람이었기 때문이다. 키케로는 과격하고 난폭했으며 목적의 실현
을 서둘렀다. 술라는 엄숙하고 위엄과 형식을 지키는 데가 있었으며,
그만큼 실효가 적었다. 우리들 자신의 사회적 지식에 관한 이 교훈에
는 이 밖에도 지엽적인 교훈들이 많지만, 그것을 다 생각하고 있을 수
는 없다.

30

　자기 자신을 잘 이해하고 식별하는 것 다음에는 자기 자신을 어떻
게 잘 열어서 나타내 보이느냐 하는 문제가 뒤따른다. 보통 유능한
사람이 다른 사람들보다 비교적 잘 드러나지 않는다는 것을 잘 알고
있다. 즉 자기의 덕성·운·가치를 충분히 내보인다는 것은 큰 이점이
있다. 또 자기의 약점·결점·부끄러운 곳 등을 교묘히 감추는 것도
좋다. 전자에서는 멈추고 후자에서는 달아나도록 한다. 전자는 사정
에 따라서 되도록 이용하고 후자를 보일 때는 보기 좋게 꾸민다. 타
키투스가 그 무렵의 최대 정치가였던 무키아누스에 대해서 한 말이
있다. "하는 말, 하는 짓 모든 것에 대해서, 잘 보여 지는 기술을 알고
있었다." [67]
　이러한 태도가 따분하고 오만하게 보이지 않게 하기 위해서는 사

66　키케로, 《아티쿠스 서한》, 9·10.
67　타키투스, 《역사》, 2·80.

실 얼마간 가장이 필요하다. 가장이란 허영심의 대표라 할 수 있지만, 그것은 정치의 경우보다 성격의 경우에는 악덕이 되는 것 같다. "대담하게 욕을 하면, 반드시 무언가가 들러붙는다."고 하지만, 우스꽝스러울 만큼 불구라면 몰라도 "대담하게 자기를 팔려고 하면, 반드시 무언가가 들러붙는다." 그것은 무식한 하급 사람들에게 들러붙을 것이다. 단 지혜와 지위가 있는 사람은 그것을 웃으며 경멸할 것이다.

반면 다수에 대해서 얻은 권위는 소수의 혐오를 상쇄한다. 게다가 가장의 방법이 품위 있게 이루어진다면 그것은 명성을 매우 증대시켜 주게 된다. 즉 자연스럽고 즐겁고 정직한 방법으로 한다든가, 또는 이따금 그 어떤 위험이나 불안(군인의 경우처럼)과 섞여 있을 때, 또 가장하지 않은 사람들이 더 질시를 받을 때, 혹은 거기에 무관심하게 접근하거나 떨어지거나 하여 너무 오래 한군데에 있거나 너무 소홀해지지 않을 때, 자기 자신을 책망하고 칭찬하고 하는 것이 똑같이 자유롭거나 남의 오만과 불손을 배격하고 누르는 기회에 의할 때 명성을 증대시킨다. 확실히 적지 않은 사람들이 착실한 본성을 가지고 있는데도 이와 같이 자기를 부풀어 오르게 하지 못하고, 바람이 한창 불 때 배를 항진시키지 못한다. 즉 기회를 자주 이용하지 못해서, 그 소극성 때문에 어떤 위해나 불이익을 입게 된다.

31

덕성이 가치를 떨어뜨리지 않고, 올바른 가치 이하로 떨어지지 않도록 하려면, 이와 같이 과시하고 화려하게 보이는 것을 불필요하게 여겨서는 안 된다.

덕성의 가치를 떨어뜨리는 것은 세 가지 형태로 일어난다. 첫째 자기 자신을 팔려고 앞으로 내미는 일이다. 이 경우 그 사람이 받아들여지면, 그것으로 보답은 받은 것이라고 사람은 생각한다. 둘째 너무 지나치게 하는 것이다. 이것은 잘한 일에 주저앉을 겨를을 주지 않고 결국 권태감을 준다. 셋째 추천·칭찬·명예·은혜 등, 자기의 덕성에 대한 열매를 너무 빨리 발견하는 것이다. 이 경우 만일 그가 사소한 일로 기뻐하는 사람이라면, 다음의 말이 가진 진실성을 들어 두면 좋을 것이다. "이런 조그만 일로 크게 기뻐하는 것은 좋으나, 큰일에 익숙하지 않은 것처럼 보이지는 않도록 조심하라."[68]

32

결점을 감춘다는 것도 좋은 부분을 잘 보이게 하는 것 못지않게 중

---

[68] 키케로, 《수사학》, 4·4.

요하다. 결점을 감추는 데도 역시 세 가지 형태가 있다. 조심에 의한 것, 변명에 의한 것, 자신에 의한 것이다.

조심이 필요한 경우는, 교묘하게 하면서도 분별을 가지고 자기가 감당할 수 없는 일 속에 끌려들지 않도록 할 때이다. 이에 반해 대담하고 침착하지 않은 정신을 가진 사람은, 무차별하게 문제 속에 뛰어들어 자기의 결점을 모조리 그대로 노출시키고 나타내 버린다.

변명은 자기의 결점이나 단점을 적당히 꾸미기 위해 자기 스스로 시도하는 경우이다. 그것이 더 좋은 동기에서 나왔다든지, 아니면 어떤 다른 목적을 위해서 의도한 것처럼 꾸미는 것이다. 결점에 대한 재미있는 표현이 있다.

악덕은 그 이웃의 덕성 곁에 숨어 있는 수가 많다.[69]

어떤 결점을 갖고 있든지, 그것을 감추어 줄 덕성을 생각하고 있는 것처럼 마음을 써야만 한다. 이를테면 둔중하다면 신중한 체해야 하고, 겁쟁이라면 온건한 체한다는 식이다. 단점에 대해서는 자기가 어째서 최선을 다하지 않는가, 또 어째서 자기에게 그런 능력이 없는 것처럼 보이려 하는가 하는 이유를 그럴 듯하게 만들어야 한다. 그러기 위해서는 잘 알려진 자기의 능력을 언제나 감추려 해야 한다. 자기의 진짜 결점은 그 능력을 위해 일부러 애쓰지도 않았고 가장할 줄도 모

---

69 오비디우스, 《사랑의 기술》, 2·662.

410

른다는 것을 사람들로 하여금 생각하게 만들기 위해서다.

자신(自信)은 가치는 제일 없으나 가장 확실한 대책이다. 말하자면 자기가 달성할 수 없는 것은 무엇이나 못마땅하게 말하여 경멸하는 것처럼 여기게 하는 것이다. 즉 상인들의 신중한 원칙을 지킴으로써 자기 상품의 값어치를 올리고, 다른 것의 가치를 깎아 내리는 것이다.

이것보다 나은 자신이 있다. 그것은 자기 자신의 단점을 배짱 좋게 밀고 나가서, 자기에게 결여된 것이 가장 좋은 것이라고 생각하고 있는 것처럼 여기게 하는 것이다. 그것을 더 밀고 나가기 위해, 한편에서는 자기의 가장 좋은 장점에서 자기 자신을 제일 낮게 생각하고 있는 것처럼 여기게 하는 것이다. 이를테면 여느 시인의 경우에서 찾아볼 수 있다. 그들은 자기의 시를 보여 주고, 만일 누가 이론을 내세우면, "그 행이 다른 어느 것보다도 힘이 들었다."고 말할 것이다. 그러다 시인은 다른 대목을 가리키며 시시하고 서툴다고 말하지만, 사실 바로 그 부분을 사람들이 그 시에서 가장 잘된 대목이라고 생각한다는 것을 그 자신은 이미 알고 있는 것이다.

이와 같이 자기 자신의 태도를 올바른 것이라 정당화할 때는 정체가 탄로 나서 경멸이나 모욕을 당하지 않도록 조심해야 한다. 필요 이상으로 좋거나 선량하거나 용이한 성질을 보이는 것보다는 자유와 원기와 날카로움의 편린을 살짝 보여 주는 것이다. 그런 종류의 강화된 태도가 자기 자신을 언제나 경멸로부터 구하는 동시에, 어떤 경우에는 필연적으로 자기 자신의 신체나 운명 중의 그 무엇에 의해

411

서 사람에게 강요되는 것이다. 그것은 언제나 재능이 훌륭할 때는 성공한다.

33

운명을 극복하는 지식 중 세 번째 교훈은, 가능한 노력을 기울여서 그때그때 유연하게 적응할 수 있도록 마음을 만들어 나가는 것이다.

인간의 운에 가장 큰 방해가 되는 것은 "같은 것이지만, 더 이상 그것으로 잘 되지 않았다."[70] 즉 상황은 바뀌어도 사람들은 본래대로 있다는 것이다. 리비우스는 카토를 운의 교묘한 건축가로 들고 있으며, '자유 자재의 기질'[71]이라고 덧붙였다. 이와 대조적으로 묵직하고 위엄이 가득한 마음을 가진 사람들은 언제나 자기 자신답게 하고 있지 않으면 안 되고, 그것을 바꿀 수가 없으므로 행운이라기보다 위엄을 더 갖고 있게 된다. 또 어떤 사람은 얼마간 가만히 굳어 있어서 변하기가 쉽지 않은 성질이 있다. 또 전의 경험이 매우 유익했음을 생각하고 거의 본성이라고 해도 좋은 사고방식을 가지고 있어, 자기가 나아가는 방법을 바꾸어야 한다는 것을 도무지 믿지 못하는 사람도 있다. 마키아벨리의 현명한 말에,[72] 파비우스 막시무스[73]가 전쟁의 성질

---

70 키케로, 《브루투스론》, 95.
71 리비우스, 《로마사》, 39·40.
72 마키아벨리, 《로마사론》, 3·9.
73 퀸투스 파비우스 막시무스 베르코수스(Quintus Fabius Maximus Vercosus, BC 203 사망)는 로마의 장군이자 집정관이다.

이 바뀌어 맹렬한 추격이 필요한데도, 과거의 버릇대로 언제까지나 우물쭈물하고 있었다는 것이 있다.

또 어떤 사람의 경우에는 날카로운 판단력과 통찰력이 없어서 언제 사물에 단락이 지어지는지 식별하지 못하고, 기회가 지나간 뒤에야 바꾸는 뒤늦은 사람도 있다. 이러한 예로 데모스테네스는 아테네 사람들을 시골 사람에 비유하고 있다. 그들은 검술 학교에서 시합할 때, 타격을 받아야만 자기의 무기를 그쪽으로 움직이지 미리 움직이지는 않는다는 것이다. 그런가 하면 어떤 사람은 과거의 노력을 헛되이 하고 싶지 않아서 자기에게 알맞도록 기회를 만들 수 있다고 착각하는 사람이 있다. 결국 다른 대상이 발견되지 않으면 불리한 입장에 처할 수밖에 없다. 타르퀴니우스는 예언자의 책 제3권에 3배의 돈을 지불했다. 처음에 샀더라면 3권 모두를 처음 부른 값으로 살 수 있었을 것이다. 이런 유연성 없는 마음이 어떤 근원이나 원인에서 나오든지 그것은 매우 해로운 일이다. 우리 마음의 수레바퀴를 동심원적으로 만들어서, 운의 수레바퀴와 함께 회전하도록 하는 것만큼 현명한 것은 없다.

34

네 번째 교훈은, 우리가 마지막으로 설명한 것과 다소 유사점을 가지고 있지만 차이가 있다. "운명과 여러 신에게 복종하라."[74]는 말에 아주 잘 표현되어 있다. 즉 사람이 기회와 더불어 변할 뿐 아니라, 기회와 함께 달려서 그 신용이나 힘을 과중하거나 극단적인 점까지 무리해서 끌어올리려 하지 말고, 자기 행위에서 가장 실행하기 쉬운 것을 택하는 것이다. 그렇게 하면 실패도 하지 않을 것이고, 하나의 문제에 너무 구애되는 일도 없고 절도가 있다는 명성을 얻을 것이며, 가장 많은 사람들을 기쁘게 만들고 기도하는 모든 일에서 끊임없이 행운을 가질 수 있을 것이다. 그것은 명성을 매우 증대시키는 일이다.

35

다섯 번째는 앞의 둘과 얼마쯤 상반되는 데가 있는 것처럼 보이지만, 내가 아는 바로는 그렇지도 않다. 이에 대해 데모스테네스가 고조된 말로 주장하고 있다. "사령관이 군대를 지휘하도록 인정받고 있듯이, 현명한 사람은 사물을 지휘해야 한다. 자기가 하고 싶은 일을 시켜야 하고, 사건의 뒤를 좇아가게 하는 것만으로는 안 된다."[75]

자세히 관찰해 보면, 일을 처리해 나가는 데 두 가지 능력이 있다는 것을 알 수 있을 것이다. 기회를 솜씨 있게 잘 이용하지만 연구는 잘 못하는 사람이 있다. 자기의 계획은 잘 세우고 추진하지만, 순응하거나 이용하지는 못하는 사람도 있다. 그 어느 쪽도 나머지 것이 없으

---

74 루카누스, 《파르살리아》, 8 · 486.
75 데모스테네스, 《필리피코스》, 1 · 51.

면 매우 불완전하다.

36

　여섯 번째 교훈은 충분히 중도를 지키면서 자기 자신을 분명히 하거나 나타내지 말거나 하라는 것이다. 말하자면 '배가 바다를 가듯이'[76] 비밀을 깊이 숨기고 나아가는 방법은 성공하기에 알맞고 훌륭하기도 하다(이 방식은 프랑스인이 '비밀 계획'이라고 부르는 것인데, 사람이 자기를 전혀 밝히지 않고 사물을 진행시킬 때를 말한다).

　대개의 경우 "거짓으로 위장하는 사람들은 자신을 함정에 빠뜨리는 잘못을 낳는다." 최대의 정치가들은 자연스럽고 자유로운 태도로 자기들의 희망을 밝히고 있으며, 주저하거나 감추지 않는다. 이러한 예로 루키우스 술라는 일종의 고백처럼 "나는 모든 사람이 내 친구냐 적이냐에 따라서, 행복해지거나 불행해지기를 희망한다."[77]고 말했다. 또 처음으로 갈리아에 간 케사르는 "로마에서 2위가 되느니, 한 마을 안에서 1위가 되고 싶다."[78]고 공언하기를 주저하지 않았다. 또 원로원파와 전쟁을 시작하자마자 그에 대해 키케로가 한 말이 있다. "전자(즉 케사르)는 전제자라고 호칭되는 것을 거부하기는커녕, 도리

76　〈잠언〉 30 : 19.
77　플루타르코스, 《영웅전》, 〈술라편〉, 38.
78　플루타르코스, 《영웅전》, 〈케사르편〉, 11 · 2.

415

어 어떤 의미에서는 공공연히 요구한다."[79] 또 마찬가지로 키케로가
아티쿠스에게 보낸 편지에서 볼 수 있는데, 아우구스투스 케사르는
막 국무를 시작할 무렵, 원로원의 총애를 받고 있으면서도 국민 앞에
서 한 연설에서, "이와 같이 아버지의 명예를 나도 갖고 싶다."[80]고 맹
세하는 것이 보통이었다. 이것은 전제자가 되겠다는 것과 다름없었
다. 그뿐 아니라 악평을 낳지 않도록, 그 광장에 서 있는 아버지 케사
르의 상을 향해 손을 들어 경의를 표하는 것이 보통이었다. 사람들은
비웃고 수상쩍어하면서, 이럴 수가 있는 거야, 그런 이야기를 들은
적이 있는가 하며 수군거렸다. 시민들은 그에게 악의는 없다고 생각
했으며, 그의 방법이 노골적이고 정직할 뿐이라 여겼다. 이로 인해
아우구스투스와 사람들은 모두 번영했다.

  폼페이우스는 이와 대조적으로 같은 목적을 가지고 있었지만, 비교
적 어둡고 위장하는 방법을 썼다. 이에 대해 타키투스는 "더 한층 위
장하고 있었지만, 더 한층 잘했다고 말할 수는 없다."[81]고 말했다. 살
루스투스도 이에 동의하며, "말은 훌륭하고, 마음은 파렴치하다."[82]고
말했다. 폼페이우스는 무한한 비밀 책략으로 국가를 완전한 혼란과
무질서에 빠지도록 궁리했다. 국가가 필요와 보호를 구하기 위해 자
기 품안에 뛰어 들어오고, 그리하여 주권이 자기 위에 놓여도, 자기가
그것을 구해서 얻은 것이 아닌 것처럼 보이게 하기 위해서였다. 그가

---

79 키케로, 《아티쿠스 서한》, 10·4·2.
80 키케로, 《아티쿠스 서한》, 16·15·3.
81 타키투스, 《역사》, 2·3.
82 수에토니우스, 《문법가론(文法家論)》, 15.

그 일을 거기까지 몰고 갔을 때(그는 그렇게 되었다고 생각했지만), 즉 최초로 그가 집정관에 혼자 선출되었을 때, 그는 그것을 정말 잘 이용하지 못했다. 사람들이 그를 이해하지 않았기 때문이다. 결국 무력을 손아귀에 쥔다는 옛 방식을 쓸 생각으로 케사르의 의도를 의심한다는 구실을 만들었던 것이다. 이처럼 느리고 사고가 많고 불운한 것이, 가장한다는 방법이다.

이에 대해 타키투스는 다음과 같이 판단하고 있는 것 같다. 가장이란 참된 정책과 비교하면, 비교적 뒤떨어진 형식의 술책이라는 것이다. 전자는 아우구스투스가, 후자는 티베리우스가 행했다고 한다. 그래서 리비아에 대해 다음과 같이 말하고 있다.

"그녀는 남편의 술책과 아들을 위장하는 방법을 아울러 갖고 있었다."[83]

확실히 줄곧 위장하는 습관은 약하고 완만한 방책에 지나지 않으며, 현명한 것이 못된다.

37

이와 같은 운의 구축에 관한 일곱 번째 교훈은, 우리의 특정 목적에 맞고 또 중요도에 따라서 사물의 균형이나 상대적 가치를 판단하도

학문의 진보

---

83 타키투스, 《연대기》, 5·1.

록 우리의 마음을 길들이는 일이다. 그것을 표면적이 아니라 실질적으로 한다. 어떤 사람의 마음의 논리적 부분(나의 호칭이지만)은 좋지만, 수학적 부분은 오류가 많을 때가 있을 것이기 때문이다. 즉 결과는 잘 판단할 수 있으나 균형과 상대성에 의하지 않고, 실질과 효과가 있는 것보다 겉보기와 감각에 관계되는 것을 좋아하는 것이다. 왕후(王侯)에게 접근하는 데 반하는 자도 있고, 대중적 명성이나 갈채를 추구하며 매우 가치 있는 일이라고 상상하는 자도 있다. 대개의 경우 그것은 질투·위험 그리고 사고가 많은 것이다. 또 개중에는 노력, 곤란, 혹은 거기에 소비되는 인내력에 따라 사물을 재는 자도 있다. 언제나 움직이고 있으면 전진하고 나아간다고 생각한다. 이를테면 케사르가 경멸하는 투로 소 카토에 대해 한 말이 있다. 그가 아무리 노력하고 아무리 지기를 싫어해 봐야 아무 소용도 없다면서, "그는 이런 것을 모두 매우 고심해서 했다."[84]고 말했다. 대개의 일에 있어서 최대의 인간이 최선의 수단이 된다고 생각하고, 흔히 잘못을 범하기 쉽다. 실제로는 가장 적합한 수단이어야 하는 것이다.

38

　인간이 자기의 운을 향해 나아가는 방법을 참되게 조정하고, 구체

84　율리우스 케사르, 《내전기》, 1·30.

적인 일이 될 수 있도록, 나는 다음과 같이 정리한다.

첫째, 자기 자신의 마음의 교정이다. 왜냐하면 마음의 장애물을 제거하는 것은 운의 길을 한층 더 쉽게 개척하는 일이 되며, 운을 붙잡는 것이 마음의 장애물을 제거하는 것보다 낫기 때문이다.

둘째는 부와 재산을 들겠다. 대개의 사람들은 이것을 첫째로 들었을 것이다. 부야말로 모든 경우에 일반적으로 이용할 수 있기 때문이다. 마키아벨리가 금이 전쟁의 힘줄이라는 의견[85]을 배제한 것과 같다. 이에 대해 그는 전쟁의 참된 힘줄은 인간 팔의 힘줄이라고 했다. 다시 말하면 용감하고, 인구가 많고, 군사적인 국민이 전쟁의 힘이라는 것이다. 마키아벨리는 그 증언의 근거로서 솔론을 들었다. 솔론은 크로이소스[86] 가의 금을 보였을 때, 가장 좋은 쇠를 가진 사람이 나타나면 그 금을 차지해 버릴 것이라고 말했던 것이다. 마찬가지로 단언할 수 있는 것은, 돈이 운의 힘줄이 아니라 인간의 마음·예지·용기·담력·결의·기질·근면 같은 힘줄 내지는 쇠가 중요하다는 것이다.

셋째는 명성이다. 명성이 가진 거역할 수 없는 조류라든가 흐름 때문이다. 명성은 적당한 때에 붙잡지 못하면 좀처럼 돌이키지 못한다. 멀어져 가고 있는 명성을 나중에 되찾는다는 것은 매우 어려운 일이다.

학문의 진보

---

85 마키아벨리, 《로마사론》, 2·10.
86 루키아노스, 《카론》, 10·12.
　　크로이소스(Croesos)는 리디아의 마지막 왕으로 부자였다. 그는 BC 546에 사망했다.

마지막으로 나는 명예를 들겠다. 이것은 이미 지적한 다른 세 가지 중에 어느 하나로 비교적 쉽게 얻을 수 있다. 세 가지가 모두 있으면 훨씬 더 쉽게 얻는다. 그 중 어느 것을 명예나 직위로 산다는 것은 그리 쉽지 않다.

이 교훈의 결론은, 사물에 질서와 우선순위가 있는 것처럼 시간에도 질서와 우선순위가 있음을 말해 준다. 이것을 그릇된 순서로 하는 것이 가장 흔히 저지르는 오류이다. 즉 사람은 처음의 일을 생각하고 있어야 할 때, 마지막 쪽으로 뛰어간다. 사물이 오는 시간의 순서에 따라 다루지 않고, 긴급한 정도가 아니라 위대함에 따라 처리하려고 한다. "가까운 것부터 하자."[87]는 좋은 교훈을 지키지 않는 것이다.

39

여덟 번째 교훈은 너무 많은 시간이 걸리는 일에 착수하지 않는 것이다. "이 동안에 돌이킬 수 없는 시간이 날아가고 있다."[88]는 말을 항상 염두에 두어야 한다. 실제로 자기 입신의 길로서 중책을 맡은 자, 즉 법률가, 웅변가, 근면한 신학자 같은 사람들이 보통의 일반적인 일을 하는 사람들보다 자기의 운에 대해서는 대체로 현명하지 못하

---

87 베리길리우스, 《전원시》, 9 · 66.
88 베르길리우스, 《농경시》, 3 · 284.

다. 그들에게는 개개의 것을 알고 기회를 기다리며, 운을 발전시키는
방책을 궁리할 시간이 없기 때문이다.

40

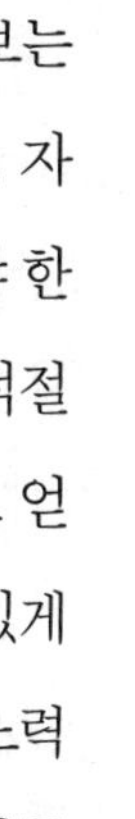

　아홉 번째의 교훈은 무엇이건 헛일을 하지 않는 자연의 본을 보는
것이다. 이것을 확실하게 하려면 자기 일에 충분히 변화를 주어, 자
기가 주로 생각하고 있는 일에 지나치게 마음을 쓰지 않도록 해야 한
다. 이렇게 하는 사람은 개개의 행위에 있어서, 자기의 마음을 적절
하게 서로 종속시킬 수 있다. 자기가 구하는 것을 최량의 정도로 얻
지는 못하더라도, 그 다음쯤 혹은 그 다음다음쯤으로는 얻을 수 있게
하는 것이다. 만일 자기가 의도한 어떤 방면도 얻지 못할 때는, 노력
을 다른 무언가에 이용할 수 있게 한다. 또 지금 당장은 거기서 아무
것도 얻을 수 없더라도, 장래의 그 어떤 발판으로 삼는 것이다. 거기
서 아무런 효과도 실질적인 이익도 얻을 수 없다 하더라도, 그것으로
무언가 훌륭한 명성을 얻도록 한다.
　이러한 사람들은 일일이 각 행위에 대해서 자기를 정확히 평가하
여 무언가를 걷어 들이도록 하기 때문에 자기가 주로 생각한 것을 할
수는 없더라도, 그저 멍청하게 당황하고만 있지는 않는다. 한 가지
행위만을 전체로서 생각하다 다른 일로 옮겨 가는 사람은 그 사이에
들어오는 무한한 기회를 잃어버린다. 이런 기회는 대개의 경우 나중

에 자기가 필요로 하는 것에 한층 더 적절하고 또 도움이 될지도 모르는 일이며, 지금 자기가 서둘러서 하고 있는 것 이상의 것이다. 그러기에 사람은 "이것도 해야 하고, 저것도 하지 않을 수 없다."[89]는 규칙을 충분히 터득하고 있어야 하는 것이다.

41

열 번째 교훈은, 자기 자신을 무언가 절대로 돌이킬 수 없게끔 관련시키지 않는 것이다. 별로 우발적인 사고가 일어날 것 같지 않게 보이더라도 말이다. 언제나 달아날 수 있는 창문이라든가, 물러갈 수 있는 길을 가지고 있어야 한다. 이것은 개구리 두 마리에 관한 옛이야기에 나오는 지혜를 떠올리면 된다. 그 개구리들은 자기들의 연못이 마르면 어디로 갈까 하고 의논했다. 한 마리는 구멍으로 내려가자는 의견을 냈다. 거기서는 물이 마를 것 같지 않기 때문이라는 것이었다. 그러자 한 마리가, 만일 말라 버리면 어떻게 나올 수 있느냐고 되물었던 것이다.

---

89 〈마태복음〉 23:23, 〈누가복음〉 11 : 42.

42

열한 번째 교훈은 저 고대 비아스[90]의 교훈으로서, "친구를 미래의 적으로서 사랑하라. 적을 미래의 친구로서 미워하라."는 것이다. 이 것은 불성실한 것이 아니라 주의와 중용을 위한 것이라 생각된다. 다시 말해 사람이 불운한 우정 관계, 귀찮은 증오, 철없고 변덕스러운 선망이나 보람 같은 것에 덤벼들어 깊이 들어간다는 것은 모든 이익에 완전히 어긋난다는 것이다.

지금부터는 인간의 운명을 다루는 분야의 실례 범위를 넘어서 이야기를 계속하려 한다. 내가 앞서 이 분야의 지식이 결여되어 있다고 지적했는데, 여기에 대한 나의 지식도 상상적인 일이라든가 가공적인 것이라든가, 너무나 조작된 한두 가지 관찰에 지나지 않는다고 생각하게 되면 곤란하기 때문이다. 이 분야에 대한 나의 지식에는 규모도 실체도 있고, 시작하기보다는 끝맺기가 곤란할 정도의 관찰에 의한 것이라는 것을 생각해 주기 바란다.

---

90 아리스토텔레스, 《수사학》, 2 · 13.
비아스(Bias)는 BC 6세기의 그리스 7현인의 한 사람이다.

　　더불어 생각해야 할 것은 내가 언급한 여러 교훈들은, 완전한 논문이라고 할 수는 없고 실례를 위한 조그만 단편이라는 것이다. 마지막으로 내가 운명이라는 것이 이만큼 애를 쓰지 않으면 얻을 수 없다고 생각하고 있는 줄은 아무도 모를 것이다. 어떤 사람에게는 행운이 저절로 굴러 들어오기도 한다는 것을 나도 알고 있다. 또 행운을 정상적인 근면으로 얻고, 거의 불필요한 개입이나 잘못을 저지르지 않는 사람도 많다.

44

　　키케로가 완전한 웅변가에 대한 관념을 기술했을 때, 한 사람 한 사람의 변호사에게 이러이러하게 되라고는 말하지 않았다. 이와 마찬가지로 군주나 궁신을 주제로 다루는 사람들에 의해 특정인이 서술될 때, 그 틀은 완전한 묘사에 의해 만들어지는 것이 상례이며, 보통의 일상적인 관행에 따르고 있지는 않다. 내가 알기로 그것은 모두 현명한 사람, 즉 자기 자신의 운명을 위해서 현명하다는 사람에 대해 말할 때 할 일이다.

여기까지 우리가 적어 온 교훈은 '좋은 기술'이라고 간주되고 호칭될 만하다는 것을 항상 마음에 새겨 두어야 한다.

사악한 기술에 관해서도 규정해 왔다. 마키아벨리는 "사람은 덕성 그 자체를 달성하려고 하지는 않고, 그 겉보기만 구한다. 덕성이 있다는 말을 듣는 것은 도움이 되지만, 그것을 사용하려고 하면 방해가 되기 때문이다."[91]라는 원리를 제시했다. 또 다른 원리는 "내가 예상하는 바로는 인간은 공포에 의하지 않으면 잘 움직이지 않는다. 어떤 인간이든 위험에 노출되어 납작하고 곤란하게 만들어 두려고 한다."는 것이 있다. 이러한 기술들을 이탈리아인은 이른바 "가시를 뿌린다."고 한다. 그런가 하면 키케로가 들고 있는 시에 포함되어 있는 다른 원리는, "적이 함께 망한다면, 친구도 망하게 하라."[92]는 것이다. 이를테면 삼두 정치에서 모두 서로 적을 죽이기 위해 자기편의 생명까지 팔았던 것이다. L. 카틸리나의 또 하나의 주장이 있다. 그것은 불을 질러 국가를 교란하고 소연한 물에서 고기를 잡으며, 자기의 운을 증대시키자는 목적이다. 즉 "내 재산 속에서 불이 일어나면, 물로 끄지 않고 파괴로 끈다."[93] 리산드로스[94]의 원리도 있다. "아이들은

---

91 마키아벨리, 《군주론》, 17-18.
92 키케로, 《데이오타루스론》, 9·25.
93 키케로, 《무레나 변론》, 25·51.
94 플루타르코스, 《영웅전》, 〈리산드로스편〉, 8.
　　 리산드로스는 스파르타의 육해군 사령관으로, BC 395 사망.

과자로 속이고, 어른은 맹세로 속인다."는 것이다.

그 밖에도 사악하고 부패한 의견들이 있다. 무슨 일이나 그렇지만 이러한 의견은 좋은 것보다 그 수가 많다. 확실히 자비심이나 정직성의 법칙을 벗어나 사악한 원리들을 따르며 살아간다면, 인간의 운을 밀고 나가는 것은 비교적 빠르고 간단할지도 모른다. 그러나 인생도 길과 같아서 가장 가까운 지름길은 제일 나쁜 것이 보통이고, 비교적 좋은 길을 간다고 해서 그리 돌아가게 되는 것도 아니며 오히려 더 적절할 수 있는 것이다.

46

인간에게는 힘이 있고, 그 힘이 자신을 지탱하고 유지하여 야심의 선풍이나 폭풍에 날려 버리지 않으려면 주의해야 할 점이 있다.

첫째는 자기 자신의 운을 추구해 나갈 때, "모든 일이 다 헛되어 바람을 잡으려는 것이다."[95]라는 세계의 전체적인 지도뿐 아니라, 그 밖에 많은 개개의 그림과 지표도 익혀 두어야 한다. 다시 말해 정직성을 갖지 않은 존재라는 것은 재앙이며 더 큰 존재, 즉 지위가 높을수록 재앙도 커진다는 사실, 또 모든 덕성에는 가장 많은 보답이 있고, 모든 사악함은 그 자체로서 가장 많이 벌을 받는다는 사실도 살펴야

---

95 〈전도서〉 2 : 11.

한다는 것이다. 이것은 시인이 다음과 같이 보기 좋게 말하고 있다.

친구들이여, 당신들의 공로에 알맞은 보상으로 어떤 선물이 그 가
치에 적합하다고 생각하는가.

가장 아름답고 첫째가는 것은 여러 신과 자기 자신의 마음이 보답
해 줄 것이다.[96]

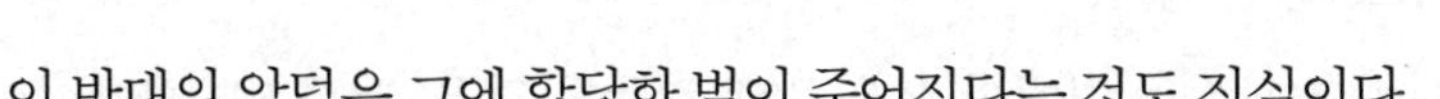

이 반대의 악덕은 그에 합당한 벌이 주어진다는 것도 진실이다.

둘째로 사람은 영원한 하늘의 섭리의 심판을 우러러보아야 한다.
흔히 이것이 사악한 음모와 상상력의 지혜를 뒤집는다는 것은 성서
에서 말하고 있는 바와 같다. "그들은 악한 생각을 품고 불의를 낳는
다."[97] 사람들은 나쁜 짓과 사악한 기술을 삼가야 하는데, 이 그칠 줄
모르고 쉴 줄 모르는 인간의 운의 추구는, 우리가 신에게 신세를 지고
있는 시간이라는 우리 공물의 여지를 남기지 않게 한다. 우리가 잘
알다시피 그 신은 우리 물질의 10분의 1을, 그보다 엄격하게도 우리
시간의 7분의 1을 요구한다. 그렇다고 우리가 마치 뱀처럼 하늘을 향
해 고개를 쳐들고, 영원히 지상에서 배회하며 흙을 먹는다는 것은 별
로 효과 있는 일이 아니다. 이것은 "신의 숨결의 한 조각을 흙에 붙인
다."[98]는 실수를 범하는 것이다. 만일 누군가가 나쁜 짓을 해서 얻었

---

96 베르길리우스, 《아이네이스》, 9 · 252.
97 《욥기》 15 : 35.
98 호라티우스, 《풍자시》, 2 · 2, 79.

지만 자기의 운을 잘 이용할 것이라고 장담한다면, 아우구스투스 케사르와 훗날의 셉티미우스 세베루스가 "태어나지 말았어야 했다, 아니면 죽지 말았어야 했다."[99]는 말을 들은 것과 같은 것이 된다. 그들은 자기들의 위대함을 추구하면서 그 자리에 오르는 데 많은 나쁜 짓을 했으나, 한번 권좌를 확립한 뒤로는 매우 유익한 일들을 베풀었던 것이다. 이러한 보상과 만족은 사용하는 데는 좋지만 목표로 삼는 것은 별로 좋지 않다.

셋째로 사람이 자기의 운을 향해 경주할 경우, 카를 5세 황제가 슬기롭게 표현한 사고방식대로, 자신의 운명에 대하여 약간의 냉정한 태도를 갖는다는 것은 잘못이 아닐 것이다. 카를 5세가 아들[100]에게 국왕에 대한 가르침을 주던 중, "운이라는 것은 얼마간 여성의 성질을 갖고 있어서 너무 치근덕거리면 그만큼 멀리 물러가는 법"이라고 말했다. 이 마지막 것은 타락된 취미의 소유자에 대한 구제책에 지나지 않는다. 사람은 오히려 신학과 철학의 초석인 기초 위에 건설하는 편이 좋다. 이 점에서 신학과 철학이 의견의 만장일치를 이루고 있는 것은 "먼저 구하라."는 것이다. 즉 신학이 말하기로는 "먼저 신의 왕국을 구하라. 그러면 이 모든 것이 그대에게 덧붙여질 것"이라는 것이다. 철학은 "먼저 마음의 선함을 구하라. 다른 것은 주어지거나 결여되지 않을 것이다."라고 했다. 인간의 기초는 가끔 모래의 기반 위에 세워지기도 하는데, 이에 대해 M. 브루투스는 그의 연설에서 별안

99　스파르티아누스, 《역대 황제의 업적》, 〈셉티미우스 세베루스〉, 18.
100　펠리페 2세를 가리킨다.

428

간 이런 말을 했다.

> 실재로서 숭배한 덕이여,
>
> 그러나 그대는 텅 빈 이름이다.[101]

신의 기초는 반석 위에 서 있다. 이것은 내가 결여되어 있다고 말한 지식의 일단으로서 도움이 될지도 모른다.

47

정치는 비밀스럽고 깊숙이 틀어박힌 지식의 일부이다. 우리가 어떤 것을 비밀이라 생각할 때, 보통 다음과 같은 두 가지 이유를 든다. 즉 아는 것이 곤란해서 비밀스러운 것도 있고, 설명하기가 적당하지 않아 그렇게 되는 것도 있다. 정치는 이 두 가지 모두에 해당하여 불명료하고 눈에 보이지 않는다는 것을 알 수 있다.

> 마음은 그 수족에 파고들어가
>
> 그 전체를 움직이고 거대한 몸에 혼합된다.[102]

---

101 디오 카시우스, 《로마사》, 47 · 49.
102 베르길리우스, 《아이네이스》, 6 · 726.

이것은 정치에 대한 서술이기도 하다. 세상에 대한 신의 정치는 감추어져 있는 수가 많은데, 이것은 우리가 신의 정치를 심한 불규칙과 혼란스러움을 앉고 있는 것처럼 여기기 때문이다. 신체를 움직일 때의 영혼의 정치는 내적이고 숨어 있으며 심원하다. 그 행동 방법은 좀처럼 증명할 수는 없는 것이다. 또 고대 시인들이 그림자처럼 비유적으로 표현하고 있는 고대의 지혜는 거인들 반란의 죄에 대한 고문과 고통을 묘사하고 있고, 시시포스와 탄탈로스[103]의 예로써 입이 가벼운 죄를 싫어한다는 것을 알 수 있다. 고대의 지혜는 개개의 사실에 대해 서술하고 있을 뿐이지만, 정책과 정치의 일반적 규칙과 담화에 대해서도 충분한 존경과 신중성을 가지고 다룰 필요가 있다.

48

반대로 통치되는 사람에 대한 통치자의 경우에도, 인간의 한계가 허용하는 한, 모든 사물은 명백히 밝히고 분명하게 알려져 있어야 할 것이다.

신의 통치에 관해서 성서에도 표현되어 있다. 즉 이 지구는 우리에게는 어둡고 그림자 같은 물체로 여겨지지만, 신의 눈에는 수정 같은 것이다. "보좌 앞은 수정과 같은 유리 바다 같았다."[104] 군주나 국가

---

103 그리스 신화 중의 인물. 여러 신의 비밀을 지껄인 죄로 입까지 물에 잠기는 벌을 받았으며, 물을 마시려고 하면 물이 빠져서 마시지 못했다고 한다.

가, 특히 현명한 원로원이나 고문들이 볼 때도 국민의 성질이나 성향, 그들의 상태나 요구, 그들의 당파나 결합 관계, 그들의 적의나 불만 등, 그 다방면의 정보와 그 관찰의 지혜, 그 감시하고 있는 지위의 높이 같은 점을 감안하여 대부분 명백하고 투명하게 보일 수 있어야 할 것이다.

나는 이 학문의 주인이시자 매우 잘 보좌 받고 계시는 국왕을 향해서 이 책을 쓰고 있다는 것을 생각하여 이 부분은 묵과해 버리는 편이 옳을 것 같다. 묵과함으로써 나는 고대 철학자의 한 사람[105]이 희망한 증명서를 얻고 싶다. 그 사람은 다른 사람들이 말로써 앞다투어 자기 능력을 과시하려고 했을 때 침묵을 지키면서, "침묵의 방법을 알고 있는 인간이 한 사람 있었다."고 증명해 주기를 바랐던 것이다.

49

그렇지만 정치의 비교적 공적인 부분, 즉 법률에 관해서는 결여되어 있는 것을 한 가지 정도 들어도 된다고 생각한다. 지금까지 법률에 대해서 쓴 적이 있는 모든 사람들은 철학자로서나 법률가로서 저술하고 있을 뿐, 아무도 정치가로서는 쓰고 있지 않다는 것이다.

철학자는 상상적인 민주국에 대해서 상상적인 법률을 만든다. 그

---

104 〈요한계시록〉 4 : 6.
105 제논을 말한다. 디오게네스 라에르티오스, 《철학자들의 생애》, 7 · 24.

들의 담화는 별과 같다. 너무 높아서 빛을 거의 주지 않는다.

법률가는 자기가 살고 있는 현실에 의거하여 법률로서 받아들여진 것을 쓰고, 법률이 되어야 할 만한 것은 쓰지 않는다. 법률을 만드는 사람의 지혜와 법률가의 지혜는 다른 것이기 때문이다. 자연 속에는 정의의 수원 같은 것이 있다. 거기서 모든 국가의 법률이 물이 흘러 나오듯 나오는 것이다. 물이 흘러 지나온 흙으로부터 색깔과 맛을 얻듯이, 국가의 법률도 그 놓여 있는 지역이나 통치 형태에 따라 달라진다. 하지만 나오는 수원은 같다.

또 입법가의 지혜는 정의의 형(型)에 있을 뿐 아니라 그 적용에 있다. 어떤 수단으로 법률이 확정되는가, 법률의 의문이나 불확정성의 원인 및 그 대책은 어떤 것인가를 고려하는 것이다. 어떤 수단으로 법률이 수행되기가 적절하고 쉬워지는가, 법률을 수행하는 경우의 장애와 그 대책도 있다. 소유권의 개인적 권리에 관한 법률은, 공적인 국가에 대해서 어떤 영향을 갖는가, 어떻게 그것이 적절하고 적합하게 되는가, 어떻게 법률이 쓰여 지고 주어지는가, 조문으로 하는가, 조례로 하는가, 짧게 하는가, 크게 하는가, 전문을 다는가, 안 다는가 등의 것이다. 어떻게 그것을 이따금 다듬고 개정하는가, 부피가 너무 방대해지거나 중복되거나 모순되거나 하지 않도록 하려면 무엇이 가장 좋은 수단인가, 어떻게 그것을 해석하는가, 처음으로 일어난 법률적으로 논의되는 소송 사건은 언제인가, 일반적인 여러 요소들이나 의문에 대해 학식 있는 경험자의 대답과 회의는 언제 여는가, 어떻게 엄격하고도 우아하게 진행시키는가, 어떻게 공정과 양심으로 부드럽게 만드는가, 분별과 엄한 법률이 같은 법정에서 섞일 수도 있는가, 아니면 몇몇 법정으로 갈라놓아야 할 것인가? 또 법률의 집행·직업·학문은 통제되고 지배받아야 하는가, 그 밖에 행정(내 식대로 한다면)과 법률에 생명을 주는 데 관한 많은 문제점이 있다.

이러한 문제점들은 비교적 간략하게 요약한 것에 불과하다. 왜냐하면(하느님이 허락해 주신다면) 이렇게 아포리즘의 형태로 시작한 일을 앞으로도 계속 설명해 나갈 것이기 때문이다. 당분간 이러한 작업은 결여되어 있다고 생각한다.

50

폐하의 잉글랜드 법률에 관해서는, 주로 위엄에 대해서 많은 말을 할 수 있을 뿐, 그 결함에 대해서는 그다지 말할 것이 없다. 영국법은 정치에 대한 적절함에 있어서 로마법보다 낫기 때문이다. 다시 말해 로마법은 '이와 같은 용도를 생각하지 않은 선물'[106]이었다. 그것이 통치하는 나라들을 위해서 만들어진 것이 아니었던 것이다. 이에 대해서는 더 말하지 않기로 한다. 실제 행위의 문제와 일반 학문의 문제를 혼돈하고 싶지 않기 때문이다.

---

106 베르길리우스, 《아이네이스》, 4 · 647.

제24장

1

    이렇게 인간적 지식에 관한 학문 분야에 대한 결론을 내렸다. 인간적·사회적 지식으로 인간 철학의 결론으로 삼았다. 또 인간 철학과 더불어 철학 전체의 결론으로 삼았다.

    여기서 잠깐 내가 지금까지 다루어 온 것을 돌이켜보니, 이 저술은 나에게, (거울의 비친 모습이 틀리지 않는다면) 사람이 자기 자신의 일을 판단할 수 있는 한, 음악가들이 악기를 조율할 때 내는 소음이나 소리에 지나지 않는 것처럼 여겨진다. 그것만 들으면 유쾌한 것이 못 되지만 나중에 음악이 더욱 아름다워지는 원인이 된다. 나는 뮤즈 신들의 악기를 조율하는 것만으로 만족하고 있다. 그것은 더 능력 있는 사람이 연주할 수 있게 하기 위해서다.

　나는 확실히 현대의 상태를 놓고 보건대, 모든 종류의 학문이 제3의 순환을 하고 있는 것이 확실하다고 본다. 이를테면 현대의 재간 있는 사람들의 우월성이나 활발성, 고대 저자들의 노작(勞作)에 의해 우리가 얻고 있는 고귀한 도움과 광명을 생각해 보자. 저술을 모든 처지의 사람들에게 전달하는 인쇄술, 항해술에 의해 세계의 개명과 많은 자연사(自然史)가 밝혀졌다. 지금에는 풍부한 여가 시간이 있다. 이러한 상황은 인구가 적은 그리스 도시국가처럼, 또 국가의 규모가 큰 로마 제국의 경우처럼, 정치적인 일에 사람들을 모두 동원하여 사용하고 있지 않다. 게다가 현 시점에서는 평화를 추구하는 추세이다. 다른 학문으로부터 사람들의 주의를 모두 돌려놓았던 종교 논쟁을 말하자면, 그 논쟁들 속에서 할 말을 모두 해 버렸고, 폐하의 학문의 완전함은 불사조처럼 재능 있는 사람이 모두 날아와 자기를 따르라고 요구하고 계신다고도 할 수 있다. 우리의 시대가 차츰 진리를 밝히려 하고 있다는 것은 필연적이라 하겠다. 이러한 시대 추세를 목전에 두고 보니, 다음과 같은 신념에 도달하지 않을 수 없다.

　그것은 이 제3기의 시대라는 것이 그리스와 로마의 학문보다 훨씬 뛰어나리라는 것이다. 다만 사람이 자기의 장점과 단점을 다 알고, 양쪽에서 반박의 불꽃이 아니라 발견의 광명을 취하며, 진리의 탐구를 하나의 자질이나 장식이 아니라 하나의 기획으로 생각하고, 지성과 위대함을 가치와 우월성 있는 것에 사용하되, 저속하고 대중적인 평판이 나 있는 것으로 돌리지 않아야 한다.

나의 노력에 관해서는, 누구든 자기 자신을 위해서, 또는 남을 위해서 비난하고 싶은 기분이 든다면, 고대로부터 인내심이 강함을 보여 주고 있는 "때려라, 그러나 들어 달라."[1]는 말을 하지 않을 수 없다. 나의 노력을 관찰하고 계량해 주기만 한다면 사람들이 비난해도 좋다는 것이다. 말하자면 나의 요구는 불필요할지도 모르지만, 어쨌든 합법적이다. 인간 제1의 사고에서든, 제2의 사고에서든, 또 비교적 가까운 현 시대에서 멀리 떨어진 미래에 대해서든 합법적이다.

그러면 이번에는 그리스와 로마, 두 고대의 시대처럼 은혜를 받고 있지 않았던 시대에는 알 수 없었던 학문, 신성하고 영감을 받은 신학에 대해 다룰 차례다. 사람들의 모든 노력과 편력의 안식일이자 항구라고도 할 수 있는 신학으로 향해 보자.

---

1 플루타르코스, 《영웅전》, 〈테미스토클레스편〉.
  테미스토클레스(Themistocles)가 에우리피데스(Euripides)에게 한 말이다.

제25장

1

　신의 특권은 인간의 의지와 이성에도 미친다. 우리는 우리의 의지 속에서 갈등을 발견하더라도 그 법률에 따라야 한다. 또한 우리의 이성 속에서 갈등을 발견하더라도 그 말을 믿어야 한다. 우리가 만일 우리의 감각에 적합한 것만을 믿는다면, 작자가 아니라 성서의 내용에 동의하는 것이 된다. 이것은 우리가 의심스럽고 믿을 수 없는 증인에게 동의하는 태도에 지나지 않는다. 아브라함이 정의라고 여기던 신앙은,[1] 그의 부인 사라가 비웃은 바로 그것이었다.[2] 사라는 그 점

---

1 〈로마서〉 4 : 22.
2 〈창세기〉 18 : 12.

에서는 자연 그대로 이성의 모습을 보여 준 것이었다.

2

우리가 진실로 그것을 검토해 본다면 우리가 지금 알고 있는 것처럼 인식하기보다는, 믿는 편이 더 가치가 있는 것이다. 지식 속에서는 인간의 마음이 감각 즉 이성에 지지만, 신념이 있을 때에는 감각이 정신에 진다. 자기 자신 이상으로 권위가 있다고 생각하는, 한층 가치 있는 매체(媒體)나 작인(作因)에 지게 된다.

이것이 영광이 주어진, 즉 천국에 들어간 인간의 상태와는 다르다. 영광이 주어진 상태에서는 신앙이나 이성이 없는 신념의 상태가 중지되고, 우리는 알려지는 대로 알게 되며, 신비도 밝혀질 것이다.[3]

3

결론을 내리자면, 신성한 신의 학문인 신학은 신의 말과 신탁에만 근거하는 것이지, 자연의 빛이나 능력 위에 근거하는 것이 아니다. 성서에도 "하늘이 하느님의 영광을 선포하고"[4]라고 쓰여 있지, "하늘

---

3 〈고린도전서〉 13 : 12.
4 〈시편〉 19 : 1.

이 하느님의 뜻을 선포하고"라고는 쓰여 있지 않다.

이에 대해서는 다음과 같은 말이 있다. "마땅히 율법과 증거의 말씀을 좇을지니, 그들의 말하는 바가 이 말씀에 맞지 아니하면……"[5] 이것이 해당되는 것은 신성(神性), 창조, 속죄의 위대한 신비에 관한 신앙의 여러 주제뿐만이 아니다. 참되게 해석한 도덕의 법칙에 관한 주제에도 해당된다. "원수를 사랑하고, 너희를 박해하는 사람들을 위하여 기도하라. 그래야 너희가 하늘에 계신 아버지의 아들이 될 것이다. 아버지께서는 악한 사람에게나 선한 사람에게나 똑같이 해를 비추어 주시고, 의로운 사람에게나 불의한 사람에게나 똑같이 비를 내려 주신다."[6] 이것은 다음과 같이 찬양되어야 할 것이다. "그 소리는 인간의 것처럼 들리지 않는다."[7] 그것은 자연의 빛을 넘은 목소리다. 그러고 보면 이교(異敎)의 시인들은 부도덕한 열정에 지배당하게 되면 언제나 법률과 도덕률에 항의한다. 마치 그것이 자연에 대해서 반대이며, 악의를 갖고 있는 것처럼 말이다. "자연이 허락하고 있는 것을 질투하는 법률이 그것을 부정한다."[8] 인도인 덴다미스는 알렉산드로스의 사자들에게 말했다.

"나는 피타고라스와 그리스 현인 중 몇몇 사람들에 관해서 조금 들은 적이 있다. 그들을 훌륭한 사람들이라고 생각하지만 결함이 있다. 그것은 그들의 이른바 법률과 도덕이라는 것을 지나치게 존경하고

---

5 《이사야서》 8 : 20.
6 《마태복음》 5 : 44-45.
7 베르길리우스, 《아이네이스》, 1·328.
8 오비디우스, 《변신이야기》, 10·330.

숭배한다는 것이다."[9]

그러므로 도덕률의 대부분은 매우 완성된 것이며, 그에 대해서는 자연의 빛도 도달할 수 없다는 것을 인정할 수밖에 없다.

어째서 인간이 자연의 빛과 법칙에 의해 덕성과 악덕, 정의와 사악, 선과 악에 대한 어떤 개념과 사고를 가졌다고 말할 수 있는가?

그것은 자연의 빛이 두 가지 다른 뜻으로 사용되고 있기 때문이다. 하나는 하늘과 땅, 즉 자연의 법칙에 따라서 이성·감각·귀납(歸納)·의론이 생긴다. 또 하나는 내부의 본능에 의해서 인간의 정신 위에 각인되는 것이며, 그 최초의 상태가 가진 순수성의 불꽃인 양심의 법칙에 따르고 있다. 이 후자의 의미에 있어서만 완전한 도덕률에 관한 어떤 빛과 식별력을 얻는 것이다. 어떻게 얻을 수 있을까? 이러한 양심의 법칙이 악덕을 막을 수는 있지만 의무까지 가르치지는 못한다. 종교의 교의는 신비적인 것이든 도덕적인 것이든, 똑같이 신으로부터의 영감과 계시에 의하지 않고는 도달할 수 없는 것이다.

4

그럼에도 불구하고 정신적인 사물에 있어서 이성의 효용과 범위는 매우 크고 일반적이다. 사도가 종교를 "우리들의 이유 있는 신에 대

---

9 플루타르코스, 《영웅전》, 〈알렉산드로스편〉, 65.

한 봉사"라고 부르고 있는 것도 공연한 것이 아니다. 옛 법칙의 의식
(儀式)이나 비유 그 자체는 합리적인 이유와 의의에 차 있었던 것이
며, 특색 없고 무의미한 문자로 차 있는 우상 숭배와 마술의 의식보다
훨씬 뛰어난 것이다.

특히 그리스도교의 신앙은, 모든 사물에 있어서와 마찬가지로 이
문제에서도 주목할 만한 가치가 있다. 그리스도교는 양극단의 이교
도의 법칙과 마호메트 법칙 사이에서 황금의 중용성을 가졌고, 또한
유지하고 있기 때문이다. 즉 그리스, 로마의 이교도들이 가진 종교는
부단한 신념이나 신앙 선언을 갖고 있지 않으며, 모든 것을 토론의 자
유에 맡겼다. 한편 마호메트의 종교는 토론을 완전히 금하고 있다.
한편은 외면에서부터 틀림없는 잘못이고 한편은 기만이다. 여기서
그리스도교의 신앙만은 토론을 인정도 하고 배제도 하면서 올바른
한정을 설정하고 있다.

5

종교에 있어서 인간 이성의 효용에는 두 가지가 있다. 하나는 신의
신비가 우리에게 계시되는 개념과 이념에 있고, 다른 하나는 그에 대
한 교의와 지시의 추론과 연역에 있다. 전자는 신비 그 자체에 미친
다. 이것은 예시에 의한 것이지 토론에 의하지는 않는다. 후자는 사
실과 증명과 토론으로 성립되어 있다.

전자에 있어서는 신이 우리의 능력에까지 내려와서 우리가 느낄 수 있도록 그 신비를 표현해 준다. 그 계시와 신성한 교의를 우리 이성의 개념 위에 심고, 그 영감을 우리의 오성을 열기 위해 사용하는 것을 볼 수 있다. 자물통의 열쇠구멍에 대한 열쇠의 모양 같은 것이다.

후자는 이성과 토론의 사용이 우리에게 허용된다. 다만 제2차적이고 의존적이며, 근원적·절대적인 것은 아니다. 말하자면 종교의 강령과 원리가 설정되고 이성의 검토에서 제외된 뒤, 우리에 대한 더 좋은 지침을 위해서 그 유사성을 근거로 하여 그에 따른 추론이나 연역을 하도록 우리에게 허용되는 것이다. 자연의 경우에는 이것이 해당되지 않는다. 즉 양쪽 원리는 중간사나 매개념이나 삼단논법에 의하지 않고 귀납에 의해서 검토될 수 있다. 게다가 이런 원리나 제1의 명제는 하부 명제를 끌어내려, 연역하는 이성과 그리 어긋나는 것은 아니다. 그렇다고 해서 이러한 것이 종교에만 해당되는 것은 아니며, '가정'뿐 아니라 '결정'이 있는 비교적 크고 작은 성질의 많은 지식에서도 마찬가지다. 이런 때는 절대적 이성의 효용은 있을 수 없다. 이러한 사례는 지성을 요하는 놀이의 경우에 볼 수 있는데, 바로 체스 같은 것이다. 이 게임의 규칙이나 첫 법칙은 절대적인데 어째서일까? 이 게임의 법칙들은 다만 '결정에 의한' 것이지, 이성에 의해 검토될 수 있는 사항이 아니다.

게임 법칙에 입각해서 어떻게 가장 잘 유희를 진행시켜 게임에 이기느냐 하는 것은 기술과 이성의 작용을 요하는 일이다. 인간의 법칙 중에는 '법적 결정'인 많은 근거와 공리가 있다. 이러한 법적 결정은 권위에 입각한 절대적인 것으로 이성에 입각하는 것이 아니며, 그러기에 토론을 할 수가 없는 것이다. 절대적이 아니라 상대적인 의미에서 가장 옳다고 할 수 있는 것은 긴 토론의 영역을 제공하는 공리에 따른다. 이런 의미에서 제2차적 이성은 신의 '뜻'에 기초를 두고 있는 신학 속에 위치한다.

6

내가 여기에 적은 신학의 결함은, 정신적인 문제에서는 이성의 참된 한계와 효용이 일종의 신의 논리로서 충분히 탐구되고 다루어지지 않았다는 것이다.

그것은 실행되고 있지 않으므로 계시되어 있는 것에 대한 올바른 고찰이라는 이유를 내세워, 계시되어 있지 않은 것을 탐구하고 파헤치는 것이 보통이다. 또 추론과 반론을 끌어낸다는 이유로 절대적인 것을 검토한다. 한쪽은 니고데모의 잘못[10]에 빠져, 하느님이 계시하고자 하는 마음 이상으로 사물을 감각으로 알게끔 해주기를 바라는 일이다. 즉 "사람이 늙은 뒤에 어떻게 다시 태어날 수 있는가?" 하고 묻는 일이다. 또 한쪽은 제자들이 잘못에 빠지는 일이다. "조금 있으

---

10 니고데모(Nicodemus)는 바리새 사람인데, 유대인의 지배자가 되어 밤에 그리스도에게 교시를 청하러 왔다. 그의 잘못은, 그때 그리스도가 인간은 다시 나지 않으면 신의 왕국을 볼 수 없다고 말한 데 대해서, 그가 다시 어머니의 뱃속에 들어가 태어나야 하느냐고 물은 것을 가리킨다. 〈요한복음〉 3:4.

면 나를 보지 못하게 되고 또 조금 있으면 보게 될 것이다." 또 "내가 아버지께로 간다고 하신 말씀은 무슨 뜻일까?"[11]라고 한 예수의 모순된 말에 당황하여 잘못에 빠진 것이다.

7

이 주제의 크고도 축복된 효용을 감안하여 나는 그만큼 더 심혈을 기울여 설명했다. 내 판단으로 이 주제에 대하여 잘 검토하고 결정한다면, 스콜라 학파가 고심하고 있는 지나치게 자질구레한 사색의 헛일뿐 아니라, 교회가 고생하고 있는 논쟁의 과격함도 진정시키고 그만두게 하는 완화제가 될 것이라 생각한다. 이러한 주제는 인간의 눈을 뜨이게 하므로, 많은 논쟁은 다만 계시되어 있지 않은 것이거나 절대적인 것에 속하는 것임을 알게 한다. 또 그 밖의 많은 것은 약하거나 불명료한 추론이나 연역(演繹)에서 생긴다는 것도 알게 된다. 약하고 불명료한 추론의 종류는 유대인이 아닌 사람들의 훌륭한 교사 즉 성 바울의 축복된 표현을 부활시킨다면, "나는 주님이 아니다."[12]가 될 것이다. 의견의 제시나 생각을 말할 때는 "내 의견대로 말한다면"[13]의 표현이 적합하지만 교의와 논쟁에서는 그렇지 않다. 사람들

---

11 〈요한복음〉 16 : 17.
12 〈고린도전서〉 7 : 12.
13 〈고린도전서〉 7 : 40.

은 지금 "내가 아니라 주님이다."[14]라는 말투를 남용하고 있다. 그뿐 아니라 이 표현은 신의 저주인 천둥과 비난으로 그것을 묶어, "까닭 없는 저주는 생기지 않는다."[15]는 솔로몬의 가르침을 아직 충분히 배우지 않은 사람들을 떨게 한다.

8

신학은 크게 두 부분으로 나뉜다. 하나는 교시나 계시된 내용이고, 다른 하나는 교시나 계시의 성질이다. 후자부터 시작하기로 하자. 그 편이 앞서 다룬 것과 가장 관계가 있기 때문이다.

교시의 성질은 세 가지 부분으로 성립된다. 교시의 한계, 교시의 능력, 그리고 교시를 얻거나 취하는 일이다. 교시의 한계에서는 어느 정도까지 계속 특정 인물에 영감이 주어지는가, 어느 정도까지 교회에 영감이 주어지는가, 또 어느 정도까지 이성이 사용되는가 하는 점을 고려해야 한다. 이 중 나는 마지막 문제가 결여되어 있다고 생각한다. 전달의 능력에서는 두 가지, 즉 종교의 기본으로써 중요한 것은 무엇인가, 또 종교가 완전해지기 위해 중요한 것은 무엇인가를 고려해야 한다. 후자의 문제는 같은 기초 위에서, 어떻게 건축하고 한 층 더 완성을 진행시키는가의 문제다. 다시 말하면 시대의 종교적 배

---

14 〈고린도전서〉 7 : 10.
15 〈잠언〉 26 : 2.

제(配劑)에 따른 빛의 단계적 진전이 얼마나 신념의 능력에 중요한가
하는 문제다.

9

여기서도 결여되어 있다기보다는 충고로서 제시해도 좋으리라 생
각되는 것은, 기본적인 여러 요소와 완성을 위해 중요한 요소는 경건
함과 지혜로써 구별되어야 한다는 것이다.

신의 도시에 있어서의 통일의 단계에 대하여

이것은 내가 앞에서 적은 것과 대체로 같은 목적을 지향하는 주제
이다. 말하자면 전자가 논쟁의 수를 줄이는 것이 목적이라면, 이것
은 논쟁의 열을 식히는 것이 목적이다. 모세는 이스라엘 사람과 이
집트 사람이 싸우는 것을 보았을 때, "왜 싸우느냐?"고 묻지 않고,
칼을 뽑아 이집트 사람을 죽인 것을 우리는 알고 있다.[16] 두 이스라엘
사람이 싸우는 것을 보았을 때는, "동포가 어째서 싸우느냐?"[17]며 싸
움을 말렸다. 교의의 문제점이 이집트 사람 같은 것이라면, 융화하
는 것이 아니라 정신의 칼, 즉 교회의 권위에 의해 살해되지 않으면

---

16 〈출애굽기〉 2 : 11, 12.
17 〈출애굽기〉 2 : 13, 〈사도행전〉 7:26.

안 된다. 이스라엘 사람 같은 것이라면, 잘못이 있더라도 "왜 싸우느냐?"가 되는 것이다.

우리의 구세주도 기본이 되는 중요한 사항에 대해서는 "나를 지지하지 않는 사람은 나를 반대하는 사람이다."[18]라며 종교적 맹약(盟約)에 대해서 말하고 있는 것을 본다. 기본으로 그리 중요하지 않은 점에 대해서는 "너희를 반대하지 않는 사람은 너희의 편이다."[19]라 했다.

우리는 우리 구세주의 옷에 솔기가 전혀 없다는 것[20]을 알고 있다. 마찬가지로 성서의 교의도 그 본성을 갖는다는 데 있어서 그러하다. 교회의 옷 빛깔은 여러 가지이지만 나뉘어 있지는 않다. 왕겨는 밀이삭과 분리되어야 한다는 것을 우리는 알고 있지만, 밀밭에 나는 가라지를 모두 뽑을 수는 없는 일이다.[21] 사람들을 신의 교회에서 떼어내 완전히 남으로 만들어 버릴 만큼 중요한 점이 대체 무엇이고, 어느 정도의 것인가에 대해 정의를 내리는 것이 매우 유용한 일이다.

10

지식의 교시를 얻는 일은 성서의 참되고 건전한 해석에 달려 있다.

---

18 〈마태복음〉 12 : 30.
19 〈누가복음〉 9 : 50.
20 〈요한복음〉 19 : 23.
21 〈마태복음〉 13 : 29.

성서는 생명의 수원이다. 성서의 해석에는 두 종류가 있다. 과학적인 것과 자유롭고 해방적인 것이다. 말하자면 이 신의 물은 야곱의 우물물보다[22] 훨씬 나은 것인데, 자연의 물이 우물이나 수원에서 취해지는 방법과 대체로 같은 방법이 쓰인다. 그것을 먼저 수반(水盤)에 가득 받아 두었다가 끌어다 쓰거나, 아니면 직접 솟아나는 곳에서 물동이나 여러 가지 그릇으로 길어다 쓰는 것이다. 이 가운데 전자는 비교적 쉬운 듯 보이지만, 내 판단으로는 오히려 썩기가 쉽다. 이 방법은 스콜라 학파의 신학이 보여 준 바와 같다. 이로 인해 신학은 하나의 기술이 되었다고나 할까, 이를테면 수반 속으로 옮겨진 것이다. 교의나 명제의 흐름이 이로부터 파생되어 나갔다.

11

스콜라 학파라는 수반 속에서 사람들은 세 가지를 구했다. 요약적인 간결함, 간약(簡約)된 힘, 완벽한 완전함이다. 이 가운데 처음 둘은 발견하기 힘든 것이고, 마지막 것은 구하지 말아야 한다.

간결함은, 모든 요약적 방법에 있어서 사람은 간약하려고 생각하지만 오히려 늘어놓는 원인을 낳기 때문이다. 다시 말해 압축에 의한 요약이나 간약은 불명료해진다. 불명료는 설명이 필요하다. 설명은

---

22 〈요한복음〉 4 : 13-14.

커다란 주해나 토론이나 논문이 된다. 결국 이것은 본디 요약의 근거가 되었던 서술보다 훨씬 거대한 것이 되어 간다. 스콜라 학파 사람들의 책의 권수가 그리스도교 초기의 교부(敎父)들이 쓴 첫 저술보다 훨씬 많은 것을 볼 수 있다. 그 교부들의 저술을 요약·수집하여 집성한 의견집(意見集)의 스승은 《네 권의 책》의 저자 페트루스 롬바르두스[23]이다. 마찬가지로 로마법에 대한 근대 박사들의 집필량은 고대 법률가들 것보다 많다. 그것에서 트리보니아누스[24]가 요약집을 편찬했다. 이러한 요약집과 주해의 방법은 반드시 학문의 총체를 더 큰 양으로 만들고 실질을 열등하게 만든다.

12

다음으로 힘에 대해서 살펴본다. 물론 정확한 방법 체계가 되어 버린 지식은 겉보기에 힘이 있을 듯해 보인다. 어느 부분이나 서로 돕고 서로 지지하는 듯 보이기 때문이다. 이것은 겉보기만 그렇고 실질이 아니다. 이를테면 건물이 서로 죄어서 세우는 방법으로 되어 있으면 흔히 부서지기 쉬우며, 그리 꽉 죄지는 않았더라도 각 부분 부분이 튼튼하게 만들어진 것보다 못한 것이다. 분명한 것은 자기의 본디 지

---

23 1100 무렵~1164. 이탈리아에서 태어나 파리의 대사교가 되었다. 《네 권의 책》이라는 기독교에 관한 교부들의 의견을 모은 저작으로 '의견집의 스승'이라 일컬어졌다.
24 546 무렵 사망. 비잔틴의 법률가로서 주로 유스티니아누스 법전을 편찬했다.

면에서 멀리 떠나면 떠날수록, 그만큼 그 결론은 약해진다는 것이다. 자연의 경우에 개개의 사물에서 떠나면 떠날수록 더욱 잘못의 위험을 초래하게 되는 것과 같이, 신학의 경우에는 더더욱 추론이나 삼단논법으로 성전(聖典)에서 멀어지면 멀어질수록, 그 명제는 그만큼 약하고 희박해진다.

13

신학의 완전성이나 완성에 관해 말하자면, 이것은 추구하지 말아야 한다. 완전성을 추구하면 기술적인 신학의 방법을 더 의심쩍은 것으로 만든다. 지식을 기술로 만들어 버리려는 사람은, 그것을 모든 면에서 원만하고 통일적인 것으로 만들려 할 것이기 때문이다.

신학의 경우에 미결인 채로 두고 다음과 같이 결론을 내리지 않으면 안 되는 일이 많다. "오, 하느님의 지혜와 지식의 깊음이여! 그의 판단은 헤아릴 수 없으며, 그의 길은 알아낼 수 없도다."[25] 마찬가지로 사도는 다음과 같이 말하고 있다. "우리가 아는 것은 온전하지 못하다."[26] 전체 같은 형태를 갖는 것은 일부분의 내용밖에 없는 경우이므로 상상이나 추측으로 보충되어야만 한다.

결론을 내리자면, 이러한 요약과 체계의 참된 효용은 지식의 준비

---

25 〈로마서〉 11 : 33.
26 〈고린도전서〉 13 : 9.

훈련이나 입문(入門)에서 찾아볼 수 있다. 요약이나 그것으로부터의 추론에 의해서 지식의 주된 본체와 실질을 다루는 것은, 모든 학문에 해롭고 특히 신학의 경우에는 위험하다.

14

자유 및 전체적인 성서의 해석에 관해서는 여러 가지 종류의 것이 도입되고 또 연구되고 있다. 그 가운데 어떤 것은 견실하고 보장되어 있다기보다, 잘고 안전하지 못한 것도 있다. 그렇지만 반드시 짚고 넘어가야 할 것이 있다. 성서라는 것은 영감에 의해서 주어진 것이며, 인간의 이성에 의한 것이 아니므로 저자의 개성이 나타나는 다른 모든 책과는 다르다는 것이다.

성서의 저자, 즉 신은 어떤 인간도 알 수 없는 네 가지 사물을 알고 있었다. 그것은 영광의 왕국, 즉 천국의 신비, 자연 법칙의 완전성, 인간 마음의 비밀, 모든 시대의 미래의 계승이다. 영광의 왕국에 대해서는 "빛 속으로 밀고 들어가는 자는, 영광에 눌릴 것이다."[27] "네가 내 얼굴을 보지 못하리니, 나를 보고 살 자가 없음이니라."[28]는 말씀이 있다. 자연 법칙의 완전성에 대해서는 "그가 하늘을 지으시며 궁창(穹蒼)으로 해면에 두르실 때에, 내가 거기 있었다."[29]라는 말씀이,

---

27 라틴어 역 성서 〈잠언〉 25 : 27.
28 〈출애굽기〉 33 : 20.

인간 마음의 비밀에 대해서는 "인간 속에 있는 것까지도 일일이 아시므로, 인간에 대하여 누구의 증언도 필요하지 않았다."[30] 모든 시대의 미래의 계승에 대해서는 "예로부터 알려 주신 주께서 이렇게 말씀하신다."[31]라는 말씀이 전한다.

15

이 중 처음 두 가지에서 성서의 어떤 뜻과 설명이 나온다. 이 뜻과 설명은 엄숙함의 범위 안에 포함시켜야 하는 것이지만, 전자는 신비적인 것이고 후자는 철학적인 것이다. 전자의 경우, 인간은 자기의 시간을 앞지르지 말아야 한다.

"우리가 지금은 거울 속의 영상같이 희미하게 본다. 그때에는 얼굴과 얼굴을 맞대고 볼 것이다."[32]

이 경우 그 거울을 닦는다든가, 그 수수께끼의 무언가 온건한 설명 같은 것까지는 자유가 허용될 것으로 생각된다. 그 속에 너무 깊이 들어간다는 것은 인간의 마음을 분해하고 전복시키게 될 것이다.

신체 속에는 우리가 받아들이는 세 가지 단계가 있다. 자양분, 그리고 약과 독이다. 이 가운데 자양분은 인간의 자연적인 성질로 완전

<hr>

29 〈잠언〉 8 : 27.
30 〈요한복음〉 2 : 25.
31 〈사도행전〉 15 : 18.
32 〈고린도전서〉 13 : 12.

히 바꾸고 극복할 수 있는 것이다. 약의 일부는 자연에 의해 바뀌고 일부는 자연을 바꾼다. 독은 전면적으로 자연에 작용하며, 자연이 그 어떤 부분에서 그것에 작용할 수는 없다. 마찬가지로 마음에 있어서는 이성이 전혀 작용하지 못하고 바꿀 수도 없는 지식은 마음의 기능을 마비시키고, 마음과 오성을 분해할 위험이 있다.

16

후자의 철학적 설명에 대해 살펴보자. 이것은 요즈음 파라셀수스학파나 그 밖에 몇몇 사람들에 의해 한창 추진되고 있으며, 그 사람들은 성서 속에서 모든 자연 철학의 진리를 발견했다고 말하고 있다. 다른 모든 철학을 이교적이고 신성을 더럽히는 것이라고 비난하며 욕하고 있다. 하느님의 말씀과 그 하신 일에는 이런 적의가 없다. 또 그런 사람들은 그들이 상상하고 있는 것처럼 성서에 명예를 준 것이 아니라 그것을 매우 열등한 것으로 만들고 있다. 하느님의 말씀에 "하늘과 땅은 없어질지라도 내 말은 결코 없어지지 않을 것이다." [33] 라는 것이 있듯이, 하늘과 땅을 구하는 것은 영구적인 사물 속에서 시간적인 것을 구하는 일이다. 철학 속에서 신학을 구하는 것은 죽은 자 속에서 산 자를 구하는 일인 것과 마찬가지로, 신학 속에서 철학을

---

33 〈마태복음〉 24 : 35.

구하는 것은 산 자 속에서 죽은 자를 구하는 일이다.

또 항아리나 물그릇은 교회 밖에 있어야 하므로, 교회 안의 가장 신성한 장소, 즉 증거의 상자가 놓여 있는 장소에서 구할 것이 못된다. 또 성서 속에 표현된 신의 마음의 범위나 목적은 자연의 사물을 표현하는 일이 아니다. 다만, 우연이거나 인간의 능력에 맞추기 위해서거나 도덕적 혹은 신적인 내용에 교훈을 주기 위할 때는 별도이다. "문제가 되고 있지 않은 일에 대해 느닷없이 한 말은, 별로 권위가 없다."는 명제는 참된 규칙임에 틀림없다. 엉뚱한 결론을 이끌어낼 수 있기 때문이다. 만일 사람이 통속적인 생각에 따른 자연이라든가 역사 같은 것에서 빌린 비유를, 장식이나 예시를 위해서 사용한다고 하자.

이를테면 누군가 괴물인 뱀이라든가, 일각수(一角獸)라든가, 반인반마(半人半馬)라든가, 백수거인(百手巨人)이라든가, 9두(九頭)의 물뱀 같은 것을 예로 들었는데, 그 내용이 사실인지에 대해 적극적으로 증명해 줄 것을 사람들이 요구한다면 어떻겠는가.

지금까지의 두 가지 해석에 대한 결론을 내려 보자. 하나는 유추나 수수께끼 같은 것에 의한 것이고, 하나는 철학적 혹은 형이하적인 해석이다. 그리고 이 둘은 유대의 율법 박사나 유대의 신비 철학자 등을 흉내 내어 받아들여지고 추구되어 오고 있는데, "교만한 마음을 품을 것이 아니라 도리어 두려워해야 한다."[34]는 것으로 한정되어야 할 것이다.

---

34 〈로마서〉 11 : 20.

신에게는 알려져 있으나 인간에게는 알려져 있지 않은 다른 두 가지 비밀, 즉 마음의 비밀과 시대의 교체에 관한 비밀을 살펴보자.

여기에도 성서의 설명 방법과 다른 모든 책과의 올바르고 건전한 차이를 나타내는 것이 있다. 당신께 제기된 많은 질문에 구세주 그리스도가 한 대답에 관해서 뛰어난 관찰이 이루어지고 있다. 이 대답이 질문의 요점과 얼마나 동떨어진 것인가에 초점을 두고 살펴보면 쉽게 알 수 있다. 그 까닭은 인간의 사고를 그 말로써 아는 인간과는 달리, 인간의 사고를 직접 알고 있는 그리스도는 결코 그들의 말에 대답하지 않고 그 사고에 대답했다는 것이다. 대체로 이러한 형태가 성서의 경우이다.

성서에는 인간의 사고와 계속되는 모든 시대에 대해 쓰여 있다. 모든 이단설, 논쟁, 교회의 여러 가지 상태, 나아가서는 특히 선민(選民) 즉 충실한 그리스도 교도의 여러 상태에 대해서 예지하고 있다. 그 해석에 있어서도 그 대목 고유의 좁은 의미에만 따르거나, 그 말이 발언된 실제의 상황과 관련시킨다든지, 혹은 앞뒤의 말과의 정확한 일치나 전후 관계로, 아니면 그 대목의 주된 범위를 생각하는 것만으로는 해석하지 못한다. 성서의 모든 문구나 낱말은 그 자체로써 전체적·집단적으로 뿐만 아니라, 분포적(分布的)으로도 무한한 샘과 냇물 같은 교의를 갖고 있어서 교회의 모든 부분을 적셔 준다.

이렇듯 자구(字句)대로의 의미가 주류(主流)나 강이라면 교회가 가장 많이 사용하는 샘물과 냇물은 도덕적인 의미이고, 어떤 경우에는 우의적이기도 하고 전형적이기도 하다. 그렇다고 내가 사람들에게 대담한 우의를 가지라든가, 많이 혹은 가볍게 언급해 달라고 말하는 것은 아니다. 다만 내가 비난하고 싶은 성서의 해석은, 모든 사람들이 도덕적인 책을 해석하는 방법의 흉내를 내는 것뿐이라는 것이다.

18

성서의 해석에 관한 설명에 있어 나는 결함이 없다고 보고할 수 있다. 잊지 않기 위해 다음과 같은 것을 덧붙이기로 한다.

신학 서적을 읽으면서 많은 논쟁의 책과 많은 문장 및 논문들을 보았다. 방대하고 형식적인 신학, 즉 스콜라 학파의 신학은 일종의 인위적인 기술이라고 해도 좋은 것이 되었다. 여기에는 많은 설교와 강의, 성서에 대한 다량의 풍부한 주해, 대관서(對觀書)라든가 색인 같은 것이 있다.

내 판단으로 그 중에 가장 풍부하고 귀중한 형태의 신학 저술은, 형식적인 스콜라 학파의 신학에서 성서 개개의 본문에 대해 짧은 주해의 형식으로 집성되어 있는 것이다. 장황하게 토론한 것도 아니고, 논쟁을 추구하지도 않았으며, 기술의 이론 체계로 만든 것도 아니다. 이런 형태의 것은 설교에 많은데, 그것이 남을 만한 책의 형태로는 남

아 있는 경우가 드물어 사라져 버릴지 모른다. 오늘날 이렇게 책의
형태로 남기려는 방법이 활발한 것은 사실이다.

　나는 헐뜯을 생각도 아니고 하등 고대를 비난하자는 것이 아니며,
내가 믿는 바를 포도와 올리브처럼 즉 훌륭한 자들의 선의의 경쟁처
럼 말하려 한다.

　성서에 대한 가장 뛰어난 이러한 언급은, 이 브리튼 섬에서 지난
40년 이상이나 폐하의 설교에 의해 여기저기서 행해져 오고 있다.
만약 이 중 권장이나 교훈 등의 상당한 부분을 제외시키면서 그런 것
이 계속 기록되었더라면, 사도들의 시대 이후에 쓰인 가장 훌륭한 신
학의 업적이 되었을 것이다.

19

　신학에 의해서 교시되는 내용에는 두 가지가 있다. 신념 및 진실된
의견의 내용과 예배 및 숭배의 내용이다. 후자는 전자에 의해서 결정
되고 지시된다. 전자는 종교의 내적인 영혼으로서, 후자는 종교의 외
적 육체로서 존재한다. 이교의 종교는 우상의 숭배였을 뿐 아니라,
전체의 종교가 우상 그 자체였다. 그것은 영혼을 갖고 있지 않았고
확실한 신념이나 고백을 갖고 있지 않았다. 그들 교회의 주된 교사들
이 시인이었다는 사실만 봐도 알 수 있다. 이교의 여러 신들은 질투
심이 적고 기꺼이 당파에 들어갔는데, 그럴 만한 까닭이 있다. 그들

은 외적인 명예와 의식을 가질 수만 있다면 마음의 순수성을 존경하
지도 않았던 것이다.

20

어쨌든 이 두 가지의 결과로 신학의 네 가지 주요 분야가 생겼다.
신앙, 의무의 법칙, 의식, 통치의 형식이다.

신앙에 포함되는 것은 신의 성질, 신의 속성, 신의 작업에 대한 교
의이다. 신의 성질은 신성(神性)의 통일된 삼위일체로 되어 있다. 신
의 속성은 신성에 공통이거나 성부(聖父)·성자(聖子)·성신(聖神)의
삼위에 각각 특유한 것이다. 신의 작업에는 가장 중요한 두 가지 있
는데, 창조의 작업과 속죄의 작업이다. 이 작업은 양쪽 모두 전체로
서 신성의 통일에 속하는 것과 마찬가지로, 각 부분에 있어서는 삼위
에 관계된다. 창조의 작업에서 물질의 집합은 성부에, 형태의 배치는
성자에, 존재의 계속과 보존은 성신에 분담된다. 속죄의 작업에서 선
택과 충고는 성부에, 전체의 행위와 완성은 성자에, 적용은 성신에
분담된다. 성신에 의해서 그리스도는 육(肉)에 잉태되었다. 성신에
의해서 선민(選民)은 영(靈), 즉 마음과 인격으로 부활된다. 우리는
이 작업을 그 목적을 완수하는 선민 가운데서는 마땅히 일어나고, 신
이 버린 죄 많은 사람들 가운데서는 마땅히 일어나지 않는 일로 여긴
다. 혹은 그 나타나는 대로 눈에 보이는 교회 가운데서 생각한다.

의무의 법칙에 대해 살펴보자. 그 교의는 죄를 나타내는 법칙 속에 포함되어 있다. 그 법칙 자체는 근원에 따라 자연의 법칙, 도덕의 법칙이나 신의 계시에 의한 법칙, 인습적 법칙으로 나뉜다. 양식(樣式)에 따라 부정적과 긍정적, 금지와 계율로 나뉜다. 죄는 그 내용과 주제에 있어서 계율에 따라 나뉜다. 그 형식에 있어서는 신성(神性)인 삼위에 관계된다. 특별한 속성이 힘인 성부에 대한 약함의 죄, 그 속성이 지혜인 성자에 대한 무지의 죄, 그 속성이 은총과 사랑인 성신에 대한 악의의 죄이다.

죄는 움직임에 있어서 종교, 즉 오른쪽으로 아니면 왼쪽으로 움직인다. 맹목적인 헌신이나 모독적이고 방종스러운 일탈로 향하는 것도 죄이다. 죄는 신이 자유를 허락한 곳에 속박을 가하거나, 신이 속박을 가한 곳에서 멋대로 놀거나 한다.

정도에 따른 등급별로 죄를 나누면, 사상과 언어와 행위로 나뉜다. 이 부분에서 나는 행동의 옳고 그름을 결정하기 어려운 양심의 경우에, 신의 법칙을 추론하여 적용할 것을 많이 권한다. 나는 사실 그것이 생명의 떡, 즉 신의 말씀의 모두를 나타내는 것이 아니라, 쪼개어 사람들에게 나누어 주는 일이라고 생각하기 때문이다.[35]

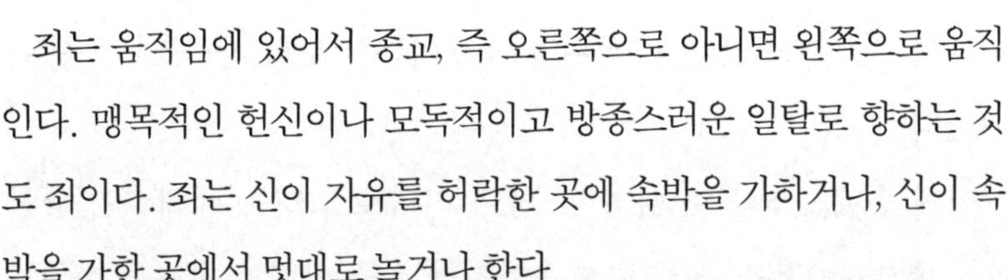

---

35 〈마가복음〉 14 : 22.

신앙과 의무의 법칙에 관한 두 교의에 생명을 주는 것은, 마음의 고양과 동의이다. 권장, 신성한 명상, 그리스도 교도의 결의 등에 대한 책이 이에 속한다.

22

의식이나 예배는 신과 인간 사이의 상호적 행위로 성립되어 있다. 그것은 신의 입장에서 말하면, 말씀으로 가르치는 행위이자 성찬(聖餐)이다. 그것은 말씀을 드러내어 약속을 표시하는 행위이다. 인간의 입장에서는 신의 이름으로 기도하는 행위이다. 게다가 유대의 율법 아래서는 희생이 있다. 그것은 눈에 보이는 기도와 참회로서 있었던 것이다.

이제 숭배는 의식이 아니라 '영과 진리로 드리는 예배'[36]가 되었으므로, 남은 것은 '입술로 수송아지를'[37] 즉 실제의 희생을 바치는 것이 아니라 숭배의 기도뿐이다. 다만 감사의 보답인 신성한 맹세의 효용을, 탄원의 표시에 대한 확인으로 생각할지 모른다는 것은 있다.

---

36 〈요한복음〉 4 : 24.
37 〈호세아서〉 14 : 2.

23

교회의 통치에 대해서 말하면, 그것은 교회의 재산, 교회의 특권, 교회의 직무와 사법 전체를 지휘하는 교회의 율법으로 성립되어 있다. 이 모든 것은 두 가지에서 고려되어야 한다. 하나는 자기 자신 속에 있고, 하나는 일반 국가와 어떻게 일치하고 적합하냐 하는 것이다.

24

신학의 내용을 다루는 방법에는 진리를 교육하는 형식으로 하거나, 거짓된 반박의 형식으로 하는 두 가지가 있다. 종교에 대한 거부에 있어서는 종교를 완전히 부정하는 무신론 일파 이외에 세 가지가 있다. 이단론, 우상 숭배, 마술이다. 이단론은 참된 신을 거짓된 숭배로 섬기는 경우이다. 우상 숭배는 거짓된 여러 신을 참된 것인 양 상상하고 숭배하는 경우이다. 마술은 거짓된 여러 신들이 나쁘고 거짓인 줄 알면서 숭배하는 경우이다. 이처럼 폐하께서는 마술이 우상 숭배의 절정이라는 것을 훌륭하게 말씀하시고 계신다.[38]

---

38 제임스 1세, 《귀신론》, 3 · 6.

이 세 종류 사이에는 실로 차이점이 있는 것처럼 보이지만, 사무엘
이 가르치는 바에 의하면 그것은 모두 같은 성질에서 나오는 것이며,
일단 신의 말씀을 거역할 경우 그렇게 된다는 것을 알 수 있다. 즉 "거
역하는 것은 사술(邪術)의 죄와 같고, 완고한 것은 사실 우상에게 절
하는 죄와 같음이라."[39]고 말하고 있다.

25

신학의 내용을 내가 아주 간단하게 다룬 이유는, 그에 대해서는 결
함을 보고할 수 없기 때문이다. 신학의 문제에 있어서는, 빈터로 혹
은 씨를 뿌리지 않은 채 남아 있는 장소나 땅을 발견할 수가 없다. 사
람들은 매우 열심히 좋은 씨를 뿌리거나 가라지를 뿌려 오고 있는 것
이다. 이렇게 하여 나는 내가 발견할 수 있는 한, 진실되고 충실하게
지적 세계의 조그만 지구 같은 것을 만들어 보았다.

인간의 끊임없는 노력으로 차지하지 못하거나, 충분히 바뀌어 있
지 않았다고 생각되는 부분에 대해서 주석과 설명을 가했다. 그 중
혹시라도 보통 받아들여지고 있는 것에서 후퇴한 점이 있다면, 그것
은 '무언가 다른 것으로'가 아니라, '무언가 더 좋은 것으로' 나아가
려는 목적에서였다. 수정과 진보의 마음으로 한 일이지, 변화와 이론

---

39 《사무엘기 상》 15 : 23.

의 마음으로 한 것이 아니다. 남 이상으로 나아갈 생각이 없었다면, 내가 취급하는 내용에 대해서 진실되고 충실할 수는 없을 것이다. 또한 이에 못지않게 다른 사람이 나보다 앞으로 나아가 주기를 바라는 마음이다. 그것은 다음의 사실로 더 잘 알 수 있을 것이다.

즉 나는 내 의견을 적나라하게 아무런 방비책도 없이 펴 왔다. 사람의 판단의 자유에 반론이나 편견을 갖게 하고 싶지 않았기 때문이다. 아무리 잘 쓰인 글이라도, 처음 읽으면 이론을 제기할 것이고 두 번째 읽으면 해답이 나온다는 희망을 나는 충분히 갖고 있다.

내가 잘못을 범했을 사항에 있어서도, 논쟁적인 토론으로 올바른 것에 대한 편견을 갖게 하도록 왜곡하지는 않았다고 확신한다. 그런 짓은 확실히 반대 효과와 작용을 갖는 것이며, 잘못에 권위를 주고 발견이 잘된 것의 권위를 파괴하게 된다. 즉 논쟁적으로 제기하는 의문은 거짓에 대한 명예와 촉진이 되는 한편, 진리에 대한 거부가 되는 것이다. 잘못에 대해서는 나 자신의 것이라고 말씀드리는 바이며, 내 자신이 책임을 지겠다. 혹시 무언가 좋은 것이 있다면, 그것은 '희생의 기름'[40]처럼 우선 하느님의, 다음에는 이 지상에서 내가 가장 큰 은혜를 입고 있는 폐하의 명예를 위해 향으로써 피워 바쳐야 마땅할 것이다.

40 〈레위기〉 1 : 8, 12.

독후감 길라잡이

〈제1부〉

제1부 앞에 '국왕께 바침'이라는 전언으로 책은 시작이 됩니다. '국왕께 바침'에서 베이컨은 자신이 이 글을 쓰게 된 이유와 앞으로 이 책에서 자신이 언급할 전체적인 내용에 대해 설명합니다. 이 논고는 제1부와 제2부, 두 부분으로 구성되어 있으며, 제1부에서는 학문과 지식의 탁월성 및 그것을 늘리고 넓히는 가치와 참된 영예의 탁월성에 관한 것, 제2부에서는 학문의 발달을 위해서 생각되고 기도되어 온 개개의 행위나 업적이 어떤 것인가 하는 것, 또 그 개개의 행위 속에 있는 어떤 결함이나 결점이 있는가 하는 것을 밝히며 전언은 마무리 됩니다.

제1장, 제2장, 제3장에서는 학문에 대한 비판적인 견해들이 나열되어 있습니다. 베이컨은 이러한 비판적인 견해를 다양한 형태로 나타나는 무지에서 비롯한 오해라고 말하며 그 오해를 해소하고 있습니다.

┃제1장┃

가장 먼저 신학자의 열의나 시기심에 대해 설명합니다. 신학자들은 아담과 이브의 타락을 예로 들며 그들의 타락의 원인은 지나치게 많은 지식을 바란 데에 있다고 말합니다. 따라서 지식은 사람을 교만하게 만들며, 사람으로 하여금 근심에 빠지게 한다며 학문을 비판했습니다. 이에 베이컨은 자연과 일반 원리에 대한 순수한 지식은 신이 만든 창조물의 성질에 따라 명칭을 붙여 준 것일 뿐 그것이 타락의 원인이 된 것은 아니며, 신이 인간의 마음을 거울처럼 만들었으므로 인간이 보편적인 세계의 형상을 비추는 것은 그것을 기꺼이 받아들이는 것과 같다고 말했습니다. 또한 인간에게는 근원적 한계(생명을 짧음, 서투름 등)가 있기 때문에 지식이 마음을 손상시키지는 않는다고 합니다. 그리고 솔로몬이나 성 바울이 지식에 대해 경계하는 이야기를 한 것은 지식의 질에 대한 문제, 즉 지식이 자비심이나 신의 사랑이 담긴 것, 인류를 위한 것을 목적으로 사용되지 않는다면 반작용을 일으키게 될 것을 우려하는 것이라고 말했습니다. 마지막으로 지식이 많으며 무신론으로 기울어진다는 비판에 대해서는 기초적이고 피상적인 지식을 가졌을 때에는 무신론 쪽으로 향할지 모르나 그보다 더 진보하게 된다면 결국 다시 마음이 종교로 돌아오게 된다고 말합니다.

▌제2장▐

　두 번째 정치가들은 학문은 인간의 성질을 너무 신중해지거나 결단성이 없게 만들고 한가로움이나 토론을 좋아하게 되어 국가의 질서를 어지럽히게 된다고 합니다. 베이컨은 이에 대해 근거가 의심스럽다고 말합니다. 경험에 비추어 여러 사람의 경우나 여러 시대에 보면, 예를 들어 알렉산드로스 대왕과 율리우스 케사르의 경우 나라를 번성하게 했는데 이들은 각각 아리스토텔레스의 제자이고 키케로의 경쟁자로 훌륭한 학자였음을 알 수 있습니다. 따라서 학문이 국가 통치에 해를 준다는 것은 부적당하다며 반박합니다. 또 학문을 기초에 두지 않은 경우 위험한 결과를 가져올 수 있다고 말합니다. 경험은 있으나 학문이 없는 자들은 자신의 경험의 범위에 벗어나게 될 경우에는 당황하고 불리해지게 됩니다.

그러나 네로나 소 고르디아누스가 미성년일 때 학자들에 의해 다스려졌을 때 만족스럽고 태평한 정치가 이루어졌음을 보면 알 수 있듯이 학문을 기초로 한 경우에는 문제에 대한 해결책을 다양하게 찾을 수 있으며 쇠약함의 원인은 되지 않는다고 말합니다. 그리고 학문이 한가로움을 좋아해서 사람을 게으름뱅이로 만든다고 하는데, 오히려 학문을 연구하는 사람들은 이익을 위해 일을 사랑하는 다른 직업을 사람과 달리 학문 그 자체가 그들에게 있어 일이며 그들은 그 일 자체를 사랑하며 거기에서 기쁨을 얻을 수 있는 것입니다. 그리고 국가의 질서를 어지럽힌다는 것은 확실히 잘못된 근거라고 말합니다. 맹목적인 복종(학문이 없이 질서만을 강조하는 것)이 더 확실한 구속을 가지고 있어 의무를 가르치거나 이해시키는 것(학문을 통해 질서를 마련하는 것)보다 낫다고 말할 수는 없습니다. 또한 역사적으로 보았을 때 학문이 없던 시대는 폭동이나 동란 등이 쉽게 일어났다는 것을 보면 학문이 질서를 어지럽힌다고 말할 수 없을 것입니다.

❙ 제3장 ❙

세 번째는 학자들 스스로의 과오로 인해 비판을 받는 경우입니다.

이러한 비판의 원인은 먼저 재산의 부족이 있습니다. 학문을 이익의 수단으로 삼는 경우 학문에 대한 존경심은 사라지게 되고 일이 천하게 되어버립니다. 다음으로 학자들의 태도에서 생기는 비판인데 이에 대해서 베이컨은 지극히 개인적이고 개별적인 문제라고 말하며 이로 인해 학문이 비판받아서는 안 될 것이라고 말합니다. 또 학자들을 자기 나라나 주인의 유지와 이익을 굉장히 중요하게 생각한다는 것에 대한 비판입니다. 그러나 이것은 데모스테네스의 이야기에서 알 수 있듯이 자신이 위대해지려는 것이 아니라 국민들이 좋아질 수 있도록 통치에 도움을, 충고를 하는 것입니다. 마지막으로 사소한 문제에서 결핍되어 있다는 것인데 겉으로 보기에는 경박함이나 결핍이 있을지 몰라도 부적으로는 덕성이나 힘이 가득 차 있다고 이야기합니다.

▌제4장▌

여기서는 학자들의 연구 그 자체에서의 과오를 비판합니다. 가치가 없는 학문에는 망상적인 학문, 논쟁적인 학문, 과시욕의 학문이 있습니다.

먼저 과시욕의 학문이 있습니다. 베이컨은 그러한 학문으로 스콜라 학파의 예를 들어 설명했습니다. 스콜라 학파는 자신들의 뜻을 표출하고 대중들을 설득하기 위해 마음대로 새로운 용어를 만들거나 웅변적인 담론을 사용했습니다. 그러나 이것이 과도해지면서 수사법, 세련된 글의 구성 등 유창성이 글의 내용보다 중요해지는 주객전도가 일어난 것입니다. 또한 키케로에 대한 연구가 내용이 아닌 그 세련되고 현란한 문장에 대한 것으로 흘러버린 것도 마찬가지입니다. 이렇게 말만을 연구하고 내용을 연구하지 않을 때 학문의 신용이 떨어지고 진리의 깊은 탐구에 방해가 됩니다. 그리고 사람에게 너무 빨리 만족을 줌으로써 연구할 욕망을 없애 올바른 결론에 도달할 수 없게 만듭니다.

다음은 논쟁적인 학문에 대한 것입니다. 베이컨은 이것이 공허한 내용이 공허한 말보다 나쁜 것과 같이 처음의 과시욕의 학문보다 나쁘다고 말했습니다. 이 부분에서도 베이컨은 스콜라 학파를 예로 들고 있습니다. 스콜라 학파의 학자들은 아리스토텔레스의 학문에만 빠져 있어 다양하고 풍부한 독서의 범위를 가지지 못했습니다. 자신만의 방에 갇혀서 사는 것과 다름이 없는 것인데 이것은 오만하고 독단적인 태도를 가지게 만듭니다. 또 그들이 취급하는 주제는 결실 없는 사색이나 논쟁이었습니다. 그들이 지식을 대하는 태도는 지식의 전체적이고 긴밀함을 보는 것이 아니라, 하나하나의 의심, 비난 등 자질구레한 반론과 답변에 의지하고 있습니다. 따라서 그러한 의문은 해결되자마자 또 다른 의문을 낳게 되고 결국 지식의 일반적인 원리나 전체성을 보지 못하게 되는 것입니다. 즉 쓸데없는, 자질구레한 논쟁과 경멸에 빠지게 되는 것입니다.

마지막으로 망상적인 학문이 있습니다. 이것은 무엇보다도 추악한 것으로 진리의 본질을 파괴할 뿐 아니라 기만과 맹신을 만들게 됩니다. 교회의 예를 보면 기적에 대한 이야기들을 그냥 받아들이고 기록

하는 경우가 있는데 이것은 터무니없는 미신이고 성직자에 대한 기만입니다. 이러한 것이 종교의 인기에 해를 입히게 됩니다. 아리스토텔레스가 말했듯이 의심스러운 내용을 섞지 않고 믿을 수 없다고 여겨지는 것은 전해서는 안 됩니다. 또 연금술이나 점성학, 자연마술과 같은 것들을 통해 시대의 여러 발전을 이루기는 하였으나 포도밭의 이솝우화(포도밭에 유산을 남겨 두었다는 이야기를 듣고 아들들이 포도밭을 파헤쳤는데 그로 인해 포도밭이 비옥해졌다는)와 같이 그 자체로는 허무맹랑한 것입니다. 그리고 학자에게 너무나 큰 신뢰를 주어 그들의 말이 마치 불변의 진리인 듯 여기는 망상도 학문을 저해하는 원인이 됩니다.

▌제5장 ▌

제5장에서는 제4장에 이어 학문의 병적 상태에 대해서 몇 가지 더 간단히 언급하고 있습니다. 학문의 병적 상태 가운데 먼저 오래된 학문이나 새로운 학문 중 극단적으로 하나에 편중하는 경우가 있습니다. 그러나 이렇게 하나에 편중되어서는 안 되고 가장 좋은 길을 찾았다면 그것이 오래된 것이던 새로운 것이던 그 길로 향해야 합니다. 또 여러 가지 이론이 제기되었을 때 훌륭한 하나가 다른 이론들을 이겼다고 생각하는 것입니다. 다음으로는 지식을 너무 서둘러 종합하는 경우가 있고, 학문이 분할이 되었을 때 그 전의 학문을 버리는 것입니다. 또한 자신의 학문에 대해 독단적인 의견을 가져 다른 학문을 받아들이지 못하는 경우가 있고 지식의 전승과 전달 과정에서 자신의 판단에 의해서가 아닌 스승의 방법을 그대로 따르는 경우입니다.

마지막으로 가장 큰 잘못은 지식의 궁극적인 목적을 그르치거나 착각하는 경우인데 지식을 쾌락이나 허영을 위해 구해서는 안 됩니다.

▌제6장▐

여기서 베이컨은 지식의 원형을 밝히려 합니다. 그는 지식의 원형이 신의 속성과 행위 속에 있는 것이라 밝히며 이것은 인간에게 계시로 주어지는 것이며 학문이라는 이름으로 구해서는 안 된다고 말하며, 신 계급인 성령에 대해서 설명합니다. 제1의 계급은 치천사이며 제2계급은 빛의 천사, 제3계급에는 좌천사 등이 있습니다. 그리고 성령과 지적인 형태에서 감각으로 알 수 있는 물질적인 형태에는 제1의 형태가 바로 빛입니다.

또한 여기서 신의 세계 창조가 끝난 직후부터 이루어진 일은 바로 관조하는 일이었는데, 여기서 인간이 이룩한 최초의 행위 바로 창조물을 관찰하는 것과 그것에 이름을 붙이는 이 두 가지가 지식의 가장 중요한 두 부분이라 할 수 있습니다. 더불어 카인과 아벨의 직업이 양치는 직업(관조할 수 있는)과 농사를 짓는 직업(행동적인)으로 나뉘는데 신이 아벨(양치기)을 더 사랑했다는 것에서 관조하는 것의 중요성을 알 수 있습니다. 노아의 대홍수 이전 시대에도 연구자와 작가들을 중시했고 모세의 시대에도 학문이 번성하는 것을 칭찬했습니다.

▌제7장▐

여기서는 인간의 증거에 대해 살펴보고 있습니다(학문의 가치를 논하는 부분).

첫 번째 증거는 이교도들이 인간의 최고 명예는 신에게 귀속되는 일이라고 여긴다는 것입니다. 로마 시대에 사람에게 반신이나 신의 칭호가 주어진 경우가 있었는데 국가나 도시의 설립자나 입법자 등에게는 반신의 칭호만이 주어졌지만 새로운 기예, 연구자, 작가들은 신의 칭호를 받았다는 예가 있습니다. 즉 학문과 관련된 사람이 더 큰 명예를 얻었으며 이것은 한 시대나 한 나라의 범위에 한정된 것이 아니라 영구적이고 보편적이었기 때문입니다. 이것은 학문의 가치를 증명하는 근거입니다.

다음으로 알 수 있는 학문의 가치는 이는 역사적으로 봤을 때 학문이 있는 군주나 학자들의 의견을 잘 수용한 군주들의 시대가 행복하고 번영을 누렸다는 점에서 확실히 알 수 있습니다. 그것은 다양한 분야에 대한 개념과 잘못된 길로 빠지지 않도록 하는 방법을 알고 있었기에 가능한 일이었습니다. 이어 베이컨은 로마 제국이 가장 번영했던 황제들의 예를 나열하면서 자신의 주장을 뒷받침합니다.

마지막으로 위의 통치뿐 아니라 군사의 덕성이나 용기를 주는데도 학문이 그 효력을 가지고 있음을 이야기합니다. 알렉산드로스 대왕이나 케사르의 예를 들고 있습니다(둘은 수많은 정복전쟁을 통해 승리를 거두었음). 알렉산드로스 대왕은 아리스토텔레스의 제자로 학문을 중시하고 존중하고 있던 사람입니다. 또한 케사르의 경우에도 그의 저서에서도 알 수 있듯이 학식이 무척 뛰어난 사람이었습니다. 그의 학식을 발휘한 경우의 예 하나만 이야기하자면 그는 한마디의 말로 군대의 반란을 진압시켰다는 일화가 있습니다. 병사들의 해산을 요구하며(진심이 아니라 그것을 통해 보상을 받을 마음이었음) 소란을 일으키자 그들을 '병사 여러분'이 아닌 '시민 여러분'으로 불렀습니다. 그의 그 말은 이미 그들을 해산된 것으로 인정하는 것이었으므로 병사들은 깜짝 놀라 그들의 요구를 바로 철회했습니다.

▎제8장▎

제7장에서 학문의 정치적, 군사적 탁월성에 대해 이야기했다면 제8장에서는 학문의 정치적, 개인적 탁월성에 대해 이야기합니다.

먼저 학문은 인간의 마음 중 거칠고 야만스러움 또는 과격함을 제거해줍니다. 학문을 통해 여러 의문이나 난점을 인식하여 되어 저돌적이거나 오만한 경우를 제거할 수 있습니다. 즉, 처음 떠오른 생각만을 가지고 급진적으로 행동하는 것이 아니라 검토하고 시험해 본 뒤 행동하기 때문에 거칠거나 과격하게 되지 않는 것입니다.

다음으로 학문은 마음의 병을 고칩니다. 학문은 마음의 본성에 대해 그 결함을 개선시킬 수 있게 함으로써 자신을 성장시킵니다. 또 힘으로써 권위를 얻는 것보다 더 큰 힘과 권위를 가지게 합니다. 그것을 증명하는 예로 이교도의 신앙을 이야기할 수 있습니다. 그들이 자신의 신앙(이것은 학문에 대한 것으로 생각하면 될 듯하다)에 대한 믿음과 우월성을 느끼게 되면 그것은 어떤 고문이나 박해에도 흔들리게 하지 못하는 것을 보면 그 힘을 알 수 있습니다.

학문은 또한 쾌락과 즐거움을 줍니다. 감정의 쾌락이나 기쁨은 포만이 있어 경험한 뒤에 신선함이 없어질 수 있으나 학문에 대한 즐거움은 끝이 없어 그 기쁨이 더 큽니다.

마지막으로 학문으로 인해 사람은 어떤 짐승보다 우월해질 수 있습니다.

〈제2부〉

제2부 역시 '국왕께 바침'으로 시작되고 있습니다. 여기서 베이컨은 앞에서 이야기한 가치 있는 학문의 증진과 발달을 위해 어떠한 종류의 행위를 해야 하는가에 대해서 먼저 밝히고 있습니다. 학문을 증진, 발달시키기 위한 기본 원칙은 충분한 보수와 건전한 방법, 협력적인 노력입니다. 이러한 기본 원칙을 가진 상태에서 이루어져야 할 행위(국가에서 시행되어야 할 정책이라고 보면 될 듯함)는 먼저 학문이 이루어질 수 있는 시설물과 건물을 지어져야 합니다. 다음으로 저술과 관련한 사업으로 도서관, 신판, 인쇄가 이루어져야 하며 마지막으로 학식 있는 사람들, 즉 교사에 대해 정당한 보상과 임명이 이루어져야 합니다.

또한 전문 직업을 위한 칼리지가 아닌 학문만을 위한 교육기관이 세워져야 합니다. 다음으로 대학의 강사들에게 정당한 보수와 대우가 이루어져야 하며 마지막으로 실험을 위한 경비를 국가에서 보조해 주어야 합니다.

또 하나의 현재 (당시 영국) 결점은 대학 관리자들의 협의가 게으르고 고위직의 사람들이 사찰을 태만히 한다는 점이 있습니다. 따라서 학문이 잘 시행되고 있는지 검토를 철저히 해야 합니다. 여기에 더불어 베이컨은 당시 영국 사회의 교육기관에서의 문제점이었던 대학의 교육과정(너무 미숙한 상태에서 어려운 학문을 수학하게 되는 것)과 강의 방식(미리 준비된 것만을 하기 때문에 즉흥적 연구가 결여되어 있다는 것)을 지적하며 시정되어야 할 것을 주장합니다.

이외에도 나라의 대학 간의 정보 교환, 저명한 저작자나 연구가들을 공적으로 임명하는 등의 의견들을 개진하고 있습니다.

▮ 제1장 ▮

제1장에서는 인간의 학문을 분류하고 있습니다. 먼저 역사학이 있으며 이 부분에는 자연, 사회, 종교, 문학이 있는데 문학은 현존하지 않는다고 생각합니다. 첫째 자연의 역사는 통상 과정의 자연, 변화된 자연, 인공을 가한 자연으로 나뉩니다. 이는 창조물의 역사를 의미하는 것입니다. 변화된 자연에 대한 연구는 아리스토텔레스의 선례가 있습니다. 이것의 의의는 보통 사람들이 알고 있는 것의 편향을 교정하기 위한 것이며, 또 다른 하나는 자연의 경이가 인공의 경이를 향한 통로가 되는 것입니다. 다음 인공을 가한 자연은 농업과 기술이 관련된 저술에 의해 알려져 있습니다.

▮ 제2장 ▮

둘째는 사회의 역사입니다. 이는 비망록, 완전한 역사, 고문서로 나뉩니다. 비망록은 미완성의 역사학, 역사의 최초나 윤곽입니다. 주해와 기록(공적 행위의 집성, 이야기의 완전한 계속성이나 구성은 없음)의 두 종류가 있으며 사건이나 행위를 연속적으로 적나라하게 기록만 한 것입니다. 고문서는 파괴된 역사학, 역사의 잔존들입니다. 기념비나 전설, 기록이나 증거 등을 말합니다.

이 앞의 두 가지 역사에 대해 베이컨은 원래부터 불완전하게 혼합된 것이므로 결함은 그 본성에 지나지 않으므로 거론하지 않겠다고 말합니다.

마지막으로 완전한 역사는 연대기, 전기, 서사로 나뉘는데 연대기는 시간, 시대를 말하는 것, 전기는 인물을 말하는 것, 서사는 행위를 말하는 것입니다. 이 셋 중 가장 완벽하고 절대적인 것은 연대기입니다. 유용성과 효용성 면에서는 연대기보다는 전기가 낫고, 진실성과 성실성면에서는 서사가 연대기보다 낫습니다.

연대기의 결함에 대해 먼저 이야기하자면 근대사의 경우 몇몇 소수의 것만 가치가 있고 대부분은 보통 수준보다 이하입니다. 이 중 뛰어난 것은 홍백 장미의 통합으로부터 두 왕국(잉글랜드와 스코틀랜드)의 통합 기간, 미성년 왕의 치세(에드워드6세∼엘리자베스 여왕), 마지막으로 브리튼 섬이 다른 나라에 영향을 받지 않고 스스로의 힘으로 통합한 것입니다.

다음으로 전기에서는 그 저술이 줄어들고 있다는 것을 베이컨은 이상하게 여기고 있습니다. 절대 지배자나 주권군자가 그리 많지는 않으나 여전히 훌륭한 인물들이 많기 때문입니다.

마지막으로 개별 행위에 대한 서술, 즉 서사는 더 많은 노력이 요구되는 부분입니다. 물론 개개의 행위를 일일이 기록한다는 것은 어려운 일이지만 인내심을 갖고 빠짐없이 보고하고 기록한다면 적합한 저자가 나올 때 큰 가치가 될 것입니다.

더불어 역사학의 또 다른 분야로 코르넬리우스 타키투스가 정하고 있는 분야가 있습니다. 이것은 연대기와 일지로 이루어져 있는데 전자는 국가의 문제, 후자는 비중이 낮은 행위나 사건을 기술한 것입니다. 또 기억할 만하다고 생각하는 행위의 역사를 여기저기 삽입하여 저자의 담론이나 관찰을 덧붙인 형식의 저술도 있고, 여러 가지가 혼합된 우주지의 역사도 있습니다.

▌제3장▐

종교사는 교회사, 예언사, 섭리사로 분류됩니다. 교회사는 교회의 시대를 서술하는 것으로, 예시로는 노아의 방주, 율법의 석판, 사원의 입법 상자와 같은 것들입니다. 예언사는 예언과 성취로 성립되며 따라서 그 예언은 각 시대에 걸쳐 예언을 성취한 사건과 함께 배열되어야 합니다. 그리고 이 신앙을 확실히 하기 위해 교회에서 아직 성취되지 않은 예언에 관해 분명하게 해석해 주는데 필요한 작업을 해야 합니다. 섭리사는 신이 계시한 것의 기록입니다. 이것은 매우 불명료하며 이성만으로 생각하는 사람은 읽을 수 없는 부분입니다. 신이 그를 믿는 사람들에게 믿지 않는 사람들의 말에 반박할 수 있도록 비밀스럽게 적어놓은 것이라 할 수 있습니다.

▌제4장▌

시(문학)는 운율을 가지고 있는 말이며 많은 자유가 허용되어 상상력과 관련 있는 학문입니다. 따라서 어떠한 물질의 법칙에 매여 있지 않아 자유롭게 자연과 분리된 것을 결합시키기도 결합된 것을 분리할 수도 있습니다. 이 시를 보는 관점에는 먼저 시의 문체에 대한 것으로 이것은 말의 기술에 속한 것이므로 여기서 다룰 수 없고 다음 학문의 주요 부분의 하나이며 허구의 역사로 보는 것입니다. 여기서는 후자의 관점으로 시를 언급합니다. 이것의 효용은 인간의 마음에 만족을 주는 것입니다. 참된 역사는 인간의 마음을 만족시킬 만한 것이 없어 시에서 더 크고 더 영웅적인 행위나 사건을 허구로 만들어 사람에게 만족을 주는 것입니다. 시의 특성에 따른 분류는 서사시, 극시, 비유시로 나눌 수 있습니다. 서사시는 과장하여 역사학을 모방한 것이며 극시는 현존하는 것처럼 보이게 하는 것, 비유시는 특별한 목적이나 생각을 표현하기 위해 사용되는 서술 방식입니다. 여기서 비유시는 또 다른 쓰임이 있는데 감추어 모르게 만들려고 하는 것입니다. 즉 종교와 정치와 철학 등의 비밀이나 신비가 우화나 비유담 속에 포함되는 경우라고 할 수 있습니다.

▌제5장▌

근원적인 지식에는 신학과 철학이 있습니다. 철학은 신의 철학, 자연 철학, 인간 철학(인문학)으로 나뉩니다. 그러나 여기서 베이컨은 이러한 분류로 들어가기 전에 보편적인 학문을 확립하는 것이 더 중요하다고 말하며 보편적, 근원적 철학은 '어떤 특별한 분야의 범위에도 들어가지 않고 비교적 공통적이고 높은 단계에 있는 모든 유익한 관찰이나 공리의 용기'라고 말하고 있습니다.

▌제6장▐

신의 철학 즉, 자연 신학은 신에 관한 지식의 기초입니다. 여기서 유의할 점은 종교와 철학을 혼동하지 않아야 한다는 것과 신의 진리를 우리의 이성으로 끌고 내려오려고 하지 말아야 한다는 것입니다 (이 경우에는 무신론으로 이어질 가능성이 있다고 봄). 그리고 이 분야에는 부족함이 있다고 말할 수 없다고 베이컨은 밝힙니다.

▌제7장▐

자연 철학은 원인의 규명(자연의 원리 발견)과 결과의 산출(그것의 활용)의 분야가 있습니다. 이 경우에 후자에 있어서 오용, 남용되는 경우를 주의해야 합니다. 또 자연에 대한 학문은 형이하학(자연과학)과 형이상학으로 구분됩니다(이후 형이상학에 대한 개념 재정의가 이루어집니다). 형이하학은 첫째는 사물의 구조와 구성, 둘째는 원리나 사물의 요소와 근원, 셋째는 사물의 다양성과 개별성에 관한 것입니다. 형이상학은 자연에 대한 형식적 원인과 궁극적 원인의 탐구를 말합니다.

▌제8장▐

자연 철학의 마지막 부분으로 수학이 있습니다. 수학은 형이상학의 한 분야라고 하는 것이 적절합니다. 또한 피타고라스는 수를 사물의 요소나 근원으로 보았습니다. 수학은 순수한 것과 혼합된 것이 있는데 순수 수학에 속하는 것은 한정된 양을 다루는 것(기하학과 산술), 혼합된 수학은 자연 철학의 여러 공리와 분야입니다. 순수 수학의 뛰어난 효용을 사람들이 충분히 이해하지 못하는 것이 아쉽습니다.

▌제9장▐

마지막으로 인간 철학입니다. 인간 철학에는 개별적인 것과 사회적인 것이 있습니다. 개별적인 것은 육체와 마음으로 나뉩니다. 이것은 그 자체를 밝히는 해명과 그것이 다른 것에 작용을 하는 영향으로 이루어집니다. 또한 육체와 마음이 함께 상호적인 지식으로 존재하는 것으로 정신병을 치료하는 예를 들 수 있습니다. 이것은 마음이 육체에 작용을 주는 것입니다.

▌제10장▐

구체적으로 인체에 관한 지식을 살펴보자. 인체의 완전한 상태는 건강, 미, 힘, 기쁨이며 이에 관련한 지식에는 의학, 장식, 활동, 색욕이 있습니다. 먼저 의학은 다른 학문과 다르게 결과로 평가되는 특성이 있습니다. 사람의 병을 고쳤느냐 고치지 못 했는지로 결정되는 것입니다. 또 이것은 연구로 이루어지기보다 직업으로 이루어지는 경우가 많습니다. 이 의학의 문제는 진지한 노력(연구)이 부족하며 해부학이 이전에 이루어진 것에만 의존해 발전이 없습니다. 또한 불치

병의 경우 그냥 포기해 연구나 치료를 중단해 버리고 마는 경우가 있는데 이는 잘못입니다. 의사는 육체의 병을 고치는 것과 더불어 사람의 괴로움을 경감시킬 의무도 있기 때문입니다.

장식은 사람의 용모를 말하는데 청결이 가장 우선입니다. 여기서 베이컨은 여성의 인공적 장식에 대해 훌륭하지 못하면서 아름답지도 못하고 건전하지도 않은 것이라며 비판하고 있습니다.

활동은 힘과 민첩성을 드러내는 실제 활동과 곤란을 헤쳐 나가는 능력과 참을성을 의미하는 인내력을 동시에 의미합니다. 이것에 대해서는 철학적 연구가 잘 이루어지지 않았습니다.

마지막으로 색욕의 문제점은 이를 통제하는 법률이 없다는 것인데 요술과 같은 것을 의미합니다.

▌제11장▌

여기서는 마음에 대해 구체적으로 살펴봅니다. 마음은 그 본성과 능력(기능)으로 나눌 수 있습니다. 본성은 종교에서 벗어날 수 없고 능력은 영혼의 지식에 관한 분야를 파생시키는데 점이나 주문이 있습니다. 여기서 점은 기술적인 것과 자연적인 것으로 나뉘어져 있으며 이 중 기술적인 것은 마음에 의해 예언하고 징후나 표정으로 결론을 내립니다. 이 기술적인 것은 두 종류로 나뉘는데, 하나는 의론과 더불어 여러 원인을 끌어내는 합리적인 방법이고 다른 하나는 결과의 우연한 일치에 근거를 두는 실험적인 것입니다. 여기서 나타나게 될 매혹이나 신들림은 상상력이 육체에 영향을 미쳐 생기는 일입니다.

▌제12장▌

제11장에 이어 마음의 능력에 관한 지식에 대해 알아봅니다. 여기에는 오성과 이성에 관한 것과 의지와 기호와 감정과 관련한 것입니다. 전자는 견해와 판단으로 후자는 행동과 수행으로 이루어져 있습니다. 이 둘은 상상력을 통해 중재가 됩니다. 먼저 이성적인 지식에는 지적인 기술 4가지가 있습니다. 첫째는 구하거나 찾는 것을 발견하는 것, 둘째는 발견된 것을 판단하는 것, 셋째는 판단한 것을 유지하는 것, 넷째는 유지된 것을 전달하는 것입니다.

▌제13장▌

앞서 말한 지적인 기술의 첫째인 발견에 대해 구체적으로 알아보면 발견은 기술과 학문, 말과 의론에 대한 것으로 나뉩니다. 전자의 결함은 논리학이나 공리를 발견할 것을 생각하지 않고 경험에만 의존한다는 것입니다. 또 귀납의 형식을 이용하는데 이는 오류가 많습니다. 다음 말과 의론에 대한 발견은 엄밀히 말하면 발견이 아닌 이미 알고 있는 것을 되찾는 것입니다. 이는 준비(몇 가지 주제에 대해 미리 준비하는 것)와 암시(특정 주제에 대해 떠올려 마음을 향하게 하는 것)으로 이루어집니다.

▌제14장▌

다음으로 발견된 것에 대한 판단이 있습니다. 판단은 입증이나 논증의 문제를 다루는 것으로 귀납법에 관해서는 발견과 일치하는 데가 있습니다. 삼단논법의 입증은 이와는 형식이 다른데 직접적인 입증이 아니라 중간사에 의하므로 중간사의 발견과 결론의 판단이나 추론과는 별도의 것입니다.

판단의 기술에는 두 가지 이론이 있는데 이는 지시와 경계로 나뉩니다. 지시는 결론, 추론, 삼단논법의 참된 형식을 형성하는 것으로, 그 결론을 변화와 편향에 의해서 오류와 잘못된 추론을 정확히 판단할 수 있게 됩니다. 즉 삼단논법에서의 명제들과 명제의 부분인 단어에 대한 검토가 이루어지는 것입니다. 경계는 미묘한 형식의 착오나 함정을 발견하여 이를 반론, 논파하는 것입니다. 논파법은 지식의 여러 가지 영역에 적용되는데 첫째로 논리학과도 관계되고 아리스토텔레스의 형이상학 등에도 관계됩니다. 이는 본질, 즉 실체의 공통적인 속성에 관한 것을 다루는 분야입니다. 둘째로 인상의 강도로 작용하려는 유혹을 경계하도록 하고 셋째 인간의 마음속에 심원한 착오에 관계합니다.

▌제15장▐

그 다음은 지식의 보존, 유지하는 것입니다. 이는 저술과 기억으로 인해 이루어집니다. 저술은 문자의 성질과 쓰는 순서에 대한 분야가 있는데 이렇게 어떠한 주제에 대해 써놓는 것은 매우 유용하고 중요합니다. 다음 기억에는 예지와 상징적 그림이 있는데 전자는 전부터 알고 있던 것을 회상하는 것이고 후자는 지적인 개념을 심상으로 환원하여 기억하는 것입니다.

❙ 제16장 ❙

마지막으로 지식의 전달이 있습니다. 지식의 전달은 그것을 전달하는 수단과 도구, 전달하는 방법, 전달을 풀이하는 것에 대한 내용으로 이루어집니다. 먼저 지식을 전달하는 수단에는 말과 글이 있습니다. 이는 기호가 개념과 유사하거나 일치하는 상형문자나 몸짓이 있는데 여기서 문법의 학문이 발생합니다. 또 인습적인 것은 현실의 문자와 언어를 의미합니다.

❙ 제17장 ❙

다음은 지식의 전달에 대한 방법입니다. 이것에는 많은 논쟁이 있어 연구가 이루어지지 못했는데 전달 방법은 지식을 사용하고 이를 진전시키기 위해 굉장히 중요한 부분이라 베이컨은 말하고 있습니다. 전달 방법에는 성급하게 도달된 지식을 검증하는 방법, 아포리즘과 중요한 논고방법(여러 가지 담화를 넣고 실례를 들어 완결하는 기술을 의미, 이는 동의를 얻기에는 적합하지만 행동방향을 제시하기에는 적절하지 못하다), 의문을 제시하고 해결하는 방법, 취급되는 주제나 내용에 의한 방법, 지식의 본성과 선입견을 호응하여 전달하는 방법 등이 있습니다.

❙ 제18장 ❙

그리고 전달된 지식의 풀이는 수사학, 웅변과 관련되어 있습니다. 수사학은 이성에 상상력을 더해 의지를 보다 잘 움직이도록 보좌하는 것인데 이에 대한 비판은 많습니다. 플라톤은 수사학을 쾌락적 기술로 칭하며 불건전한 것을 좋게 만들려는 것이라고 말했습니다. 그러나 베이컨은 이에 반대하며 사람이 이성에만 순종할 수는 없기 때문에 이성을 보좌해줄 수 있는 수사학이 필요하다고 말합니다.

▌제19장▐

제17장에 이어 지식 전달에 관한 것을 보충하고 있습니다. 여기서는 비평과 교육에 대한 이야기를 합니다. 비평가가 책을 쓸 때의 폐해가 있는데 먼저 비평가 자신이 이해하지 못하는 부분을 잘못 써진 것이라 생각합니다. 다음으로 주해와 주석을 분명하지 않는 대목은 피하고 명백한 것만 설명한다는 것 등이 있습니다. 교육적 지식의 전달에 대한 내용으로는 여러 지식의 시간과 시기가 결정되어야 하며 쉬운 것에서 어려운 것을 가르치고 다시 쉬운 것을 제시해야 한다고 말합니다. 또 지성의 특성에 따라 학문을 적용해야 하며 학습 과제의 순서에 유의해야 한다고 합니다.

▌제20장▐

이제 인간의 기호와 감정에 대한 지식을 살펴봅니다. 지금까지 이에 대한 저술을 잘 이루어지지 않았다. 그러나 그 뛰어난 목표에 도달하기 위한 인간의 의지를 어떻게 만들고 억제하는 등의 대한 내용은 반드시 필요합니다. 이는 도덕적인 덕성과 이어집니다. 이러한 도덕적 지식의 근본적인 분류는 선의 실례나 형, 마음의 양생이나 교양으로 나눌 수 있습니다. 전자는 선의 종류와 선의 정도에 대한 이야기로 선의 정도에서 최고의 것은 최고선, 행복 등으로 불립니다. 이에 대해 철학자들은 선의 본성과 그 비교적인 성질을 이미 잘 분류해두었습니다. 선의 종류는 그리스도교에서 사적인 선과 공적인 선으로 나누고 공적인 선이 우선한다고 말합니다.

▌제21장▌

사적, 개별적인 선에 대한 내용입니다. 이는 능동적인 선과 수동적인 선으로 나뉩니다. 수동적인 선은 자신을 보존하고 유지하려는 것이며, 능동적인 선은 자신을 넓히고 늘리려는 것입니다. 여기서 베이컨은 후자인 능동적인 선이 더 가치가 있으며 다양하고 진보를 일으킵니다. 이렇게 어떠한 선이 더 위대한가에 대한 논쟁은 예전에도 있었는데, 그중에 소크라테스와 소피스트의 논쟁이 있습니다. 소크라테스는 마음의 평화를 가져다주는 수동적인 선이, 소피스트는 많이 바라고 많이 즐기는 능동적인 선이 가치 있다고 말했습니다.

다시 잠시 사회의 선에 대해 말하면 의무가 있습니다. 의무는 자기자신에 대한 통제를 말하는데 이는 국가의 일원으로서 주어지는 공통의 의무가 있고 직업, 천직 등에서 나타나는 특별한 의무입니다.

▌제22장▌

여기서는 인생의 노력, 즉 마음의 교양과 치료를 위한 이야기를 합니다. 이것은 굉장히 우월하고 중요한 분야이나 저술이 많지 않습니다. 이 지식은 첫째로 인간의 본성이나 성향, 개개의 기질을 설명하는 것이 있습니다. 둘째는 감정의 연구인데 이는 첫째에서 성질의 특색을 안 후 마음의 병과 약점을 알아야하는 부분입니다. 즉, 감정의 동요와 불쾌감을 말합니다. 셋째는 스스로 자유롭게 마음의 힘을 발휘하여 의지와 욕망에 영향을 주고 성격을 바꾸는 것입니다. 이는 치료법에 합성될 수 있는 것입니다. 이에 대해 아리스토텔레스는 성격은 고정되어 변할 수 없다고 했지만 베이컨은 변할 수 있다고 보았습니다.

이와 더불어 육체에 대한 조언으로는 너무 긴장하거나 너무 긴장하지 않으면 안 되며, 연습은 내킬 때와 내키지 않을 때 주로 2번 정도를 해야 하는 등의 것들이 있습니다.

더불어 교양은 마음이 좋을 때는 결의와 연습을 통해 고착시키고 나쁠 때는 속죄와 새로운 시작을 통해 제거하는 것입니다.

▌제23장▐

여기서는 인간 사회의 지식에 대한 내용을 말합니다. 여기에는 회화나 교제, 회의와 사무, 정치에 관한 것입니다. 첫째 회의나 교제는 말이나 다른 태도의 통제, 표정관리에 대한 내용입니다. 여기서 주의할 점은 너무 이것에 치우치면 가식적이고 시간을 허비할 수가 있다는 것입니다. 그러나 태도는 마음의 의복이라 하듯이 중요한 부분을 차지합니다. 다음 회의나 사무는 사회생활과 관련된 것으로 학문이 있는 사람들이 경멸하는 부분이기도 한데 다양하고 변하는 것입니다. 베이컨은 이를 다양한 예를 들면서 설명했습니다. 마지막으로 정

치는 보편적인 것이 있다는 점에서는 학문과 유사합니다. 정치에서
주의할 점은 운명을 이기고 개선해야 하며 신념의 더딤과 불신, 즉 불
쑥 나오는 말에서 신뢰가 더 들어난다는 것이 있습니다. 또 자신의
속내를 쉽게 드러내서는 안 되고 공평한 견해를 가지고 허영심을 가
져서는 안 됩니다. 그리고 상대를 잘 파악하고 본성과 목적에 의해
통찰을 해야 하는 등의 부분이 있습니다.

▌제24장▐

　여기서 베이컨은 인간적 지식에 관한 분야를 마무리하고 자신의
저술을 돌이켜봅니다. 베이컨은 이 저술에서 학문에 대한 비판도 서
슴없이 하였는데 이는 지금은 듣기 싫은 소리일 수도 있으나 이것이
나중에 더 자신의 능력을 발전시킬 것이라 말합니다.

▌제25장▐

　여기서는 마지막으로 신학에 관한 이야기를 하고 있습니다. 베이
컨은 인간이 인간의 의지 속에서 반대를 발견하더라도 그 법률을 따
라야 한다고 말하면서 감각에 적합한 것을 따라서는 안 된다고 말합
니다. 즉 신학은 우리가 지금 알고 있는 것처럼 인식하는 것이 아니
라 그대로 믿는 것이 더 가치가 있습니다. 다음으로 베이컨은 그리스
도교의 신앙을 다른 종교에 비교하며 그 우월성을 말합니다. 그리스
도교는 중용성을 가졌고 그리스도교만이 토론을 인정하고 배제도 하
고 있다고 말합니다.

종교는 인간의 이성에 효용이 두 가지가 있습니다. 첫째는 신의 신비가 우리에게 계시되는 개념과 이념에 있는 것으로 우리는 그 계시를 우리 이성의 개념의 토대로 두고 사용합니다. 둘째는 교의와 지시의 추론과 연역인데 이는 이성과 토론의 사용이 우리에게 허용된다는 것입니다.

신학에 결함이 있다면 그것은 이성의 한계나 효용이 신의 논리로서 충분히 탐구되고 있지 않다는 것입니다.

이어 베이컨은 신학의 두 부분인 교시나 계시의 내용, 교시나 계시의 성질에 대해 이야기하며 그것의 힘과 완전성에 대해 이야기합니다.

그리고 성서의 해석과 관련한 연구를 인간의 이성이 아닌 영감에 의해 주어진 것이라 말하며 몇 가지 성서의 해석을 예시로 들고 있습니다.

마지막으로 교시의 내용과 성질, 두 부분이 결과로 신학의 주요 분야인 신앙, 의무의 법칙, 의식 통치의 형식이 생겼다고 말합니다.

❷ 작품 분석하기

(1) 내용

┃제1부┃

제1부는 학문, 지식에 대한 가치를 증명하는 것이 주를 이룹니다. 이는 베이컨이 지식 기반의 사회를 추구했음을 알려 줍니다. 먼저 제

1부는 학문이 받는 오해에 대한 변론으로 시작합니다. 여기서 그는 신학에서 받을 수 있는 학문에 대한 비판에 대한 변론에서 학문은 그 것이 스스로 신이 되어 선과 악을 구분하려는 것이 아닌 인류의 유익을 위한 것임을 명시하며 학문이 신학을 비판하거나 무신론으로 이어지려고 하는 것이 아님을 밝힙니다. 또한 정치적 비판에 대해서 지식이 정치에 얼마나 필요한 지를 입증하며 통치뿐 아니라 그 통치를 받을 시민들을 키워내기에도 반드시 필수적인 것임을 강조합니다. 더불어 베이컨은 지금까지 학문이 저지른 과오에 대해서 이것은 잘못된 목적을 추구하다 벌어진 일이라 말하며 학문이 신을 위해, 인류를 위한 목적과 결합한다면 과오를 극복할 수 있다고 말합니다.

앞선 이야기들을 통해 베이컨은 학문에 대한 오해를 풀고 이어 질서를 유지하고 불신앙과 과오를 치료하고 예방할 수 있으며 개인의 도덕을 키우고 통치 및 군대에도 향상을 가져오는 등의 학문의 가치에 대해 직접적으로 언급하며 지식에 기반한 통치, 사회가 이루어져야 함을 역설했습니다.

▌제2부▐

제2부에서는 다양한 학문을 분류하고 이에 대해 설명하는 것에 중점을 두었습니다. 그리고 각 학문에 연구에 결함이 있을 수 있는 부분들을 밝히며 이것이 극복되어야 한다고 말합니다. 먼저 인간 오성의 기능에 따라 역사학, 시, 철학, 세 부분으로 나눕니다. 그리고 신적 학문에 대해서도 이야기하는데 베이컨이 주안점을 둔 것은 전자,

즉 인간적 학문입니다. 이어 베이컨은 인간적 학문을 상세 분류하면서 설명했습니다. 굉장히 다양하고 구체적으로 분류하여 설명하는데, 이는 베이컨의 범지론적 이상에서 비롯한 것이라 할 수 있을 것입니다.

(2) 형식

이 작품에서 베이컨이 주로 사용하는 내용 전개 방식은 크게 예시와 분류라고 할 수 있습니다. 베이컨은 자신의 견해를 입증하기 위해 옛 로마의 황제들이 통치하던 시대를 언급하기도 하고, 성서에 나오는 솔로몬, 사도 바울 등의 이야기를 통해 신학에서 언급하는 학문이 어떠한가에 대해 해석하기도 합니다. 또한 플라톤, 아리스토텔레스 등 여러 철학자들의 연구결과나 그들의 생각을 인용해 비판 또는 동의하기도 합니다.

또 베이컨은 분류를 통해 학문의 전체적인 내용을 보여 줍니다. 이는 제2부에서 베이컨이 학문을 분류하는 부분에서 잘 알 수 있습니다. 그는 먼저 인간적 학문과 신적 학문을 분류하고 인간적 학문을 역사학, 시, 철학으로 다시 분류하며 또 이 각각을 하위항목들(예를 들어 역사학은 자연사와 시민 사회의 역사로, 시는 서사, 극, 비유로, 철학을 자연 신학, 자연 철학, 인간 철학으로)을 세세하게 분류함으로써 다양하고 폭넓은 내용을 구체적으로 다루려고 노력했습니다.

프란시스 베이컨(Francis Bacon, 1561~1626)은 영국 출생의 철학자이자 법률가입니다. 베이컨은 어린 시절부터 여러 학문 분야에 관심을 갖고 있었습니다. 그는 자신이 대학교에서 받은 교육 중에서 스콜라 철학과 관련된 학문이 쓸데없다고 생각했습니다. 스콜라 철학이란 쉽게 말해서 기독교 신앙을 체계적으로 정리하고 이를 이성을 통하여 입증하고 이해하려 했던 중세 철학입니다. 베이컨은 학문의 진보를 이루기 위해서는 과학적 방법의 개혁이 필요하다고 생각했습니다.

베이컨은 〈학문의 진보〉에서 이성적 사고와 과학적 방법론을 강조했습니다. 지금은 너무나 당연하게 생각되지만, 베이컨이 이러한 주장을 했던 시기에는 '신의 섭리에 근거한 생각'이 당연시되는 사회였기 때문에 베이컨의 주장은 굉장히 혁신적인 것이라고 볼 수 있습니다. 성경에 나와 있는 말을 진리로 여기는 사람들에게 당신들의 생각은 과학적이지 못해서 틀렸다고 말한다는 것을 현재의 우리에게 빗대어 본다면 아주 당연하게 여기는 상식이 근본부터 틀렸다고 말하는 것과 동일한 일입니다. 그 정도로 베이컨의 주장은 파격적이었을 것입니다. 이런 자연과학적 시도는 후세 사람들이 그를 '근대 경험론의 선구자'로 평가하게 만들었습니다.

베이컨은 법률가로서 최고 지위인 대법관까지 올라갔으나, 뇌물 수수 혐의를 받고 60세의 나이로 공직에서 물러나게 되었습니다. 그

후 그는 학문의 올바른 방법론에 대해 방대한 글을 쓸 생각을 하게 됩니다. 하지만 그의 생각과 달리 총 6부로 구상된 〈대혁신 Instauratio Magna〉은 저술을 위해 당연히 필요했을 그 당시 다른 과학자들의 연구 성과에 대해서 제대로 알지 못했기 때문에 흐지부지 되고 말았습니다.

베이컨은 말년에 자신이 추구하던 실험을 하던 중 실외에서 많은 시간을 보내게 되었고, 영국의 춥고 습기 많은 날씨 상황에서 걸린 폐렴이 심해져 1626년 4월 9일 사망했습니다.

아래는 작가 연보입니다.

1561년	1월22일, 런던의 요크하우스에서 탄생.
1573년	형인 앤소니 베이컨과 케임브리지 대학의 트리니티 칼리지에 입학.
1577년	앤소니와 대학을 떠남.
1578년	그레이 인 법학원에 입학. 주 프랑스 대사의 수행원으로 프랑스로 감.
1579년	아버지 니콜라스 베이컨 사망. 프랑스에서 영국으로 돌아가 그레이 인 법학원에서 법관으로 활동.
1582년	그레이 인 법학원에서 하급 변호사 자격 획득.
1584년	멜콤 레지스 지역의 대의원으로 당선(이후 많은 선거구에서 대의원으로 당선, 이는 백부의 후원의 의한 것).
1585년	《시간의 최대의 탄생》 집필.

1586년   그레이 인 법학원 간부로 선출. 탄톤 선출의 대의원
         이 됨.

1587년   스코틀랜드 여왕 메리의 처형.

1588년   그레이 인 법학원의 강사로 취임. 에섹스 백작의 서
         클에 가입.

1589년   리버풀 선출의 대의원이 됨. 스타 법원 서기관 계승
         권을 얻음.《영국 교회 논쟁론》을 집필(당시 청교도에
         의한 영국 국교회 공격이 격렬해짐).

1590년   영국 국교회 옹호의 여왕을 처치하는 것에 찬성의
         편지를 익명으로 작성.

1591년   여왕이 총신 에섹스 백작과 교섭.

1592년   《쾌락의 회의》를 에섹스 백작의 가면극을 위해 집필.

1593년   미들섹스 선출의 대원이 됨. 의회 연설에서 여왕에
         대한 헌금 문제로 귀족과 의견 충돌하여 이로 인해
         여왕의 노여움을 삼.

1594년   변호사로 활동. 에섹스 백작에 의해 법무장관, 차관
         으로 추천되나 실현되지 않음. 케임브리지 대학에
         서 마스터 오브 아트의 칭호 받음.《의사 로페즈 반
         역의 진상》집필. 1597년《수필집》,《종교 명상》,
         《선악의 빛》출판.《법률의 격언》집필. 부자인 하튼
         미망인과 결혼을 꾀했으나 실패. 사우샘프턴 선출
         의 의원이 됨.

1598년	《인간의 생활에 대해》집필. 채무로 인해 체포.
1599년	에섹스 백작이 아일랜드 출정하나 군대의 대부분을 잃고 귀국함. 이에 여왕이 노여워하여 이 문제에 대해 베이컨이 충고.
1600년	요크하우스에서 에섹스 백작 심문이 이루어짐. 이때 베이컨은 자신의 입장을 생각해 엄격한 태도로 임하여 에섹스 백작은 6주 후 석방.
1601년	에섹스 백작이 무력으로 궁정을 차지하려 했으나 실패 후 체포되고 처형. 〈에섹스 백작, 로버트의 반란 계획 및 실행의 보고〉 기초를 씀. 형 앤소니 사망. 세인트 올번스 선출의 대의원이 됨.
1603년	엘리자베스 여왕 서거. 스코틀랜드 왕 제임스 6세가 영국 국왕 제임스 1세로 즉위하고, 베이컨은 기사 작위 수여받음.《학문의 진보》집필.《잉글랜드와 스코틀랜드 두 왕국의 행복한 결혼》출판.《자연의 해석 서》집필.
1604년	잉글랜드와 스코틀랜드 합병 문제에 대해 의회에서 활약.《잉글랜드와 스코틀랜드 두 왕국의 합병에 관한 논고 혹은 고찰》집필.《죽은 에섹스 백작에 관한 비난에 대해서 프란시스 베이컨의 변명》,《영국 국교회의 보다 더한 융화와 교화에 관한 고찰을》집필.

1605년	《학문의 진보》출판. 화약 음모 사건 발각.
1606년	앨리스 바넘과 결혼.
1607년	법무차관으로 취임.《반성과 사색》집필.
1608년	스타 법원의 서기관으로 취임.《영국의 참다운 위대함에 대하여》를 국왕에게 전함.
1609년	《아일랜드의 식민론》을 국왕에게 전함.《옛 사람의 지혜에 대하여》출판.
1610년	어머니 앤 베이컨 별세.
1611년	《흠정 영역 성서》출판.
1612년	《수필집》제2판 출판. 사촌동생 솔즈버리 백작 별세 후 베이컨 정계에서 활약. 금역 재판소의 판사로 취임. 재정위원회가 조직되고 위원으로 활동. 봉찬 모금의 위원으로 활동.
1613년	법무장관으로 취임. 이너 템플과 그레이 인 법학원의 가면극에 도움.
1614년	법무차관, 장관의 자리를 다툰 에드워드 코크와의 관계 악화.
1616년	추밀원의 고문관으로 취임.《영국 법률 편찬 개선에 관한 국왕 폐하에의 전언》집필.
1617년	국새상서에 임명.
1618년	대법관으로 취임. 웰렘 남작이 됨.
1619년	《노붐오르가눔》출판.

1621년	세인트 올번스 자작이 됨. 기강 숙정 문제(수뢰)로 기소 후 옥새를 회수당함. 이후 런던탑에서 유폐당하다 석방. 고르햄베리에서 은퇴.
1622년	《헨리 7세 치세사》,《자연과학 및 실험사》출판.《성전에 관한 논》집필.
1623년	《삶과 죽음의 역사》,《학문의 진보》출판. 《헨리 8세의 치세사》집필. 《숲 속의 숲》집필.
1624년	《스페인과의 전쟁 고찰》집필. 《시편 영역》집필. 《신구 역언집》집필. 《뉴 아틀란티스》집필.
1626년	하이게이트에서 폐결핵에 걸림, 이후 4월 9일 사망.

❹ 시대와 연관 짓기

당시 16세기는 군주의 권력이 급속하게 강화된 시기였습니다. 이에 따라 그 주변에는 많은 정책 조언자들이 활동했습니다. 그들은 자신은 군주가 될 수 없는 몸이었기 때문에 군주의 권력을 빌어 자신의 철학을 구현하려고 한 것입니다. 많은 경쟁자들을 제치고 자신의 철학을 구현하기 위해서는 군주를 설득해 자신의 철학이 가자 건전하며 훌륭한 것임을 증명해야 했습니다. 따라서 당시 조언의 관행을 보면 다른 조언자를 비판하고 그에 따른 대안을 제시하는 형태로 이루어졌습니다. 이러한 흐름 속에 베이컨 역시 자신의 철학을 구현하기 위해 이와 같은 활동을 한 것입니다. 당시 많은 조언자들은 대부분 플라톤이 말한 철학자 왕, 마키아벨리가 말한 영리한 군주처럼 통치에 적절한 지식을 갖춘 군주가 되어야 한다고 말했습니다. 이에 반해 베이컨은 군주는 지식의 후원자가 되어야 한다고 말합니다. 즉 군주 자신이 뛰어난 지식을 갖추고 있는 것도 좋지만 더 중요한 것은 군주가 학문을 위한 후원, 즉 학문 연구를 위한 시설을 축조하거나 저술을 출판을 후원하는 것이라고 말했습니다. 이러한 자신의 철학을 구현하기 위해 베이컨은《학문의 진보》를 저술하여 학문의 가치에 대해 역설하고 이를 위해 국가가 해야 하는 여러 일들에 대해 언급한 것입니다.

❺ 작품 토론하기

1 학문을 보는 관점에는 내재적인 관점(대상을 그 자체가 의의가 있다고 여기는 경우)과 외재적인 관점(대상 자체로의 의의보다는 그 대상을 다른 목적을 달성하기 위한 수단으로 여기는 경우)이 있습니다. 베이컨의《학문의 진보》는 당시 영국의 국왕 제임스 1세에게 바쳐진 글입니다. 베이컨은 이 저서를 통해 제임스 1세에게 등용되기를 희망했다고 전합니다. 이것은 학문을 외재적인 관점으로 자신의 목적을 달성하기 위한 수단으로 사용한 것인데 이를 학자로서 적절하다고 볼 수 있는가요?

▶갑 : 저는 적절하지 않다고 생각합니다. 먼저 베이컨은 학문의 가치에 대해 군사적, 정치적으로 큰 도움이 된다며 역사적인 예시를 들어가며 이야기하고 있습니다. 그러나 학문의 가치를 언급할 때 학문이 가진 내재적인 가치, 예를 들어 의문을 해결하는 내적인 기쁨이나 만족감 등은 언급하지 않습니다. 이는 베이컨이 학문을 수단으로 여기는 모습을 잘 보여 줍니다. 그러나 이렇게 외재적인 가치를 중시할 경우 학자들 역시 학문 자체를 진보시키는 데 큰 노력을 기울이지 않아 발전하지 못할 것이며 출세의 도구로만 생각해 이를 악용할 가능성이 커질 것이라 생각합니다.

▷을 : 저는 적절하다고 생각합니다. 물론 학문은 내재적인 가치가 있습니다. 그러나 학문의 내재적 가치만을 생각해서 학자들이 정말 연구만 한다면 어떻게 될까요? 아무리 훌륭히 연구된 학문이라도 그저 종이 위에 있는 글자로만 남을 것입니다. 따라서 이러한 학문을 연구하고 더 나아가 이를 잘 활용하는 것 역시 중요한 부분인 것입니다. 베이컨은 이러한 측면에 더욱 관심을 가진 것입니다. 따라서 학자들이 자신의 연구를 하고 그를 올바르게 군사나 정치에 응용하는 것은 학문을 위해서도 국가의 발전을 위해서도 긍정적인 일이라고 생각합니다.

〈갑의 반론〉

▶갑 : 을에게 질문하겠습니다. 학문이 수단이 된다면 사람들이

학문을 출세에 필요한 학문만을 중시하고 그 외의 학문은 경시하게 될 것입니다. 그렇다면 학문의 불균형이 심각한 문제가 되지 않겠습니까?

▷을 : 먼저 학문이 수단적으로 사용된다는 것은 반드시 출세를 위한 것만은 아닙니다. 학문을 연구만 하는 것만으로는 부족하고 그것을 적절하게 활용하는 것이 중요하다는 것입니다. 베이컨 역시 자신이 가진 학문적 능력을 활용하기 위해서 《학문의 진보》를 통해 이를 실현하려는 것이었습니다. 이를 먼저 밝혀두겠습니다. 그리고 갑께서 말씀하신 학문의 불균형의 문제는 오히려 학자들을 더 등용하는 데서 해결할 수 있을 것입니다. 다양한 분야의 학자들을 국가에서 등용한다면 학문이 고루 발전할 수 있을 것입니다.

〈을의 반론〉

▷을 : 갑에게 질문하겠습니다. 저는 학문의 목적이 무엇에 있는지 묻고 싶습니다. 예를 들어 의학을 연구하는 이유는 무엇입니까? 그것을 통해 아픈 사람을 치료하기 위함입니다. 그렇다면 학문을 연구해서 그것이 국가의 발전에 도움을 줄 수 있음을 알았다면 자신의 학문을 수단삼아 국가 통치에 진출하는 것이 당연한 것 아닙니까?

▶갑 : 물론 학문이 연구되고 그 연구의 결과가 올바르게 활용되어야 한다는 것은 당연합니다. 그러나 저는 그것이 학자의 기본적인 역할이라고는 생각하지 않는다는 것입니다. 학자의 연구가 국가의 통

독후감 길라잡이

치에 충분히 도움이 될 수 있지요. 그러나 학자의 기본적인 자세는 학문을 연구하고 그것을 진보시키는 것입니다. 베이컨은 그러한 기본적인 자세를 저버리고 자신의 학문적 연구를 자신의 출세 수단으로 이용했다는 것이 잘못된 것이라 말씀드리는 것입니다.

❷ 베이컨은 당시 교육의 문제점으로 대학 관리자의 협의의 부족과 사찰을 태만히 한다는 점을 들고 있습니다. 여기서 베이컨은 교육기관을 국가에서 관리, 통제해야 한다는 주장을 하고 있으며, 현대에는 교육기관을 국가에서 관리, 통제하는 중앙집권적인 방식보다 학교의 자율적인 방식을 존중해야한다는 의견이 대두되고 있습니다. 중앙집권적인 방식과 학교의 자율성을 존중하는 방식 중 어느 것이 더 교육, 학문을 진보시킨다고 생각하는가요?

▶**갑 :** 저는 중앙집권적인 방식으로 교육기관을 국가가 통제, 관리하는 것이 적절하다고 생각합니다. 이를 논하기 위해서는 먼저 교육기관의 목적을 고려해봐야 합니다. 교육기관의 목적은 기본적으로 학생의 학문에 대한 호기심을 충족시켜 지적인 성장을 이루게 하는 것도 있지만 교육을 통해 국가의 발전에 이바지할 수 있는 사람으로 만드는 것 역시 중요한 목적입니다. 따라서 국가의 목표에 따라 그에 적합한 재원을 길러내야 하는 교육기관으로서는 국가의 관리를 받는 것이 후에 학생들이 국가를 위해 일할 때 더욱 수월할 것입니다.

▷**을** : 저는 학교의 자율성을 존중하는 방식이 적절하다고 생각합
니다. 사람은 여러 환경요인에 영향을 받는 존재입니다. 따라서 어떠
한 환경조건에서 자라났느냐에 따라 사람 개개의 특성이 다양해지기
마련입니다. 베이컨 역시 지식을 전달하고 교육하는 데 있어 교육과
정을 설계하는데 개개의 특성을 고려해야 한다고 말했습니다. 그러
나 국가가 교육을 통제하게 되면 수많은 교육기관을 대상으로 하기
때문에 효율성을 우선으로 생각할 수밖에 없습니다. 그렇게 된다면
사람 개개의 특성을 고려하는데 소홀하게 되고 결국 일관적인 정책
을 시행할 수밖에 없을 것입니다.

〈갑의 반론〉

▶**갑** : 을에게 질문하겠습니다. 교육기관의 역할 중의 하나는 학생
들을 교육시켜 그 능력에 따라 알맞은 곳에 배치시키는 것입니다. 그
런데 학교의 자율성을 존중하여 배우는 학문이 너무 차이가 난다면
나중에 사회에 진출할 때 본인에게나 사회에게나 많은 어려움을 주
지 않을까요?

▷**을** : 학생들을 교육시키고 능력에 따라 알맞은 곳에 배치시키기
위해서는 저는 오히려 그 학생의 개개의 특성을 충분히 발전시키기
위한 교육이 선행되어야 한다고 생각합니다. 만약 배운 학문에 차이
가 있다면 그 배운 학문을 가장 잘 활용할 수 있는 곳에 배치가 되면
될 것입니다. 물론 이것이 처음에는 서로의 차이 때문에 시행착오가

조금은 더 생길 수는 있겠지만 장기적으로 보았을 때 더 좋은 결과를 창출하지 않겠습니까?

〈을의 반론〉

▷을 : 갑에게 질문하겠습니다. 국가의 획일적인 교육 통제 및 관리로 특정분야에 충분히 뛰어난 능력이 있음에도 그것을 발휘하지 못하는 경우가 생긴다면 이는 불공정한 처사이자 사람들의 능력을 오히려 저지하는 것이 아닌가요?

▶갑 : 국가의 교육기관은 개인이 아닌 공동생활이 이루어지는 곳입니다. 교육 역시 많은 사람을 대상으로 이루어지게 되는데 개개인의 특성을 다 고려한다면 오히려 무엇 하나 제대로 교육이 되지 않을 것입니다. 그렇기 때문에 먼저 기본적으로 중요하다고 생각되는 학문들을 국가에서 선정해 가르치는 것입니다. 그것은 개인의 특성, 능력을 발전시키는 기본 토대가 될 것이므로 그들의 발전에 도움을 줄 수 있습니다.

❻ 독후감 예시하기

▷▶독후감 1

베이컨은 영국의 대표적인 철학자입니다. 그의 다양한 저술 중에서도 《학문의 진보》는 그의 사상이 가장 잘 정리된 것으로 꼽힙니다.

총 2부로 나뉘어져 있는 이 책은 제1부에서는 학문이 받는 비판과 그의 해소, 학문의 가치에 대해서 이야기하고 제2부에서는 전반적인 학문의 분류와 그 내용, 이를 진보시키기 위한 다양한 방법들로 이루어져 있습니다.

그렇다면 베이컨은 자신의 사상을 어떤 방식으로 전개시키고 있을까요? 먼저 예시의 방식입니다. 베이컨은 독자의 이해를 돕기 위해 굉장히 많은 예시를 들고 있습니다. 학문이 비판을 해소할 때나 가치를 언급할 때, 학문의 내용을 설명할 때 등 다양한 예시, 특히 주로 성서의 나오는 인물들(솔로몬이나 바울 등), 고대 로마의 황제들의 이야기 등을 통해 자신의 견해를 구체적으로 설명하고 있습니다. 이는 독자의 이해를 돕기 위한 것으로, 한 가지 아쉬운 점은 이러한 예시들이 성서나 고대 로마의 역사 등에 대한 배경지식이 없는, 잘 알지 못하는 사람들에게는 전혀 이해가 되지 않을 뿐 아니라 오히려 책을 읽는 데 방해가 될 수 있다는 점입니다. 다음은 분류의 방식이며, 이는 특히 제2부에서 잘 드러나는 방식입니다. 다양한 학문을 포괄할 수 있는 근원적인 학문을 시작으로 그에서 파생되어지는 학문들을 분류하기도 하고 학문을 진보시킬 수 있는 발견, 판단, 유지, 전달의 방법을 분류하여 제시합니다.

다음으로 시대상황, 작가인 베이컨의 생애와 관련지어 생각해 보세요. 일단 베이컨은 학문에 충분한 조예를 가진 학자였습니다. 그리고 법률가와 정치인으로도 많은 활동을 했습니다. 그러나 그가 가까이 했던 에섹스 백작의 반란과 여러 논쟁에서의 태도로 엘리자베스

여왕의 신임을 잃고 정치활동을 충분히 할 수 없었다고 합니다. 그러던 중 엘리자베스 여왕이 서거하고 제임스 1세가 왕위에 오르면서 그가 다시 정치생활에 도전을 하게 된 것입니다. 그는 《학문의 진보》를 통해 다시 왕의 신임을 얻고자 합니다. 이러한 부분이 잘 드러나는 것은 '국왕께 바침'이라는 부분에서 나타나는 왕에 대한 찬사를 통해 추측할 수 있습니다. 즉 이 《학문의 진보》는 그만큼 베이컨에게 굉장히 중요하고 또 그가 열심히 노력한 결과물이므로 저술의 목적이 비록 학문 그 자체를 위한 것이라 할 수는 없지만 그의 사상이 잘 녹아있는 작품이므로 충분히 그 가치가 있다고 생각합니다.

▷▶독후감 2

《학문의 진보》는 베이컨이 학문에 가지고 있는 견해를 알 수 있었던 책입니다. 주로 철학적인 내용이 주를 이루고 있어 사용되는 단어가 좀 생소하고 그 내용이 배경지식을 많이 요구하는 부분이 꽤 많아 쉽게 읽을 수 있는 책은 아니었습니다. 그러나 철학적 학문에 대해 조금이나마 구조적으로 접근할 수 있었고, 학문이 어떠한 가치를 가지고 있는지 이를 발전시켜야 하는지에 대한 내용을 풍부하게 알고 한 번 더 생각해보게 되었습니다. 구체적으로 책을 읽고 알게 된 점을 살펴보세요.

이 책을 읽고 알 수 있던 점 중에 하나는 베이컨이 굉장히 학문에 대한 사랑과 긍지가 높았다는 것을 알 수 있었습니다. 베이컨은 학문이 비판을 받는 여러 부분들에 대해 그것은 무지로 인해 오해라며 일일이 그 오해를 해소하려고 합니다. 이런 면에서 느낄 수 있듯이 베이컨은 학문이 많은 사람들에게 비판받는 것을 마음 아파합니다. 그리고 사람들에게 이런 오해를 풀어 사람들에게 정확하게, 그리고 그 학문의 가치가 올바르게 전해지기를 바라고 있습니다.

다음 느낀 점은 베이컨은 학문을 통해 국가, 사회의 발전을 꾀했다는 것입니다. 베이컨이 학문의 가치를 논하는 부분에서 알 수 있듯이 학자들을 등용해 국가를 운용하는 것이 가장 좋은 형태라고 말합니다. 따라서 베이컨이 생각한 이상적인 국가는 학문에 통달한 학자들이 국왕에게 조언하여 통치하는 국가인 것입니다.

또 베이컨은 학문이 연구되는 것뿐 아니라 이것이 제대로 후대에 전승되는 것 또한 매우 중요한 부분이라고 말합니다. 베이컨은 학문의 진보를 위해서는 국가의 도움이 필요하다고 하며, 이는 단순히 연구에 대한 지원만을 이야기하는 것은 아닙니다. 연구가 아무리 훌륭하더라도 이것이 후대에 제대로 전승되지 않으면 그것이 결함을 보완해서 발전할 수 없고 활용도 되지 않습니다. 따라서 학문이 제대로 저술되고 그 기록을 저장할 수 있는 도서관도 확충해야 할 것이라 말합니다. 즉 베이컨은 학문이 유지, 전승되는 것이 굉장히 중요합니다.

마지막으로 베이컨의 신학에 관한 태도입니다. 당시 영국은 그리스도교를 국교로 삼고 있었습니다. 더불어 베이컨 역시 종교에 대해 중요하게 생각했던 것입니다. 베이컨의 예에서도 알 수 있듯이 성서를 많이 인용하였고, 신학에 대해 이야기할 때 근원되는 학문이며 인간이 다룰 때 조심해야 한다고 말합니다. 이를 통해 베이컨의 신앙이 강했음을 알 수 있습니다.

이렇게 학문도 신앙도 강했던 베이컨은 이 〈학문의 진보〉라는 작품을 통해 자신의 견해를 많은 사람들에게 알리고 이를 읽은 사람들에게 학문이 가치나 진보의 방향, 그리고 다양한 학문의 내용을 간략히 알려 주었습니다. 모든 사람들은 자신만의 생각을 가지고 있습니다. 그러나 대부분은 그냥 머릿속의 생각으로 그치고 마는 경우가 많은데 베이컨은 작품으로 자신의 생각을 남김으로써 그가 책 속에서도 언급한 저술의 중요성을 스스로 입증하였고 후대 사람들에게 큰 유산을 남겨 주게 되었습니다.

독후감 제대로 쓰기

우리는 책을 통해서 지식을 쌓고 학문을 연마하게 됩니다. 또한 교양을 얻고 수양을 쌓게 되지요. 그리하여 즐겁고 보람 있는 생활을 할 수 있는 것입니다. 이러한 습관이 지속된다면 이것이 곧 나의 생활 자체가 되고, 책을 읽는 시간이 얼마나 가치 있고 즐거운 시간인지 깨닫게 될 것입니다.

독후감을 쓰기 위해서는 책을 읽어야 함은 말할 것도 없습니다. 그러나 아무 책이나 읽는다고 다 좋은 것은 아닙니다. 특히 중학생은 아직 양서를 구별할 만한 충분한 지식을 갖추지 못했기 때문에 선생님 혹은 부모님, 그리고 선배들이 권하는 책이나, 이미 국내적으로나 세계적으로 잘 알려진 명작이나 명저를 찾아 읽는 것이 바른 방법이라고 볼 수 있습니다. 예컨대 사회적으로 존경받을 만한 사람들의 일대기를 그린 위인전이나 자서전 같은 것은 읽을 가치가 있으며, 명시 모음집이나 명작 소설, 특정한 분야의 관찰기, 평론집 같은 것도 좋은 읽을거리가 될 수 있습니다.

그럼 효율적인 독서를 위해서 유의해야 할 점을 알아볼까요?

첫째, 본문을 읽기 전에 책의 앞부분에 있는 머리말이나 해설하는 글을 먼저 정독합니다. 그러면 책을 쓰게 된 동기나 평가 등에 대하여 잘 알 수 있게 되죠.

둘째, 목차를 잘 살펴봅니다. 목차에서 그 책의 내용이 어떻게 전개될 것인가에 대해 미리 파악할 수 있기 때문입니다.

셋째, 본문을 읽기 시작하면, 그 중에 잘 모르는 단어나 문구가 나오기 마련입니다. 그런 것은 곧 사전을 찾아 뜻을 알아두어야 합니다. 그런 것을 무시했다가는 자칫 전체를 이해하지 못하는 오류를 범할 수 있거든요.

넷째, 각 문단별로 소주제가 무엇인지를 파악하고, 그 줄거리를 요약하는 습관을 길러야 합니다. 특히 필자가 표현하려는 것과 그 뒷받침되는 내용이 무엇인지 알아내는 것이 필수겠지요.

다섯째, 글의 배경은 무엇인지, 앞뒤 맥락이 어떻게 이어지고 있는지를 잘 생각하면서 읽어야 합니다. 그리고 소설일 경우에는 주인공과 등장인물들의 성격이나 특성을 파악해야 하지요.

여섯째, 다 읽은 다음에는 줄거리를 만들어 보고, 전체적인 주제가 무엇인지 정리하는 작업도 필요합니다.

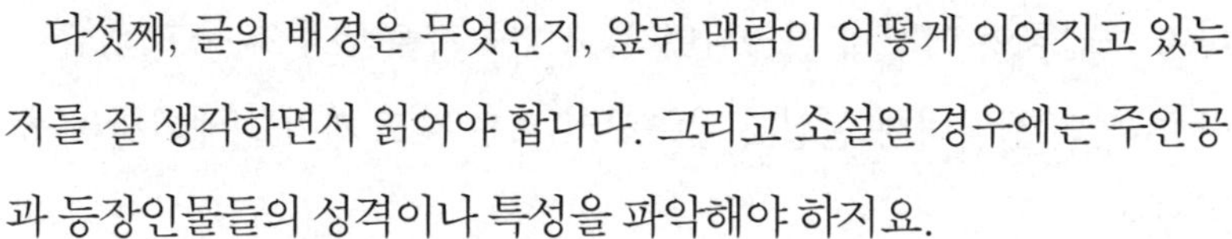

❷ 책을 감상하는 방법

책을 읽을 때는 내용을 진지하게 파고들어 가며 읽어야 합니다. 즉 자기의 현재 생활과 비교해 가며 생각의 폭과 사고를 넓히는 것이 중요하답니다. 그리고 작품의 문체·제목·주제·논제 등도 염두에 두고 읽으면 독후감을 쓰기가 좀더 수월해집니다.

그리고 저자가 강조하고 있는 내용과 사건들이 현재 우리 사회에 어떤 의미를 가지고 있으며 어떻게 발전시켜 나가야 할 것인가를 생각하며 읽습니다. 더불어 저자가 작품에서 강조하려고 하는 것이 무

엇인가를 파악하며 읽을 필요가 있습니다. 그렇다고 굉장한 부담을 느끼면서 책을 읽을 필요는 없습니다. 책 읽는 것 자체를 즐긴다면 그리 깊게 생각하지 않아도 작가가 말하려는 바를 깨닫게 될 테니까요.

그렇다면 각 문학 장르에 따라 어떤 점에 유념하여 책을 읽어야 하는지 알아볼까요?

▌소설▌ 작품의 주제를 파악하고 작중 인물의 성격과 배경을 생각하며 주인공이 어떻게 변화되어 가고 있는가를 염두에 두고 읽습니다. 자신의 생각이나 현실과 결부시켜 보는 것도 재미를 배가시켜 줄 거예요.

▌시▌ 선입견 없이 그대로 느낌을 받아들이며 읽습니다.

▌희곡▌ 무대 상연을 전제로 하여 쓰여진 것이기 때문에 시간적·공간적 제약을 받는다는 것을 염두에 두어야 합니다.

▌역사 소설▌ 인물·사건 등을 작가가 상상력에 의존하여 구성한 글로서, 항상 계몽사상이나 민족의식 고취 등 어떤 목적이 들어 있는지를 파악하며 읽어야 합니다.

▌역사▌ 역사는 역사 소설과는 구분지어야 합니다. 이것은 정확한 기록으로 글쓴이의 주관적 해석이 들어 있을 수 없으며, 시간의 흐름에 따라 사건을 나열한 것임을 생각해야 합니다.

▌수필▌ 지은이의 인생관이 들어 있습니다. 심리적 부담감이 적으므로 편안한 마음으로 읽을 수 있습니다.

▌전기문▌ 인물의 정신, 자취, 시대적 배경과 사회적 환경을 먼저

파악해야 합니다.

▮과학 도서▮ 미지의 세계에 대한 탐구심, 합리적 사고력 배양, 지식과 정보의 입수, 창의력을 기르는 데 도움이 되므로 평소 이에 대한 흥미를 갖는 것이 중요합니다.

❸ 독후감이란 무엇인가?

독후감은 말 그대로 어떤 글이나 책을 읽고, 그에 대한 느낌이나 생각을 쓰는 것입니다. 좋은 책을 읽고 그것을 정리해 두지 않는다면 곧 그 내용을 잊어버려, 독서를 한 만큼의 가치를 얻지 못할 수도 있으니까요. 그러므로 한 권의 책을 읽으면 곧 그 책의 내용을 정리하고, 느낌이나 생각을 적어 두는 것이 좋습니다.

독후감은 느낌이나 생각을 거짓 없이 써야 하나, 그렇다고 아무렇게나 써도 되는 것은 아닙니다. 즉 독후감도 글이므로 수필의 형식으로 쓰든, 논술의 형식으로 쓰든, 정확하게 읽고 주제와 내용에 맞게 써야 함은 물론이죠. 아무리 좋은 글이나 책이라도, 잘못 읽어 실제와 맞지 않는 생각이나 느낌을 쓰면 좋은 독후감이라고 할 수 없거든요. 그러므로 좋은 독후감을 쓰려면 독서를 잘해야 한다는 것이 전제됩니다. 독서를 잘하는 방법은 따로 있는 게 아니라, 그저 많이 읽다 보면 요령이 생기고, 이해도 쉽게 되며, 능률도 오르게 되는 것입니다.

❹ 독후감은 왜 쓰는가?

독후감을 쓰는 목적은 독후감을 작성함으로써 독서하는 능력이 향상되고 글 쓰는 훈련을 할 수 있기 때문입니다. 그러므로 독후감을 쓰기 위해 책을 읽으면 보다 깊은 생각을 하면서 책을 읽게 됩니다. 또한 책을 통해 생활을 반성하며, 책에서 얻은 지식과 감명을 음미하여 자기 생활에 적용시킬 수 있습니다. 문장력과 논리적 사고가 향상되는 것은 물론이고요! 그럼 독후감을 왜 쓰는지 다음과 같이 정리해 볼까요?

① 읽은 책의 내용을 되살려 다시 음미해 볼 수 있습니다.

② 감동을 간직하고 책 읽는 보람을 얻을 수 있습니다.

③ 책을 통해 지식을 심화시킬 수 있습니다.

④ 책을 통해 자신의 문제를 연관지어 볼 수 있습니다.

⑤ 글을 써 봄으로 해서 생각을 깊이 있게 할 수 있습니다.

⑥ 독서 목표를 확실히 할 수 있습니다.

⑦ 작품에 대한 비판력과 변별력을 기를 수 있습니다.

⑧ 생각을 조리 있게 쓸 수 있는 작문력을 향상시켜 줍니다.

⑨ 사고력과 논리력, 추리력을 기를 수 있습니다.

⑩ 바르게 책을 읽는 습관을 형성할 수 있습니다.

독후감은 수필의 형식이든 논술의 형식으로든 쓸 수 있다고 했는데, 사실 이 둘의 차이는 모호합니다. 다만, 수필이 자유롭게 붓 가는 대로 쓰는 것이라면 논술은 논리 정연하게 쓴다는 점이 다르다고 할 수 있습니다.

붓 가는 대로 자유롭게 수필의 형식으로 쓰는 독후감이라도 글의 앞뒤가 맞지 않는다든지, 주제가 통일되지 않으면 좋은 평가를 받을 수 없습니다. 논리 정연하게 쓰는 독후감이라면, 서론·본론·결론으로 나누어 서술해야 함은 물론이구요.

서론에 해당되는 부분에서는 그 책에 대한 소개나 쓴 사람의 생애, 또는 특기할 만한 일화 같은 것을 적는 것이 일반적입니다.

본론에 해당하는 부분에서는 그 책을 읽고 특별히 다루려는 내용을 체계적이고 구체적으로 써야 합니다.

결론에서는 본론에서 다룬 내용을 요약하거나, 자신이 읽은 후의 감상, 그 책의 좋은 점, 나쁜 점 등을 들어서 마무리를 해야 합니다.

독후감은 짧게 쓰는 것이 상례이므로, 작품 전체를 거론하기보다는 특정한 주제를 잡아서 쓰는 것이 좋습니다. 보편적으로 다룰 수 있는 몇 가지 주제를 제시해 보면 다음과 같습니다.

첫째, 작가의 의식이나 주인공의 언행, 성격과 연관지어 주제를 구현시키는 방법입니다. 문학 작품이라면 주제가 애정이나 애국, 의리나 배반일 수 있으므로 이러한 점에 초점을 두고 써야겠지요. 또한 과학에 관계된 것이라면, 그 발명의 의의나 연구자의 노력과 관련시켜 서술해야 하겠지요.

둘째, 저자의 이념이나 생애, 업적에 관심을 두고 쓰는 방법입니다.

그 작품을 통하여 알 수 있는 저자의 철학이나 사상 또는 저자가 그 작품을 남기기까지의 역경이나 작품을 쓰게 된 동기, 작품의 가치나 다른 작품에 미친 영향 등 작품과 연관시켜 쓰는 것이지요.

셋째, 작품의 내용을 중심으로 기술합니다

예컨대, 작품 속 주인공의 성격을 분석하거나 다른 사람과 비교해 볼 수도 있고, 그 작품의 사건이나 시대적 배경을 논의하거나, 작품의 구성 같은 것에 초점을 두고 이야기할 수도 있습니다.

이와 같이 작품을 읽기 전에 먼저 어떤 점에 중점을 두고 독후감을 쓸 것인가를 염두에 둔다면, 그렇지 않은 경우보다 훨씬 이해가 쉽고, 나중에 독후감을 쓰는 데도 도움이 될 것입니다.

❻ 독후감의 여러 가지 유형

1. 처음에 결론부터 쓴 다음 왜 그러한 결론이 도출되었는지 감상을 자세하게 쓰거나, 감상을 먼저 쓰고 결론을 씁니다.

2. 책을 읽게 된 동기부터 설명하고 글 중간에 자기의 감상을 씁니다.

3. 저자나 친구에 대한 편지 형식으로 감상을 쓰거나 주인공에게 대화 형식으로 씁니다.

4. 시(詩)의 형태로 감상문을 씁니다.

5. 대화문(對話文) 형식으로 씁니다.

6. 줄거리부터 요약한 다음 자기의 느낌이나 생각을 씁니다.

❼ 독후감을 구체적으로 쓰는 방법

어렵게 쓰겠다는 생각은 하지 말고 쉽게 써야겠다는 마음가짐을 가져야 좋은 글이 나올 수 있습니다. 그리고 무엇보다 감상문을 쓰기 전에 무엇을 어떻게 쓸까 조목별로 골자를 먼저 쓰고, 이 골자에 살을 붙이는 방법으로 쓰려고 노력해야 합니다. 이때 의도적으로 아름답게 잘 쓰려고 하지 않는 것이 좋습니다. 자, 그럼 더 자세하게 알아볼까요?

1. 먼저 제목을 붙입니다.

2. 처음 부분(머리글)을 씁니다.

  ‣ 책을 읽게 된 이유나 책을 대했을 때의 느낌을 씁니다.

  ‣ 자신의 생활 경험과 관련지어 써 봅니다.

  ‣ 제일 감동받은 부분을 씁니다.

  ‣ 지은이나 주인공을 소개하는 글을 씁니다.

3. 가운데 부분을 씁니다.

  ‣ 자기의 생활과 견주어 씁니다.

  ‣ 주인공과 나의 경우를 비교해서 씁니다.

·➧ 시시비비를 분명히 가려야 합니다.

·➧ 가장 극적이었던 부분을 소개합니다.

4. 끝부분을 씁니다.

·➧ 자신의 느낌을 정리합니다.

·➧ 자신의 각오를 씁니다.

독후감을 쓴 다음에는 다음과 같은 추고의 과정이 필요합니다.

첫째, 쓴 글을 다시 한 번 읽으면서 맞춤법이나 표준어 규정에 어긋나는 것은 없는지 살펴봐야 합니다.

둘째, 문장이 잘 구성되어 있는지, 또 문단이 잘 짜여져 있는지 알아보아야 합니다. 한 문단에는 소주제문과 보조문들이 있어야 하는데, 그런 점이 잘 지켜져 있는지 유의해야 합니다.

셋째, 글 전체의 구성이 잘 이루어졌는지 살펴봅니다. 예를 들어 서론에 해당하는 부분이 지나치게 길다든지, 결론에 해당하는 부분이 너무 짧다든지, 전체적인 구성이 균형을 잃고 있다면 다시 고쳐 써야 하겠지요.

우리가 시간을 들여 열심히 책을 읽고 난 후 독후감을 잘 쓰기 위해서는 책을 읽고 있는 동안의 느낌을 잊지 않고 글로써 표현할 줄 알아야 하며, 책을 읽고 가장 감명받은 부분을 기억하고 있어야 합니다. 또한 다른 사람들은 어떻게 독후감을 썼는지 남의 것을 읽어 보고, 자신의 것과 비교해 보며 자주 글을 써 보는 것이 중요합니다. 그렇게 하다 보면 자신만의 개성 있는 필치로 독특한 감상문을 쓸 수 있게 되지요. 학교에서 아무리 독후감 숙제를 내주어도 부담없이 즐거운 기분으로 끝낼 수 있을 겁니다!

❽ 그 밖에 알아두면 유익한 것들

▌독후감 쓰기 10대 원칙▐

1. 자신의 수준에 맞는 책을 선택합시다.

2. 독후감 쓰는 형식이 있기는 하지만 너무 거기에 구애받을 필요는 없습니다.

3. 자신이 작가라면 어떻게 글을 이끌어갈지를 생각하며 읽어 봅시다.

4. 평소 음악 평론이나 영화 평론을 많이 읽어 봅시다.

5. 읽으면서 마음에 와닿는 것이 있다면 따로 적어 둡시다.

6. 현대 사회의 문제점과 비교하면서 읽어 봅시다.

7. 모르는 것이 있으면 적어 두는 습관을 기릅시다.

8. 신문 사설이나 칼럼을 스크랩해서 필요할 때 사용합시다.

9. 요약하는 데에만 집착하지 말고 제대로 책을 읽읍시다.

10. 읽은 후에는 꼭 독후감을 직접 써 봅시다.

▌책을 읽는 10가지 방법▐

1. 아주 어릴 때부터 책과 친하게 지내는 습관을 기릅시다.

2. 너무 속독하려 하지 말고 담겨진 내용을 충실히 읽는 습관을 기

릅시다.

3. 항상 작품이 나와 어떠한 상관 관계가 있는지 체크를 해 가며 읽읍시다.

4. 무조건 책장을 넘길 것이 아니라 시시비비를 가려 가면서 읽읍시다.

5. 매일매일 조금씩이라도 책을 읽는 습관을 들입시다.

6. 책 속에 담긴 뜻을 음미하고 되새기면서 읽읍시다.

7. 너무 자신의 취향에 맞는 책만 읽지 말고 다양한 장르의 책을 골고루 읽도록 합시다.

8. 책 속에 담겨진 교훈을 깊이 생각하고 생활에 적용시킵시다.

9. 책에 따라 읽는 방법을 달리하는 습관을 들입시다. 모든 책이 만화책은 아니기 때문이죠.

10. 바른 자세로 앉아 눈과의 거리를 30cm 두고 밝은 곳에서 읽읍시다.

❾ 원고지 제대로 사용하기

▌제목 및 첫 장 쓰기▐

1. 제목은 석 줄을 잡아 둘째 줄 가운데에 씁니다.

2. 1행 2칸부터 글의 종별을 표시합니다. 가령 수필이면 '수필'이라고 씁니다. 간혹 글의 종별을 비워 두는 경우가 많은데 이는 적는 것을 잊었거나, 원고지 사용법에 무관심하기 때문입니다.

3. 제목을 쓸 때에는 마침표를 찍지 않고, 물음표와 느낌표는 붙이지 않는 것이 좋습니다.

4. 제목에 줄임표는 사용하지 않는 것이 상례입니다.

5. 이름은 넷째 줄 끝에 두 칸 정도를 남기고 씁니다. 특별한 경우에는 서너 칸을 남겨도 됩니다.

6. 성과 이름은 붙여 씁니다. 다만, 성과 이름을 분명히 구별할 필요가 있을 경우에는 띄어 쓸 수 있습니다.

   예) 임채후 (O), 남궁석 (O), 남궁 석 (O)

7. 본문은 여섯째 줄부터 쓰는 것이 좋습니다. 단, 특수한 작문인 경우는 넷째 줄부터 본문을 시작해도 상관없습니다.

8. 학교 이름이나 주소가 길 경우에는 세 줄로 쓸 수 있습니다.

9. 주소는 보통 표제지에 기재하고 원고지 첫 장에는 제목과 성명만 간단하게 적는 것이 상례입니다.

10. 성명의 각 글자는 시각적 효과를 위해 널찍하게 한두 칸씩 비워 써도 무방합니다.

11. 학교 앞에 지명을 기입할 때는 학교명을 모두 붙여 써서 지명과 학교명의 구분을 명확히 해 주는 것이 좋습니다.

▌첫 칸 비우기 ▌

1. 각 문단이 시작될 때는 첫 칸을 비우고 씁니다.

2. 대화체의 경우는 첫 칸을 비우고 씁니다.

3. 인용문이 길 때는 행을 따로 잡아 쓰되, 인용 부분 전체를 한 칸

들여서 씁니다.

4. 첫째, 둘째, 셋째 등으로 이야기를 전개해야 할 때는 시작할 때마다 첫 칸을 비울 수 있습니다. 단, 그 길이가 길거나 제시된 내용을 선명하게 하고자 할 때 비워 둡니다.

5. 시는 처음 두 칸 정도 줄마다 비우고 씁니다.

▌줄 바꾸기▐

1. 문단이 바뀔 때는 줄을 바꾸어 씁니다.

2. 대화는 줄을 새로 잡아 씁니다.

3. 인용문을 시작할 때는 줄을 바꾸어 씁니다. 단, 그 길이가 길 때 한해서입니다.

4. 대화나 인용문 뒤에 이어지는 지문은 글이 다시 시작되는 것이므로 한 칸을 들여 씁니다. 단, 이어 받는 말로 시작되는 지문은 첫 칸부터 씁니다.

▌문장 부호 및 아라비아 숫자, 영문자▐

1. 문장 부호는 한 칸에 하나씩 넣는 것이 원칙입니다.

2. 아라비아 숫자는 한 칸에 두 자씩 넣습니다.

3. 한자(漢字)로 쓸 때는 띄어 쓰지 않습니다. 그러나 한자와 한글이 함께 쓰이면 띄어 쓰기를 합니다.

4. 마침표(.)와 쉼표(,) 다음에는 통례상 한 칸을 비우지 않으며, 느낌표(!), 물음표(?) 다음에는 통례상 한 칸을 비웁니다.

5. 행의 첫 칸에는 문장 부호를 쓰지 않습니다. 첫 칸에 문장 부호를
써야 할 경우는 그 바로 윗줄의 마지막 칸에 글자와 함께 씁니다.

6. 영문자의 경우, 대문자는 한 칸에 한 글자, 소문자는 한 칸에 두
글자씩 넣습니다.

❿ 문장 부호 바로 알고 쓰기

1. 마침표 : 문장을 끝마치고 찍는 문장 부호로 온점(.), 물음표(?),
느낌표(!)를 이르는 말입니다.

2. 쉼표 : 문장 중간에 찍는 반점(,) 가운뎃점(·) 쌍점(:) 빗금(/)을
이르는 말입니다.

3. 따옴표 : 대화, 인용, 특별어구를 나타낼 때 쓰는 문장 부호로 큰
따옴표("")와 작은따옴표(' ')를 씁니다.

4. 그 밖의 문장 부호 : 물결표(~)는 '내지(얼마에서 얼마까지)'라는
뜻에 씁니다. 줄임표(……)는 할말을 줄였을 때와 말이 없음을
나타낼 때 씁니다.

⓫ 마치며

초등학교나 중학교에서는 독후감이라는 말을 사용하지만 고등학
교에 가게 되면 독후감이라는 말보다는 아마 논술이라는 말을 더 많
이 쓰고 더 많이 듣게 될 것입니다. 논술이란 말 그대로 어떠한 논제

를 가지고 논리적으로 서술하는 것을 말하는데, 이는 하루아침에 이루어지지 않습니다. 다양한 분야의 많은 것을 폭넓고 깊이 있게 알고, 주관을 뚜렷이 할 때만이 논술을 잘 쓰게 되는 것이지요. 그러기 위해서는 중학교 시절부터 많은 책을 읽어 보고 스스로 글을 써 보는 훈련을 하는 것이 중요합니다.

실제로 고등학교에 가면 교과목 공부에도 시간이 모자라 제대로 책을 읽을 시간이 없거든요. 무엇을 알아야 글을 쓸 것이고, 자신의 주장을 피력할 것 아니겠어요? 그러니 중학생 시절부터 좋은 책을 많이 읽어 보고, 생각해 보며, 글을 써 보는 노력을 하는 것이 여러분의 미래를 더욱 밝게 해줄 것입니다. 아마 그렇게 한 사람은 그렇지 않은 사람보다 10리쯤 앞서 나가지 않을까 생각되는데 여러분 생각은 어떠세요?

▮성 낙 수▮
한국교원대학교 교수, 연세대학교 졸업, 동 대학원에서 석사·박사 학위 받음
▮오 은 주▮
서울여고 교사, 현재 한국교원대학교 대학원 재학, 국민대학교 졸업
▮김 선 화▮
홍천여고 교사, 현재 한국교원대학교 대학원 재학, 강원대학교 졸업

판 권
본 사
소 유

중학생이 보는

학문의 진보

초판1쇄 인쇄 2013년 9월 20일
초판1쇄 발행 2013년 9월 30일

엮 은 이 성낙수 · 오은주 · 김선화
지 은 이 프란시스 베이컨
옮 긴 이 이종구
펴 낸 이 신원영
펴 낸 곳 (주)신원문화사

주   소 서울시 영등포구 당산동 121-245 신원빌딩 3층
전   화 3664—2131~4
팩   스 3664—2130

출판등록 1976년 9월 16일 제5 - 68호

＊ 잘못된 책은 바꾸어 드립니다.

ISBN 978 - 89 - 359 - 1645 - 0   44800
ISBN 978 - 89 - 359 - 1626 - 9 (세트)